Heimlicher Verdacht auf der Fähre

Michael Henke

HEIMLICHER VERDACHT AUF DER FÄHRE

Ein Nordsee-Krimi

BOYENS

Über den Autor:
Michael Henke, 1959 in Pinneberg geboren, schreibt
seit seiner Schulzeit Kurzgeschichten und Erzählungen.
Nach einer langjährigen Tätigkeit als Redakteur für
Special-Interest- und Fachzeitschriften widmet er sich
verstärkt dem literarischen Schreiben. „Heimlicher
Verdacht auf der Fähre" ist sein erster Kriminalroman.
Michael Henke engagiert sich ehrenamtlich als Vorlese-
pate und ist gelegentlich mit seinen Texten bei der
Lesebühne „Die Höflichen" in Magdeburg zu Gast.

BOYENS
BUCHVERLAG

ISBN 978-3-8042-1579-5

© 2024 by Boyens Buchverlag GmbH & Co. KG, Heide
Alle Rechte vorbehalten
Umschlag: Foto Ingo Lau
Herstellung Boyens Buchverlag
Printed in Europe

www.boyens-buchverlag.de

1. TEIL

1 ANTJE MERKENS (2015)

Der Fahrgastraum der Fähre, mit der ich auf die Insel übersetze, ist gut gefüllt. Vier Wochen werde ich dort verbringen, um mich von einer anstrengenden Projektphase zu erholen. Ich habe einen Eckplatz in der ersten Bank neben dem Eingang ergattert, von dem aus ich den Raum überblicken und doch für mich sein kann. Abgeschieden von den anderen Passagieren, den Paaren, Familien und Gruppen, von denen ein lebhaftes Hin und Her ausgeht. Die Kinder hält es kaum auf ihren Sitzen, wenn sie nicht in ihren elektronischen Spielen versinken oder die Eltern sie mit Karten- und Gesellschaftsspielen im Taschenformat ablenken. Nur vereinzelt sitzen Alleinreisende wie ich mit an den Tischen, die Augen geschlossen und dösend oder in dem vor ihnen aufgeschlagenen Buch lesend. Ein unaufhörliches Summen liegt in der Luft und vermischt sich mit dem Brummen der Maschine und dem Geräusch des am Schiffsrumpf aufprallenden Wassers. Der ganze Raum dampft von den hier versammelten schwer entzifferbaren Leben.

Ich sehne mich nach Ruhe, doch es gelingt mir nicht, mich abzuschirmen. Wie in einer Brandung das Wasser prallen die Lebensäußerungen um mich herum auf mich ein. Ich merke, wie mein Blick unwillkürlich immer wieder zu einem Mann hinwandert. Ich betrachte ihn an den zwischen uns Sitzenden vorbei, um meine mir rätselhafte Neugier zu stillen. In seinem Gesicht liegt etwas, das mich zugleich abstößt und anzieht. Er sitzt entspannt auf seinem Platz neben einer Frau, zu der er zu gehören scheint. Und doch kommt es mir vor, als seien seine Haltung und sein Umfeld lediglich Teil seiner Tarnung. Als verberge er etwas, was er mit sich herumschleppt und nicht abschütteln kann.

Er hat dichte schwarze Brauen über dunkelbraunen oval geschnittenen Augen. Seine Haut ist gebräunt. Der fehlende Schwung seiner Lippen lässt auf keine vorherrschende Gemütsverfassung schließen. Als ob er Einblicke in sein Inneres verhindern will, denke ich. Dabei hat er eine gewinnende Ausstrahlung und eine gewisse erotische Anziehungskraft, die nicht ungebärdig und auftrumpfend wirkt, sondern gesetzt und erfahren. Wie alt mag er sein? 50, 60 Jahre oder älter? Es ist schwer zu schätzen. Er trägt über einem fein gewebten blauen Business-Hemd einen unauffälligen dunkelblauen, darauf abgestimmten Pullover mit einem schmalen V-Ausschnitt. Er sticht nicht aus der Masse heraus, weshalb ich mich wundere, dass er mir aufgefallen ist, denn ich bin auf dieser Reise nicht darauf aus, neue Bekanntschaften zu knüpfen.

Als das Schiff in den Hafen einläuft, sind die meisten Passagiere bereits aufgestanden und in ihre Autos eingestiegen, oder sie drängen sich in dichten Reihen vor dem schmalen Durchgang, an dem nach dem Festmachen die Brücke zum Kai eingehängt wird. Ich habe es so eingerichtet, dass ich im Pulk schräg hinter diesem Mann zu stehen komme. Ich möchte Tuchfühlung zu ihm aufnehmen und dränge mich mit leichtem Druck an ihn, als würde ich in der Enge von hinten geschoben. „Entschuldigung", sage ich und sauge intensiv Luft durch die Nase ein, „von Nordseeluft kann ich nie genug bekommen. Wenn es nur danach ginge, würde ich immer hier leben." Ich biete ihm diese Begründung für mein tiefes Ein- und Ausatmen an. In Wirklichkeit versuche ich, seinen Geruch zu entziffern, doch in der Seeluft kann ich nur schwach den Duft eines nichtssagenden Rasierwassers wahrnehmen. Ich habe wieder den Eindruck, dass der Mann sich tarnt. Doch was geht mich das an, wenn es denn überhaupt so ist?

„Dafür sind wir hier", nimmt er meine Begründung auf, „warum sollte man sonst auf die Insel kommen?"

Ich lächele ihm zu und sehe, wie sich die Frau neben ihm vorbeugt, um erkennen zu können, mit wem er spricht. „Mein Mann und ich, wir kommen öfter hierher", sagt sie, wobei sie das „Wir" betont, um zu zeigen, dass er zu ihr gehört.

Warum beschäftigt mich dieser Mann? Warum habe ich das Gefühl, sein Geheimnis lüften zu müssen? „Endlich ist die Stunde der Rache gekommen", schießt es mir durch den Kopf und weiß nichts mit diesem Satz anzufangen. „Wo hast du nur wieder diese Räuberpistolen her", höre ich meine innere Stimme sagen, die wie meine Mutter klingt. So wie früher in meiner Kindheit, wenn ich etwas Erlebtes zu einer aberwitzigen Geschichte ausgeschmückt habe, davon überzeugt, der Wirklichkeit ins Auge zu sehen. Der Kern meiner Berichte war immer wahr, nur dass er sich in einer fantastischen Handlung verlor.

2 BERNHARD LOOSE (1979)

Ich biege mit dem DAF 3300 Turbo in den Hof der Spedition ein und rangiere mit dem Heck vor die Rampe unseres Zwischenlagers. Es ist nicht viel, was ich nach der vollen Tour nach Schweden für die Rückfahrt an Fracht aufgenommen habe und jetzt entladen wird, um es mit anderen Paletten für eine neue Fahrt zusammenzustellen. Gut gelaunt öffne ich die Tür und springe vom Führerhaus herunter, ohne die Stufe zu benutzen. Unser Cheflagerist ist auf die Rampe herausgekommen.

„Alles klar?", rufe ich ihm heiter zu, „Frau und Kinder gesund?"

Er schaut mich entgeistert an. So kennt er mich nicht. Normalerweise reiche ich ihm wortlos die Frachtpapiere. Allenfalls brumme ich pflichtschuldig einen Gruß vor mich hin.

„Alles okay bei dir?", fragt er besorgt, ohne auf meine Fragen einzugehen.

„Ja, warum nicht?", erwidere ich fröhlich.

„Du hast mich noch nie was Persönliches gefragt", stellt er fest.

„Einmal ist immer das erste Mal", sage ich. „Und, wie sieht es jetzt bei dir aus?"

„Alle sind gesund. Wir freuen uns auf die Sommerferien und den Urlaub. In zwei Wochen geht es los", erzählt er. Ich schätze ihn, weil er Verantwortung übernimmt und nicht versucht auf andere abzuwälzen, was schiefläuft.

„Wo geht es hin?", erkundige ich mich.

„Nach Haffkrug, an die Ostsee", sagt er. „Mein Schwager stellt uns dort ein Häuschen in einer Feriensiedlung in Strandnähe zur Verfügung, mehr ausgebaute Laube als Haus. Noch aus der Zeit, als man mit weniger Platz auskam." Er zögert und sieht mich durchdringend an. „Hast du im Lotto gewonnen?", fragt er. „Du bist so ... anders."

Ich muss lachen. „Nein", sage ich, „ich habe einfach gute Laune. Wir sehen uns bestimmt noch, bevor du in Urlaub fährst." Ich wende mich ab, um zu den Aufenthaltsräumen hinüber zu gehen und mich umzuziehen. Mein Schritt federt. Ich bin beschwingt, als sei eine Last von mir abgefallen. Ich fühle mich befreit. Erlöst. Ich habe mich erlöst, denke ich und stelle verwundert fest, dass meine Wut, die mich mein Leben lang angetrieben hat, verraucht ist. Eine Wut, die in mir gegärt hat wie in einem Kessel. Die ich aber nicht herausgelassen habe. Grummelnd, den Blick gesenkt, etwas devot, menschenscheu: So habe ich auf andere gewirkt. Ist das vorbei?

Meine gute Laune hält an, als ich meine Wohnung betrete. Auf dem Weg von der Spedition nach Hause habe ich eingekauft, etwas Gutes zum Kochen, auch eine Flasche Sekt, denn ich habe das Bedürfnis zu feiern. Nur für mich. Mein Leben wird sich von heute an ändern, das spüre ich deutlich.

Ich bin jetzt 23 Jahre alt. Vor fünf Jahren bin ich in diese Wohnung gezogen – eineinhalb Zimmer, Küche, Bad –, nachdem ich mit 18 die Wohngruppe des Kinderheims verlassen habe, in der ich bis dahin lebte. Nach der Realschule habe ich eine Ausbildung zum Berufskraftfahrer gemacht, einem damals noch neuen Ausbildungsberuf. Seitdem bin ich unter der Woche und manchmal auch übers Wochenende auf Achse.

Ich räume den Sekt ins Eisfach und breite meine Einkäufe auf der Ablage neben der Spüle aus. Zum ersten Mal, seit ich hier wohne, habe ich das Gefühl, zu Hause zu sein und hier nicht nur zu kampieren wie unterwegs in einer billigen Pension oder in der Koje meines LKWs. Ich bin gerne auf der

Straße mit einem Ziel, das nicht mein eigenes ist, sondern mir von der Spedition vorgegeben wird. Die Landschaften ziehen vorbei, während der Motor gleichmäßig brummt und ich die Räder über den Asphalt rollen höre. Die Geräusche erinnern mich an Meeresrauschen. Sie beruhigen und erschöpfen mich. Sie betäuben meine Wut. Gedanken kommen und gehen, während ich den Verkehr wahrnehme, Gas gebe, bremse, überhole. Wenn ich in meine Koje hinter der Sitzbank krieche, fühle ich mich leer. Die Nächte, in denen ich nicht fahre, sind traumvoll. Mit dem Tag dämmert das Vergessen herauf. Im Morgenregen sehne ich mich danach, berührt zu werden. Ich spreche wenig, grüße auf den Rastplätzen die Kollegen allein mit einem Kopfnicken. Ich helfe, wenn es sein muss, ohne dabei viele Worte zu verlieren. Einladungen, gemeinsam zu essen, schlage ich aus. Wenn ich an meinen Zielen die Frachtpapiere abgebe, hoffe ich, dass sie alles aussagen und es nichts zu erklären gibt.

Ich übernehme gerne die Touren, bei denen man selten zu Hause ist. Die Kollegen mit Familie schätzen an mir, dass ich mich freiwillig für diese Fahrten melde, bei denen man das Wochenende nicht daheim verbringen kann. Denn in meiner kleinen Wohnung fühle ich mich fremd. Anders als unterwegs komme ich dort nicht zur Ruhe. Ich bin froh, wenn es endlich wieder losgeht.

Zumindest war es bis gestern so. Bis etwas passiert ist, das mein Leben verändern wird. Verändert hat. Noch traue ich dem Braten nicht. Ich werde mich morgen krankmelden – das erste Mal, seitdem ich als Kraftfahrer arbeite –, um in mich zu horchen, um meine Wut zu packen, falls sie sich wieder zeigt. Aber alles bleibt ruhig, während ich die Zwiebel, den Knoblauch und das Gemüse für mein Festmahl kleinschneide. Ein innerer Frieden füllt mich aus und macht mich nervös, weil ich mich so ungewohnt fühle. So unvertraut mit mir selbst.

Es war vorgestern, Samstag, der 13. Mai 1979. Die Sonne war gerade untergegangen, als ich mit meinem Sattelzug die Fähre in Puttgarden verließ. Ich würde es bis zum Beginn des Sonntagsfahrverbots nicht zu meiner Spedition in Köln schaffen und musste einen Stellplatz finden. Mir vielleicht ein Zimmer für die kommende Nacht suchen. Mir kam ein Ortsname in den Sinn, ohne dass mir gleich klar war warum. Der Ort lag weder direkt auf meiner Route, noch war ich dort jemals gewesen: „Pinneberg". Ich sprach das Wort halblaut vor mich hin und sah mich plötzlich in einem Besprechungszimmer im Kinderheim an einem Tisch sitzen, neben mir mein Gruppenleiter und eine junge Sozialarbeiterin, die meinen Fall gerade von einer älteren Kollegin übernommen hatte. Ich muss damals 14 Jahre alt gewesen sein. Es ging um mich, mein Verhalten und ob ich therapeutische Unterstützung benötige. Ich erinnerte mich schemenhaft, wie die beiden sich Blicke zuwarfen, aufstanden und mein Gruppenleiter sagte, ich solle einen Moment warten, bevor beide den Raum verließen. Auf dem Tisch lag meine Akte. Ich beugte mich vor, zog sie zu mir heran und schlug sie auf. Ich hatte das Gefühl, schnell machen zu müssen, um nicht bei etwas Verbotenem ertappt zu werden. Neun Jahre später sah ich das alles wieder vor mir: Die viel zu gleichmäßigen Strukturen des Kunststofffurniers, die Holz schlecht imitierten, die Aktenschränke gleichen Designs im Hintergrund, die nur aus Platzmangel hier herein gerückt worden waren, das graue, schon etwas abgenutzte Linoleum, die Bäume vor dem Fenster im lichten Frühlingsgrün, leicht schwankend in einer schwachen Brise, die Wolken unten grau und drückend und oben hell, dass es in den Augen wehtat, wenn man direkt hinsah, angestrahlt von der Sonne, die durch die blauen Abschnitte des Himmels ihr Licht schickte. Das alles nahm ich wahr, während mein Blick gleich auf dem Deckblatt hinter dem grau melierten Aktendeckel auf den Namen und die Anschrift meiner Mutter fiel: Wiebke Loose, Oeltingsallee 42, 208 Pinneberg. Da kam er also plötzlich her, der Ortsname. Es war der Wohnort meiner Mutter, die mich zurückgelassen und die ich nie kennengelernt hatte.

Meine vertraute Wut stieg heiß in mir auf. Ich spürte, wie sich mein Gesicht rötete und meine Muskulatur verspannte, damit mich die Wut nicht übermannte. „Pinneberg", murmelte ich noch einmal in das gleichförmige, tiefe Brummen des Dieselmotors hinein.

3 WIEBKE LOOSE (1979)

Möchtest du ein Gummibärchen?", frage ich den kleinen Knirps. Er steht an der Hand seiner Mutter vor dem Tresen der Hausarztpraxis, in der ich als Arzthelferin arbeite. Er senkt schüchtern den Kopf, nickt aber. „Und welche Farbe magst du am liebsten?", versuche ich ihn zum Sprechen zu ermuntern?

Seine Mutter stupst ihn an. „Die Frau beißt nicht, die hast du doch schon gesehen", sagt sie.

„Rot", murmelt der Junge, und ich schraube den Deckel vom Glas mit den Gummibärchen und reiche es zu ihm herunter. Mir kommen fast die Tränen, als ich beobachte, wie vorsichtig er nach einem roten Gummibärchen greift, das zwischen den andersfarbigen steckt, und es langsam herauszieht.

„Wie sagt man?", sagt die Mutter.

„Danke", nuschelt er und schiebt sich das Gummibärchen in den Mund.

Ich mag Kinder, vor allem die schüchternen, stelle ich wieder einmal fest. Sie rühren mich. Ich habe mich gegen ein eigenes Kind entschieden, damals vor 23 Jahren. 1956 war ich 17 Jahre alt und überzeugt davon, das Richtige zu tun. Das Richtige für das Kind, das ich gerade geboren hatte und dessen Vater ich nicht liebte, der nicht einmal wusste, dass ich von ihm schwanger war. Ich hatte ihn nur einmal auf einer Party getroffen. Wir hatten getrunken und ich fand es aufregend, noch mit zu ihm zu gehen, in seine Bude, wie man damals sagte. Er war unbeholfen, als wir miteinander schliefen, und ich hatte nicht einmal einen Orgasmus. Schwanger wurde ich trotzdem.

Ich gab den Säugling ins Kinderheim in Obhut. Es würde ihm dort gut gehen. Die Kinderpflegerinnen und Erzieherinnen würden wissen, was ein Kind braucht. Es hätte stabile, sichere Verhältnisse. Vielleicht würden sie sogar eine Pflegefamilie für das Kind finden. Ich dachte das Kind, nicht mein Kind.

Ich fühlte mich schon von der Vorstellung überfordert, permanent so ein kleines Wesen im Schlepptau zu haben. Ich könnte keine Ausbildung beginnen. Wovon sollten wir leben? Ich empfand das Kind nur als Fessel und konnte mir nicht vorstellen, es zu lieben – im Gegenteil: Ich fürchtete, es abzulehnen oder gar zu hassen. Ich könnte froh sein, wenn ich einen Mann träfe, der mich zur Frau nähme und der mich und das Kind versorgte. Was für ein Leben wäre das? So dachte und empfand ich damals.

Heute auch noch? Das frage ich mich, während ich dem kleinen Jungen und seiner Mutter nachblicke, die im Durchgang zum Wartezimmer verschwinden. Es ist eine müßige Frage. Ich kann nichts rückgängig machen. Damals hatte ich mich entschieden, niemals, niemals Kontakt zu dem Jungen aufzunehmen oder einem Kontaktwunsch zuzustimmen. Niemals. Er sollte unbelastet sein, ein Findelkind, das seinen Weg findet und geht. Dem es besser geht, ohne eine Mutter, die ihm nichts geben kann und der seine Kinderliebe nichts als lästig ist.

Vielleicht hätte ich anders entschieden, wenn meine Eltern mich unterstützt hätten. Aber sie hatten wie immer reagiert: „Du musst selbst wissen, was du tust. Wir können dir deine Entscheidung nicht abnehmen." Sie schoben mir noch ihren Teil der Verantwortung zu, statt für mich da zu sein. „Was geschehen ist, ist geschehen. Du musst mit den Konsequenzen leben. Nicht wir." So redeten sie und meinten, ihrem Erziehungsstil auch in der Krise treu bleiben zu müssen. „Wir haben versucht, dich zu einem eigenverantwortlichen Menschen zu erziehen. Das ist jetzt deine erste Bewährungsprobe. Wir wollen, dass du frei entscheidest und dich nicht beeinflussen …" Bla, bla, bla. Sie ließen mich hängen und merkten es nicht einmal. Sollte der Junge in so einer Familie aufwachsen? Nein, er hatte eine bessere Chance verdient.

Ich hatte die Mittlere Reife in der Tasche, hatte mich aus dem Rheinland wegbeworben und eine Ausbildungsstelle zur Arzthelferin in Pinneberg bekommen. Weit genug weg von zu Hause, um meine Eltern und das Kind hinter mir zu lassen. Es war für alle das Beste.

Mein Vater wirkte erleichtert, als er vor dem Transporter stand, den er sich für meinen Umzug geliehen hatte, und mir vor der Rückfahrt, bevor er einstieg, zum Abschied die Hand gab. „Mach's gut", sagte er und sah dabei an mir vorbei. Dann drehte er sich um, stieg ein und winkte noch einmal. Ich erinnere mich noch daran, wie ich damals auf der Straße stand und mich ausgehöhlt fühlte. Mir war schwindelig und ich brauchte einen Moment, bis ich in meine kleine Wohnung hinaufging, die meine Eltern bezahlen würden, so lange meine Ausbildung dauerte.

So war ich vor 23 Jahren in Pinneberg angekommen. Ich hatte zu meiner Entscheidung gestanden, hatte nie versucht Kontakt zu dem Jungen aufzunehmen, den ich geboren hatte und auf den ich kein Anrecht mehr hatte. Vom Kinderheim hatte sich nie jemand gemeldet, auch später nicht, als es hätte sein können, dass der Junge zu mir hätte Kontakt aufnehmen wollen. Er hatte offenbar nicht den Wunsch gehabt, mich zu sehen. Nein, es war richtig so, wie es war. Nur wenn ich Kinder wie diesen Jungen von eben sehe, wird es mir schwer ums

Herz, und ich bedauere, mein Kind nicht aufwachsen gesehen zu haben.

Ich arbeite immer noch in der Arztpraxis, in der ich ausgebildet wurde. Die Patienten mögen mich. Sie fühlen sich von mir verstanden und vertrauen sich mir an. Ich bin am richtigen Platz.

Nach Abschluss meiner Lehre hatten meine Eltern die Zahlung für die Wohnung eingestellt. Damit war ich endgültig abgenabelt. Ich besuche meine Eltern nie, und wenn diese auf dem Weg in den Urlaub nach Dänemark in Pinneberg Station machen, um mich zu sehen, bin ich erleichtert, wenn wir aus dem Lokal treten, in dem wir zusammen gegessen haben, und uns voneinander verabschieden. Ich gebe meinem Vater und meiner Mutter mit lang entgegen gestrecktem Arm die Hand. In den zwei Stunden zuvor haben wir uns nichts zu sagen gewusst, nichts von Belang, nur ein paar Fakten ausgetauscht und oft kauend geschwiegen. Wie es ihnen damit geht? Ich weiß es nicht, und es interessiert mich auch nicht. Wollten sie unsere Beziehung anders haben, könnten sie mich etwas von Bedeutung fragen. Aber das tun sie nicht.

Nach ein paar Jahren in Pinneberg bin ich umgezogen, in die Oeltingsallee 42, ein rotes Backsteinhaus mit vier Wohnungen. Mein Chef hatte mein Gehalt erhöht. Mein neues Zuhause habe ich nur mit Möbeln und Gegenständen eingerichtet, die ich hier selbst gekauft habe. Was aus meinem alten Leben noch übrig war, habe ich bei diesem Umzug entsorgt. Meine Erinnerungen an früher verblassen immer mehr.

Ich lebe allein. Ich habe in Pinneberg immer allein gelebt. Das gefällt mir. Es ist, als habe ich mit meiner Entscheidung, den Jungen zurückzulassen, zugleich entschieden, für immer allein zu leben. Wie sollte ich jemanden lieben und mich um ihn sorgen, wenn ich es nicht einmal vermocht habe, mich um ein von mir geborenes Kind zu kümmern und ihm meine Liebe zu schenken?

Manchmal schlafe ich mit Männern, Zufallsbekanntschaften, ohne die Illusion und die Hoffnung, dass sich daraus etwas Festes entwickelt. Nach dem Orgasmus habe ich das Bedürfnis, allein zu sein. Ich ziehe mich hastig an und verlasse schnell deren Wohnung. Zu mir bitte ich die Männer nicht.

Die stärksten Gefühle erlebe ich im Theater. Von Pinneberg aus komme ich mit der S-Bahn schnell nach Hamburg ins Schauspielhaus und ins Thalia-Theater. Ich liebe die körperliche Präsenz der Schauspielerinnen und Schauspieler, die sich über die Rampe hinweg auf mich überträgt. Ich liebe, wie sie sich verausgaben, während sie auf der Bühne agieren und ihre Texte sprechen, als gäbe es nichts Wichtigeres als diese Welt, die sie in genau diesem Augenblick erschaffen. Ein Schauder überläuft mich oft, Gänsehaut bedeckt meinen Körper, und ich fühle mich als Teil dieses sprachmächtigen Kosmos mit seinen überdeutlichen Gesten. Meistens bin ich nach einem Theaterbesuch noch am nächsten Tag ergriffen.

Nachts in meinen Träumen kommt der Junge zu mir, den ich geboren habe, aber nicht kenne. Er nimmt unterschiedliche Gestalten an, ist mal Kind, mal Jugendlicher, mal junger Mann, der mich küsst und anfleht zu bleiben, während ich verschwinde. Einmal erschien er mir auch als Greis, der raunzte „ich hatte nie eine Mutter".

Ich habe nur diese Traumbilder, den Jungen werde ihn nie zu Gesicht bekommen. Ich stehe zu meiner Entscheidung. Ich kann die Zeit nicht zurückdrehen und wozu auch. Auch das Gute kann schmerzhaft sein.

„Frau Loose?". Ich schrecke auf. Mein Chef steht vor mir. „Geht es Ihnen nicht gut?"

„Doch, ich musste nur gerade an etwas denken", sage ich.

„Sie waren ziemlich weggetreten", entgegnet er. „Können Sie Frau Peters Blut abnehmen und die Probe ins Labor geben. Das Übliche. Sie sitzt in Zimmer 3."

4 MICHAEL ANDRESEN (2014)

Wir entern „Bei Udo", eine Gaststätte auf dem Hamburger Kiez, in der es nur Flaschenbier gibt, die aber angeblich Hamburgs beste Bockwurst serviert. Und danach ist uns jetzt, nachdem wir bereits in anderen Kiezkneipen ein paar Biere getrunken haben und der Abend noch länger dauern soll. Morgen werde ich das wahrscheinlich bereuen, selbst wenn ich mich ab jetzt mit dem Trinken zurückhalte. Denn ich bin eben nicht mehr der Jüngste. Wenn ich esse, läuft mir die Nase. Aus den Ohren und Nasenlöchern sprießen Haare, die ich regelmäßig mit einer Pinzette ausreiße. Ich brauche mehr Zeit als früher, um zu regenerieren. Eindeutige Alterserscheinungen.

Meine jungen Mitarbeiter, Männer und Frauen, haben darauf bestanden, dass ich meinen Geburtstag mit ihnen nachfeiere. „Sie wollen doch ein guter Chef sein", haben sie mich scherzhaft aufgefordert, bei einer Kneipentour über den Hamburger Kiez mitzumachen und dabei die ein oder andere Runde springen zu lassen. „Das ist gut investiertes Geld in eine wirksame Teambuilding-Maßnahme", hat Kollegin Veronika Schmeller behauptet, breit gegrinst und noch ein „Versprochen" hinzugefügt. Ich hatte das Gefühl, aus der Nummer nicht mehr rauszukommen und habe schließlich zugestimmt.

Es ist tatsächlich ein schöner Abend. Die Stimmung zwischen uns ist ausgelassen. Im „Bei Udo" setze ich mich auf eine Bank an einen Tisch, während die Kolleginnen und Kollegen vor der Theke stehen bleiben. Veronika macht mir ein Zeichen, mich doch zu ihnen zu gesellen. Als ich abwinke, kommt sie zu mir herüber und setzt sich auf den Stuhl am Kopfende neben mir. „Braucht der alte Mann eine Pause?", fragt sie und zwinkert mir zu. Veronika erinnert mich an mich selbst, wie ich vor 35 Jahren noch während meiner Ausbildung zum ersten Mal in die Abteilung kam, die ich jetzt leite: das Kriminalkommissariat 11 für Todesermittlungen, Sexual-, Brand-, Umweltdelikte und Vermisstenfälle.

Ich habe einen guten Ruf, als Chef, aber auch weil ich ein erfolgreicher Ermittler bin. Wobei ich davon überzeugt bin, dass beides zusammenhängt. Was Todesfälle und Tötungsdelikte angeht, habe ich in meiner Laufbahn alle Untersuchungen endgültig abgeschlossen. Wenn es Täter gab, machte ich sie zusammen mit meinen Kollegen ausfindig und brachte sie vor Gericht. Es gab keine raffiniert geplanten Morde darunter. Alles war immer offensichtlich, und mit strukturierter Routine und Geduld fanden wir genügend Beweise und Indizien, die zu Geständnissen und Verurteilungen führten. Auch in den anderen Gebieten unserer Zuständigkeit liegen meine Aufklärungsquoten über dem Durchschnitt, und deshalb bin vor 15 Jahren bis in die Leitungsposition unseres Kommissariats aufgestiegen.

„Nimm mir meinen Scherz nicht übel", sagt Veronika. „Du weißt doch, dass du mit deiner Aufklärungsquote bei uns jungen Kolleginnen und Kollegen eine Legende bist? Noch dazu bist du nicht nur ein netter, sondern auch ein guter Chef, bei dem man weiß, was er von einem will, und das freundlich, aber hartnäckig einfordert. Bei dem man aber auch keine Angst haben muss, um Unterstützung zu bitten."

„Willst du mir schmeicheln?", frage ich zurück, weil mir ihr Lob peinlich ist. Um es abzuschwächen, erzähle ich ihr von einem alten, bis heute unaufgeklärten Tötungsfall – die eine Ausnahme in meiner beruflichen Laufbahn. Der Mord geht mir immer noch nach, ich kann ihn nicht loslassen, obwohl ich damals, als er passierte, so jung war wie Veronika heute und noch nicht in der Verantwortung stand. Der Fall liegt 35 Jahre zurück. Ich war damals der Abteilung, die ich jetzt leite, im Rahmen meiner Ausbildung für ein paar Monate zugewiesen. Eine 40-jährige Frau war getötet worden, eine Arzthelferin, die in Pinneberg-Quellental wohnte. Erwürgt, aber nicht vergewaltigt. Ihre Kleidung war schmutzig, da sie ins Gebüsch geschleift worden war und dort einige Tage gelegen hatte, bis sie gefunden wurde. Ansonsten war sie unversehrt.

Veronika hört mir aufmerksam zu, während ich berichte. Ich spüre, wie sie Jagdeifer erfasst. Wie sie sich fragt, ob sie vielleicht etwas entdeckt, was ich übersehen habe. Ich gestehe ihr, dass ich viele Passagen der Gesprächsprotokolle noch immer auswendig kenne.

Die Frau hatte allein gelebt, aber hin und wieder Sexualkontakte zu Männern gehabt. Wiebke Loose habe ihre Unabhängigkeit und die Ruhe in ihrer Wohnung sehr geschätzt, hatte uns einer dieser Männer im Verhör erzählt. Nie hätte sie ihn zu sich eingeladen. Sie habe auf ihn dennoch einsam gewirkt. Das sei, glaube er im Nachhinein, ein Grund gewesen, warum er überhaupt ein Verhältnis mit ihr eingegangen sei. Er hätte sie körperlich anziehend gefunden, natürlich. Doch er habe auch Mitleid mit ihr gehabt und habe sie trösten wollen, ohne zu wissen, welcher Kummer sie quälte. Aber die Linderung, die er ihr habe geben wollen, hätte über den Orgasmus nicht hinausgereicht. Deshalb habe er die Beziehung bald beendet. Ähnlich äußerten sich die anderen, die wir ausfindig machen konnten. Keinen hatte sie nah genug an sich herangelassen, damit sich eine dauerhafte emotionale Bindung hätte entwickeln können. Keiner hatte ein Eifersuchtsmotiv. Keiner fühlte sich von ihr gekränkt. Gegen niemanden dieser Männer fanden sich Verdachtsmomente.

Wir haben mit wirklich allen im näheren und weiteren Umfeld der Frau gesprochen. Kein Hinweis auf einen Verdacht bestätigte sich. Sie hat ein bescheidenes, gewöhnliches Leben geführt. Nach Aussage ihres Chefs war sie fleißig und gewissenhaft. Den Patienten zugewandt, fast liebevoll im Umgang mit ihnen, gerade mit den Kindern. Sie spielte Handball, als Torhüterin, auf hohem Niveau sogar, aber ohne größeren Ehrgeiz. Hier im Mannschaftssport kam eine ihrer Eigenschaften deutlich zum Vorschein: Sie gehörte zu der Sorte von Menschen, die durch die Art und Weise, wie sie in der Welt sind, etwas Positives in einer Gruppe bewirken. „Ich weiß nicht, wie ich es sagen soll", hatte eine Mitspielerin zu Protokoll gegeben, „wenn sie mal nicht konnte, war der Zusammenhalt in unserer Mannschaft schwächer, als ob wir mit ihr etwas mehr geben, mehr für sie und die anderen. Dabei hätte sie in jüngeren Jahren das Zeug gehabt, höherklassig zu spielen. Doch es war ihr nicht wichtig, ihre Leistungsgrenzen auszutesten und vielleicht gar im Sport Karriere zu machen. Sie war bei uns zufrieden. ‚Ich fühle mich wohl bei euch', sagte sie immer."

Die Getötete ging außerdem gerne ins Theater, und zwar immer alleine. Sie schien dort etwas zu erleben, das sie tief berührte. Das schließe ich aus einigen Zeugenaussagen. Nach einem Theaterabend sei sie oft wie entrückt gewesen, hatte eine ihrer Kolleginnen zu Protokoll gegeben: „Ich merkte, dass es sie störte, wenn ich sie fragte, wie es gewesen sei. Sie wirkte auf mich nach diesen Theaterbesuchen am nächsten Tag irgendwie benommen und war auf der Arbeit nicht ganz bei der Sache."

Weiterhin war Wiebke Loose gerne spazieren gegangen – noch ein Detail, das mir bedeutsam vorkommt. Manchmal ging sie stundenlang durch die Felder, den Wald oder einfach durch die Straßen der Stadt. Brach wie einer Eingebung folgend von zu Hause auf, ohne ein konkretes Ziel zu haben. Auch das hatte eine Zeugin berichtet. Ich vermute, dass sie mit dem Gehen eine innere Unruhe bekämpfte. Doch das ist keine gesicherte Tatsache, die von Zeugenaussagen untermauert wird. Der Eindruck beruht auf meiner Intuition, die mir hilft, Einzelheiten unserer Ermittlung zu einem schlüssigen Bild zusammenzusetzen. Fragt sich nur, ob es wahr ist oder nur Sinn ergibt?

Wahrscheinlich war sie auf einem dieser Spaziergänge dem Täter begegnet. Sie muss ihn nicht gekannt haben. Das ist sogar wahrscheinlich. Denn wir konnten niemanden, der mit ihr in irgendeiner Beziehung stand, mit dem Mordereignis in Verbindung bringen. Es gab bei keinem ein Motiv, keinen Vorfall, der negative Emotionen wie Wut oder Neid gegen sie geschürt oder den sie gekränkt hätte. Keinen, der nicht Zeugen dafür hatte, wo er zur Tatzeit gewesen war oder seinen Aufenthaltsort zur fraglichen Zeit glaubwürdig erklären konnte. Die Tat war an einem Sonntag sehr früh am Morgen begangen worden, und die meisten, die wir zu den potenziellen Verdächtigen zählen mussten, hatten zu dieser Zeit noch im Schlaf gelegen. Keiner von ihnen war in der Nähe des Tatorts gesehen worden.

Wir hatten Hundebesitzer und Spaziergänger befragt, die im weiteren Umfeld des Tatorts am Morgen unterwegs gewesen waren. Niemand hatte jemanden gesehen, und wenn doch, konnte er oder sie nur sagen, dass sie einen Mann bemerkt, aber nicht näher beachtet hatten, da an ihm nichts Auffälliges gewesen sei. Ein Mann eben, mittelalt, mittelgroß, gekleidet, „wie man sich heute eben anzieht", mit Jeans – einer benutzte sogar den alten Ausdruck „Nietenhose" –, Pullover oder Sweatshirt. Da stimmten die Zeugenaussagen nicht überein. Unbrauchbare Beschreibungen, die uns keine weiteren Anhaltspunkte lieferten. Keiner, der den Mann gesehen hatte, konnte sich an sein Gesicht oder ein besonderes Merkmal erinnern. „Er könnte mir auf der Straße noch einmal über den Weg laufen, ich würde ihn nicht erkennen." Eine Aussage, die sinngemäß alle machten, die an diesem frühen Morgen in der Gegend unterwegs waren.

Zu unserer Überraschung ermittelten wir, dass Wiebke Loose einen Sohn hatte, zu dem sie jedoch nicht in Kontakt stand, seit sie ihn gleich nach seiner Geburt in Obhut gegeben hatte. Er war in einem Kinderheim in Köln aufgewachsen. Eine Adoption, der sie zugestimmt hatte, kam nie zustande. Das Kind, Bernhard Loose, habe sich dagegen irgendwie gewehrt, hatte ein Kollege aus Köln protokolliert, der mit Erzieherinnen und Erziehern gesprochen hatte. Als Säugling habe er anhaltend und aus Leibeskräften geschrien, wenn interessierte Adoptiveltern zum Kennenlernen gekommen waren. Er stemmte sich auch, wenn ihn eine potenzielle Mutter dennoch auf den Arm nahm und seine lautstarke Willensäußerung ignorierte, mit aller Kraft in Armen und Beinen gegen sie, um sich loszumachen, so dass sie Angst bekam, er könnte ihr entgleiten. Als er älter wurde und bereits etwas sprechen konnte, schwieg er in den Kennenlernsituationen konsequent und drehte den Erwachsenen den Rücken zu. Auf gutes Zureden, zeigte er keinerlei Reaktion. „Versteht er überhaupt, was wir sagen", fragten adoptionsinteressierte Paare und fürchteten, sich einen geistig behinderten Jungen in die zu gründende Familie zu holen. Schließlich gab man es auf zu versuchen, ihn zu vermitteln, und ließ ihn im Heim in einer Wohngruppe leben, wo er sich einfügte und nicht weiter auffiel. Der Leiter von Bernhards Wohngruppe hatte dem Kollegen außerdem bestätigt, dass er niemals den Wunsch geäußert hatte, seine Mutter kennenzulernen.

Wir hatten den Sohn damals nicht gleich erreicht. Er arbeitete 1979 als Fernfahrer und war auf einer mehrtägigen Tour unterwegs. Als ihn der Kölner Kollege schließlich zu Hause aufsuchte und ihm mitteilte, dass seine Mutter durch einen gewalttätigen Angriff gestorben sei, habe er erst teilnahmslos gewirkt, dann plötzlich angefangen zu weinen, ein Weinen, das sich immer mehr gesteigert habe, und dann ebenfalls genauso plötzlich, wie es angefangen hatte, wieder versiegt sei. Dann habe er mit belegter Stimme gesagt: „Ich hatte nie eine Mutter, für mich war sie immer schon tot. Ich weine über ein mutterloses Kind."

Als ich den Kollegen damals anrief, um ihm noch ein paar Fragen zu seinem Protokoll zu stellen, hatte er mir erzählt, ihm sei es bei diesen Worten kalt den Rücken heruntergelaufen. Aber es war, wie Bernhard Loose gesagt hatte: Seine Mutter hatte ihn direkt nach seiner Geburt in Obhut gegeben. Seitdem hatte kein Kontakt mehr bestanden. Irgendwie passte das nicht zum Opfer, der Person, die wir durch unsere Befragungen in Pinneberg kennengelernt hatten.

Der Sohn hatte ausgesagt, er wisse nicht, wo seine Mutter gelebt habe. Er habe sich sein Leben lang nicht „für diese Person" interessiert. Das hatten die Erzieher bestätigt. In Pinneberg sei er nie gewesen, kenne es nur vom Straßenatlas, vom Vorbeifahren, wenn ihn eine seiner Touren nach Dänemark oder weiter bis in andere skandinavische Länder geführt hätten. In der fraglichen Nacht hatte Bernhard Loose nach eigener Aussage und den Unterlagen in der Spedition auf einem Rastplatz zwischen Hamburg und Bremen verbracht, da er es vor Beginn des Sonntagsfahrverbots nicht mehr bis Köln geschafft hatte. Die Angaben stimmten mit den Kilometer- und Fahrzeitangaben des Fahrtenschreibers überein.

„Du siehst, ich bin auch nicht Mister 100 Prozent. Auch bei mir haben Verbrecher eine Chance zu entkommen", sage ich.

„Damals warst du aber noch kein Chef", entgegnet Veronika.

„Aber ich betrachte diesen Mord als meinen Fall. Ich fühle mich für seine Aufklärung persönlich verantwortlich", gestehe ich ihr ein. Was ich ihr nicht erzähle: Ich habe mir die gesamte Akte kopiert, nachdem der Fall nicht mehr weiterverfolgt wurde, und mir die Kopien mit nach Hause genommen. Das ist verboten, und ich muss mit disziplinarischen Konsequenzen rechnen, wenn das herauskommt. Ich weiß das, aber mein innerer Zwang, den Fall noch aufzuklären, ist stärker als meine Haltung, dass es in meinem Beruf besonders wichtig ist, die Regeln einzuhalten. Schließlich sind wir als Polizisten die Regelwächter und müssen deshalb mit gutem Beispiel vorangehen – eine Formulierung, die aus der Mode gekommen ist: mit gutem Beispiel vorangehen. Ich höre sie kaum noch, während sie früher gebräuchlich, fast sprichwörtlich war. Und nicht nur die Formulierung. In meiner Anfangszeit als Polizist war noch fast allen Bürgern klar, dass sie Regeln verletzt hatten, wenn wir sie darauf ansprachen. Ein schlechtes Gewissen oder Scham zeichnete sich reflexartig auf den Gesichtern ab. Heute reagieren viele Menschen aggressiv, wenn wir sie „erwischen", und fangen an, über den Sinn der von uns eingeforderten Regel zu diskutieren. Sie nehmen sich heraus anzuzweifeln, dass die

Regel auch für sie gilt, oder sie deklarieren ihr Verhalten als Widerstand gegen eine gesetzliche Festlegung, die sowieso reformiert oder abgeschafft gehört. Oft nur, weil die Regel ihnen gerade nicht in den Kram passt und ihren „Entfaltungsdrang" – so drücken sie sich aus – unverhältnismäßig einschränkt. Vor allem die Kollegen auf Streife können hiervon ein Lied singen und sind oft entnervt von solchen Auseinandersetzungen, die zu nichts führen.

Ich muss daran denken, wie es in meiner Jugend war. Damals gab es noch ältere Männer und Frauen, die sich einmischten und mich in scharfem, unzweifelhaftem Ton zurechtwiesen, wenn ich etwas tat, das nicht den althergebrachten und übereingekommenen Regeln entsprach. Sie strahlten dabei Mut und Autorität aus, die von dem herrührten, was sie im Krieg und in der Nazizeit erlebt oder getan hatten und über das sie nicht sprachen, niemals und mit niemandem. Das aber bewirkte, dass ich zwar protestierte, aber die der Zurechtweisung zugrunde liegende Moral, das Das-tut-man-nicht, ihnen gegenüber nie infrage stellte. In den Gesichtern und Haltungen dieser Männer und Frauen lag etwas, das ich nicht erfahren wollte und von dem ich fürchtete, es würde zum Ausbruch kommen, wenn ich mich nicht fügte. So erkläre ich es mir heute, wenn ich an diese Zeit zurückdenke. Mittlerweile sind die wenigen übrig gebliebenen Alten von damals gebrechlich geworden und müssen sich gefallen lassen, dass Jugendliche sie respektlos verhöhnen und bedrohen, wenn sie es nicht aushalten und sich einmischen. Die Alten verstummen wehrlos, ausgeliefert der ihnen unverständlichen Zeit, in der ihnen selbstverständliche Regeln des Anstands und Respekts nicht mehr gelten.

Obwohl mir mein Regelbruch, mein Verstoß gegen die Ordnung, bewusst ist und ich mich deswegen schäme, habe ich die Akte kopiert und mit nach Hause genommen. Das bleibt aber auch heute Abend und nach einigen Gläsern Bier mein Geheimnis. Auch gegenüber Veronika, bei aller Sympathie für sie.

An meinen freien Tagen hole ich die Vermerke und Gesprächsprotokolle hervor und lese sie. Wieder und wieder. Ich habe dabei das Gefühl, ich trüge eine Schuld gegenüber dem Opfer ab.

„Woran denkst du?", fragt Veronika, weil ich wohl schon eine Zeitlang geschwiegen habe.

„Ach nichts", sage ich, „nur daran, wie sehr sich die Einstellung der Menschen zu unserer Arbeit und zu den Regeln, denen wir Geltung zu verschaffen suchen, geändert hat."

„Auf, auf", ruft jetzt ein Kollege an der Theke und sagt zu Udo: „Deine Bockwurst ist echt super. Der Chef zahlt." Er deutet mit der Hand zu mir herüber. „Geht klar", rufe ich, „was kriegst du?" Und dann ziehen wir weiter.

5 BERNHARD LOOSE (1979)

Ich steuere meinen LKW durch Hamburg, um den Bogen nach Pinneberg zu schlagen, nehme schließlich auf der A23 die Abfahrt Pinneberg Nord und fahre in ein zu dieser Zeit verlassenes Gewerbegebiet in unmittelbarer Nähe der Autobahn. Ich habe die Erfahrung gemacht, dass man den Wagen am Wochenende in solchen Gebieten am Straßenrand abstellen kann, ohne aufzufallen oder zu stören. Auch hier ist es so. Eine bleierne Müdigkeit hat mich die letzten Kilometer vor meinem Ziel befallen. Ich steige, kaum dass ich den Motor abgestellt habe, in meine Koje und schlafe unmittelbar darauf ein.

Als ich erwache, ist es Nacht und erstaunlich hell. Der Vollmond steht bei klarer Luft am Himmel, und die Milchstraße ist schleierhaft zu erkennen. Ich steige aus und blicke empor. Ich fühle mich wach und mit dem Universum verbunden. Die Welt ist so groß. Ich habe den Drang, mich zu bewegen, ziehe mir eine Jacke über, schließe den LKW ab und gehe los.

Es dauert nicht lange, bis das Industrie- in ein Wohngebiet mit Einfamilienhäusern übergeht. Die Fenster sind dunkel und die Straßen leer. „Irgendwo hier in diesem Ort muss sie wohnen", denke ich und spüre, wie mir heiß wird und eine Lust in mir aufsteigt, meine Mutter zu beschimpfen. „Elende Fotze", murmele ich, als würde etwas von mir Unabhängiges diese Beschimpfung aussprechen. Warum bin ich hier, wo die Frau, die mich geboren hat, mir doch scheißegal ist? Das Einzige, was ich von ihr weiß, ist ihre Adresse.

Die Straße, der ich folge, geht in eine andere über und führt mich über einen Fluss bis ins Zentrum. Ein Radfahrer kommt mir entgegen, sonst ist es auch hier ruhig. Die Kneipen haben schon länger geschlossen.

Ich komme zum Bahnhof. Dort hängt in einem beleuchteten Schaukasten ein großer Stadtplan. Ich suche die Oeltingsallee. Der Stadtteil, in dem sie liegt, heißt Quellental und befindet sich auf der anderen Seite der Bahnlinie. Will ich sehen, wo meine Mutter wohnt? Wie sie lebt? Wie sie aussieht? Auf einmal? Ich atme die kühle Luft tief ein, und für einen Moment befällt mich ein leichter Schwindel.

Ich durchquere eine Unterführung, die zu den Gleisen und auf die andere Seite des Bahnhofs führt. Am Ausgang wende ich mich nach links. Es ist nicht mehr weit bis zur Oeltingsallee. Meine Schritte werden schwerfälliger, als ob mich etwas davon abzuhalten versucht, meinen Weg fortzusetzen. Was tue ich hier? Ich biege in die Oeltingsallee ein und gehe an alten Villen auf großzügigen Grundstücken vorbei, teils hinter hohen Buchenhecken verborgen. Eine Arztpraxis fällt mir auf, ein Frisör und eine Drogerie mit Lotto-Toto-Annahmestelle. Hier soll sie leben? „So mondän, du alte Schlampe?", faucht meine innere Stimme. Sie zeigt mir, dass ich wütend bin, obwohl ich es im Augenblick nicht spüre.

Ich kreuze eine Straße mit vierstöckigen Mietshäusern, deren Fassaden ein erdbrauner Dickputz bedeckt. Hinter der Kreuzung verändert die Oeltingsallee ihren Charakter. Jetzt säumen ähnliche Mietblocks wie in der Querstraße die eine Straßenseite und auf der gegenüberliegenden stehen zweigeschossige Wohnhäuser aus Backstein. Ich nähere mich Hausnummer 42 und bin erleichtert, dass meine Mutter hier und nicht in einer der Villen lebt, die ich passiert habe. Dass sie es sich nicht hat gut gehen lassen, in Saus und Braus gelebt hat, während ich in Köln mit meiner Wut allein war. „Schwachsinn, sie hat es nicht gepackt. Wäre doch super in so 'ner Villa. Da könntest du jetzt deinen Anteil am Glück und am Reichtum fordern." Meine innere Stimme dröhnt mir in den Ohren. Ich will, dass sie schweigt.

In dem Gebäude, in dem meine Mutter nach den Angaben in meiner Jugendamtsakte gewohnt hat und vielleicht immer noch wohnt, sind alle Fenster dunkel. So wie fast überall in dieser späten Nachtstunde. Welches mag ihre Wohnung sein? Links? Rechts? Oben oder im Erdgeschoss?

Wie das Haus in seinem Backsteingewand hinter einer hochgewachsenen Buchsbaumhecke daliegt, sieht es heimelig aus. „Das hast du mir vorenthalten, Mutter", raunt die Stimme. „Wenn schon nicht Reichtum, so hätte mir zumindest Geborgenheit zugestanden. Gib es zu. Gib es endlich zu."

6 ANTJE MERKENS (2015)

Ich nehme meinen Koffer und schließe mich dem Zug der Feriengäste an, die zu ihren Unterkünften auf der Insel streben. Ich spüre, wie sinnlos es hier ist, aufs Tempo zu drücken. Ich werde mir in den kommenden vier Wochen die Zeit zwischen Strand- und Dünenspaziergängen, Lesestunden, vielleicht dem ein oder anderen Saunagang, Einkaufen, Kochen und manchmal Essengehen einteilen müssen, ohne dass Langeweile aufkommt und mich nervös macht. Nichts anderes habe ich vor, als abzuschalten, zur Ruhe zu kommen und mich auszuruhen.

Meine Arbeit in den vergangenen Monaten hängt mir noch nach. Sie hat mich ausgezehrt. Die Menschen, die ich im gerade abgeschlossenen Projekt betreut habe, spuken noch in meinem Kopf herum. Zwölf bis vierzehn Stunden täglich habe ich im Büro, in Besprechungen, Schulungen und auf der Straße verbracht. Meine Aufgabe war es, Mitarbeiter einer kleineren stillzulegenden chemischen Fabrik baldmöglich in neue Arbeitsverhältnisse zu vermitteln, um die Abwicklungskosten so niedrig wie möglich zu halten. Privatleben hat es in dieser Zeit für mich nicht gegeben. Ich musste geeignete Stellen für die Menschen finden und sie davon überzeugen, die angebotenen neuen Arbeitsverhältnisse einzugehen.

Am Ende habe ich es wieder einmal geschafft und eine hohe fünfstellige Prämie eingestrichen, die nur ein Bruchteil dessen ist, was ich an kalkulierten Aufwendungen für die Abwicklung einsparen konnte. Neben meinem Fleiß war es vor allem meine Fähigkeit, den arbeitslos Gewordenen das Neue als Chance, Neuanfang und Abenteuer bildhaft und überzeugend darzustellen, selbst wenn es mit einem Wegzug von Zuhause und finanziellen Einbußen verbunden war. Wenn die neuen Arbeitsverträge unterschrieben waren, wirkten die Betroffenen oft erleichtert und regelrecht dankbar, ihrer Angst vor der Arbeitslosigkeit entronnen zu sein, die während der lang schwelenden Krise der Fabrik wie ein Damoklesschwert über ihnen gekreist hatte. Sie schienen sich auf die neue Herausforderung zu freuen, und ich blickte in viele zuversichtliche Gesichter.

Was das Heer der auf einen Schlag Gekündigten nicht ahnt: Ich leide mit ihnen und übernehme einen Teil der Trauerarbeit für das, was sie zurücklassen müssen, wenn sie wegen der neuen Arbeitsplätze in die Fremde ziehen. Bis in den Schlaf haben sie mich verfolgt. Sechs Kilo habe ich in dem halben Jahr abgenommen, solange hat das Projekt gedauert. Und wenige der Betroffenen beharrten darauf, trotz trüber Aussichten dem, was sie als Heimat empfinden, treu zu bleiben. Es waren vor allem die älteren, die die Furcht vor der Einsamkeit in der Fremde mehr als alles andere schreckte.

Privatleben gibt es für mich in solchen Projektzeiten nicht. Ich gehe völlig darin auf, mich in diese an einem Wendepunkt ihres Lebens stehenden Menschen einzufühlen und ihre Schicksale mit zu tragen. Es dauert nach einem intensiven Tag oft bis zum nächsten Morgen, bis ich mich gesammelt habe und mich den Menschen wieder mit frischer Kraft zuwenden kann.

Während meine Gedanken noch kreisen, erreiche ich die kleine Ferienwohnung, die ich auf der Insel gemietet habe. Sie befindet sich in einem Ziegelhaus und hat zwei Schlafzimmer: ein kleineres mit einem schmalen blau gestrichenen Einzelbett und ein größeres mit einem französischen Doppelbett. Ich brauche nicht lange zu überlegen, sondern wähle das kleinere Zimmer, das mir angemessen vorkommt und ich besser ausfüllen kann. Was soll ich in dem großen Bett, dessen Leerstellen nur Gestalten aus meiner Vergangenheit besetzen werden. Ich muss wieder zu Kräften kommen, da kann ich mit Erinnerungen an verflossene Liebschaften nichts anfangen.

Als ich meine Sachen in der Kommode des kleinen Zimmers verstaue und in der Wohnung verteile, um die Räume für die kommenden vier Wochen in Besitz zu nehmen, denke ich wieder an den Mann auf der Fähre. Es ist nicht unwahrscheinlich, dass ich ihm hier noch einmal über den Weg laufen werde. Warum fällt er mir wieder ein? Will ich etwas von ihm? Will ich wissen, was er verbirgt? Ob diese Vorstellung nicht nur meiner Einbildung entspringt? Was ich nicht glaube. Ich habe ein Gespür für so etwas. Und wer weiß außer ihm davon? Geht mich das irgendetwas an? Kann ich ihn nicht einfach wieder vergessen, so wie die anderen Gesichter auf der Fähre, die bereits verblassen? Kann ich nicht einfach mit mir allein sein? Muss ich mir unwillkürlich eine neue Aufgabe suchen, die darin besteht, ein vermeintliches Geheimnis zu lüften, das sich um diesen Mann rankt?

Ich brühe mir einen Kaffee auf und mache es mir mit einer alten Buchclub-Ausgabe mit sämtlichen Novellen von Gottfried Keller auf dem Sofa gemütlich. Noch bevor ich den ersten Becher Kaffee ausgetrunken habe, schlafe ich ein.

Als ich erwache, dämmert es bereits. Ich sollte im Inselladen noch etwas einkaufen, denke ich, und versuchen, noch einen freien Tisch in einem der jetzt im Vorfrühling bereits geöffneten Restaurants zu bekommen. Auf keinen Fall will ich zu anderen Gästen an einen Tisch gesetzt werden. Vielleicht sollte ich besser in meiner Wohnung bleiben und selbst etwas kochen? Aber dann versäume ich eine Gelegenheit, den Mann wieder zu treffen. Der Gedanke erstaunt mich. Ich wehre ihn mit einem unwilligen Kopfschütteln ab. „Willst du Detektivin spielen?", frage ich mich, wie man ein Kind fragt. „Ja, ich glaube, ich will spielen", denke ich, „einfach selbstvergessen spielen und an nichts anderes denken."

7 MICHAEL ANDRESEN (2014)

Als am nächsten Morgen der Wecker klingelt, bin ich vom gestrigen Abend weniger angeschlagen als befürchtet. Ich habe mich beim Trinken trotz der Frotzeleien der Kollegen zurückgehalten und mich vorzeitig verabschiedet. Das war vernünftig und macht sich jetzt bezahlt. Schließlich steht mir kein freier Tag, sondern ein Dienst bevor.

Unter der Dusche fällt mir das Lob von Veronika Schmeller wieder ein. Und dass ich ihr von dem alten Fall erzählt habe, weil es mir schwergefallen ist, ihr Lob anzunehmen. Erst jetzt freue ich mich richtig darüber, denn es war nicht nur schmeichelnd daher gesagt, sondern drückte die Wertschätzung aus, die mir offenbar viele Kolleginnen und Kollegen entgegenbringen. Indem ich Veronika von dem alten Fall erzählt habe, wurde er wieder lebendig, und ich bekam durch ihr aufmerksames Zuhören das Gefühl, dass es richtig ist, ihn nicht zu vergessen. Ich glaube, er lässt mich auch deshalb nicht los, weil ich nicht weit entfernt vom Wohnort des Opfers aufgewachsen bin. Um die Ecke sozusagen. Auch wenn ich Wiebke Loose nicht kannte und nie bewusst wahrgenommen habe. Wir hatten einen anderen Hausarzt, und die Welt der Kinder und die Welt der Erwachsenen war früher stärker voneinander getrennt als heute. Erwachsenen ging man im Zweifel mit großer Scheu aus dem Weg und benahm sich in ihrer Nähe möglichst unauffällig, damit sie nicht auf den Gedanken kamen, einen anzusprechen und sich in die Welt der Kinder einzumischen. Denn mit Ermahnungen und Zurechtweisungen mussten wir Kinder immer rechnen, wenn wir uns im Spiel vergaßen.

Ich kannte hier die Straßen, die Hinterhöfe, die Lücken in den stacheligen und dornigen Hecken, die Nischen und Kellertreppen, die blickgeschützten Höhlen im Gebüsch, die sich als Versteck anboten. „Nase" nannten mich die anderen Kinder. Ein ehrenvoller Spitzname, weil ich geschickt darin war, die anderen bei unseren ausgefeilten Versteckspielen aufzuspüren. Wenn ich suchte, blieb ich in kurzen Abständen stehen und drehte leicht den Kopf, um zu lauschen. Dabei reckte ich die Nase nach oben, und es sah für die anderen so aus, als würde ich schnuppern. Witterung aufnehmen. „Spürnase" hatte mir mal einer respektvoll zugerufen, den ich abgeschlagen hatte. Die anderen nahmen den Spitznamen auf, gebrauchten ihn halb bewundernd, halb ironisch. Schnell wurde er zu „Nase" verkürzt und blieb an mir hängen, als sein Ursprung längst verblasst und vergessen war. Erst nach der Schulzeit, als ich zur Polizeischule kam, wo mich niemand kannte, trennte ich mich von diesem Spitznamen und stellte mich als Michael vor.

Nur gelegentlich begegnet mir noch einer der wenigen, die daheim in Pinneberg geblieben sind und mich „Nase" nennen. Als sei es ein magisches Stichwort, tauchen dann Erinnerungen an die Kindheit auf. Ein Teil von mir fühlt sich wieder klein, und ich schaue an mir herunter, um zu überprüfen, ob ich nicht eine kurze, robuste Lederhose anhabe.

Ohne diesen Spitznamen wäre ich vielleicht gar nicht Polizist geworden. Er gab etwas einen Namen, das ich als Erwachsener als eine besondere Begabung erkannt habe, die sich aus mehreren Fähigkeiten zusammensetzt: die Umgebung aufmerksam wahrzunehmen, auf kleine Veränderungen zu achten, Sinneseindrücke zu lokalisieren, mich behutsam und beharrlich vorzutasten, bei einer Entdeckung zu handeln und dabei intuitiv vorauszusehen, wohin der Gegner sich im Gelände bewegen wird. Ich habe am Ende der Schulzeit gedacht, es sei ein Weg zum Glück oder zumindest zur Zufriedenheit, einen Beruf zu ergreifen, der die eigenen Stärken fordert und der Bestätigung verspricht, indem er einem zeigt, dass man gut ist in dem, was man tut. So kam ich zur Polizeischule und später zur Hochschule der Polizei und nach ein paar Jahren im Dienst zurück nach Pinneberg ins Kriminalkommissariat 11.

Das Opfer wohnte in meinem Kindheitsrevier. Der Täter hatte damit dessen Unschuld befleckt. Ihn noch zu fassen, auch wenn die Tat jetzt 35 Jahre her ist, könnte mir den kindlichen Glauben zurückgeben, dass die Welt gut ist. Das empfinde ich tief, obwohl die Erfahrungen in meiner langen Dienstzeit und mein ausgeprägtes logisches Denken diese Empfindung geradezu verhöhnen. Doch der Glaube, ich könne diese alte Wunde noch heilen, ist fest in mir verwurzelt. Das Problem ist nur: So oft ich die alte Akte lese und mich am Tatort und am Wohnort des Opfers umsehe, ich finde keine neuen Anhaltspunkte. Aber ich habe das Opfer nicht vergessen.

8 ANTJE MERKENS (2015)

In dem Restaurant, das ich nach einigem Ringen mit mir selbst aufsuche, sind alle Tische besetzt. Die Bedienung bietet mir einen Platz an der Schmalseite der leeren Theke an, den ich gerne annehme, denn ich sitze dort abgeschieden und kann einen Großteil des Speisesaals überblicken. Ich bestelle mir ein Bier. Mein erster Alkohol seit dem Start des nun abgeschlossenen Projekts. Denn während ich die Verbindung zu meinen Klienten aufbaue und halte, bis ich sie wieder aus meiner Obhut entlasse, will ich ungetrübt auf deren Leben schauen und genau mitbekommen, wie sie auf meine Worte und Vorschläge reagieren.

Der erste Schluck Bier schmeckt großartig. Ich lasse ihn über meinen Gaumen fluten und habe Mühe, meine aufsteigenden Tränen zurückzuhalten. Ich fühle mich, als sei ich nach Hause zurückgekehrt. Vermutlich spült das Bier nur meine Erschöpfung an die Oberfläche und macht mich empfänglich für sentimentale Empfindungen. Die bittere Süße seines Geschmacks weckt in mir Heimatgefühle.

Mein Vater war ein schweigsamer Mensch. Erst wenn er Bier trank, wurde er fröhlich und erzählte Geschichten von früher. Ich nehme noch einen Schluck, schließe die Augen und lege voll Genuss meinen Kopf in den Nacken.

Als ich meine Augen wieder öffne, blicke ich um mich. Während ich prüfe, ob mich jemand beobachtet, da mir peinlich ist, wie offen sichtbar ich das Bier genieße, sehe ich den Mann von der Fähre hereinkommen. Er ist in Begleitung seiner Frau, die bei unserem kurzen Smalltalk vor dem Anlanden des Schiffs ihre Zugehörigkeit zu ihm herausstreichen musste.

Ich wende den Kopf ab, damit mich das Paar nicht bemerkt. Verstohlen nehme ich wahr, wie die Bedienung den Kopf schüttelt und die beiden wieder von dannen ziehen. Ich fühle mich überreizt und verstehe nicht, warum ich so stark und unmittelbar auf den Mann reagiere. Der nächste Schluck Bier entspannt mich wieder, und ich gebe dem Mann hinter der Theke ein Zeichen, er möge mir ein neues zapfen.

Später liege ich früh im Bett und höre im Dunkeln dem Wind zu, der um das Haus streicht.

9 WIEBKE LOOSE (1979)

Obwohl es Sonntag ist und ich frei habe, wache ich früh auf. Der gestrige Theaterabend hat mich aufgewühlt. Die Kreatürlichkeit des von Ulrich Wildgruber dargestellten Othello, der, von seiner Eifersucht getrieben, außer sich ist, hat mich tief berührt. Er leidet an etwas, das sich in ihm nur vollzieht, aber das er als zu sich gehörig empfindet. Dieser innere Zwiespalt zwischen seinem eigenen Wesen und dem – woher es auch immer kommt –, das sich nur in ihm ereignet, dessen Medium er ist, hat mich in den Schlaf begleitet und früh erwachen lassen.

Vor den Fenstern ist die Dämmerung heraufgezogen. Das noch unklare Licht fällt durch den seitlichen Spalt der Gardinen auf die Wände. Ich spüre einen tiefen Riss durch mich hindurch gehen und muss an den Jungen denken, den ich ausgetragen und geboren, aber nie kennengelernt habe und der doch der meine ist, obwohl ich mein Anrecht auf ihn verwirkt habe. Ist es damals meine Entscheidung gewesen, die meine Eltern mir überlassen haben, ohne mich darin zu unterstützen, zu ihr zu kommen? Oder hat sich diese nur in mir vollzogen, so wie im Wildgruberschen Othello auf der Bühne? Glaube ich immer noch, es sei das Beste für mein Kind gewesen, dass ich es weggegeben habe? Wie mag es ihm wohl gehen? Wie wäre es ihm ergangen, wenn ich mich anders entschieden und es bei mir behalten hätte? Warum habe ich so entschieden? Ich weiß es nicht mehr, nur, dass es sich damals richtig anfühlte. Warum habe ich geglaubt, dass es für das Kind das Beste ist? Oder habe ich damals nur an mich gedacht?

Ich stehe auf, putze mir die Zähne, kämme mich und ziehe mich an, streife die dünne Jacke über und verlasse das Haus. Ich brauche Bewegung. Wenn ich gehe, werden meine Gedanken – so wie immer – an Schärfe verlieren, werden sanfter werden, in friedlicheres Licht tauchen. Die Luft ist klar und kühl, die Helligkeit nimmt zu, auch wenn die Sonne noch nicht aufgegangen ist. Als ich am Ende des Weges, der vom Hauseingang zur Straße führt, zwischen der Buchsbaumhecke hindurch komme, habe ich das Gefühl, beobachtet zu werden. Ich drehe mich um. Das Haus liegt verschlafen da, die Fenster sind dunkel und die Gardinen überall zugezogen. Keine bewegt sich. Ich streiche mir das Haar aus der Stirn und wende mich nach rechts. „Alles schläft", denke ich, „ich wache einsam." Was einem so durch den Kopf geht. Wie sich gegenwärtige Beobachtungen mit Erinnerungsschnipseln verknüpfen. Nicht immer ergibt das einen Sinn.

Das Gehen beruhigt mich, wie ich vermutet habe. Meine Gedanken kreisen, lockern sich und trudeln durcheinander. Othello und mein Leben bekommen gleich viel Gewicht und sind beide etwas, das ich auf meiner inneren Bühne betrachten kann. Vergangen, nur noch Erinnerung, ein Lehrstück, eine Regung irgendwo auf der Welt.

10 BERNHARD LOOSE (1979)

Ich kann hier nicht stehen bleiben und weiter das Haus beobachten. Wenn mich jemand bemerkt, wird er glauben, ich führe etwas im Schilde, spähe das Gebäude aus, um einzubrechen oder zu spannen. Ich drehe mich um die eigene Achse. Straße und Bürgersteige sind menschenleer. In keinem der Fenster ist Licht zu sehen. Es ist die Zeit, in der die Menschen schlafen, in der die Stadt schläft. Die Zeit, kurz bevor die Dunkelheit zurückzuweichen beginnt.

Ich mag noch nicht gehen, zurück zu meinem Lastwagen, meinem unwirtlichen Zuhause. Jetzt, wo ich hier angekommen bin. So fühlt es sich an: als ob ich nach einem langen Weg angekommen bin.

Vor dem Mietblock gegenüber stehen auf einem von Hecken eingesäumten Platz zwei Müllcontainer. Ich werde mich dort verbergen. Würde ich entdeckt, wäre ich nur ein Obdachloser, der sich einen Schlafplatz gesucht hat. Ich rücke einen der Container etwas von der Hecke ab, zwänge mich in die Lücke dazwischen und lasse mich auf der Erde nieder. Durch das Blattwerk hindurch kann ich das Haus im Blick behalten.

Trotz der nächtlichen Kühle friere ich nicht. Innere Wärme durchströmt mich, wenn ich zu dem Haus hinübersehe, in dem meine Mutter wohnt. Oder hat sie dort nur gewohnt und ist wieder umgezogen? Sie muss dort noch wohnen, es kann nicht anders sein. Warum habe ich nicht auf die Klingelschilder geschaut? Sie heißt wie ich, wir tragen den gleichen Namen. Loose.

Die Nacht beginnt zu weichen, das erste Tageslicht kriecht heran. Langsam und unmerklich noch, mehr spür- als sichtbar.

Das Haus gegenüber gewinnt an Farbe, der Backstein rötet sich. In einem der Fenster nehme ich einen schwachen Lichtschein hinter der Gardine wahr. Mein Herz schlägt schneller. Das Warten wird bald ein Ende finden. Es muss einfach so sein.

Als die Haustür aufgeht und meine Mutter vor die Tür tritt, erkenne ich sie sofort. Ich erkenne sie, weil sie mir ähnelt, weil wir aus dem gleichen Stamm sind. Meine Mutter, die ich nicht kenne, die mich im Stich gelassen hat, und die ich doch durch die kleinen Lücken in der Hecke sofort erkenne. Die vertraute Wut, mein ständiger Begleiter, kehrt zurück. Meine Mutter wendet sich nach links. Ich warte einen Moment, bevor ich ihr folge.

Am nächsten Morgen erwache ich in der frühen Dämmerung vom Lärmen der Vögel. Das Zwielicht der Blauen Stunde sickert an den Rändern der Faltgardinen vorbei ins Zimmer. Ich mache kein Licht an, schiebe die Faltgardinen nach oben und betrachte eine Weile den in der Dämmerung schemenhaften Straßenabschnitt, der vor meinem Fenster verlassen daliegt. Ich gehe in die Küche und trinke ein Glas Wasser, dusche, ziehe mir rasch etwas Bequemes und Warmes an und verlasse das Haus. Das Licht nimmt im Osten zu, doch die Sonne zeigt sich noch nicht. Der Himmel ist klar. Kurz hinter dem Haus biegt ein gepflasterter Weg ab, der durch die Dünen zum Strand führt.

Die Winterstürme haben den Abgang von der Dünenkrone weggespült. Provisorisch ist aus Sand eine Schräge angeschüttet worden, damit die Inselbesucher bequemer absteigen können und beim Herunterklettern nicht noch mehr von der Düne abbrechen. Der Sand rutscht unter mir weg, während ich hinuntergleite. Ich gehe bis zur Wasserlinie vor und wende mich Richtung Osten. Der Himmel rötet sich, bald wird sich die Sonne hinter dem Horizont hervorschieben. Ich fröstele in der Morgenkühle, und ich fühle mich frei, während ich die sanft vom Meer heranwehende Luft einatme. Der Strand ist noch menschenleer, nur in der Ferne kommt mir ein einzelner Spaziergänger entgegen.

Es ist seine Haltung, an der ich ihn zuerst erkenne: aufrecht gehend, aber so, als würde er sich hinter der Fassade des Aufgerichtet-Seins wegducken. Wie jemand, der erwartet, geschlagen zu werden. Es ist nicht wirklich sichtbar, ich kann meine

Wahrnehmung nicht beweisen, ich muss ihr vertrauen. Ich habe den Impuls, mich umzuwenden und in die andere Richtung davonzueilen. Doch ich unterdrücke ihn und gehe gleichmäßig weiter.

„Moin", grüßt der Mann, als wir uns schließlich begegnen. Er hält an, und ich bleibe ebenfalls stehen und erwidere seinen Gruß in der hier gebräuchlichen Form.

„Wir kennen uns von der Fähre", sagt er. „Sie haben mich immer wieder angesehen. Ich merke mir die Gesichter von denen, die mich mustern."

„Stimmt", erwidere ich, „Sie saßen an Bord zusammen mit Ihrer Frau in meiner Blickrichtung."

„Machen Sie hier Urlaub?", fragt er.

„Ja", entgegne ich, „warum sollte man sonst hierherkommen?" Ich komme mir schnippisch vor.

„Es gibt auch die, deren Job es ist, sich auf die eine oder andere Art um die Gäste und ihr Wohlergehen zu kümmern, die bedienen und alles in Ordnung halten. Dazu die Mitarbeiter vom Küstenschutz, die professionellen Naturschützer, ein paar Lehrer und Erzieher, den Redakteur vom Inselboten … Ein paar fallen mir schon ein, die nicht zum Erholen und nur wegen der Nordseeluft hier sind."

„Gehören Sie zu letzteren?", frage ich.

„Nein", antwortet er, „meine Frau und ich, wir kommen fast jedes Jahr hierher. Hat meine Frau das nicht schon beim Anlegen der Fähre zu Ihnen gesagt?"

„Stimmt, das hatte ich vergessen." Ich lüge und fühle mich dabei ertappt und in die Defensive gedrängt. Dabei ist es nur unverbindliches Geplänkel, das sich zwischen uns abspielt. Ich sollte etwas fragen, was mich wirklich interessiert. „Sie sind sehr früh unterwegs", stelle ich fest.

„Ich bin gern unbeobachtet. Deshalb stehe ich früh auf, damit ich in der ersten Dämmerung am Strand bin und ihn für mich weitgehend allein habe, bevor mehr und mehr Menschen aus ihren Betten kriechen. Meine Frau schläft gern lange. In dieser Beziehung passen wir nicht gut zusammen", erzählt er mehr, als für eine knappe Antwort auf meine Bemerkung notwendig wäre. Unterhält er sich gerne mit mir?

„Sind Sie zwei schon lange verheiratet?", frage ich ermutigt nach.

„Mehr als 30 Jahre. Jung gefreit, nie gereut, sagt man. Aber das stimmt nicht. Erstens war zumindest ich schon 27 Jahre alt, als wir geheiratet haben. Und zweitens hatten wir unsere Krisen." Mich überrascht seine Offenheit. Warum erzählt er einer Fremden, mit der er erst wenige Worte gewechselt hat, von seinen Ehekrisen?

„Sie sind neugierig", stellt er fest. „Wie ist es mit Ihnen? Sind Sie verheiratet?"

„Mit meiner Arbeit." Ich muss lachen, als ich das sage, weil ich es noch nie so klar ausgesprochen habe und es mir in diesem Augenblick so vorkommt, als ob es stimmt. „Für einen Mann fehlt mir die Zeit und die Kraft. Ich muss mich um zu viele andere Menschen kümmern."

„Dann haben Sie auch keine Kinder?", fragt er nach. „Wir haben zwei Jungs", gibt er preis, bevor ich antworten kann. Er erzählt viel Persönliches für einen, von dem ich vermute, dass er etwas verbirgt. Gleichzeitig hat er das Gespräch umgedreht und stellt mir Fragen, um selbst keine Antworten geben zu müssen, denke ich und sage: „Keine Kinder, was ich mehr bedauere als meine Männerlosigkeit. Aber wer weiß, zu welchen Schlüssen ich gekommen bin, wenn ich die Insel in vier Wochen wieder verlasse."

„Dann sehen wir uns vielleicht noch mal wieder. Was mich durchaus freuen würde." Flirtet er mit mir? „Wir sind auch vier Wochen hier", fährt er fort. „Ich muss jetzt weiter. Ich habe meiner Frau versprochen, Brötchen mitzubringen und bis zum Inselbäcker ist es noch ein gutes Stück." Er wendet sich zum Gehen.

„Tschüss", sage ich, „und auf Wiedersehen." Meine Stimme hat zu meinem eigenen Erstaunen einen sanften Unterton.

„Wir sehen uns. Die Insel ist klein", verabschiedet er sich.

Während ich meinen Weg fortsetze, meine ich im Rücken zu spüren, wie er mir nachblickt.

Im Gehen denke ich wie eine Detektivin über unser kurzes Gespräch nach und versuche zu rekapitulieren, was gesprochen wurde, und mir auch darüber klar zu werden, was unausgesprochen mitschwang. Ich habe etwas von ihm erfahren, einige biografische Fakten und dass er gerne unbeobachtet spazieren geht. Jedoch habe ich versäumt, ihn zu fragen, woher dieses Bedürfnis rührt. Ich bin mir während unseres Gesprächs gelenkt vorgekommen und habe es nicht vermocht, die Initiative an mich zu reißen, was für mich ungewöhnlich ist. Der Mann hat einen selbstsicheren und selbstbewussten Eindruck gemacht und nicht wie jemand gewirkt, der fürchtet, etwas über ihn könnte ans Licht kommen. Hat er als Opfer oder als Täter etwas zu verbergen, frage ich mich. Oder ist das nur meine fixe Idee, ein Hirngespinst, in das ich mich verrenne? Ich hätte ihn nach seinem Namen fragen sollen. Vielleicht hätte ich dann im Internet etwas über ihn herausfinden können. Wenn er denn seinen richtigen Namen genannt hätte, denke ich und finde die Vorstellung zugleich absurd, er könnte mich über seine Identität belügen. Ich muss aufpassen, dass ich mich nicht in etwas Eingebildetem verliere. Aber ich merke auch, dass mir das Detektivspielen eine unverhoffte Abwechslung bietet. Und wenn es am Ende nur etwas völlig Harmloses ist, das meinen spontanen Eindruck ausgelöst hat. Jeder hat etwas zu verbergen, denke ich. Der eine im Schweigen, der andere im Geschwätz.

In der Zwischenzeit ist die Sonne am Horizont aufgestiegen. Ich habe das Morgenrot und das heller werdende Licht kaum wahrgenommen, weil sich meine Gedanken um den Mann und sein mutmaßliches Geheimnis drehen. Ich ärgere mich über mich selbst und biege an der Landspitze vom Strand auf einen Weg ab, der hinter den Dünen entlang der Salzwiesen zurück ins Dorf führt.

12 BERNHARD LOOSE (1979)

Es ist schwierig, ihr unbemerkt zu folgen. Es ist so ruhig an diesem Sonntagmorgen, dass es mir so vorkommt, als ob meine Schritte laut durch die Straßen hallen. Es gibt keine Menschenmenge, in der ich unauffällig untertauchen könnte. Ich muss warten, bis sie die nächste Ecke erreicht hat und dahinter verschwindet. Und dann so leise, wie ich es vermag, hinter ihr her spurten, um sie nicht zu verlieren.

An den Ecken warte ich und spähe ihr vorsichtig nach. Sie schreitet zügig aus. Ihr braunes Haar reicht ihr bis auf die Schultern und wippt von der Bewegung rhythmisch auf und ab. Ihr Gang wirkt zielgerichtet, sie schwankt nur wenig mit den Schultern hin und her. Ich starre auf ihren Po, messe mit den Augen ihr Becken. „Darin bin ich gewachsen", denke ich, „bevor ich verstoßen wurde." Ich fröstele.

Ihr Weg führt durch Straßen mit kleinen Bungalows, Reihenhäusern, schmalen freistehenden Doppelhäusern über zwei Stockwerke. Die ersten Sonnenstrahlen arbeiten ihre Fassaden kontrastreich hervor. „Sie bemerkt mich nicht. Sie hat vergessen, dass es mich gibt. Sonst würde sie mich spüren, sich einmal nach mir umdrehen", denke ich, als sie tatsächlich stehenbleibt und sich zögernd umwendet. Das nehme ich noch wahr, bevor ich meinen Kopf schnell hinter eine Hecke zurückziehe. Mein Puls geht schneller. Ich warte eine Weile, bis ich vorsichtig um die Ecke spähe und sehe, dass sie weitergegangen ist.

Sie überquert eine Straße, an der nur auf einer Seite Häuser stehen. Gegenüber erstreckt sich ein Baumschulenfeld. Eine schmale landwirtschaftliche, von Knicks gesäumte, asphaltierte Straße führt ins Feld hinein. Die Durchfahrt ist nur Anwohnern erlaubt. Ich höre von weitem den Aufruhr der Vögel, die zu Hunderten in den Büschen sitzen. Als ich ihr in diesen Weg folge, sehe ich sie ein Stück voraus. Hier werden wir ganz allein sein. Kein Haus mehr, aus dessen Fenstern uns jemand sehen könnte. Nur sie und ich.

13 WIEBKE LOOSE (1979)

Das Gehen tut mir gut, wie ich es erwartet habe. Meine Gedanken kommen in Fluss und verlieren von ihrer Schwere. Ich muss wieder an meinen Jungen denken und meinen Entschluss, ihn wegzugeben. Wie viele Entscheidungen mögen jede Sekunde auf der ganzen Welt getroffen werden, unbedeutende und bedeutende, solche, die nichts bewirken, und solche, die Leben in neue Richtungen führen? Die sich aber alle nicht rückgängig machen lassen, sind sie erst einmal in Taten überführt. Ich muss die Vergangenheit, in der ich meine Entscheidung getroffen und sie umgesetzt habe, hinter mir lassen und auf meine Zukunft gerichtet leben. Mich weiter entscheiden und etwas Gutes bewirken.

Dass unseren Entscheidungen ein freier Wille zugrunde liegt, zweifele ich an. Sie sind konventionell, entspringen Prägungen und werden von Kräften ausgelöst, die außerhalb von uns selbst liegen. Entscheidungen, die wir nur, ohne uns darüber bewusst zu sein, in uns aufnehmen und für unsere eigenen halten. Sie fußen zu viel größeren Anteilen auf sozialen Konstellationen zu einem bestimmten Lebenszeitpunkt als einem freien Willen. Es gibt daher für mich keinen Grund, mich schuldig zu fühlen und zu grübeln. Das sage ich mir. Mein Leben ist weiter gegangen und das meines Kindes unabhängig von meinem ebenfalls. Es gibt keinen Grund anzunehmen, dass es ihm nicht gut gegangen ist und weiterhin gut geht.

Ich habe wieder das Gefühl, beobachtet zu werden und drehe mich vorsichtig um. Aber da ist niemand. Ich blicke einen Moment die Straße zurück, die verlassen daliegt und von der tiefstehenden Sonne in scharfe Kontraste getaucht wird.

Ist es religiös, wenn ich denke, dass wir nur zu einem kleinen Teil Herr unserer Entscheidungen sind? Dass eine Art höhere, wenn auch unpersönliche Macht uns lenkt und in uns unsere Entscheidungen sät und dabei zusieht, wie sie heranwachsen und reifen? Eine Macht, die uns nicht verurteilt, sondern beobachtet wie ein Forscher Ratten in einem Labor? Ich muss darüber schmunzeln, wohin meine Gedanken wieder einmal treiben.

Ich werde noch den „Promilleweg", den Feldweg, den Autofahrer nachts gerne nehmen, wenn sie zu viel Alkohol getrunken haben, bis Appen gehen, bevor ich umkehre.

14 ANTJE MERKENS (2015)

Die vergangenen Tage bin ich dem Mann nicht begegnet. Ich habe mich in einen gleichmäßigen Rhythmus eingeschwungen, der mich zwei-, dreimal am Tag zu langen Spaziergängen aus dem Haus führt. Ermattet vom Spazierengehen in der Meeresluft gehe ich früh zu Bett, so dass ich morgens nach tiefem und langem Schlaf zeitig wieder den Weg zum Strand einschlage.

Ich halte nach dem Mann Ausschau, der zugegeben hat, dass er schon in der Dämmerung aufbricht, um unbeobachtet zu sein und den Strand für sich zu haben. Ich wende häufiger den Kopf, während ich an der Wasserkante ausschreite, doch der Strand erstreckt sich leer im zunehmenden Licht, bis manchmal in der Ferne eine Läuferin vom Dorf kommt und auf die lange Sandfläche einbiegt. Meidet der Mann den Strand, weil er fürchtet, mir wieder zu begegnen? Eine selbstbezogene Vorstellung, denke ich. Er hat schließlich keinen Grund, mir besondere Beachtung zu schenken. Obwohl: Hat er nicht mit mir geflirtet und behauptet, es würde ihn freuen, mich wiederzusehen? Wo versteckt er sich vor mir? Bei diesem Gedanken muss ich grinsen.

Erst am fünften Tag nach meiner Ankunft auf der Insel treffe ich ihn wieder. Unverhofft und an einem Ort, an dem ich nicht mit ihm gerechnet habe, obwohl ich nicht sagen kann, warum ich ihn gerade hier nicht erwartet habe. Schließlich gibt es hier nicht allzu viele Orte, die man aufsuchen kann, um die Langeweile zu vertreiben, wenn sie sich breit macht und in den Unterkünften einnistet. Vielleicht, weil der Ort es zwangsläufig mit sich bringt, sich zu entblößen und nackt dazustehen.

Er schiebt die Tür der Sauna auf, deren große Glasfront einen weiten Blick über die Dünen freigibt. Ich liege allein langgestreckt auf der oberen Bank, den Kopf auf einer hölzernen Stütze abgelegt, sodass ich das Panorama betrachten kann. Der Mann zieht die Tür hinter sich zu, wendet sich zur Seite und dreht eine Sanduhr um. Dann lässt er seinen Blick durch den Raum schweifen, um sich für einen Platz zu entscheiden und grüßt mich, ohne mich in meiner Nacktheit sogleich zu erkennen. Ich betrachte ihn verstohlen, während er nach oben in die vorletzte Bankreihe klettert. Er ist unscheinbar muskulös. Seine Muskeln sind nicht aufgepumpt, sondern durch Alltagsgebrauch trainiert.

Als er sich setzt, blickt er nochmals zu mir herüber, und jetzt erkennt er mich. „Ach, Sie sind es", stellt er fest, wobei ihm seine Überraschung anzusehen ist. „Man trifft sich immer zehn Mal auf der Insel", scherzt er, während er die Augen niederschlägt. Jetzt, wo er mich erkannt hat, ist es mir peinlich, ihn hier nackt zu treffen. Ich presse unwillkürlich meine Beine zusammen.

Der Mann hat seine Unterarme auf die Oberschenkel oberhalb der Knie gestützt und den Oberkörper in der Hüfte nach vorne geschoben. Er sieht auf die Dünenlandschaft hinaus und schweigt. Ich sehe zu, wie meine Schweißperlen vom Körper herunter auf das Handtuch rinnen.

Wir sprechen nicht miteinander, aber ich spüre, dass sich seine Gedanken auf mich richten wie meine auf ihn. Was mag er über mich denken?

Schließlich stütze ich mich auf die Ellenbogen auf und komme mit dem Oberkörper in Schräglage. Der Mann dreht seinen Kopf zu mir und mustert mich verstohlen. Ich weiß, dass mich viele Männer attraktiv finden und mich betrachten, wenn sie glauben, dass ich es nicht merke. Das stört mich in der Regel nicht, sollen sie schauen. Meine Mutter sagt immer, man kann dir nichts weggucken. Aber jetzt ist es mir unangenehm, dass der Mann zu mir herübergesehen hat. Ich fühle mich schutzlos, obwohl er seinen Kopf schnell wieder weggedreht und er sich mir vielleicht nur unwillkürlich zugewandt hat, weil die Bank geknarrt hat, als ich mich aufgestützt habe.

Ich ziehe mein Handtuch unter dem Rücken hervor und halte es über meiner Brust fest, um meinen Körper vorne zu bedecken, während ich die Bänke hinunterklettere. Ich nicke dem Mann kurz zu, als ich die Tür öffne, und er sagt „Tschüss". Er blickt mir nach, während ich die Tür hinter mir zuziehe.

Die kalte Dusche nach dem Saunagang zwingt mich, tief durchzuatmen, und mir wird bewusst, wie flach und gepresst ich geatmet habe, seitdem der Mann die Sauna betreten hatte. Ich spüre einen Impuls zu fliehen, komme mir dabei lächerlich vor und unterdrücke ihn.

Die Begegnung hat mich zu sehr aufgewühlt, um mich im Ruheraum auf der Liege auszustrecken. Ich entscheide mich daher, an der Bar etwas zu trinken zu holen und mich auf eine Bank im zentralen Raum zu setzen. Von ihm aus werden die anderen Bereiche der Saunaanlage erschlossen, und er ist zugleich als Aufenthaltsraum mit Sitzgruppen und Liegen eingerichtet.

Ich greife zu einer der auf den Tischen aufgefächerten Zeitschriften und beginne, in ihr herumzublättern. Meine Augen gleiten über die Bilder, doch es gelingt mir nicht, mich zu konzentrieren.

„Darf ich?" Der Mann weist auf einen Hocker am Tisch. Ich habe ihn nicht kommen gehört und ihn erst bemerkt, als er mich ansprach. Er trägt einen weißen Leihbademantel mit dem aufgestickten Emblem der Dünensauna. „Es lohnt sich nicht, einen eigenen Bademantel auf die Insel mitzuschleppen", sagt er, als antworte er auf meinen Blick. Ich mache mit dem Arm eine einladende Geste. „Sind Sie allein?", frage ich. „Wo ist Ihre Frau?"

„Sie mag es nicht, sich vor Fremden zu entblößen, schon gar nicht, wenn sich die Haut vor Hitze rötet und der Schweiß den Körper für alle sichtbar wie eine Ölschicht bedeckt – so ihre Worte. Aber verraten Sie ihr nicht, dass ich Ihnen das erzählt habe", sagt er im Plauderton. „Ich bin manchmal zu indiskret." Er blickt in Gedanken auf das kleine Viereck des gefliesten Tischs.

„Sie scheinen mit Ihrer Frau nicht viel gemeinsam zu haben", stelle ich fest und erschrecke im selben Moment, weil mir klar wird, wie direkt und grenzverletzend meine Bemerkung einem Fremden gegenüber aufgefasst werden könnte. Gibt es bereits eine Verbindung zwischen uns, die eine solche Frage gewöhnlich erscheinen lässt? Ich blicke ihn an. Er wirkt nicht empört, sondern scheint vielmehr zu überlegen, wie er antworten soll.

„Sie mögen recht haben", sagt er schließlich zögerlich. „Wir gehen oft getrennte Wege. Aber das ist zwischen uns eingespielt. Es fällt mir gar nicht mehr auf. Warum fragen Sie das?"

„Weil ich Sie fast immer nur alleine treffe", antworte ich.

„Uns geht es gut damit, so wie es ist." Er spricht nachdenklich, als ringe er um eine ehrliche Antwort und versuche, sich selbst etwas bewusst zu machen. „Jeder macht, was ihm Freude bereitet, und fühlt sich durch den anderen nicht eingeschränkt. Würden wir unsere eigenen Bedürfnisse zu sehr an die des anderen anpassen, würden wir verkümmern. Ich glaube, dann würde ein stiller Zorn auf den anderen in uns wachsen."

„Aber es ist doch schön, mit einem Partner etwas gemeinsam zu erleben und nicht nur einfach zu gewöhnlichen oder verabredeten Zeiten zusammen zu kommen", widerspreche ich.

„Sie haben keinen Lebensgefährten, sagten Sie? Es klingt theoretisch, wie Sie das sagen", wehrt er meine Bemerkung ab. Das Blut steigt mir zu Kopf, und ich sehe, dass er wahrnimmt, wie ich rot werde. Ich fühle mich wie bei unserer letzten Begegnung in die Defensive gedrängt.

„Nein, ich lebe zurzeit allein, habe aber meine Erfahrungen mit festen Beziehungen gesammelt", antworte ich und komme mir dabei trotzig vor.

„Was hat Ihre *Beziehungen* auseinandergebracht? Warum haben sie nicht gehalten?" Er fragt aus einem ehrlichen Interesse, denke ich, und fühle mich doch unwohl, wie in einem Verhör.

„Muss ich mich vor Ihnen rechtfertigen?" Ich reagiere barsch auf seine Fragen. Ich weiß, dass er einen wunden Punkt in meinem Leben berührt hat. Doch muss ich mich deshalb von ihm provoziert fühlen?

„Entschuldigen Sie bitte, ich wollte Sie nicht kränken", beschwichtigt er. „Sie haben mich so offen angesprochen, dass ich glaubte, meiner Neugier keine Zügel anlegen zu müssen. Sie müssen nicht antworten. Entschuldigen Sie bitte."

Er reagiert höflich. Jetzt ist es an mir, meine Barschheit zu entschuldigen oder zumindest zu erklären: „Es ist mir peinlich, und ich weiß nicht so recht warum. Vielleicht vermisse ich etwas."

„Sehen Sie, meine Frau und ich, wir behalten nicht für uns, was jeder für sich tut. Wir bringen es dem anderen mit, wie ein Geschenk. Das belebt unsere Ehe." Er bemüht sich, mir zu erklären, warum er glaubt, dass die Beziehung zwischen ihm und seiner Frau gut funktioniert.

Ich lächele ihm zu. „Danke", sage ich. Er blickt mich erstaunt an. „Für Ihre Offenheit", ergänze ich und weiß zugleich, dass es etwas anderes ist, für das ich mich bedanke. Nur, was ist es, das mir von einem auf den anderen Moment Zutrauen zu ihm eingeflößt hat?

„Möchten Sie noch etwas trinken?", fragt er. „Ich gehe mir einen Milchkaffee holen."

„Nein, vielen Dank", lehne ich ab. „Ich muss noch etwas ausschwitzen." Ich stehe auf, ziehe meinen Bademantel über der Brust zusammen und nicke ihm zu, bevor ich auf die angrenzende Dachterrasse hinaustrete, von der eine Treppe hinauf zu der Sauna mit heißer und trockener Luft und Ausblick auf die Dünen führt.

Der Raum ist leer und ich strecke mich wie zuvor auf der oberen Bank aus. Ich bin aufgeregt, und obwohl ich allein bin, habe ich das Bedürfnis, meine Nacktheit zu bedecken. Zugleich will ich mich zeigen. Ein widersprüchliches Gefühl. Hin und wieder schweift mein Blick zur Tür, in Furcht und Erwartung, ob er sich dort nach einer Anstandswartezeit zeigt.

Während nichts weiter geschieht, beginne ich, ruhiger zu atmen. Ich spüre meine Enttäuschung darüber, dass er mir nicht gefolgt ist. Die Lust zu weinen überkommt mich, doch ich unterdrücke diesen Impuls, und die Enttäuschung verflüchtigt sich in der schweißgetränkten Luft.

Das Gespräch mit dem Mann, dessen Namen ich immer noch nicht kenne, hat eine Leerstelle in mir geöffnet, die ich zwar wahrnehme, deren Bedeutung aber diffus bleibt. Es gibt eine Verbindung zwischen mir und ihm. Er rührt mich an und – davon muss ich wohl ausgehen – auch ich rühre ihn an. Das war eben kein Smalltalk zwischen flüchtigen Urlaubsbekanntschaften, sondern ein Erkennen. Das macht es wahrscheinlicher, dass meine Vermutung stimmt, er verbirgt etwas vor allen. Auch vor seiner Frau? Ich blicke meinen Körper hinab, auf dem wieder Schweißperlen glitzern und zu einem Film zusammenrinnen. Ich bin jetzt erleichtert, dass er mir nicht gefolgt ist. Ich werde bald gehen und will ihm hier heute nicht noch einmal begegnen.

Wir sind allein. Allein auf diesem Weg in der Morgenkühle, zwischen dem Gekreisch der Vögel, das lauter ist als meine dahingleitenden Schritte. Ich habe sie vor mir. Keine hundert Meter mehr. Meine Mutter. So nah wie noch nie bin ich ihr. Die Wut, die ich kenne, so gut kenne, die mich antreibt, sie ist da. Ist sie nur vertraute Gewohnheit, ein Gefühl, das sich von seinem Gegenstand gelöst hat und da ist, egal, ob es passt oder nicht? Wir werden uns nun bald zwangsläufig begegnen. Ich fühle schwach Zärtlichkeit, die mir fremd ist. Die mich daran erinnert, wie ich einmal vorsichtig ein Pferd an der Schulter gestreichelt habe und dieses den Kopf zu mir gewendet und mich angesehen hat. Auch ein Gefühl der Zugehörigkeit spüre ich wie einen Hauch. Doch vor allem erfüllt mich mein tief verwurzelter Hass, der nach vorn strebt und den ich kaum zu unterdrücken vermag, auch wenn ich nicht möchte, dass er jetzt alles beherrscht. Denn der Augenblick hat etwas Zartes, das nicht zerstört werden soll von dem, was in mir brodelt und immer gebrodelt hat.

Ich hole auf. Warum bemerkt sie mich nicht? Warum dreht sie sich nicht noch einmal um, so wie eben, als ich mich gerade noch verbergen konnte. „Entschuldigung", rufe ich, als ich nahe genug an sie herangekommen bin, um nicht brüllen zu müssen. Sie bleibt stehen, und jetzt endlich wendet sie sich mir zu. Ihr Körper spannt sich an, sie sieht ängstlich aus. „Ich glaube, ich habe mich verlaufen", sage ich und hoffe, durch mein Sprechen ihr Zutrauen zu gewinnen. Ich rede weiter, um bloß kein Schweigen zwischen uns aufkommen zu lassen. „Ich konnte nicht mehr schlafen und wollte meine Gastgeber nicht stören, bin einfach in meine Kleider geschlüpft und losgelaufen." Ich nähere mich ihr, während ich weiterspreche. „Jetzt weiß ich nicht mehr, wo ich bin."

Ich stehe ihr jetzt direkt gegenüber, nur noch einen Meter entfernt. Aufgewühlt. Meine Mimik habe ich nicht unter Kontrolle. Ich spüre, wie es um meine Mundwinkel unwillkürlich zuckt, und sehe in ihr verängstigtes Gesicht.

„Wo müssen Sie denn hin, in welche Straße?", fragt sie mich, als führten wir ein normales Gespräch zweier fremder Passanten.

„Hirtenweg", stoße ich hervor, weil ich mich erinnere, dass ich an einer Straße dieses Namens vorbeigekommen bin. „Hirtenweg", wiederhole ich noch einmal, weil mir mein erster Versuch so gehetzt vorgekommen ist. Ich starre sie an, ich sauge ihr Gesicht in mir auf, und ich merke, dass Tränen in mir aufsteigen.

„Wollen Sie dorthin zurück?", fragt sie mich und tritt einen Schritt zurück, als brächte sie sich in eine Startposition. „In den Hirtenweg, meine ich."

Ich will ganz an den Anfang zurück, denke ich. Uns eine neue Chance geben. Ihr eine neue Chance geben, mich zu behüten und aufwachsen zu sehen, sich an mir zu erfreuen. Warum erkennt sie mich nicht? Ich bin doch ihr Kind, in ihrem Leib gewachsen. Sie muss doch spüren, wer ich bin, dass ich kein Fremder bin und dass mich der Scheiß-Hirtenweg nichts angeht, sondern dass sie es ist, der ich gefolgt bin, zu der ich hinwill. „Ja", sage ich. Ich muss ihr noch etwas Zeit geben, mich zu erkennen. Wir haben uns lange nicht gesehen. Sehr lange, viel zu lange nicht.

„Das ist ganz einfach", sagt sie. „Sie gehen diesen Weg zurück." Sie zeigt mit dem Finger in die Richtung, aus der wir beide gekommen sind, „und dann immer weiter geradeaus, bis Sie an eine Kreuzung kommen, an der nach links die Richard-Köhn-Straße abgeht. Dort biegen Sie ein und nehmen dann die erste Straße rechts, den Großen Reitweg. Dann kommen Sie am Hirtenweg vorbei. Es ist ganz einfach. Lange gerade aus, Richard-Köhn-Straße links, Reitweg rechts, schon sind Sie da."

Ich sehe ihr beim Sprechen zu. Ich höre ihre Stimme, die mich an nichts erinnert. Sie erklärt mir einen Weg, den ich nicht gehen will. Der mich nichts angeht.

Ich mache einen Schritt auf sie zu. „Halt", sagt sie, „kommen Sie nicht näher. Ich kenne Sie nicht."

Ein Schalter legt sich in mir um. Es macht mich zornig, so unendlich wütend, dass sie behauptet, mich nicht zu kennen. Dass sie mich nicht erkennt. Alle anderen Empfindungen, die ich eben noch schwach gespürt habe, sind wie weggeblasen. Ich bin wie von Sinnen. Meine Arme schnellen vor, während ich noch einen Schritt auf sie zumache, und meine Hände suchen und finden ihren Hals und ich beginne zuzudrücken, mit meinen kräftigen Daumen in ihren Kehlkopf. Ich schaue mir dabei zu, wie ich ihr die Beine wegschlage, so dass sie nach hinten stürzt und ich auf sie falle, ohne loszulassen.

16 MICHAEL ANDRESEN (2014)

Wenn ich einen freien Tag habe und spazieren gehe, komme ich manchmal an der Stelle vorbei, an der damals die Leiche der Frau gefunden wurde. Jetzt sieht es hier ganz anders aus als damals. Ein Neubaugebiet erstreckt sich dort, wo seinerzeit eine Baumschule ihre Felder hatte und junge Setzlinge in Reih und Glied standen. Heute wohnen hier viele junge Familien mit Kindern.

Der Täter hatte die Leiche an dem landwirtschaftlichen Weg zwischen Pinneberg und Appen hinter den Knick gezogen und notdürftig mit Zweigen bedeckt. Das deutet darauf hin, dass er in Eile war und die Tat nicht vorbereitet hatte. Wir gingen davon aus, dass es ein Täter war, weil der Kehlkopf der Frau mit irrsinniger Gewalt eingedrückt worden war. Einer physischen Kraft, die allenfalls sehr durchtrainierte Frauen aufzubringen in der Lage sind. Die Wahrscheinlichkeit sprach für einen Mann.

Nichts ist mehr übrig vom damaligen Tatort. Nur in meiner Erinnerung ersteht die Stelle so, wie sie damals ausgesehen hat, als ich ankam. Wie oft bin ich als Kind und Jugendlicher mit meinem Fahrrad auf dem Weg ins Appener Moor hier vorbeigekommen und habe mich manchmal sogar gefragt, was ich täte, wenn ich hier im Knick eine Leiche entdeckte. Ob ich erst nach Hause rasen und meine Eltern benachrichtigen sollte, den erstbesten Passanten ansprechen oder im ersten Haus am Wedeler Weg klingeln? Würde man mir glauben? Würde man mir ansehen, dass ich mit so etwas keine üblen Scherze triebe?

Und dann war genau das zwei 13-jährigen Jungen passiert. Sie hatten die Leiche zwei Tage nach der vermutlichen Tatzeit entdeckt.

17 FRIEDERIKE VAHLE (2015)

Ich räume gerade nach meinem Einkauf im Edeka die Orangen in die Obstschale, als ich die Haustür unseres Ferienhauses aufgehen höre. „Hallo, ich bin wieder da", ruft Bernhard und kommt zu mir in die Küche. „Rate, wen ich in der Sauna getroffen habe?", fragt er und schaut mich dabei verschmitzt an. „Die Frau von der Fähre, die ich neulich schon einmal am Strand getroffen habe", löst er das Rätsel auf, bevor ich überhaupt nachdenken kann.

Eifersucht wallt in mir auf und schießt mir durch den Körper. Dabei weiß ich, dass Bernhard mir treu ist. Sonst würde er mir kaum brühwarm von der Begegnung mit dieser Frau erzählen. „Oh, nein", entfährt es ihm, „du bist doch nicht schon wieder eifersüchtig?" Er kennt meine Neigung zur Eifersucht und hat mir angesehen, dass es wieder so weit ist. „Ich versichere dir, da ist nichts zwischen uns. Du weißt, dass das wichtigste Ziel in meinem Leben ist, dich glücklich zu machen."

Ich freue mich über seine Worte. „Ich glaube dir ja", sage ich. „Ich bin trotzdem eifersüchtig. Ich kann nichts dagegen tun." Bernhard kennt das. Seine Dienstreisen sind für mich eine Qual. Ich stelle mir vor, welche Frauen er dort kennenlernt, die mit ihm flirten. Wird er nicht doch manchmal schwach?

Ich fand die Frau von Anfang an aufdringlich. Sie hat sich regelrecht an Bernhard herangedrückt. Und vielleicht hat sie die Wiederbegegnungen arrangiert. Erst eine am Strand und jetzt in der Sauna, um sich ihm, ohne dass es merkwürdig wirkt, nackt zu zeigen. Sie ist hübsch anzusehen, das muss ich zugeben. Es muss ihn erregt haben, ihren nackten Körper zu betrachten. „Macht sie dich an?", platzt es aus mir heraus. „Hat es dir gefallen, sie nackt zu sehen?" Ich komme mir sofort unglaublich blöd vor. Warum habe ich mir nicht auf die Zunge gebissen?

Bernhard lacht, kein freundliches Lachen. Er ist ärgerlich. „Mach dich nicht lächerlich", entfährt es ihm. Er versucht, sich zu beherrschen. Er will mir nicht weh tun. „Ich kann dir nur wieder versichern, dass deine Eifersucht grundlos ist", sagt er, nun sanfter gestimmt.

„Ich weiß", erwidere ich. „Es ist wie ein Zwang. Es tut mir leid, dass du meine Eifersucht immer wieder abbekommst. Das hast du nicht verdient. Das weiß ich."

„Zwischen der Frau und mir spielt sich nichts ab", beteuert Bernhard nochmals. „Ich habe nur irgendwie Mitleid mit ihr. Sie umgibt so eine einsame Aura."

Diese Bemerkung beruhigt mich keineswegs. Ich weiß genau, dass die einsamen Hyänen die gefährlichsten sind. Diese Frau hat in Bernhard den Retter-Impuls geweckt. Ob bewusst oder nicht, ist für die Wirkung egal. Ich werde wachsam bleiben.

„Versprich mir, dass du mir erzählst, wenn du diese Frau wieder triffst und was ihr miteinander sprecht", bitte ich ihn. „Auch wenn ich dann eifersüchtig reagiere. Zumindest gärt es dann nicht nur in mir, sondern kommt heraus."

Bernhard schaut mich liebevoll an. „Das mache ich doch. Das haben wir doch unausgesprochen miteinander vereinbart, uns zu berichten, was uns draußen passiert, wenn der andere nicht dabei ist. Das gilt natürlich auch bei dieser Frau." Er spricht so verständnisvoll.

„Es tut mir leid, Bernhard." Ich schäme mich. Meine Eifersucht ist grausam. Ich habe sie nicht unter Kontrolle. Ein anderer Mann als Bernhard hätte wahrscheinlich schon kapituliert und sich von mir getrennt. Ich sehe ihn zärtlich an und er lächelt mir zu. „Komm", sagt er, „wir gehen an den Strand und laufen ein Stück barfuß im flachen, kalten Wasser. Das wird uns guttun und runterkühlen."

18 ANTJE MERKENS (2015)

Mein Urlaubsleben geht seinen gleichförmigen Gang – so wie ich es mir gewünscht und geplant habe. Trotzdem muss ich oft an mein Gespräch in der Sauna zurückdenken und die Gefühle, die das Zusammentreffen mit diesem Mann in mir ausgelöst haben: meine Aggression, die Scham über meine Nacktheit und, als er mir Fragen über mein Alleinleben stellte, dass ich etwas vermisse. Unsere Begegnungen bedeuten mir etwas. Das wird mir bewusst.

Was weiß ich über ihn? Er ist verheiratet, offenbar treu, und seine Frau und er scheinen trotz teils unterschiedlicher Interessen und Gewohnheiten einen Weg gefunden zu haben, ihr Leben gemeinsam zu führen.

Meine frühmorgendlichen Strandspaziergänge behalte ich bei, variiere jetzt allerdings die Strecken und erkunde andere Strandabschnitte und Wege. Dabei beobachte ich nicht nur das Meer und die Dünenlandschaft und frage mich, zu welcher Art wohl die Vögel gehören, die zwischen den Gräsern kurz aufflattern, um sich dann wieder wegzuducken. Ich schaue mich auch nach dem Mann um und wünsche mir, dass er irgendwo auftaucht. Ich nehme mir vor, ihn nach seinem Namen zu fragen, wenn ich ihn das nächste Mal treffe.

Es ist abends in einem Fischlokal der Insel, als ich ihm wieder begegne. Ich habe nicht reserviert. Als ich ankomme, sind alle Tische im Hauptraum besetzt, und als ich über eine Brüstung in einen kleinen Nebenraum blicke, sitzt er dort an einem der drei Tische mit seiner Frau. Er erkennt mich dieses Mal sofort, winkt und hebt seine Stimme: „Wollen Sie sich zu uns setzen? Es ist alles voll."

Seine Frau dreht sich zu mir um: „Nur Mut, Sie stören uns nicht", sagt sie. „Etwas Abwechslung ist uns im Inselleben willkommen."

Ich nicke zaghaft und gehe um die Brüstung zum Nebenraum herum. Der Mann ist aufgestanden und hat den Stuhl an der Querseite des Tisches zwischen sich und seiner Frau zurückgeschoben. „Setzen Sie sich, bitte", sagt er. „Seien Sie nicht schüchtern, auch wenn Sie es mit Zweien aufnehmen müssen." Er lächelt, und ich spüre die neugierigen Blicke seiner Frau.

„Sie sind also die Frau, die sich nicht lange mit Banalitäten aufhält", sagt sie. „So hat mein Mann Sie jedenfalls beschrieben."

Mir ist die Vertraulichkeit der Frau unangenehm. Was hat der Mann ihr über mich erzählt? Stecken die beiden unter einer Decke? Führen sie etwas gegen mich im Schilde? Redewendungen, die mir in den Kopf kommen und mir zeigen, dass ich misstrauisch bin, vorsichtig und ängstlich. Gefühle, die nicht zu der Situation passen, jedenfalls nicht dazu, wie sie oberflächlich zu sein scheint. Wo ist mein Bedürfnis hin, den Mann gerne wiedersehen zu wollen? Ich sollte die Situation nüchtern betrachten: Eine flüchtige Urlaubsbekanntschaft, mit der ich seit meiner Ankunft ein paar Sätze gewechselt habe, bietet mir in einem voll besetzten Restaurant an, mich zu sich und seiner Frau an den Tisch zu setzen. Doch die Frau stört mich. Ich mag sie nicht. Ich mag nicht, wie sie als erstes in scheinbarer Offenheit klarstellen muss, dass es zwischen ihr und ihrem Mann keine Geheimnisse gibt. Plumpe Vertraulichkeit gepaart mit kalter Berechnung. Reagiere ich zu empfindlich?

Die beiden sehen mich erwartungsvoll an. „Setzen Sie sich doch", wiederholt der Mann, der immer noch hinter dem Stuhl steht, den er für mich zurückgeschoben hat, seine Hände auf der Stuhllehne. „Oder wollen Sie lieber alleine sein? Schweigen und nicht sprechen?"

Ich habe offenbar gezögert, mich hinzusetzen. Man sieht mir an, dass ich etwas überlege. Wieder hat der Mann mich etwas direkt gefragt, ohne Umschweife, und mich damit in die Defensive gebracht.

„Na gut", sage ich und komme mir dabei unbeholfen vor. „Wenn ich Sie wirklich nicht störe." Und damit setze ich mich zu den beiden an den Tisch, während der Mann mir den Stuhl unterschiebt und seine Frau sagt: „Es ist uns ein Vergnügen."

Der Kellner bringt den beiden ihr Essen und mir die Karte. Die Frau redet über die Insel, belangloses Zeug über die Stille, die Dünen, das Watt, die Luft und das Meer, das Drama, das sich im Zug der Wolken am Himmel abspielt, plaudernd und weitschweifig. Dinge, die mich auch bewegen, aber ich mag nicht, wie die Frau darüber spricht. Der Mann hört seiner Frau aufmerksam zu, während er isst. Er unterbricht sie nicht, er ergänzt nichts. Was mag die beiden verbinden? Kennt seine Frau sein Geheimnis, das ich in ihm wahrnehme, ohne zu wissen, was es ist? Ist das die Fessel, die ihn an sie bindet? Ich sollte mir eingestehen, dass ich die Verbindung zwischen den beiden, den Kitt ihrer Beziehung nicht verstehe. Warum beschäftigt mich das überhaupt?

„Und was hat Sie auf die Insel verschlagen?", fragt mich die Frau und unterbricht meine Gedankengänge. Mir fällt auf, dass ich die ganze Zeit, während sie gesprochen hat, genauso wie ihr Mann geschwiegen habe. Ich hoffe, dass ich zumindest mein Zuhör-Gesicht aufgesetzt habe.

„Ich versuche, mich zu erholen", antworte ich. „Ich muss Kraft tanken."

„Das geht hier gut", verkündet die Frau. „Wovon müssen Sie sich denn erholen? Dem Üblichen? Job? Oder eine zu Ende gegangene Beziehung?" Die unverhohlene Neugier der Frau empfinde ich als aufdringlich. Dabei fragt sie nicht direkter als ihr Mann. Trotzdem finde ich es bei ihr grenzüberschreitend. Das geht dich nichts an, denke ich.

Der Kellner bringt jetzt mein Essen und erkundigt sich bei den beiden, ob sie noch etwas trinken möchten. Sie bestellen eine weitere Flasche Wein, halbtrocken. Wie ein Kompromiss. Soll ich die Frau darauf hinweisen, dass mir ihre Frage zu indiskret ist? Ich entscheide mich dagegen. Sachlich und distanziert zu antworten, kommt mir einfacher vor: „Ich bin Projektleiterin. Wenn ein Projekt abgeschlossen ist, brauche ich immer eine Erholungsphase, bevor ich das nächste angehen kann. Projektarbeit, so wie ich sie betreibe, ist sehr kräftezehrend."

„Was sind das für Projekte?", will die Frau wissen, der das Gespräch tatsächlich Spaß zu machen scheint.

„Es geht, grob gesagt, um Personalentwicklung. Mehr darf ich hierzu leider nicht sagen. Verschwiegenheit ist unabdingbar und vertraglich vereinbart." So ganz stimmt das nicht. Etwas genauer hätte ich durchaus schildern können, was ich tue. Aber so kann ich sie abblitzen lassen, ohne unhöflich zu sein.

Während dieses Wortwechsels habe ich angefangen zu essen, ohne etwas zu schmecken. Ich schlucke herunter, was ich mir in den Mund geschoben habe und gehe zum Gegenangriff über. So denke ich, bevor ich meine Frage stelle: „Und was machen Sie?"

Die Antwort sprudelt aus der Frau ohne einen Moment des Zögerns oder Überlegens heraus. „Seit unsere Jungs aus dem Haus sind, bin ich Mutter im Ruhestand. Ich manage die

Handwerker, kümmere mich um gute Nachbarschaft, verwöhne meinen Mann, damit er sich wohl fühlt, wenn er von der Arbeit kommt, wobei er bald in Rente geht …" Ich sehe, dass er bei diesen Worten grinst und seine Frau ihm einen flüchtigen Blick zuwirft. „… ich koche, putze und halte den Garten in Ordnung, habe Zeit und ein offenes Ohr, wenn jemand jemanden zum Reden braucht, bin so eine Art Kummertante. Kurz, ich mache alles das, was zu kurz kommt oder nur gehetzt und ohne Freude erledigt wird, wenn man berufstätig ist. Schockiert?"

Warum fragt sie mich, ob ich schockiert sei? „Sollte ich das?", frage ich zurück.

„Nein, aber manche berufstätigen Frauen schauen einen an, als ob man beschränkt sei, wenn man sich als Nur-Haus- und Ehefrau outet", antwortet sie. Ihr scheint die Anerkennung von anderen für ihren gewählten Weg wichtig zu sein.

„Hatten Sie den Eindruck, dass ich das tue? Sie für, wie sagten Sie, ,beschränkt' zu halten?" Ich klinge arrogant. Das scheint jedoch nur mir aufzufallen, denn sie antwortet kleinlaut: „Nein, entschuldigen Sie, ich bin wohl überempfindlich."

„Und was machen Sie?", wende ich mich an den Mann.

„Ich verkaufe Landmaschinen, vor allem Mähdrescher", sagt er.

„Mähdrescher?" Ich bin erstaunt.

„Ja, bei einem führenden deutschen Hersteller", erzählt er. „Früher war ich für das Osteuropageschäft verantwortlich, schon vor dem Fall des Eisernen Vorhangs. Aber als die Kinder ausgezogen sind, hat mich meine Frau gebeten, kürzer zu treten. Seitdem habe ich ein Verkaufsgebiet, das mich nicht mehr zu längeren Dienstreisen zwingt. Ich berate allerdings weiter meinen Nachfolger für das Osteuropageschäft und begleite ihn zeitweilig, um ihn einzuführen. Das war die Bedingung meines Chefs, denn Erfahrung und Kontakte sind gerade im Osten Gold wert. Ich stelle meinen Nachfolger überall persönlich vor, so, als übergäbe ich das Geschäft an ein Familienmitglied, einen engen Vertrauten, damit das Vertrauen, das ich über Jahre aufgebaut habe, ihm als Vorschuss gewährt wird. Sie können über den Preis verkaufen oder über Vertrauen, das Versprechen, dass es keine Probleme geben wird, wenn man Ihnen den Zuschlag gibt. Und falls doch, dass das dann Ihr Problem sein wird und nicht das des Käufers. Vorausgesetzt, Ihre Maschinen sind gut und halten, was Sie den Leuten versprechen. Das ist immer die Grundvoraussetzung. So läuft das Geschäft, vor allem bei den Menschen in der Landwirtschaft. Das ist geblieben, obwohl sie keine Bauern mehr sind, sondern Unternehmer, die wie überall Erträge erwirtschaften wollen."

Ich höre ihm gerne zu. Er erzählt selbstbewusst und reflektiert. Dabei ohne dieses typisch geschwätzige Verkäufergehabe, das darauf fußt, viel zu reden, ohne nachzudenken. „Es gibt so viele interessante Arbeiten, von denen nur diejenigen etwas wissen, die damit direkt in Kontakt stehen oder zufällig aus anderen Zusammenhängen jemanden kennen, der in diesem Bereich tätig ist", antworte ich. „Das ist schade, dass wir uns in der Gesellschaft nur noch so wenig kennen. Durch meine Projektarbeit komme ich zum Glück mit verschiedenen Branchen in Kontakt. Mit Mähdreschern hatte ich allerdings noch nie zu tun. Immerhin, ich sehe sie im Sommer über die Felder fahren."

Wir lachen alle drei und prosten uns zu. „Ich heiße übrigens Antje Merkens", stelle ich mich vor, weil mir einfällt, dass ich wissen möchte, wie der Mann heißt. „Wir sind die Vahles", antwortet die Frau, „Bernhard und Friederike. Wir können uns gerne duzen." Ich nehme das Du an, obwohl ich zu der Frau lieber die Distanz des Sies aufrechterhalten würde. Aber das Angebot abzulehnen, wäre unhöflich und kränkend und würde vielleicht den Mann verprellen. Was ich nicht möchte. „Antje", sage ich deshalb einfach, und wir stoßen miteinander an, um das Du zu besiegeln.

Ist dieser Kompromiss faul, den ich hier mit mir selbst eingehe? „Es ist, wie es ist", flüstert mir die innere Stimme meiner Mutter zu. „Mach nicht immer alles zu kompliziert. Dir fällt kein Zacken aus der Krone, wenn du die Frau mit Friederike anredest. Ist doch ein hübscher Name."

Bald darauf verabschiede ich mich von den beiden und trete den Heimweg an. Ich habe ihre Namen erfahren und weiß jetzt, welche Berufe sie ausüben. Ein Vertriebler für Mähdrescher und eine Hausfrau, die gerne im Haushalt arbeitet und sich um die sozialen Kontakte der Familie kümmert. Die aber offensichtlich dafür Anerkennung von außen vermisst. Ich mag sie nicht. Sie gibt sich locker und aufgeschlossen. Dennoch habe ich das Gefühl, sie will mich am liebsten wegbeißen.

Es ist mir heute Abend nicht so vorgekommen, als ob der Mann etwas Wichtiges verbirgt. Er hat locker erzählt, befeuert vom Wein. Im Team mit seiner Frau war er sicher, geschützt. Als lebte er mit ihr zusammen in einer anderen Welt, als wenn er alleine unterwegs ist. Er lässt mich nicht los.

19 BERNHARD LOOSE (1979)

Ich laufe, ich muss laufen. Ich fühle mich erleichtert. Mein Körper ist leicht, meine Schritte federn. Nur mein Kopf fühlt sich an, als sei er mit Watte gefüllt.

Ich laufe den Weg weiter, bis er in einem Ort namens Appen endet. An der Hauptstraße wende ich mich nach rechts. Ich muss unbemerkt zu meinem Lastwagen zurückkehren. Niemand, dem ich begegne, darf sich an mich erinnern. Zumindest darf er keine brauchbare Beschreibung von mir geben können.

Für einen Sonntagmorgen ist es noch früh. Von den vereinzelten Hundebesitzern und morgendlichen Spaziergängern, die schon unterwegs sind, beachtet mich niemand. Nach außen wirke ich unscheinbar und ruhig. Meine Kleidung ist Allerweltskleidung, wie sie viele tragen. Keine auffälligen Farben, kein modischer Firlefanz. Mein Bedürfnis, nicht aufzufallen, kommt mir heute entgegen. Ich gebe keinen Anlass, mich bewusst wahrzunehmen.

Ich folge immer der Straße, komme nach Pinneberg zurück, unterquere in einem Fußgänger-Tunnel die Bahnlinie und erkenne die Straße wieder, die ich in der Nacht genommen habe. Es ist kurz vor acht Uhr, als ich in die Koje meines LKWs krieche und sofort einschlafe.

Als ich erwache, fühle ich mich ausgeruht und beschwingt. Die Ereignisse von diesem Morgen scheinen Jahre zurückzuliegen. Etwas ist von mir abgefallen, das mich viele Jahre bedrückt hat. Das ich mit mir herumgeschleppt habe. Ich kann neu anfangen.

Am Abend steuere ich mein mobiles Zuhause zurück auf die Autobahn. Ich bin nie hier gewesen. Ich habe in meinem

Leben einen Schnitt gemacht. Jetzt kann ich leben. Endlich. Die Wut ist weg. Ich selbst habe ihr den Garaus gemacht. Ich habe Hunger, großen Hunger, unbändigen Hunger. Als ich es merke, fange ich an zu lachen. Ich lache den Hunger an, ich lache ihn weg. Ich will nicht anhalten, um etwas zu essen.

20 MICHAEL ANDRESEN (1979)

Heute wird Wiebke Loose beerdigt. Ich bin als Beobachtungsposten eingeteilt. Der Leiter unserer Ermittlungsgruppe hat mich instruiert, mich unauffällig im Hintergrund zu halten und die Menschen zu beobachten, die kommen. Er hat mir eingeschärft, die Trauergäste vorurteilsfrei wahrzunehmen und ihr Verhalten nicht zu bewerten. Das sei eine wichtige Voraussetzung dafür, dass mir Ungewöhnliches auffällt und Widersprüchliches gewahr wird. „Merke dir möglichst viel", wies er mich an. „Wir tragen hinterher alle unsere Beobachtungen zusammen und suchen nach Übereinstimmungen und Außergewöhnlichem. Vielleicht ist der Täter unter den Trauergästen und wir können durch das, was uns aufgefallen ist, einen Verdacht begründen und neue Anhaltspunkte für weitere Nachforschungen gewinnen. Noch tappen wir völlig im Dunkeln."

Ich stehe, dezent gekleidet wie ein Mitarbeiter des Bestattungsunternehmens, im Vorraum der Friedhofskappelle. Nach und nach treffen die Trauergäste ein und kommen an mir vorbei: alle Kolleginnen, auch einige Patienten, die Frauen aus ihrer Handballmannschaft und eine kleine offizielle Abordnung des Vereins, Nachbarn, Männer, mit denen sie ein Verhältnis hatte, und Neugierige, die Wiebke Loose nicht oder nur flüchtig kannten, die aber die Lust auf Sensationen heute hierhergetrieben hat. Viele kenne ich von unseren Befragungen, wenige auch aus meiner Schulzeit. Andere sehe ich heute zum ersten Mal. Unser Fotograf wird uns später Fotos vorlegen, auf denen jedes Gesicht zu erkennen ist. Er steht irgendwo verborgen. Nicht mal ich habe ihn bemerkt, obwohl ich weiß, dass er da ist.

Die Kapelle wird voll werden, das zeichnet sich bereits ab, obwohl es noch 20 Minuten dauert, bis die Zeremonie beginnt. Ein gewaltsamer Tod erschüttert die Menschen. Sie fragen sich, warum es Wiebke getroffen hat, die sie recht gut kannten, und ob es nicht stattdessen sie hätte treffen können oder immer noch treffen kann. Der Täter läuft schließlich noch frei herum. So denken sie. Und es mischt sich ihr Bedürfnis, Abschied zu nehmen, mit dem, ihre eigene Erschütterung und ein diffuses Gefühl der Bedrohung zu verarbeiten.

Kein enger Angehöriger steht hier im Vorraum, der die Beileidsbezeugungen der Eintreffenden persönlich entgegennimmt, weil ihn der Verlust im allgemeinen Verständnis am härtesten trifft. Nur ein Kondolenzbuch liegt aus.

Die Eltern von Wiebke Loose, die hier niemand kennt, sind aus Köln angereist. Mit gesenktem Kopf sind sie an mir vorbei in die Kapelle geschritten, ohne jemanden zu grüßen, und haben in einer der hinteren Bänke Platz genommen. Als sei es nicht ihr Kind, das heute zu Grabe getragen wird, sondern eine entfernte Verwandte, und ihr Erscheinen nicht der eigenen Trauer, sondern lediglich der Konvention geschuldet. Ihre Mienen sind starr, ihre Arme haben sie beide vor dem Körper verschränkt. Ihr Unwohlsein kann ich ihnen anmerken.

Die Bestatterin hat mir berichtet, dass der Arbeitgeber des Opfers, ein Hausarzt aus der Oeltingsallee, die Beerdigung bezahlt, und sie die Trauerfeier zusammen mit ihm, seiner Frau und den Kolleginnen Wiebkes geplant hat. „Die Eltern waren froh, dass ich ihnen alles abnehme", hat der Arzt der Bestatterin nach ihrer Aussage erzählt. Sie hätten gesagt, er mache das bestimmt besser als sie und es sei für sie eine große Erleichterung. „Unsere Tochter ist uns fremd geworden, seit sie nach Pinneberg gezogen ist. Wir haben sie seitdem nur noch gesehen, wenn wir sie auf der Fahrt in den Urlaub für wenige Stunden besucht haben. Selbst hat sie uns nie mehr in Köln besucht. Nicht mal an Weihnachten."

Ich schaue mir jeden genau an, der vorbeikommt. Fast alle bleiben stehen und schreiben etwas in das Kondolenzbuch, das wir uns hinterher ansehen werden, bevor es die Bestatterin dem Hausarzt übergibt. Denn es könnte sein, dass die Worte, die jemand wählt, um sein Beileid zu bekunden oder die Angehörigen mit einer eigenen Erinnerung an die Tote zu trösten, den Täter verraten. Wenn er denn gekommen ist, wenn ihn etwas gedrängt hat beizuwohnen, wie sein Opfer zu Grabe getragen wird. Vielleicht spürt er dabei einen Triumph. Alles ist möglich, so lange wir keinen plausibel Verdächtigen und keine konkreten Anhaltspunkte haben, die uns eine vorläufige Richtung für unsere Ermittlungen vorgeben.

Drinnen erklingt die Orgel. Die Bestatterin schließt die Tür. Ich werde hier draußen bleiben, falls jemand nachkommt oder in der Nähe herumschleicht, ohne sich der Trauergesellschaft anzuschließen. Bislang ist mir nichts Ungewöhnliches aufgefallen. Die Trauer und Erschütterung der Menschen sind echt, da hat keiner Krokodilstränen geweint. Soweit ich das beurteilen kann. Und die Eltern? Nun ja, merkwürdig teilnahmslos, als ginge sie das alles nichts an. Aber sind sie Täter? Das kann ich mir beim besten Willen nicht vorstellen. Und welches Motiv sollten sie haben? Dass ihre Tochter weggezogen und ihnen fremd geworden ist? Das scheint sie nicht wirklich zu berühren. Mal sehen, was die erfahrenen Kollegen bemerkt haben und wie sie die Trauergäste beurteilen.

21 FRIEDERIKE VAHLE (2015)

Als wir aus dem Fischlokal in unsere Ferienwohnung zurückkehren, sind Bernhard und ich nach zwei Flaschen
Wein ziemlich angeheitert, aber bester Stimmung. Bernhard
war so natürlich im Umgang mit Antje und doch mir ganz zugewandt, so dass sich meine Eifersucht kaum geregt hat. Ich
liebe ihn. Das wird mir wieder einmal bewusst und ich muss,
als wir bald darauf im Bett liegen und ich seinen Schlafgeräu-
schen neben mir lausche, daran denken, wie wir uns kennengelernt und gegenseitig erwählt haben.

Die Liebe zu einem Mann ist für mich nicht nur ein tiefes
Gefühl, sondern eine Entscheidung, eine Willensanstrengung.
Schon als 15-Jährige habe ich mir zum Ziel gesetzt, einen
Mann zu lieben. Das sollte meine Aufgabe werden, unabhän-
gig davon, was ich sonst noch im Leben tue. Ich würde einen
Mann finden, der es wert ist, dass ich meine Liebe in ihn inves-
tiere.

Von Liebe haben die meisten Menschen, vor allem die jungen, eine völlig falsche Vorstellung. Liebe ist nichts, was über
einen kommt, was einen überfällt, was einen willenlos macht
und wofür man nichts kann.

Ich bin nicht gefühlskalt und kopfgesteuert. Keineswegs.
Ich bekomme immer noch Gänsehaut, wenn ich an das Pri-
ckeln denke, das ich empfunden habe, als ich Bernhard das erste Mal gesehen habe und wie wir kurz darauf miteinander ge-
tanzt haben. Wie ich mich vorsichtig vortastend immer mehr
an ihn gedrückt habe und wir uns unmerklich, immer die
Möglichkeit offenhaltend, es handele sich um ein Missverständnis, aneinander zogen, drückten, rieben, Brust an Brust,

und seine Hand oberhalb meines Steißes lag und er mich führte. Ein Tanz eben und doch mehr.

Aber das hat nichts mit Liebe zu tun. Das ist die große Verwechselung. Liebe bezeichnet so vieles, ist eine Wundertüte mit sauren Drops, die, lutscht man sie, die Anziehung zwischen zwei Menschen auf die eine oder andere Weise entfalten.

Nein, ich habe mich schon damals gefragt, während ich noch meine Erregung genoss, ob Bernhard meine Liebe wert ist. Ob er es ist, um den ich meine Liebe errichten kann. Der für sie empfänglich ist und es aushalten kann, geliebt zu werden. Der gegen sie nicht aufbegehren muss und meint, an ihr zu ersticken, und sich seine Freiheit in fremden Betten zurückholt.

Ich hatte gleich ein gutes Gefühl bei ihm, dass er der Richtige für mich ist. Es ging von ihm etwas Entschlossenes aus, ein reifer Wille zum Glücklich-Sein. Er war älter als ich, 27, und ich 21 damals.

Wie er mich beim Tanzen führte, als wüsste er, wo es lang geht, auch außerhalb des Tanzsaals. Er war ernst hinter der Freude, die er beim Tanzen mit mir ausstrahlte. Das war für ihn kein Abenteuer, kein unverbindliches Flirten. Das war etwas Existenzielles, so wie bei mir. Es reifte in uns eine Lebensentscheidung, die in jedem von uns Gestalt annahm und in uns tobte. Das spürte ich.

Wir tanzten lange miteinander, nur miteinander, und wenn wir uns an einen Tisch zurückzogen, weil wir außer Atem kamen, dann hielten wir uns an den Händen und erforschten mit den Augen unsere Gesichter. Ich konnte spüren, wie sein Blick mich abtastete, so wie ich mich nicht mit einem Gesamteindruck seines Gesichts begnügte, sondern es in seine Einzelteile zerlegte bis hinein in die Poren seiner Haut.

Damals wusste ich es noch nicht: Jeder Mensch lässt sich am besten durch seine Widersprüche charakterisieren, nicht durch seine Eigenschaften. Wenn jemand vehement eine Ansicht vertritt oder steif und fest behauptet, er sei so und so, steht sein Handeln oft im Widerspruch dazu. Das ist nicht verwerflich, nicht verlogen, nicht blind, sondern normal. Widersprüche machen Menschen erst interessant. Wichtig ist, ob wir diese als liebenswert oder als abstoßend empfinden.

Ich sah bei Bernhard ein Ringen, einen noch nicht entschiedenen Kampf zwischen einer wohl alten, tiefen Verletzung, die, gebe er ihr nach, in dauerhafte Traurigkeit münden könnte, und einem unbändigen Willen zu Freude und Glück, eine Verpflichtung geradezu und eine Kraft, diese zu erfüllen. Mir ist klar, dass ich das damals in ihn hineininterpretiert habe. Trotzdem haben die folgenden Jahre gezeigt, dass ich mich nicht getäuscht habe. Bernhard hat sich ins Zeug gelegt, um mich glücklich zu machen. Er war zufrieden, wenn ich vor Glück gestrahlt habe. Und ich habe es ihm mit Liebe gelohnt.

Wir sind an jenem Abend nicht bei mir oder bei ihm im Bett gelandet, sondern er hat mich nach Hause gefahren, zu meiner ersten eigenen kleinen Wohnung, die ich mir leisten konnte, nachdem ich ausgelernt hatte und als Sachbearbeiterin im Innendienst übernommen worden war. Er ist ausgestiegen, um das Auto herumgekommen, hat die Beifahrertür geöffnet und mir die Hand gereicht, um mir beim Aussteigen zu helfen. Ein altmodisches Kavaliersverhalten, kein Gehabe, er hat Stil. Als wir uns bei geöffneter Tür gegenüberstanden, hat er mich an sich gezogen und geküsst. Wir küssten uns, als käme es drauf an, als sei dieser langandauernde Kuss Teil eines Puzzles, bei dem nicht klar ist, ob die Teile zusammenpassen. Dann wünschte er mir eine gute Nacht. Ich sagte, schlaf gut und vor allem träume schön. Er stieg ein, beugte sich vor und winkte mir noch einmal durch die Windschutzscheibe zu, ganz zärtlich, streichelnd. Er kann so bedeutungsvoll winken.

Er fuhr los und ich ging ins Haus. Ich wusste, es war die Nacht vor einer wichtigen Entscheidung, und bevor ich sie traf, musste ich darüber schlafen. Ich war nicht aufgekratzt, nicht nervös. Ich putzte mir die Zähne, zog mich aus und stellte mich im Schlafzimmer vor den Spiegel. Ich betrachtete mich mit Wohlgefallen, die leichte Wölbung meines Bauchs, meine muskulösen Beine, den schlanken Hals und die nach außen strebenden Brüste mit der breiten Rinne dazwischen. Das konnte einem Mann gefallen, das musste ich nicht verstecken.

Ich zog meinen Schlafanzug an und kuschelte mich ins Bett, dachte noch einmal mit einem Gefühl voll Wärme und Sicherheit an ihn und schlief ein. Schlief fest und ruhig, und als ich nach neun Stunden gegen Mittag erwachte – es war Sonntag –, wusste ich, dass wir zusammengehören.

Am Nachmittag klingelte er bei mir und fragte mich, ob ich seine Frau werden wolle. Ich sagte schlicht „Ja". Und seitdem, seit mehr als 30 Jahren arbeite ich an meiner Liebe, an unserer Liebe, daran, dass wir zu zweit mehr sind als jeder für sich allein. Dass das Wir wichtiger ist als unsere Ichs. Es scheint mir zu gelingen. Wir sind noch zusammen und er ist treu. Selbst meine Eifersucht hat uns nicht entzweit.

22 ANTJE MERKENS (2015)

Schon am nächsten Morgen noch in der Dämmerung treffe ich Bernhard auf meinem Strandspaziergang wieder. Hat er mir aufgelauert oder ist es Zufall, dass wir uns nach dem gestrigen Abend im Fischlokal schon wieder begegnen? Er lacht über das ganze Gesicht, als ich ihm entgegenkomme. Ich bin misstrauisch und das scheint er mir anzusehen, denn seine Mine wird umso ernster, je näher er kommt. „Ich verfolge dich nicht, keine Angst. Aber ich freue mich, dich so schnell wiederzusehen", sagt er, während er stehenbleibt. Ich schweige und mache einen Schritt auf ihn zu. Jetzt stehe ich ihm dicht gegenüber. Wir sind fast gleich groß, denke ich, während ich ihm in die Augen blicke und die Qual spüre, die in mir beständig wächst, nicht zu wissen, was dieser Mensch vor allen verbirgt, mit denen er umgeht. Ich will Klarheit darüber erhalten, ob er überhaupt etwas in sich verschlossen hat und mein Gefühl nicht nur meiner Überspanntheit entspringt, wie meine Mutter sagen würde.

Noch bevor ich mich bewusst dazu entschlossen hätte, höre ich mich fragen: „Was verbirgst Du? Ich kann dir ansehen, dass es so ist."

Nur einen Wimpernschlag lang rutscht Bernhard die Maske der Selbstbeherrschung vom Gesicht. Was ich in diesem Augenblick sehe, ist Furcht und Traurigkeit. Der Moment ist so kurz, dass es mir, sobald er vorbei ist, wie eine Luftspiegelung vorkommt, was ich wahrgenommen habe. Habe ich seine Furcht und Traurigkeit wirklich gesehen?

„Wie kommst du darauf?", fragt er, jetzt wieder gelassen, wie es seine Art ist. Scheinbar ungerührt, sachlich, als hätte ich ihn gefragt, ob er den Inselbäcker empfehlen könne.

„Ich sehe es", sage ich, „und ich vertraue darauf, dass das, was ich sehe, auch da ist."

„Du irrst dich nie?", dreht er das Gespräch auf mich, eine Taktik, die ich nicht zum ersten Mal an ihm beobachte.

„Wenn ich nicht mir trauen kann, wem dann?", erwidere ich, „Gewissheit kann ich nicht immer erlangen." Es stimmt, was ich ihm sage, aber es ist keine Antwort auf seine Frage, so wie er sie gestellt hat. Und doch ist dies alles, was ich in diesem Moment darauf antworten will.

Er schweigt und sieht aus, als denke er nach, während er an mir vorbeisieht. „Und irre ich mich bei dir?", frage ich in das Schweigen hinein.

„Ich muss darüber nachdenken", antwortet er. „Ich bin mir nicht sicher, ob ich dir vertrauen kann." Er bricht ab, überlegt und fährt fort: „Angenommen es wäre so, wie du vermutest, wäre mir dann bewusst, was ich verberge? Oder könnte es auch etwas sein, von dem ich selber keine Ahnung habe?"

„Vielleicht weißt du es selbst nicht. Aber es steckt auf jeden Fall in deinem Körper", antworte ich schnell und selbstbewusst.

„Du kennst dich wohl mit so etwas aus?" Wieder dreht er das Gespräch auf mich zurück. Ich muss lächeln.

„Ich kann in meinem Beruf nur erfolgreich sein, wenn ich auch das wahrnehme, was nicht offensichtlich ist", antworte ich. „Da ich erfolgreich bin, sehe ich wohl oft etwas, das wirklich da ist, und bilde es mir nicht bloß ein."

„Ich muss jetzt gehen", sagt er unvermittelt, und ich spüre wieder die Qual, weil mir auch mein direkter Vorstoß keine Gewissheit bringen wird. Jetzt noch nicht. „Aber wir sollten uns wiedersehen und das Gespräch fortsetzen", fährt er fort. „Versteh diesen Vorschlag als Kompliment. Ich bin nicht auf

Treffen mit Zufallsbekanntschaften aus. Ich muss keine Öde in mir damit bekämpfen."

Ich greife sein Angebot schnell auf. Nägel mit Köpfen machen, bevor er es sich anders überlegt. Mir schießen häufig solche Redewendungen durch den Kopf, wenn ich aufgeregt bin. „Wann und wo?", will ich wissen.

„Mir scheint der morgendliche Strand ist der passende Ort für uns." Er muss grinsen, als er das sagt: „Bis morgen, sieben Uhr, im ersten Licht des Tages am Strand?" Ich nicke.

Er dreht sich um und geht quer über den Strand in Richtung Aufgang davon, ohne sich umzublicken. Die Körperspannung, die ich aufgebaut habe, als ich auf Bernhard zugetreten und in seine Zone eingedrungen bin, lässt nach.

Den Tag über wächst meine Unruhe. War ich zu weit gegangen? Nimmt er gar an, dass ich eine Bedrohung für ihn darstelle und tatsächlich etwas weiß und nicht nur ahne? Fürchtet er, etwas komme ans Licht, dass ihm gefährlich werden könnte? Wird sein bislang gleichmütiges Wesen in Aggression umschlagen? Oft wirken Choleriker, bevor die Wut sie übermannt, friedfertig und freundlich. Wird er mich bedrohen oder gar beseitigen wollen? Mir ist mulmig zumute. Soll ich überhaupt zu dem verabredeten Treffen am nächsten Morgen erscheinen? Vielleicht ist es nur eine Falle, die er mir stellt, weil ich meinen Mund nicht halten konnte?

Solche Fragen kreisen in meinem Kopf. Und selbst, wenn mir keine körperliche Gefahr droht: Bin ich bereit, ein Geheimnis mit dieser Zufallsbekanntschaft zu teilen? Kann mich meine Mitwisserschaft nicht in ein moralisches Dilemma stürzen, das mich zwingt, entweder sein Vertrauen zu missbrauchen, indem ich seine Tat offenbare, oder selbst schuldig zu werden, indem ich schweige und damit seine Tat decke? Muss ich fortan seine Schuld mittragen? Woher will ich überhaupt wissen, dass sein Geheimnis in einer verbotenen oder verwerflichen Tat besteht?

Ich spüre, dass ich bereits zu weit gegangen bin. Ich kann nicht einfach nicht zur verabredeten Zeit am Strand erscheinen oder ihm sagen, dass ich nicht mehr wissen wolle, wonach ich geforscht habe. Dass mich sein Geheimnis nicht mehr interessiert. Das Nicht-Wissen würde mich mit Gedankenschleifen martern. Ich will Aufklärung, ich will ihm und seinem Geheimnis ins Auge sehen. Was immer es ist und aus der Offenbarung folgen mag.

Die Erkenntnis, dass es für mich kein Zurück mehr gibt, beruhigt mich etwas. Ich sehe aus dem Fenster meiner Ferienwohnung und bemerke, dass der Wind aufgefrischt hat. Auf der gegenüberliegenden Straßenseite zittern die wenigen welken Blätter, die die Winterstürme nicht mit sich gerissen haben, an den Bäumen. Der Himmel ist blau, die weißen Haufenwolken ziehen schnell vorüber.

Ich fühle mich verletzlich. Die leisen Geräusche aus der Nachbarwohnung sind mir unerträglich nah. Ich werde den Rest des Tages besser im Haus bleiben, mir etwas kochen, lesen, schlafen und auf den nächsten Morgen warten.

23 MICHAEL ANDRESEN (2014)

Ich habe die Zähne geputzt, uriniert und ziehe meinen Schlafanzug an. Hellblau, klassisches Design mit Knopfleiste, 100 Prozent Baumwolle. Die Schicht heute war ruhig. Ich bin aus dem Büro nicht herausgekommen und habe Berichte gelesen, Verhörprotokolle, Fotos nach Hinweisen abgesucht. Routine. Trotzdem bin ich wie jeden Abend aufgeregt, weil ich nicht weiß, wie die Nacht wird. Als Polizist muss ich in der Lage sein, das, was ich im Dienst an Elend, Not und Grauen sehe und erfahre, schnell hinter mir zu lassen. Sonst könnte ich diesen Job nicht machen. Ich muss möglichst alles in meinen Spind einschließen, bevor ich die Dienststelle verlasse. Nicht nur meine Kleidung und Ausrüstung, sondern auch mein Erleben auf der letzten Schicht. Alles in der Polizeistation zurücklassen, was nicht zu mir nach Hause gehört.

Im Allgemeinen gelingt mir das gut. Nur manchmal geht mir etwas nach. Dann schlafe ich schlecht und werde in der Nacht wach. In Gedanken wiederhole ich wieder und wieder, was mich nicht loslässt.

Fast immer hängt es mit einer der an einem Fall beteiligten Personen zusammen, wenn ich nicht abschalten kann. Jemandem, der mich stark anrührt und mein Mitgefühl weckt. Die Person kann Täter sein, Opfer, Kollege oder Zeuge. Irgendetwas an ihr fliegt mich an und schafft eine Verbindung zwischen uns, die nicht unbedingt mit dem Fall zu tun hat.

Oft merke ich es nicht sofort. Erst in der Nacht wird es mir klar, wenn die Gedanken durcheinanderwirbeln und ich ergründen möchte, was mich an diese Person fesselt. Manchmal scheint eine Erkenntnis auf und ich schlafe ein. Manchmal kann ich mich am Morgen nicht mehr erinnern, was mich in der Nacht wachgehalten hat. Irgendwann ist es gelöst, geklärt, vergessen.

Nur das Gesicht der toten Frau erscheint mir seit 35 Jahren immer wieder. Der Frau, die hinter dem Knick am Wirtschaftsweg zwischen Pinneberg und Appen gefunden wurde. Meistens zeigt es sich in Nächten, wenn ich nicht mit ihm rechne, wenn ich in gelöster Stimmung in den Schlaf gefunden habe, wenn nichts einem tiefen, langen Schlaf entgegensteht. Es sucht mich in vielen Erscheinungen heim, auch wenn seine Physiognomie immer die gleiche ist. Mal sieht das Gesicht ängstlich aus, mal als ob es das Grauen selbst sieht. Mal erscheint es mir gelöst, als hätte es sich mit etwas abgefunden, was unvermeidlich ist. Mal hat es einen traurigen Zug um den Mund und scheint, mich um Hilfe zu bitten. Am schlimmsten finde ich, wenn es mich flehend anschaut, während ich mich machtlos fühle. Es gibt auch Nächte, in denen es glücklich aussieht und mich anlächelt, als hätte es Frieden gefunden. Als es mir das erste Mal so erschien, hatte ich gehofft, es würde von mir ablassen. Doch kehrt es bis heute immer wieder.

Ob es verschwindet, sollte ich den Fall jemals lösen und den Täter noch finden und überführen? Durch einen Zufall vielleicht.

Ich schlage die Bettdecke zurück, strecke mich aus und kuschele mich ein. Laken und Bettdecke sind noch angenehm kühl, aber mein Körper wird meine Schlafhöhle bald aufheizen. Man weiß nie, was die Nacht bringt.

24 BERNHARD VAHLE (2015)

Ich versuche mich schnell von Antje zu entfernen. Meine Schritte sind jedoch schwer und ich habe ein Gefühl, als ob mich der zähe Sand unter meinen Schuhen aufhalten will. Ich vermute, dass Antje mir nachblickt. Ich werde mich nicht umdrehen. Die Begegnung mit ihr hat eine überraschende Wendung genommen. Aus einer netten und anregenden Urlaubsbekanntschaft ist eine Bedrohung geworden. Nicht wirklich, das weiß ich wohl. Sie kann mir nichts, sie weiß nichts. Aber das Gefühl, bedroht zu werden, ist da.

Warum bin ich Antje nicht von Anfang an aus dem Weg gegangen? Warum hat mich mein Instinkt nicht gewarnt? Ich hatte keinen Grund, sie anzusprechen. Außer dass ich neugierig auf andere Menschen bin, anders als in meinem früheren Leben. Ich konnte nicht ahnen, dass sie dessen verkümmerte Reste in mir erkennt, die sich unter ihrem Blick wieder zu regen beginnen, die sich träge rekeln und in meine Gedanken einmischen, die mich, so fürchte ich, unkonzentriert und mürrisch machen werden. Die meine Verpflichtung bedrohen, glücklich zu sein.

Ich ärgere mich, dass ich Antje angeboten habe, sie am kommenden Morgen wieder am Strand zu treffen. Ein unnötiger Vorschlag. Ich werde ihn Friederike gegenüber verschweigen, auch wenn das gegen unsere Verabredung ist. Ich will ihre Eifersucht nicht unnötig anstacheln. Seit wir uns kennen, quält meine Frau die Angst, mich zu verlieren. Sie hat mir einmal, nachdem wir gerade miteinander geschlafen hatten und noch schweißnass und ermattet nebeneinander lagen, gestanden, sie fürchte, dass ich sie eines Tages wegen einer anderen Frau verlassen werde. Sie ist nach mehr als 30 Jahren Ehe immer noch davon überzeugt, dass das passieren wird. Ich weiß nicht warum, denn meine eigene Geschichte hat mich gelehrt, nie jemanden zu verlassen, an den ich gebunden bin.

Ich habe meine Frau nie betrogen, außer vielleicht in Gedanken. Das empfinde ich als ganz natürlich und keineswegs als Untreue, solange ich nicht zur Tat schreite.

Und auch die „Seherin" – der Name kommt mir für Antje in den Sinn – finde ich attraktiv und begehrenswert. Na und? Mit solchen Gedanken quäle ich meine Frau nicht. Doch sie merkt es trotzdem und ihre Eifersucht flammt auf.

Wenn sich Friederike nach einem Eifersuchtsanfall beruhigt hat, weist sie der Frau die Schuld zu, nicht mir. In Friederikes Augen bin ich das ahnungslose Opfer. Nicht nur Liebe macht blind, auch Eifersucht.

Ich werde Antje morgen sagen, ich habe es mir überlegt. Sie habe recht, ich verberge zwar etwas, aber ich möchte nicht darüber sprechen. Nicht mit ihr darüber sprechen. Sie müsse weiter mit ihrer Neugier und Ungewissheit leben.

Ich habe ein Recht auf Geheimnisse wie jeder Mensch. Es ist noch nichts passiert. Ich kann noch zurück. Eine Ahnung ist kein Beweis. Ein Gespräch unter Urlaubsbekanntschaften ist kein Verhör. Ich bin gewappnet.

Ich muss an meine Mutter denken, über die ich nichts weiß. Bis heute habe ich mich nie wieder gefragt, wie sie wohl in Pinneberg gelebt hat? Was sie an dem Sonntagmorgen vor fast 36 Jahren so früh aus dem Haus getrieben hat? Sie sah nicht glücklich aus.

Ich nehme die Abzweigung, die zum Bäcker führt.

25 ANTJE MERKENS (2015)

Ich erwache, als der altmodische Wecker auf meiner Nacht-
kommode rattert. Zu meiner eigenen Überraschung habe
ich tief und fest geschlafen. Umso besser. Ausgeruht bin ich
Bernhard Vahle eher gewachsen.

Ich habe gute Laune und das Gefühl, nichts könne mir etwas anhaben. Heute ist der Tag der Entscheidung. Schon wieder so eine dramatische Redewendung. Bleib bei den Tatsachen, sage ich mir. Ich habe in einem Menschen etwas gesehen,
das sein Geheimnis sein könnte, ohne zu wissen, was es ist. Er
hat angekündigt, es mir zu verraten. Deshalb haben wir ein
Treffen an einem öffentlichen Ort, dem Strand, vereinbart.
Punkt.

Um Viertel vor sieben verlasse ich meine Ferienwohnung
und schlage den vertrauten Weg zum Strand ein. Der Himmel
ist grau, Wolken türmen sich in Schichten übereinander und
von Osten her bläst ein kräftiger Wind. Dabei ist es trocken.
Als ich den Abgang von der letzten Düne erreiche, liegt der
Strand menschenleer vor mir. Er ist noch nicht da, denke ich
und fühle zugleich die Gewissheit, dass er aus der gewohnten
Richtung kommen wird. Wir werden aufeinander zugehen
und uns begegnen. Als ich den nicht befestigten Abgang im
weichen Sand hinunterrutsche, sehe ich ihn auftauchen. Er ist
mir bereits so vertraut, dass ich ihn an seiner Haltung und seinem Gang erkenne: Aufrecht ausschreitend, doch so, als würde er sich zugleich wegducken. Was wird er mir auftischen?

Wir gehen beide lächelnd aufeinander zu. „Guten Morgen,
Frau Marlowe, wenn mich nicht alles täuscht", begrüßt er
mich.

Ich muss über diese Anspielung an eine Figur aus einem alten Kriminalroman laut lachen. Der Wind weht meine Haare kreuz und quer über den Kopf. „Guten Morgen", grüße ich zurück „und wer bist du? Mister Wade?"

Er deutet hinter mich, wo in der Ferne ein Spaziergänger aufgetaucht ist. „Der Strand ist fast menschenleer, aber nur fast." Warum weist er darauf hin? „Bevor ich mich dir offenbare", fährt er fort, „muss ich dir den Schwur absoluter Vertraulichkeit abnehmen, vor allem gegenüber meiner Frau." Er formuliert das in komisch gesetzten Worten, doch sein Tonfall lässt keinen Zweifel daran, wie ernst ihm diese Bedingung ist.

Ich hebe die rechte Hand, Zeige- und Mittelfinger zum Schwur erhoben: „Was du mir jetzt erzählst, werde ich niemandem anvertrauen. Nur ich werde die Last tragen, etwas von dir zu wissen, was du offenbar für dich behalten willst."

„Lass uns am Strand spazieren gehen. Im Gehen spricht es sich leichter", schlägt er vor. Als wir nebeneinander gehen, entschuldigt er sich: „Es tut mir leid. Es ist kindisch von mir, dir diesen Schwur abzunehmen."

„Nein, das ist in Ordnung", sage ich schnell, bevor er weitersprechen kann. „Ich will dich nicht in Schwierigkeiten bringen. Meine Neugier ist nicht normal."

„Das ist es nicht", antwortet er. „Du brauchst mir nichts zu schwören, weil ich es mir anders überlegt habe. Ich werde dir kein Geheimnis anvertrauen. Deshalb hätte ich mir diesen Scherz verkneifen sollen. Denn du hast zwar recht, ich verberge etwas, aber ich möchte nicht darüber sprechen. Nicht mit dir darüber sprechen. Mit niemandem darüber sprechen. Du wirst weiter mit deiner Neugier und Ungewissheit leben müssen. Doch weißt du jetzt zumindest, dass dein Instinkt dich nicht getäuscht hat."

Das war's also? Meine Neugier drängt mich, nicht klein bei zu geben, kampflos aufzugeben: „Schade, es könnte dich entlasten, wenn du darüber sprichst", sage ich scheinbar gleichmütig, während ich das Gefühl habe, dass mir die Kontrolle, die ich nie hatte, entgleitet. „Ich weiß nicht, ob du es weißt", fahre ich fort, „du bewegst dich, als ducktest du dich weg. Als erwartest du, geschlagen zu werden. Ist dir das bewusst?"

„Du gibst nicht auf, was? Hartnäckig bist du. Das muss ich dir lassen". Es ist mir nicht gelungen, seine Schutzmauer zu durchbrechen. „Angenommen du hast recht – was ich bezweifele – und die Erwartung, geschlagen zu werden, manifestiert sich in meiner Körperhaltung. Dann scheint mich das nicht zu stören. Ich lebe glücklich. Ich bin glücklich." Das letzte spricht er nachdenklich aus und macht eine kurze Pause, bevor er weiterredet. „Aber was ist mit dir? Du machst auf mich einen traurigen Eindruck, wenn ich mir ebenfalls erlauben darf, offen zu dir zu sein."

Ich blicke zur Wasserlinie, die sich im Wind kräuselt, und fühle mich von diesem Mann gesehen, dem ich sein Geheimnis entlocken wollte, ohne zu wissen wozu. Er hat recht. Ich bin traurig, ohne zu wissen worüber. So lange ich arbeite, verzieht sich die Traurigkeit in den Hintergrund. Hier auf der Insel hat sie sich wieder vorgewagt. Ich bin stehen geblieben und sehe ihn an. Er ist ebenfalls stehen geblieben. Er sieht mir an, dass mir seine Worte nahe gehen.

„Ich bin einsam", sage ich und wünsche mir, er nähme mich in den Arm. Doch er hält Abstand, wie es sich gehört.

„Arbeit ist nicht alles", sagt er und bezieht sich damit, ohne es zu wissen, auf meinen nicht ausgesprochenen Gedanken. „Der Mensch ist ein Herdentier. Er will irgendwo dazugehören, für andere etwas bedeuten, geliebt werden. Das ist mehr als Anerkennung für geleistete Arbeit."

„Du hast recht", gebe ich zu, während wir weitergehen. „Aber ich kann nicht erzwingen, Menschen zu begegnen, die mir etwas bedeuten. Oder die das Potenzial haben, dass wir füreinander Bedeutung erlangen können. Ich muss auf solche Begegnungen warten und darauf vertrauen, dass der Zufall mir dabei zu Hilfe kommt."

„Das ist zu wenig", widerspricht er, „du musst dein Leben so organisieren, dass du dem Zufall auf die Sprünge hilfst. Du musst dich in Gesellschaft begeben, unter Menschen gehen, um Freunde zu finden oder gar den Richtigen für ein Leben zu zweit. Du hockst außerhalb deiner Arbeit, in der du Distanz zu deinen Klienten halten musst, bestimmt viel allein herum. Das ist nicht gut."

„Geselligkeit bedeutet mir nichts", antworte ich. „Sie ödet mich sogar an, dieses Sprechen, ohne etwas von Belang zu sagen. Dieses In-Stimmung-Trinken. Dieses Herauslachen unter Alkoholeinfluss, das sich für mich meistens verzweifelt anhört. Da bin ich lieber für mich, so wie hier auf der Insel." Ich seufze.

„Es gibt bestimmt Treffpunkte, an denen du dich willkommen und wohl fühlst. Wo du Leute treffen kannst, mit denen du etwas verbindest." Er spricht wie ein Freund zu mir. Oder will er mich nur mit missionarischem Eifer zu etwas bekehren? Von seinem Geheimnis hat er mich jedenfalls erst einmal abgelenkt.

„Ich habe mich unter Leute begeben", fährt er fort, „obwohl es mir anfangs schwergefallen ist. Und nun bin ich in ein Netz von Beziehungen eingebunden, die mir etwas bedeuten. Man kann mich rufen, wenn man mich braucht, und ich komme, so wie auch umgekehrt." Er stockt, überlegt, blickt mich von der Seite an. „Ich kenne deine Einsamkeit aus eigener Erfahrung. Ich habe sie überwunden, indem ich gehandelt, nicht indem ich gewartet habe." Er schweigt und sieht nachdenklich aus.

„Woran denkst du?", frage ich ihn.

„An mein Leben", sagt er. „Nur an mein Leben. Wie einsam ich war und wie es durch mein Zutun eine glückliche Wendung genommen hat."

Ich nutze den Moment, um auf sein unausgesprochenes Geheimnis zurückzukommen. „Ich kann dich nicht zwingen, aber ich habe immer noch den Eindruck, reden, erzählen würde dir guttun, dich entlasten. Ich bin eine Fremde, ich habe mit deinem Leben nichts zu tun. Ich habe keinen Grund, mich einzumischen oder dir Ratschläge zu erteilen. Ich höre einfach nur zu und du wirst spüren, wie es dich erleichtert zu sprechen, nicht in Gedanken, sondern zu jemandem, vor dem du keine Furcht haben musst." Mein Gott, was sage ich da? Ich klinge wie eine Pastorin in der Seelsorge. Warum kann ich ihn nicht einfach in Ruhe lassen und muss dem Zwang folgen, etwas aus ihm herauszuquetschen?

„Lass es sein." Er wirkt ungehalten. „Meine Entscheidung steht, dir nichts zu verraten. Warum Altes aufrühren, das ich hinter mir gelassen habe. Das meinen Seelenfrieden nicht mehr stört. Das abgehakt, begraben ist. Und das dich nichts angeht, auch wenn ich dich mag."

„Ich weiß nicht, warum ich dich so bedränge. Wir kennen uns kaum", entgegne ich. „Warum kann ich es nicht dabei belassen, dass du mir etwas nicht anvertrauen willst?"

„Vielleicht", sagt er und lacht, „weil ich ein harter Brocken bin. Und du bist ein ehrgeiziger Mensch, der nicht gern verliert. Der bekommen will, was er sich einmal in den Kopf gesetzt hat."

Wir sind wieder stehen geblieben. Auf der Nordsee zieht ein Frachtschiff vorbei. Es ist Zeit anzuerkennen, dass ich etwas nicht erfahren werde, was ich wissen möchte.

„Ich hätte mich nicht mit der Aura des Geheimnisses umgeben sollen", sagt er auf einmal. „Es tut mir leid." Sage ich ihm, dass ihn die Aura umgibt und nicht er sich mit ihr umgeben hat? Wozu, es ist vorbei. „Wir sollten es gut sein lassen. Es führt zu nichts. Ich werde dir nichts erzählen und kann dich nur um Entschuldigung dafür bitten, dass ich offenbar Erwartungen geweckt habe, die ich nicht zu erfüllen bereit bin." Er macht eine Pause. „Wir sind Urlaubsbekanntschaften. Wir tauschen keine Adressen aus. Ich werde zu Hause erst noch an dich denken und dich dann vergessen. Das solltest du auch machen. Mich vergessen, mich aus deinem Gedächtnis streichen. Den Mann von der Insel."

Ich fühle mich hilflos, als ob mir etwas ins Wasser gefallen ist und nun abtreibt, hinein in die Strömung, so dass ich es nicht mehr erreichen kann. „Ich kann dich nicht zwingen." Es klingt, als spräche ich zu mir selbst, als müsste ich mich davon überzeugen aufzugeben. Dabei stelle ich mir vor, wie ich ihn an ein Bett fessele, nackt, und seine Lust sich steigert mit jeder Weigerung, mir zu sagen, was ich zu wissen begehre. Ja, ich begehre sein Wissen, sein Geheimnis. Ich bin erregt. Doch das Spiel ist aus. Es gibt keine Erfüllung für mich. Was fantasiere ich mir da zurecht?

Ich muss an Onkel Rudi denken. „Sei vernünftig, gib Onkel Rudi die Hand und sag ‚Guten Tag'", höre ich meine innere Stimme. Ich konnte meiner Mutter nicht sagen, dass ich mich vor Onkel Rudi ekelte, vor dem Geruch seines Rasierwassers

– Speick, wie ich als Erwachsene herausgefunden habe. Onkel Rudi, der auch etwas mit sich herumschleppte, wie ich genau spürte, eine Bürde, über die niemand sprach und über die er selbst schwieg.

„Wir sollten hier besser einen Schnitt machen", sagt Bernhard in meine Gedanken über Onkel Rudi hinein. Er klingt, als stände er weiter entfernt und nicht neben mir. „Ich hoffe, diese morgendliche Episode wird nicht zwischen uns stehen, wenn wir uns auf der Insel nochmals über den Weg laufen."

Hier endet also die Geschichte der Detektivin, die ihren selbst gestellten Auftrag nicht erfolgreich abschließen konnte. Wir verabschieden uns irgendwie unbeholfen voneinander, und ich drehe mich von ihm weg und setze mich in Bewegung. Meine Schritte sind unsicher. Aber sie werden fester, je weiter ich mich von Bernhard entferne und seine anfänglichen Blicke nicht mehr im Rücken spüre.

Ich blicke über die Schulter zurück. Er stapft in die andere Richtung davon. Betont kraftvoll, als wolle er etwas in den Untergrund stampfen, etwas, das sich gegen ihn erhoben hat und das er nun mühsam zurück unter den Sand drücken muss. Etwas aus der Vergangenheit bestimmt immer noch sein Leben, denke ich. Es zwingt ihm die Art und Weise auf, wie er lebt. Es bindet ihn an seine Frau. Er ist nicht frei. Aber das geht mich alles nichts an.

Gibt es auf der Insel wohl Veranstaltungen speziell für Alleinreisende wie mich? Es muss ja keine Ü-irgendwas-Party sein, aber etwas, wo sich nicht Familien und Paare auf den Füßen herumstehen. Ich werde mich in der Touristeninformation erkundigen. Heute noch.

26 BERNHARD VAHLE (2015)

Als ich die Brötchen, die ich auf dem Rückweg vom Strand besorgt habe, Stück für Stück in den Brotkorb drapiere, erscheint Friederike in der Tür. Sie hat sich einen Morgenmantel über den Schlafanzug gezogen und lehnt sich an den Türrahmen. „Hast du dich wieder mit dieser Frau getroffen?", fragt sie. Ihre Betonung ist abfällig. Sie ist eifersüchtig auf Antje. Wie immer, wenn ich mit einer anderen Frau spreche. Nichts Neues also. Doch dieses Mal stört es mich. Ich spüre, wie Wut in mir aufsteigt. Sie ist ein gefährliches Gefühl, das mich an früher erinnert. Ich habe mir damals, nachdem ich meine Mutter und mich erlöst habe, geschworen, nie wieder von Wut beherrscht zu werden. Nie wieder.

Ich stelle mich aufrecht hin und atme tief ein und aus. Konzentriere mich auf meinen Atem. „Wir sind ein paar Schritte am Strand zusammen gegangen und haben ein paar Worte gewechselt. Sie macht auf mich einen einsamen Eindruck, wie du weißt."

„Warum hast du mir nicht erzählt, dass du sie triffst? So wie es zwischen uns ausgemacht ist." Ich kann die Enttäuschung in Friederikes Stimme hören.

„Wir waren ja nicht miteinander verabredet, sondern sind uns zufällig über den Weg gelaufen, weil wir beide gerne frühmorgens am Wasser spazieren gehen, solange der Strand noch menschenleer ist." Ich lüge Friederike an und komme mir dabei schäbig vor. Doch es muss sein. Auch sie kennt mein Geheimnis nicht, und das wird so bleiben, bis ich sterbe. Nicht einmal ahnen soll sie, dass ich ein Geheimnis mit mir herumtrage, das unser ganzes Leben, wie wir es führen, gefährden kann. Soll sie eifersüchtig sein. Ich werde ihr den Grund für das Treffen mit Antje nicht nennen. Nein, ich streite bereits ab, dass es eine Verabredung war.

„Bernhard?" Ich muss Friederike nicht zugehört haben. „Entschuldige", sage ich, „ich war wohl in Gedanken."

„Diese Frau versucht, dich einzufangen. Und du merkst es nicht einmal. Du bist für ihre Avancen nicht empfänglich. Wie immer, wenn dich eine anhimmelt. Deshalb sage ich mir immer wieder, ich habe keinen Grund eifersüchtig zu sein. Und bin es doch", erklärt mir Friederike. Sie kann sich nicht vorstellen, dass man als Mann mit Frauen ganz normal ein Gespräch führen kann, das mehr ist als harmloses Geplänkel und doch ohne die Absicht, sie ins Bett zu bekommen.

„Ich liebe dich", sage ich und fühle mich dabei sentimental. Meine vorhin hochkochende Wut hat sich verflüchtigt. „Ich werde dich niemals im Stich lassen oder dich betrügen." Meine Stimme klingt ernst. „Das weißt du. Ich will keine anderen Frauen erobern, Affären haben. Ich will mit dir unser gemeinsames Leben führen, zusammen alt werden. Mein Ziel ist und war es immer, eine glückliche Ehe zu führen, mit dir eine glückliche Ehe zu führen, unbelastet von Seitensprüngen, Lügen und Intrigen."

„Du bist in letzter Zeit oft wie abwesend", antwortet Friederike. Ich kann ihr ansehen, dass sie über meine Worte gerührt ist. Ihre Gesichtszüge sind weich geworden. „Irgendetwas beschäftigt dich, Bernhard. Das spüre ich. Und es hängt mit dieser Frau zusammen." Sie macht sich Sorgen um mich. Sie ist nicht nur eifersüchtig. Sie merkt mir an, dass etwas nicht stimmt. Ich muss mich besser kontrollieren.

„Das stimmt", gebe ich zu. Es ist immer gut, etwas zuzugeben, was offensichtlich ist, wenn man etwas verbergen möchte. „Antje erinnert mich an eine Erzieherin aus dem Kinderheim, die ich sehr mochte." Ich lüge schon wieder und weiß, dass ich wahrhaftig klinge. Kein Schatten der Unwahrheit liegt auf meiner Stimme. „Die Erzieherin damals wirkte ähnlich verloren wie Antje. Deshalb kommen die alten Geschichten wieder hoch. Die Erzieherin damals ist nach drei, vier Jahren weggegangen. Sie hat die Stelle gewechselt. Ich weiß bis heute nicht warum. Aber es war meine beste Zeit im Heim, weil ich viele Dinge für sie gemacht habe. Ich wollte, dass es ihr gut geht, dass ich eine Freude für sie bin. Als sie ging, fühlte ich mich verraten. Was wohl aus ihr geworden ist?"

„Ich glaube dir", sagt Friederike. Ich verstehe nicht, warum sie das sagt. Hat sie an meiner Aufrichtigkeit gezweifelt? Ist es so weit gekommen?

„Du weißt, dass ich dich nicht anlüge. Ich tue nichts, was dir wehtun könnte oder für das ich mich vor dir schämen muss", bekräftige ich.

„Weiß ich das?", fragt sie in sich gekehrt mehr für sich und schaut mich dann an: „Manchmal bist du mir fremd, als wenn du etwas Wichtiges verbirgst." Sie zögert. „Was soll's. Geh Antje aus dem Weg. Sie tut dir nicht gut, glaub mir. Kochst du uns Kaffee? Dann geh ich noch schnell duschen. Ich habe die Maschine schon vorbereitet."

Sie verschwindet im Bad. Auch sie merkt also, dass ich etwas verberge. Das hat sie noch nie zu mir gesagt. Bricht etwas auf? Ist es doch nicht vorbei? Ich bin auf einmal so müde.

Ich stelle die Kaffeemaschine an und muss an meine Mutter denken. An ihr Gesicht. Ich hätte es gerne einmal fröhlich gesehen, ohne die Ängstlichkeit und die Todesangst bei unserer kurzen Begegnung.

Der Kaffeeduft breitet sich in der Küche aus. Ich höre im Bad die Dusche rauschen und stelle Becher und Teller auf den Tisch. Käse, Wurst und Marmelade, Messer und Löffel. Alles ist gut, alles bleibt gut. Ich gieße mir Kaffee ein, setze mich an den Tisch und schlage die Zeitung auf. Im Bad ist es jetzt ruhig.

Bernhard hat mich abserviert. Sich einen Scherz erlaubt. Mit mir gespielt. Ich bin frustriert, wie nach einem Blind Date, zu dem der Kandidat nicht erschienen ist, mich aber vorher inspiziert und für zu leicht befunden hat, bevor er unerkannt gegangen ist. Es fühlt sich endgültig an. Wäre es nicht konsequent abzureisen? Was ist das für ein blödsinniger Gedanke? Ich werde doch nicht wegen einer flüchtigen Urlaubsbekanntschaft meine geplante Erholungsphase auf der Insel verkürzen.

Habe ich Angst vor Bernhard? Nein, er hat zu souverän und nicht bedrohlich auf mich gewirkt. Wenn ich ehrlich bin. Nur in meiner Fantasie habe ich mir vorgestellt, dass er mich zum Schweigen bringen will, wenn ich ihm zu nahe komme.

Ich schließe die Tür zu meiner Ferienwohnung auf, ziehe die Schuhe aus und lasse mich aufs Sofa fallen. Ich bin leer wie nach einer empfindlichen Niederlage. Er hat mich besiegt, der perfekt eingebundene Landmaschinenverkäufer, der glückliche Familienvater, der mir gute Ratschläge erteilt, der lieber über mich spricht, um von sich abzulenken. Das ist seine Masche. Immerhin: Er hat zugegeben, dass er etwas verbirgt. Ich richte mich auf. Ich habe mich nicht getäuscht. Ich habe recht behalten. Ich habe nicht nur Hirngespinste gesehen. Ich kann mir trauen. Meine Mutter schweigt auffallend.

Ich stehe auf und gehe in die Küche. Ich zögere vor der Kaffeemaschine, wende mich zum Kühlschrank und nehme eine Flasche Bier heraus. Ich krame in der Schublade nach dem Flaschenöffner, hake den Kronkorken auf und setze die Flasche an den Mund. Ich nehme drei große Schlucke ohne abzusetzen, spüre der Kühle nach und wische mir mit dem Handrücken über die Lippen. Ich fühle mich besser. „Du bist eine alleinstehende Frau, die schon morgens Bier aus der Flasche trinkt. Das finde ich bedenklich", höre ich meine Mutter sagen. Die besser wissen sollte, dass Alkohol nicht mein Problem ist.

Ich werde die restliche Zeit auf der Insel genießen. Ich und das Meer, ich und der Wind, ich in der Weite, ausschreitend, das Gesicht der Sonne entgegen. Erholung wie geplant. Zu Kräften kommen. Allein sein. Selbstbestimmt allein sein. Oder doch etwas unternehmen, wo ich auf andere Menschen treffe, Männer, Singles, wie ich eine bin? Ich nehme einen weiteren Schluck aus der Flasche. Bernhard hat meinen wunden Punkt getroffen.

Ich komme nicht gerne in einsame Wohnungen, erschöpft und menschenscheu. Ich werde etwas ändern, wenn ich wieder zu Hause bin. Das ist schon falsch gedacht. Meine Wohnung in Kiel mit Blick auf die Förde ist nicht mein Zuhause. Sie ist Fluchtort, sie bietet mir Schutz, ist ein Rückzugsort mit schöner Aussicht, doch ohne die Perspektive, dass sie zum Schauplatz eines anderen, lebendigeren Lebens wird. Jedenfalls nicht meines Lebens.

Ich nehme noch einen Schluck aus der Flasche. Das Bier tut mir gut. Es spült den Druck weg und sorgt für Klarheit. Ich trinke. Ich trinke nochmals, bis die Flasche leer ist.

Ich stehe immer noch in der Küche neben dem Kühlschrank. Ratlos. Noch zwei Wochen auf der Insel. Ich werde sie genießen. Ich werde unter Leute gehen. Heute Abend ins Inselkino und mich gleich noch für morgen in der Touristeninformation zu einer Führung anmelden. Mal sehen, wer hier sonst noch versucht, sich auf der Insel die Zeit zu vertreiben.

Unter Leuten kann es zumindest passieren, auf Verständnis zu stoßen, Verständnis zu fühlen. Zugehörigkeit kann sich einstellen, Bindungen ihre Fäden knüpfen. Das kann geschehen. Die Einsamkeit kann jedoch auch fühlbarer werden. Ich kann am Rand stehen bleiben, die anderen verachten, ihr Lachen mich anwidern. Ja, das kenne ich. Ich sollte mir und den anderen eine neue Chance geben. Noch ein Bier? Am Vormittag? Besser nicht? Warum nicht? Was ist schon dabei? Ist es einerlei? Besser, ich ziehe mir wieder Jacke und Schuhe an und setze mit dem Weg zur Touristeninformation meine guten biergeschwängerten Vorsätze in die Tat um.

Ich öffne die Haustür und gehe hinaus. Taten sollen meinen Worten folgen, meinen Selbstgesprächen. Noch bin ich kein hoffnungsloser Fall.

28 FRIEDERIKE VAHLE (2015)

Draußen regnet es. Ich kann Bernhard von der Küche aus durch die offene Tür im Sessel sitzen sehen. Er hat die Füße auf einen Hocker gelegt und die Zeitung aufgeschlagen. Doch er liest nicht. Seine Augen bewegen sich nicht über die Zeilen, er sieht gedankenverloren durch die Zeitung hindurch. „Und, was schreiben sie?", frage ich ihn, um ihn aufzuschrecken. Doch er blickt nur matt auf. „Nichts von Belang", antwortet er träge. „Wenn ich etwas Spannendes finde, lese ich es dir vor." Warum gibt er nicht zu, dass er gar nicht liest, sondern vor sich hinträumt. Er verbirgt etwas vor mir. Mein Puls beschleunigt sich und ich fühle mich ratlos. Ich will nicht schon wieder einen Streit vom Zaun brechen. Meine Eifersuchtsattacke ist noch zu frisch.

Doch es ist offensichtlich, dass mit Bernhard irgendetwas nicht stimmt. Er spielt mir vor, es sei alles wie immer. Dabei wirkt er angestrengt. Es scheint ihn viel Kraft zu kosten, die Fassade aufrecht zu erhalten. Er ist nicht mehr er selbst. Nicht mehr der, den ich liebe. Nachts wälzt er sich im Bett und jammert und jault. Das ist für ihn untypisch.

Wir hatten eine Auseinandersetzung wegen dieser Antje, die wir schon auf der Hinfahrt kennengelernt haben, wobei kennengelernt zu viel gesagt ist. Ein paar belanglose Worte haben wir miteinander gewechselt. Trotzdem ist meine Eifersucht gleich angesprungen. Wehret den Anfängen. Doch Bernhard hat mir glaubhaft versichert, dass da nichts zwischen ihnen ist. Dass sie sich nur zufällig wegen ähnlicher Spaziergehgewohnheiten über den Weg gelaufen sind.

Ich spüre aber, dass da noch etwas anderes ist. Bernhard ist oft gedankenverloren und unkonzentriert. Ich habe ihn gestern darauf angesprochen. Ich habe wahrgenommen, wie er sich zusammengenommen und mich dann verwundert angesehen hat. Das war gespielt. Als könnte er mich nach mehr als 30 Ehejahren hinters Licht führen.

Ich wollte ihn nicht bedrängen und habe nur geantwortet, er wirke abgespannt. Und das im Urlaub. „Es ist die Nordseeluft", hat er behauptet. Doch auch das stimmt nicht. Nordseeluft macht ihn müde, nicht abgespannt. Ich kenne ihn.

Ich habe ihn gebeten, zu unserem Hausarzt zu gehen, um sich durchchecken zu lassen, wenn wir wieder zu Hause sind. Ich zweifele aber, ob es etwas Körperliches ist, was ihn aus der Bahn geworfen hat. So kommt es mir vor: Etwas oder jemand hat ihn aus der Bahn geworfen. Doch erst mal abwarten, ob der Arzt etwas findet.

Mich beunruhigt Bernhards Zustand. Ich erlebe ihn als Angriff auf unser gemeinsames Glück. Als entferne er sich von mir. Als sei er plötzlich in eine Sphäre eingetreten, zu der ich keinen Zugang habe. Auch jetzt wieder.

Wenn wir aus dem Urlaub zurück sind, wird Bernhard bald darauf auf Dienstreise gehen. Seine letzte, bevor er ganz in den Regionalvertrieb wechselt und kürzertritt. Mir zuliebe. Noch einmal wird er seinen Nachfolger im Unternehmen auf eine Reise nach Ungarn und in die Ukraine begleiten. Das wird ihn ablenken. Und vielleicht ist er danach wieder der Alte.

29 MICHAEL ANDRESEN (2015)

Heute ist einer dieser Tage, an denen ich es nicht aushalte, allein zu sein. Ich bin in die Wohnung eines Drogentoten gerufen worden. Er hat zusammengekrümmt in seinem fleckigen, versifften Bett gelegen, als hätte er gefroren. Fürchterlich gefroren. Die Welt muss unglaublich kalt gewesen sein, als er sie verließ. Das muss sein letzter Eindruck gewesen sein.

Ich habe solche Wohnungen schon oft gesehen und gerochen. Es ist, als hätte der Mensch aufgehört, sich für sein unmittelbares Umfeld zu interessieren, dies überhaupt wahrzunehmen. Aufgehört zu lüften, aufzuräumen, zu waschen und zu putzen, weil er nicht mehr wahrnimmt, was das für Folgen hat. Weil es ihn nicht mehr interessiert und er keine Kraft mehr hat, sich dagegen aufzulehnen. Man sagt verwahrlost, aber die wenigsten wissen, was das wirklich heißt. Manche schauen mich schon an, als sei ich verwahrlost, wenn ich morgens nicht dazu gekommen bin, mich zu rasieren.

Heute geht mir der Geruch dieser Wohnung nicht aus der Nase. Die Bilder der frierend aussehenden Leiche und der verdreckten Wohnung, in der an vielen Stellen Abfall herumlag, füllen meinen Kopf. Ich habe, als ich nach Hause gekommen bin, lange geduscht, mich zweimal abgeseift und mir die Haare gewaschen, meine Kleidung in die Waschmaschine gesteckt und mir saubere angezogen. Trotzdem schnüffele ich immer wieder an meinem Ärmel. Meine Vorstellung spielt mir einen Streich.

Ich würde mich gerne mit Sigrid treffen, meiner langjährigen Freundin. Sie verstände ohne viele Worte, wie es mir heute geht. Sie kennt solche Tage. Sigrid arbeitet bei uns auf dem Revier in der Abteilung für organisierte Kriminalität. Wir haben uns schon auf der Polizeischule angefreundet und seitdem ist unsere Freundschaft gewachsen, hat sich vertieft und ist von einem großen gegenseitigen Verstehen geprägt. Sex hatten wir nie miteinander. Selbst nicht, wenn wir getrunken hatten, in ausgelassener Stimmung waren und im selben Bett geschlafen haben. Da war immer eine körperliche Scheu zwischen uns. Das macht unsere Freundschaft unkompliziert.

Aber ich weiß: Sigrid hat heute keine Zeit für mich. Sie nimmt an einem Italienisch-Kurs an der Volkshochschule teil. Zur Urlaubsvorbereitung und die Sprache habe sie schon immer fasziniert, hat sie gesagt. Manchmal spricht sie mir etwas vor, was sie gelernt hat, wenn wir bei mir oder bei ihr im Wohnzimmer herumlümmeln. Dabei imitiert sie die Sprachmelodie ihrer Lehrerin, einer Deutsch-Italienerin der zweiten Generation. Sie versucht, mir ihre Faszination für die Sprache zu vermitteln. Ich lächele dann gutmütig. Ich will kein Italienisch lernen, kein Spanisch, Portugiesisch oder Türkisch. Das fliegt mir nicht zu. Das wäre für mich mühsame Arbeit. Büffeln, Pauken, wie in der Schule. Wozu noch in meinem Alter? Sigrid macht es Freude, Sprachen zu lernen. Und deshalb hat sie heute Abend keine Zeit für mich.

Ich will nicht schnüffelnd allein in meiner Wohnung verbringen und breche in ein griechisches Lokal auf, das immer gut besucht ist, weil dort freigiebig und kostenlos Ouzo ausgeschenkt wird, zur Begrüßung, nach dem Essen und weiter, solange man sitzen bleibt. Der Kellner, der die Ouzoflasche in einer Art Halfter am Gürtel trägt, begrüßt mich, als seien wir gute Freunde, weil ich gelegentlich hier esse. Das gehört zum Stil des Hauses. Er begleitet mich zu einem Zweiertisch und bringt mir mit der Karte meinen Ouzo. Ich bestelle Bier dazu und lese mich durch die warmen und kalten Vorspeisen, die Grillteller und Fischgerichte.

Der Raum brummt und summt von Stimmen. Lachen schwingt sich darüber auf. Der Alkohol hat an anderen Tischen schon seine Wirkung getan. „Ich würde niemals bei Kik einkaufen", höre ich eine Frau am Nebentisch sagen, „da weiß man doch, dass für diese Sachen Kinder in großen, fensterlosen Räumen arbeiten und leiden müssen."

„Es ist nicht illegal, dort einzukaufen", erwidert die Frau, die ihr gegenübersitzt. „Wenn es so schrecklich unmenschlich ist, dann müsste doch der Staat verbieten, dass diese Sachen hier verkauft werden dürfen. Ich kann doch nicht bei allem, was ich einkaufe, vorher in Erfahrung bringen, wie es hergestellt worden ist. Dann hätte ich ja nichts anderes mehr zu tun. Und ich kann es mir nicht leisten, nur teure Sachen zu kaufen, und wer weiß, ob das bei den hochwertigeren Läden anders ist. Deshalb finde ich, der Staat müsste uns davor schützen, dass wir sozusagen Beihilfe zu Kinderarbeit und Ausbeutung leisten."

„Und wie soll das gehen?", mischt sich ein Mann ein, der mit am Tisch sitzt. „Das ist der globale Handel, und ohne den könnten wir es uns wahrscheinlich gar nicht leisten, hier heute Abend essen zu gehen. Wollt ihr das?"

„Kommt, lasst uns nicht über Politik reden. Das bringt doch nichts, außer schlechter Stimmung", beschwichtigt der andere Mann am Tisch. Offenbar sitzen dort zwei Paare. „Wisst ihr schon, wohin ihr in Urlaub fahrt?", wechselt er das Thema.

Ich fühle mich klein und unbedeutend. Ich will nicht daran denken, welche Rolle ich im Weltgetriebe spiele. Wofür ich als deutscher Bürger verantwortlich bin, einfach, indem ich bei diesem Leben im relativen Wohlstand mitmache.

Vor ein paar Jahren bin ich aus der evangelischen Kirche ausgetreten. Warum fällt mir das jetzt ein? Nicht aus steuerlichen Gründen, wie so viele, sondern weil ich nicht an Gott glaube. In meiner Jugend habe ich mir im Konfirmandenunterricht das Gegenteil eingeredet, weil es mir zu kompliziert erschien, meinen Eltern und meinen Paten gegenüber zu begründen, warum ich mich nicht konfirmieren lassen will. Mir vorzugaukeln, ich glaube an Gott, war der einfachere Weg. Aber vor ein paar Jahren hatte ich das Gefühl, konsequent sein zu müssen. Was soll ich als Agnostiker – als solchen empfinde ich mich – in der Kirche? Also austreten.

Nicht, dass ich den Schritt bereue. Aber mir fehlt seitdem etwas. Ich fühle mich nicht mehr zugehörig, obwohl ich abgesehen von dem ganzen Glaubenskram evangelisch empfinde. Die evangelische Art und Weise, wie moralische Fragen bedacht werden, ist mir vertraut. Sie gehört hierher in diesen Landstrich. Seit ich aus der Kirche ausgetreten bin, vermisse ich ein Stück Heimat. Wenn ich an einer evangelischen Kirche vorbeikomme, betrachte ich sie. Ihre Schlichtheit, ihre Starrsinnigkeit, ihr Angebot von Schutz spricht mich an. Ich gehöre dazu. Manchmal überlege ich, ob ich in einen Gottesdienst gehen soll. Mich prüfen, ob mein Unglaube Bestand hat, ob ich nicht doch glauben und in die Heimat, die ich vermisse, zurückkehren könnte.

„Fußball im Stadion ist mein Gottesdienst." Der Satz vom Nachbartisch lässt mich aufhorchen. „Große Gefühle, Anbetung, gemeinsames Singen, Gemeinschaft erleben, alles Elemente, die man in der Kirche nicht mehr findet." Es ist der Mann, der zuvor gesagt hat, man solle nicht über Politik reden.

„Und wenn ein Tor für den HSV fällt, dann ist das für mich wie Katharsis. Ich fühle mich gereinigt. Und die gegnerische Mannschaft, das ist der Teufel, der uns den Glauben an unser Team austreiben will. Fußball ist spirituell, er erhebt uns über uns selbst."

„Jetzt ist er wieder bei seinem Lieblingsthema", sagt die Frau, die offenbar seine Partnerin oder Ehefrau ist. „Fußball. Da kann er immer drüber reden."

Der Mann grinst und sieht verlegen zu ihr hin. Ich frage mich, ob der HSV ein evangelischer Verein ist.

Der Kellner kommt, stellt den Grillteller „Dionysos" vor mir ab und wünscht mir guten Appetit. Ich bestelle noch ein Bier.

Mit jedem Stück Fleisch, das ich hinunterschlucke, mit jeder fettgetränkten Pommes Frites wird mir leichter. Der Magen füllt sich und protestiert nur verhalten, weil ich ihm wieder einmal diese schwere nächtliche Verdauungsarbeit aufbürde. Ich atme den Essensgeruch ein, ich schnuppere an meinem Bier. Ich lasse den Tag hinter mir. Hoffentlich wird die Nacht ruhig und der Drogentote und Wiebke Loose lassen mich in Ruhe.

Ich sitze in meiner Ferienwohnung auf dem Sofa. Die Novellen von Gottfried Keller liegen aufgeschlagen auf meinen Knien. Meine Augen gleiten über die Zeilen, ohne dass ich verstehe, was ich lese. Ich kann mich nicht konzentrieren.

Schicksalhaft – das Wort fällt mir ein, wenn ich an Bernhard denke. Eine schicksalhafte Begegnung. Unser letztes Treffen liegt bereits eine Woche zurück. Ich bin ihm seitdem nicht mehr über den Weg gelaufen. Noch immer bin ich aufgewühlt. Nicht weil ich sein Geheimnis nicht lüften konnte, sondern weil ich seitdem meine Einsamkeit spüre. Ich war zufrieden in meinem Alleinsein. Das ist dahin.

Ich suche rastlos Orte auf, wo ich unter Menschen bin und spreche manchmal jemanden an, wenn die Situation unverfänglich ist. „Ist es hier immer so voll?", habe ich den Mann vor mir in der Schlange an der Kasse des Inselkinos gefragt, als ich mir „Monsieur Claude und seine Töchter" ansehen wollte. „Ich weiß nicht, ich bin das erste Mal hier", hat er geantwortet und sich wieder abgewandt. Dabei war er wie ich alleine da.

In solchen Situationen glückt es mir nicht, mir einzureden, ich sei gerne allein. Ich hätte gar keine Kraft für intensive Gespräche. Ich müsse mich von den vergangenen Strapazen erholen.

Ich komme mir unbeholfen vor, wenn es keinen Anlass gibt, um mit jemand Unbekanntem zu sprechen. Ich müsste mir ein Ziel setzen, so wie bei meinen Projekten, wenn ich Gespräche führe. Aber was soll das für ein Ziel sein? Jemanden kennenzulernen? Das ist kein Wert an sich. Zu prüfen, ob der Angesprochene interessant ist und mich ein Gespräch mit ihm bereichern würde? Wie klingt das? Jemanden abzuschleppen, den ich anziehend finde? Und dann? Bin ich hinterher nicht noch einsamer? Wenn es mir überhaupt gelänge, jemanden mit zu mir zu nehmen. Ich habe mit Männer-Abschleppen nämlich keine Erfahrung.

Grübeln bringt mich jedenfalls nicht weiter. Wie hatte Bernhard es formuliert? Ich müsse dem Zufall auf die Sprünge helfen und mich in Gesellschaft begeben. Der Zufall lässt sich aber gerade nicht helfen. Er hält sich zurück. Und was soll ich in einer Gesellschaft, die mich meine Einsamkeit nur intensiver erleben lässt?

An der Naturerlebniswanderung durch die Dünen gestern haben außer mir nur Paare und Familien teilgenommen. Ich habe mich an die Führerin gehalten und ihr alle Fragen gestellt, die mir unterwegs eingefallen sind. Was ist das für ein Gras, das jetzt schon blüht? Solche Sachen. Ich habe viel erfahren, aber nicht gefunden, wonach ich gesucht habe: einen Weg aus meiner Einsamkeit.

Sieht so aus, als müsse ich Geduld aufbringen. In wenigen Tagen reise ich ab.

Ich sitze wieder auf dem Bock und fühle mich ruhig und frei. Zwei Wochen sind vergangen, seit ich in Pinneberg gewesen bin. Sie kommen mir wie eine Ewigkeit vor oder besser: als hätte ich meinen Aufenthalt dort nur geträumt. Eine Geschichte, die ich so intensiv miterlebt habe, als sei sie wirklich passiert. Meine Wut, die mich beherrscht hat, ist immer noch verschwunden. Und das erinnert mich nachdrücklich daran, dass es wahr ist. Dass ich meine Mutter getötet habe.

Ich steuere meinen LKW auf einen Rastplatz und rangiere ihn in eine Parktasche zwischen zwei Sattelzüge, um die vorgeschriebene Ruhezeit einzuhalten. Ich steige aus, in der Hand meine „Unterwegstasche", wie ich sie nenne, in der ich meine Thermoskanne, eine Wasserflasche, Schokoriegel, etwas Obst und geschmierte Brote aufbewahre. Alles griffbereit, um nicht auf das überteuerte Rasthofessen angewiesen zu sein. Ich gehe hinüber zu den Rastinseln aus hölzernen Tischen und Bänken, die im Grass unter Bäumen stehen. Ich spüre den mir unbekannten Drang, mich nicht an einen unbesetzten Tisch niederzulassen, wie ich es immer tue, sondern an einen Tisch, an dem zwei Kollegen sitzen, wie ich an ihrem ganzen Erscheinungsbild unschwer erkennen kann. Ich bleibe zwischen ihrem und einem freien Tisch stehen, weil ich nicht recht weiß, wie ich sie fragen kann, ob ich mich zu ihnen setzen darf. Da hebt einer der beiden seinen Arm und winkt mich heran. „Komm", sagt er, „setz dich zu uns. Du bist doch ein Kollege?" Ich nicke und gehe die paar Schritte bis zu ihnen. „Ja", erwidere ich schüchtern. Der eine Fernfahrerkollege schiebt ausgebreitete Lebensmittel zur Seite, um mir Platz auf dem Tisch freizuräumen. Ich setze mich und schaue die beiden scheu an. Ich traue mich nicht, sie eingehender zu mustern.

„Wo kommst du her? Wo musst du hin?", fragt mich der andere und ich habe das Gefühl anzukommen.

Ich muss schlucken, bevor ich antworten kann. „Ich war in Italien, muss noch in Frankfurt etwas abladen und dann gehts nach Hause, nach Köln, in den Heimathafen", antworte ich und fühle mich fremd mit mir, wenn ich so rede. So als ob ich die mir unvertraute Rolle eines Fernfahrers spiele. „Und ihr?", frage ich und merke zu meinem Erstaunen, dass es mich wirklich interessiert. Jetzt, wo meine Wut mich nicht mehr zwingt, alle auf Abstand zu halten. Ich höre den Antworten aufmerksam zu und genieße es zu spüren, dass wir einen gemeinsamen Erfahrungsschatz haben. Dass wir wissen, wie es sich anfühlt, ständig unterwegs zu sein.

Wir plaudern, wie man es offenbar unter Kollegen tut. Fernfahrerthemen: Zollkontrollen, wo man unterwegs am besten duschen kann, die Freude unterwegs zu sein und die Sehnsucht nach zu Hause. Wobei ich zu letzterem nichts beitragen, aber nachempfinden kann, wie es sein muss, wenn daheim jemand auf einen wartet. Menschen, die man liebt. Sollte so etwas auch für mich möglich sein? Ist das Gespräch hier unter Kollegen, das für die zwei anderen an diesem Tisch nichts Besonderes ist, für mich ein neuer Anfang?

„Wir müssen jetzt los. War nett, sich mit dir zu unterhalten", sagt der eine plötzlich, während er aufsteht und beginnt, seine Sachen in eine Tasche zu packen.

„Ja", antworte ich und weiß dann nicht weiter. Erst als sie sich schon abgewendet haben, schiebe ich etwas hinterher: „Fand ich auch. Danke und sichere Fahrt." Sie drehen sich noch einmal um und heben jeder einen Arm zum Gruß.

Geht doch, sage ich zu mir, als ich sie in ihre Führerhäuser klettern sehe. Ich möchte nicht mehr einsam sein. Ich möchte unter Menschen gehen, Freunde finden. Vielleicht auch eine Frau und Kinder haben. Ich registriere diesen Wunsch und schiebe ihn nicht gleich zur Seite. Ich kann das lernen, mit anderen in Kontakt zu treten, mit ihnen im Austausch zu sein, denke ich. Ich werde es üben, mit anderen zu sprechen. Mich für sie zu interessieren. Ich weiß, anfangs wird es mir schwerfallen. Ich werde mir manchmal wie ein Depp vorkommen. Mich unwohl fühlen. Aber eben mit den beiden Kollegen, das war ein Anfang. Ein Wendepunkt.

Kann sein, dass ich mir Hilfe holen muss. Im Kinderheim haben sie mich zu einem Psychologen geschickt, um mich „aus meiner Isolation herauszuholen", wie sie es nannten. Ich muss grinsen, weil ich wieder den Triumph von damals spüre, als ich Herrn Dr. Schwertmüller an mir abprallen ließ. Hätte er mir helfen können, wenn ich ihn an mich herangelassen hätte? Ich kann einen neuen Anlauf nehmen. Nicht gezwungen dieses Mal, sondern von mir aus. Aus eigenem Antrieb. Es muss ja nicht „der Schwertmüller" sein.

Ich lehne mich zurück, verschränke die Hände hinter dem Kopf und strecke meine Beine unter dem Tisch bis hin zur Querstrebe aus. Die Sonne scheint mir ins Gesicht, abgedämpft durch die luftigen Äste der Bäume. Mir kommt eine Szene aus dem Kinderheim in den Sinn. Einmal im Jahr gab es ein Sommerfest. Zu diesem waren auch die Familien der Erzieherinnen und Erzieher eingeladen. Nicht jeder von ihnen fand das gut, aber manche brachten ihre Männer oder Frauen und ihre Kinder mit, sofern es diese in ihrem Leben gab. Ich erinnere mich an ein bestimmtes Sommerfest. Ich muss so um die zehn Jahre alt gewesen sein. Das Wetter war schön und die

Kinder tobten im Außengelände des Kinderheims herum. Ich beteiligte mich nicht an ihren Spielen, sondern stand wie üblich am Rand, in der Hand einen Plastikbecher mit Limonade. Ich beobachtete, was vor sich ging, und sah, wie die Erzieherin, die ich am meisten von allen respektierte, ihrem Mann einen innigen Kuss gab und sich dann zu ihren beiden Söhnen herunterbeugte und sie zärtlich drückte. Ich erlebte dieses Bild der Zugehörigkeit und Zusammengehörigkeit und spürte, wie ich mich jetzt erinnere, eine Sehnsucht, Teil dieser Gemeinschaft sein zu wollen. Das Gefühl dauerte nur Sekundenbruchteile, dann übermannte mich meine Wut und ich stürmte auf diese Musterfamilie, wie ich sarkastisch dachte, zu. Ich schleuderte meinen Limonadenbecher in Richtung der Kinder und registrierte triumphal, dass ich den kleineren am Kopf traf und er zu weinen anfing, mehr aus Schreck als aus Schmerz. Ich wurde auf mein Zimmer geschickt, was ich gleichgültig befolgte. Aber heute hier auf diesem Rastplatz spüre ich auf einmal wieder intensiv diese Sehnsucht von damals, dazugehören zu wollen, Teil einer Familie. Kann ich das erreichen? Oder werde ich mein Leben lang ein Heimkind bleiben, das nicht weiß, wie das geht: Familie? Kann ich es lernen, Familienvater zu werden, obwohl mir ein Vorbild hierfür fehlt? Kann ich mich selbst neu erschaffen?

Ich nehme den letzten Schluck kalt gewordenen Tees aus meinem Becher, schraube ihn auf die Thermoskanne und räume sie zurück in meine Unterwegstasche. Als ich zurück zu meinem Sattelzug gehe, kommt mir noch ein Gedanke. Wenn ich es wirklich ernst meine und den Wunsch habe, mein Leben zu ändern, nicht mehr einsam sein zu wollen, sondern in Beziehungen eingebunden, dann sollte ich auch meinen Beruf drangeben. Etwas machen, bei dem ich vielleicht schon nachmittags zum Feierabend nach Hause komme. Damit ich regelmäßig mit anderen etwas unternehmen kann: Fußballtraining, Volkshochschulkurse, Skatabende. Was auch immer. Ja, ich sehe es vor mir, wie sich mein Leben verändern wird. Wenn ich nur will. Wenn ich mich hier und jetzt entscheide, es tun zu wollen und mich traue, es in die Tat umzusetzen. Trotz aller inneren Widerstände, mich meiner sozialen Unbeholfenheit zu stellen.

Ich öffne die Tür zum Führerhaus, als ein LKW in die frei gewordene Lücke neben meinem Sattelzug rangiert. Ich winke dem Fahrer zu. Er erwidert meinen Gruß und ich lächele.

32 MICHAEL ANDRESEN (1979)

Die Beerdigung von Wiebke Loose liegt sechs Wochen zurück. Ich sitze an einem schmalen Tisch mit weißer Kunststoffbeschichtung. Er dient mir als Schreibtisch und steht im Büro eines Kollegen, welcher mich für die Dauer meines praktischen Ausbildungsabschnitts anleitet und betreut. Nächste Woche endet vorerst meine Zeit auf dem Revier und ich werde meine Ausbildung in der Polizeischule fortsetzen.

Wir stecken mit unseren Ermittlungen in einer Sackgasse. Keine der Befragungen hat uns weitergebracht. Falls es überhaupt brauchbare Spuren am Tatort gegeben hat, hat sie die Witterung verwischt, bis die beiden Kinder die Leiche entdeckt haben.

Wahrscheinlich sind Spaziergänger dem Täter am Morgen begegnet. Doch keiner von ihnen konnte eine brauchbare Beschreibung abgeben. Versuche, mit ihnen zusammen ein Phantombild zu erstellen, scheiterten. Sie waren sich nicht sicher. Nie flackerte bei einem der Zeugen ein Erkennen auf, wenn ihm Variationen typischer Gesichtsmerkmale wie die Augen- oder Mundpartie vorgeführt wurden.

Die Observation auf der Beerdigung hat ebenfalls nichts ergeben. Zwei Frauen und ein Mann waren gekommen, die uns zuvor bei den Ermittlungen noch nicht begegnet waren. Wir haben sie tags darauf aufgesucht. Der Mann, ein Frührentner, entpuppte sich als jemand, der regelmäßig Beerdigungen ihm Fremder besucht, um sich anrühren zu lassen. „Echter, lebendiger, besser als jeder Fernsehfilm", erklärte er uns. Seine Frau bestätigte, dass der Besuch von Beerdigungen „sein Hobby ist". Schräg, aber nicht verboten.

Bei den beiden Frauen handelte es sich um eine ehemalige Kollegin und eine frühere Mannschaftskameradin, die jeweils geheiratet hatten und zu ihren Ehepartnern nach Buxtehude beziehungsweise Kiel gezogen waren. Sie hatten kein Motiv und lagen zur Tatzeit neben ihren Männern im Bett, unruhig den letzten Traum dieser Nacht durchlebend, bis der Druck auf die Blase den Wunsch einfach weiterzuschlafen verscheuchte. Beiden war es ein Bedürfnis, auf der Beerdigung Abschied von Wiebke Loose zu nehmen, obwohl sie seit ihrem Wegzug keinen Kontakt mehr zu ihr gehabt hatten. „Ich fühle mich ihr verbunden", hatte die Frau aus Buxtehude gesagt, „obwohl wir uns zuletzt vor drei Jahren auf meiner Hochzeit gesehen haben."

Ebenso berichtete uns die ehemalige Kollegin aus Kiel, was ihr Wiebke Loose immer noch bedeutete: „Ich muss in manchen schwierigen Situationen mit Patienten an sie denken. Wie ruhig, gelassen und heiter sie reagiert hat, wenn zum Beispiel eine Patientin augenscheinlich mitgenommen aus dem Sprechzimmer unseres Docs kam, weil er ihr eine schlimme Diagnose übermittelt hatte. Wiebke ließ so eine Frau nicht einfach gehen, sondern sprach sie an. Bat sie, sich erst einmal zu setzen und bot an, jemanden zu benachrichtigen, der sie abholt. Legte ihr wohl auch sanft und tröstend die Hand auf die Schulter, wenn sie den Eindruck hatte, dass die Frau es zulassen konnte und nicht vor Anspannung zurückzucken würde. Sie ist da ein Vorbild für mich, an dem ich mich orientieren kann. Ich habe viel von ihrem Verhalten gegenüber Patienten für mich hier in Kiel auf meiner neuen Praxisstelle übernommen." Wie viele sprach sie mit Hochachtung über Wiebke Loose und hatte das Bedürfnis gehabt, persönlich Abschied zu nehmen.

Mein Anleiter hat mir aufgetragen, alles, was wir bisher zusammengetragen und protokolliert haben, noch einmal durchzugehen. Den Obduktionsbericht, die Vermerke der Kriminaltechnik, die Fotos vom Tatort und der Beerdigung, die Protokolle unserer Befragungen und die Niederschrift der Kollegen aus Köln. Unsere Ermittlungsgruppe wurde bereits deutlich verkleinert, da praktisch nicht mehr viel zu tun ist, solange sich keine neuen Anhaltspunkte ergeben. „Du hast einen frischen, unverbrauchten Blick. Vielleicht fällt dir noch etwas auf, was wir in unserer Routine übersehen haben", hat mein Anleiter gesagt und auf die Aktenordner gezeigt, die sich in den vergangenen Wochen gefüllt haben.

Eine Woche habe ich noch, eine Woche, bis ich wieder zur Polizeischule gehen werde. Ich lese aufmerksam, drehe die Wörter um in der Erwartung auf verborgene Zeichen. Aber alles, was mir bisher auffällt, ist, dass viele Kollegen keine begnadeten Protokollanten sind. Die Befragten haben zwar unterschrieben, was zu Papier gebracht wurde. Doch von Befragungen, an denen ich teilgenommen habe, weiß ich, dass sich die Zeugen anders ausgedrückt haben, auch wenn das Protokoll den oberflächlichen Sachverhalt im Großen und Ganzen richtig wiedergibt.

Ich lese und träume dabei davon, den entscheidenden Hinweis zu entdecken, den, den bislang alle übersehen haben. Wie meine Spürnase eine neue Spur zutage fördert, die eine Kette neuer Ermittlungen in Gang setzt. An deren Ende steht die Ergreifung des Täters, der seiner gerechten Strafe zugeführt werden kann. Ein neuerlicher Beweis für die Gesellschaft, dass Mord sich nicht lohnt.

Doch kein Geistesblitz durchzuckt mich. Warum sollte ich Frischling etwas bemerken, was den erfahrenen Kollegen entgangen ist? Ich finde es schwer erträglich, dass der Täter vielleicht davonkommt. Muss uns der sprichwörtliche „Kommissar Zufall" zu Hilfe kommen?

2. TEIL

33 BERNHARD VAHLE (2015)

Wir sind wieder zu Hause angekommen. Friederike packt nebenan die Koffer aus. Ich habe eine innere Unruhe von der Insel mitgebracht. Die verschlossene Tür zu meiner Vergangenheit hat sich einen Spalt geöffnet. Seit mich Antje auf der Fähre angesehen hat, muss ich an meine Kindheit und mein früheres Leben zurückdenken.

„Du sollst nicht töten". Ein einfacher Satz von großer Klarheit, der nach einer Geschichte im Alten Testament von Gott, der höchsten Instanz überhaupt, einem Gewährsmann und Führer als eines von zehn Geboten übermittelt worden ist und seitdem unumstößlich gilt. Schon Kinder begreifen und verinnerlichen ihn. Und doch ist er in vielen Situationen schwer zu befolgen – so wie viele andere Gebote.

Mein Fall zeigt, dass es zwar moralisch verwerflich ist zu töten, zu morden gar, aber dass dieses Töten Gutes bewirken kann. Gesühnt habe ich die Schuld, die meine Mutter auf sich geladen hat, und ich habe mir selbst ein neues Leben geschenkt. Ich lebe seitdem glücklich und bin mir dessen jeden Tag aufs Neue bewusst. Hätte das meine Mutter wie jede Mutter für ihr Kind nicht gewollt? Hat sie mich nicht weggegeben, weil sie glaubte, dies sei das Beste für mich? Und habe ich durch diese Tat nicht genau das erreicht: Dass es mir gut geht? Ist dafür nicht jede Mutter bereit, sich zu opfern und sei es durch die Hand ihres eigenen Kindes?

Was geschehen ist, ist geschehen. Ich kann es nicht rückgängig machen. Ich bin seitdem verpflichtet, ein gutes, ein glückliches Leben zu führen. Das habe ich nicht sofort, sondern erst später begriffen.

Der Mord – trotz allem ist er unter juristischen Gesichtspunkten einer – ist nie aufgedeckt worden. Wie ich erwartet habe, gab es keine Spur, die zu mir führte. Als die Polizei mich aufspürte und die Nachricht vom Tod meiner Mutter überbrachte, habe ich geweint. Ich weinte nicht um sie, wie die Polizisten erst dachten, sondern um das, was ich nie gehabt hatte: eine Mutter, die mit liebevollem, manchmal auch ärgerlichem Blick ihr Kind aufwachsen und reifen sieht, wobei das Kind sich geliebt und geborgen weiß. Ich trauerte um diese Leerstelle in meinem Leben. Ich schloss in diesem Moment mit dem Davor endgültig ab. Ich musste mich befreien, damit ihr Tod einen Sinn ergab.

Ich habe kurz darauf meinen Beruf als Kraftfahrer aufgegeben und bin aus Köln weggezogen, um mich bei einem Hersteller von Landmaschinen im Westfälischen zum Kaufmann ausbilden zu lassen. Die Erinnerung an meine Vergangenheit ist schnell verblasst, und meine Tat habe ich in einem Bereich meiner Erinnerung eingekapselt, zu dem ich im Wach-Sein keinen Zugang habe. Bisher. Nur am Todestag meiner Mutter stelle ich eine Kerze ins Fenster. Das bin ich ihr schuldig, die mit ihrem Tod Gutes an mir getan hat.

Ich habe 1984 meine Frau kennengelernt. Ich bin in der Firma aufgestiegen, habe ein Haus gebaut und wir haben zwei Jungen bekommen, für die ich da gewesen bin, so gut ich konnte. Denn ich hatte es nicht gelernt, nicht selbst am eigenen Leib erfahren, wie man für Kinder da ist. Durch meine Frau und meinen Beruf habe ich in unserer kleinen Stadt viele Kontakte. Ein friedliches Leben kann einen glücklich machen, wenn es nichts ist, dessen Fesseln man sprengen muss, um seinen eigenen Weg zu finden. Ich wiederhole es gern: Ich lebe glücklich. Ich bin dazu verpflichtet.

Manchmal stelle ich mir vor, wie meine Mutter mit einem Lächeln von oben auf mich herabschaut. Dann lächele ich zurück und sie nickt mir zu. Alles ist gut.

Antjes Blick auf mich hat mich beschämt und etwas in mir freigelegt, das ich vergessen zu haben glaubte. Das mich zumindest nicht mehr tangierte. Sie hat etwas in mir angerührt. Werden meine Schutzschilde mit dem Alter schwächer? Sei wachsam, sage ich mir.

„Mach uns ein paar Schnittchen. Ich habe Hunger", ruft Friederike von nebenan. Ich stehe mitten in der Küche und muss hier bereits einige Zeit gestanden haben, ohne es zu merken. Nimm dich zusammen, sage ich zu mir. Friederike darf nichts merken. „Ist schon in Arbeit", rufe ich zurück und packe die Lebensmittel aus, die wir unterwegs eingekauft haben.

Heute treffe ich mich mit den Schulkameradinnen und -kameraden aus unserem Abiturjahrgang wieder. Ich benutze bewusst diesen altmodischen Ausdruck „Kamerad, Kameradin". Denn wir gehörten mehr oder weniger eng zusammen, ohne uns gewählt zu haben. Der Zufall desselben Jahrgangs hatte uns im Unterricht zusammengeführt.

Es sind 40 Jahre vergangen, seit wir dieselbe Schule besucht haben. Damals war die Welt noch in Ordnung, obwohl ich mich mit für mich wichtigen Problemen herumschlug. Zum Beispiel damit, unglücklich verliebt zu sein. Doch war ich noch nicht bei der Polizei; es gab noch kein ungeklärtes Tötungsdelikt und kein Opfer Wiebke Loose, das mich in meinen Träumen heimsucht.

Unsere Erinnerungen stecken in unseren Köpfen und decken sich nicht. Manche, vorwiegend die oberflächlichen, werden heute wie ein Fotoalbum hervorgeholt werden, nachdem die Grundzüge unserer Biografien auf den Tisch gelegt worden sind. Die gekommenen Junglehrer von damals sind alt geworden. Wie mögen sie sich an uns erinnern, die wir jetzt älter sind, als sie damals waren? Jetzt, wo wir uns leibhaftig zwischen die schemenhaften, jugendlichen Gestalten in ihren Köpfen mischen.

Die Mitschüler von einst sehen aus, wie ich es erwartet hätte, wenn ich mir ihr Bild aus der Erinnerung vergegenwärtigt und in die Zukunft projiziert hätte. Die Mühe habe ich mir nicht gemacht. Entspreche ich selbst dem Bild, das sie sich von mir eingeprägt haben? Wie bin ich in ihren Augen damals gewesen? Unfertig, suchend, leicht zu verunsichern waren wir alle. Haltungen ausprobierend und behauptend, umso vehementer, je unsicherer wir waren. Nur, dass mir damals allein meine eigene Unsicherheit bewusst war und die anderen mir viel gefestigter und selbstbewusster erschienen.

Merkwürdig auf Menschen zu treffen, die meine jugendlichen Erfahrungen mit mir geteilt haben und dabei doch überwiegend mit sich selbst beschäftigt waren. Jeder für die anderen nur ein Reibungspunkt im eigenen Sich-Finden.

Susanne kommt auf mich zu und strahlt mich freudig und freundlich an. Ich kannte sie damals kaum. Ein paar Worte wechselten wir auf dem Schulhof, ein kurzer Austausch auf einer Party, ein Engtanz, wie es damals hieß. Sie schien mir unerreichbar, so viel reifer und erfahrener als ich. Und jetzt ihre offensichtliche Wiedersehensfreude.

„Nase?", fragt sie, als sie mich erreicht hat.

„Wie lange bin ich so nicht mehr genannt worden?", erwidere ich, „ein verlorener Spitzname, der in der Schule zurückgeblieben ist wie die alten Abiturarbeiten."

Sie lacht und schaut mich verlegen an. „Michael?"

„Sicher?" Ich bin ein wenig beleidigt und ich räche mich, indem ich sie einen Augenblick zappeln lasse.

„Ich denke schon, die anderen Namen passen nicht." Sie versucht es also mit der Ausschluss- und Eingrenzungsmethode.

„Gut, ich gebe es zu, Susanne, ich bin Michael und freue mich darüber, dass du so freundlich mit mir sprichst. Damals hatten wir wenig miteinander zu tun", sage ich.

„Ja, aber ich mochte dich." Es klingt wie ein Geständnis.

„Das wusste ich nicht. Jemand wie ich hatte jemandem wie dir doch nichts zu bieten", bekenne ich meine damalige Unsicherheit im Umgang mit ihr.

„Doch, ich mochte dich. Auch wenn du mir wahrscheinlich nicht glaubst, wo ich deinen richtigen Namen auf Anhieb nicht wusste", sagt sie. „Damals habe ich mich nicht getraut, dich anzusprechen, um mich mal mit dir zu verabreden. Du wirktest so arrogant."

Es wird stimmen, was sie sagt, aber ich höre diese Wahrheit nicht gerne. „Das war mir nicht bewusst", antworte ich. „Ich fühlte mich schüchtern und uninteressant. Aber ich scheine diese arrogante Aura nicht mehr zu haben. Wenn du, kaum sind wir angekommen, ans Eingemachte gehst."

„Stimmt, ich hatte keine Scheu, dich anzusprechen." Wir plaudern eine Weile miteinander, ein wenig unkonzentriert, weil immer mehr ehemalige Mitschülerinnen und Mitschüler eintreffen.

Als alle bis auf wenige Nachzügler da sind, heißt uns einer aus dem Organisationsteam offiziell willkommen. Der hat schon damals gerne vor Publikum geredet, denke ich. Immerhin drei Viertel von uns seien der Einladung gefolgt, erklärt er. Drei seien bereits gestorben, einer durch Freitod. Was für eine Bilanz, die hier gezogen wird. Wir schweigen betreten, obwohl er nicht um eine Gedenkminute bittet.

„Eine Mitschülerin konnten wir nicht ausfindig machen – trotz intensiver Recherche", berichtet er nach der kurz aufgekommenen Stille weiter. Und einen gebe es, für den die Schulzeit eine einzige nicht enden wollende Qual gewesen sei. Der sich niemals mehr freiwillig unter seine Quälgeister mischen werde, wie er dem Festkomitee mitgeteilt habe.

Wer mag das gewesen sein? Welche Schrecken mögen ihm hier in ständiger Wiederholung widerfahren sein? Als quälend erinnere ich die Langeweile, wenn die Lehrer sich abmühten, mir das zu vermitteln, was ich seit Wochen bereits meinte verstanden zu haben.

Es wird geklatscht und wir verteilen uns an den stilvoll gedeckten Tischen, schließlich sind wir im besten Haus am Platz, gerne gebucht für Hochzeiten und Familienfeiern. Ich kenne die Inhaber und einige vom Personal. Ein Hotel ist schließlich kein Ort, um das Verbrechen einen großen Bogen machen. Es gab vor Jahren mal eine Leiche im Hotelbett. Eifersucht, leicht aufzuklären. Seitdem kennt man mich hier.

Ich habe Susanne hinter mir gelassen und mir einen Platz neben einer Mitschülerin gesucht, für die der Ausdruck „verklemmt" wie gemacht zu sein schien. Sie war ständig angespannt, mehr noch als wir anderen. Ihre Kleidung lag eng an und umhüllte sie doch wie ein Schutzpanzer. Sie hatte schon damals einen üppigen Busen, der mir gefiel, auch wenn der Stoff ihres BHs dick und blickdicht war.

„Hallo, Bettina", sage ich, „schön, dass du auch gekommen bist." Dabei muss ich an einen besonderen Nachmittag denken. Ich hatte mich mit ihr zum Mathe-Lernen bei ihr zu Hause verabredet. Ein Fach, das mir leichtfiel und in dem ich gut erklären konnte. Ihre Eltern waren nicht daheim. Ich erinnere mich an eine schwüle Wärme, die sich im Zimmer breit machte, während wir uns eng zusammen über die Aufgaben beugten. Wie kam es dazu, dass wir uns küssten? Sie unsicher und zunächst unbeholfen, ich überrascht, dass unter dem Panzer offenbar ein erotisches Bedürfnis schlummerte, das sich auf mich richtete. Ich wagte mich mit meiner Zunge vor und spürte ihren Zwiespalt zwischen Lust und Angst. Ich rieb mich an ihr, mein Glied bereits steif. Obwohl ich ihre Hemmungen spürte, konnte ich nicht widerstehen, meine Hand unter ihren Pullover zu schieben und mich vorzutasten, bis ich ihren

Brustansatz oberhalb des BHs berührte. Meine Finger schlossen sich um ihren Busen, dessen Rundungen mich schon beim bloßen Betrachten erregten, während ich auf ihrem ängstlichen Gesicht ablas, dass sie sich schuldig fühlte, weil sie zuließ, was ich ihr gerade antat. Ich verstand ihren Zwiespalt nicht. Sie schob meine Hand fort und ich verlor die Lust, sie zu küssen. Ich fühlte mich abgewiesen und ratlos, wie es jetzt weitergehen könnte. Sie sagte nichts, ich sagte nichts. Wir sprachen nicht über das, was geschehen war und was es für uns bedeutete. Ich war mir selbst peinlich in meiner Hilflosigkeit. Wir hörten die Haustür gehen, rückten voneinander ab und begannen wieder, zusammen die Übungsaufgaben zu lösen.

Ich beuge mich zu Bettina hinüber und frage sie, was aus ihr geworden ist. Denkt sie wohl auch an den damaligen Nachmittag, der so nicht wieder gekommen ist und über den wir nie gesprochen haben? Sie sei nach einer Ausbildung zur Fremdsprachenkorrespondentin Hausfrau und Mutter dreier Kinder geworden, erzählt sie, und lebe jetzt mit ihrem Mann in Neumünster. Sie habe nicht studiert, arbeite nicht, obwohl die Kinder ausgezogen seien. „Mein Mann ist beruflich viel unterwegs. Er wollte, dass jemand, also ich, für die Kinder da ist." Sie spricht, als müsse sie sich vor mir verteidigen.

„Ich freue mich, dass du hier bist", sage ich, weil ich nett zu ihr sein will.

„Ich liebe meine Kinder und mein Mann ist gut zu mir", erzählt sie. Ich finde ihre Ausdrucksweise altmodisch. Wer sagt heute noch über einen Partner, er sei gut zu einem? ‚Er tut mir gut' oder ‚er ist gut für mich', solche Sätze höre ich öfter.

„Manchmal bereue ich", spricht sie weiter in meine Gedanken hinein, „dass ich so schnell zurückgesteckt habe und mich und meine Grenzen, auch beruflich, nicht mehr ausprobiert habe. Was ich nicht bereue, ist, so viel Zeit für meine Kinder gehabt zu haben. Wir sind immer noch eng verbunden, obwohl sie ihre eigenen Leben führen. Wir telefonieren viel miteinander. Und was machst du?"

Ich erzähle ihr, dass ich in Pinneberg „hängengeblieben" bin und bei der Polizei arbeite. Bettinas Busen ist noch größer geworden und wird von ihrem BH gut in Form gehalten. Wie simpel Anziehung sein kann, denke ich.

Bernhard ist beim Arzt gewesen und hat sich durchchecken lassen, bevor er gestern zu seiner Dienstreise aufgebrochen ist. Seine Blutwerte und sein Blutdruck sind in Ordnung. Das beruhigt mich keineswegs. Es wäre mir lieber, es gäbe eine medizinische Erklärung für seine Niedergeschlagenheit und für die Phasen von Gedankenverlorenheit.

Er selbst scheint nicht zu merken, wie er sich verändert hat. Er bemüht sich, Fröhlichkeit zu verbreiten. Er umgarnt mich liebevoll und hat, bevor er gefahren ist, frisch gepflückte Narzissen aus unserem Garten auf den Frühstückstisch gestellt. Damit ich eine Freude habe.

Doch sobald er einen Moment unkonzentriert ist, sacken seine Schultern nach vorne, und er sieht dann abwesend und wie ein Häuflein Elend aus. Rede ich ihn an, strafft er sich sofort und lächelt mich an, spricht munter und aufgeweckt. Das wirkt auf mich nicht natürlich, sondern als koste es ihn große Anstrengung.

Ich bin froh, dass er nun erst einmal zwei Wochen unterwegs ist. Ich weiß nicht, woher das Gefühl kommt, von ihm verraten zu werden. Das Gefühl, dass er gegen unsere Vereinbarung verstößt, die zwischen uns immer klar war, ohne dass wir sie hätten aussprechen müssen. Hat sein Zustand etwas mit mir zu tun? Habe ich mich verändert? Ich glaube nicht.

Ich bin jetzt gefordert. Liebe heilt alle Wunden, sagt man. Und ich liebe Bernhard. Aber ich weiß nicht, wie ich meine Liebe einsetzen kann, um ihn aus seiner Trübsal zurückzuholen. Das ist eine neue Situation für uns. Ich kann meine Liebe ja nicht wie ein Pflaster aufkleben. Ich weiß ja nicht mal, wo es ihn genau schmerzt. Vielleicht sollte ich ihn öfter verführen, wenn er wieder da ist? Jeder Orgasmus ein Verbandswechsel, bis sich die Wunde wieder geschlossen hat. Einen Versuch ist es wert. Vielleicht heilt ihn schon die Dienstreise, wenn er auf ihr spürt, wie er immer noch anerkannt und geschätzt wird. Zwei Wochen habe ich Zeit, mir verschiedene Optionen zu überlegen.

36 BERNHARD VAHLE (2015)

Ich bin mit meinem Nachfolger gestern in Budapest gelandet. Heute brechen wir mit unserem Mietwagen zu Bestands- und potenziellen neuen Kunden in Ungarn und der Ukraine auf. Das wird mich auf andere Gedanken bringen. Ich werde der sein, der ich in meinem neuen Leben immer war: charmant, verbindlich, ausgeglichen, heiter. Deshalb habe ich für unser Unternehmen viele erfolgreiche Geschäfte abgeschlossen. Weil ich war, wie ich war, war ich glaubwürdig. Ich sollte nicht in der Vergangenheit von mir sprechen: Weil ich bin, wie ich bin, bin ich glaubwürdig. So ist es richtig. Und wenn wir in zwei Wochen zurückkehren, werde ich wieder der Alte sein. Es geht gar nicht anders.

Friederike spürt, dass mit mir etwas nicht stimmt, mehr noch, seitdem der Arzt gesagt hat, ich sei kerngesund für mein Alter. Es gäbe keinen Grund für ihn, in meinen Organismus mit Medikamenten oder sonst wie einzugreifen. Ich kann mich Friederike nicht anvertrauen. Ich will sie nicht mit hineinziehen, sie zur Mitwisserin eines lange zurückliegenden Mordes machen. Obwohl sie weiter zu mir halten würde. Davon bin ich überzeugt. Aber es verstieße gegen unsere unausgesprochene Vereinbarung, dass wir zusammen glücklich sind. Der Schatten der Tat würde sich über uns beide legen und unser Glück trüben.

Man hört manchmal, dass alte Fälle noch nach vielen Jahren aufgeklärt werden, weil seinerzeit gesammelte DNA-Spuren mit neuen Methoden noch ausgewertet werden können. Es gab keine Spuren. Meine Mutter wurde erst nach einigen, regnerischen Tagen gefunden. So stand es damals in der Zeitung.

Da war nichts und da ist nichts. Der Fall bleibt unaufgeklärt. Aktendeckel zu und verstaubt im Archiv. Von wegen Cold Case. Ich verstehe nicht, was meine Frau an diesen Krimiserien findet.

Es gibt eine einfache Lösung für mein, für unser Problem. Ich muss wieder der Alte werden, die Verpflichtung zum Glücklich-Sein spüren und ihr enthusiastisch folgen. Unbeschwert wie noch vor ein paar Wochen. Das bin ich meiner Frau und meiner Mutter schuldig. Ihr Opfer soll nicht sinnlos gewesen sein.

Ich stelle mich ans offene Fenster meines Hotelzimmers, blicke auf das gegenüberliegende Haus und atme tief ein und aus, ein und aus. Gleich treffe ich meinen Kollegen beim Frühstück. Ich traue ihm zu, in meine Fußstapfen zu treten und seine eigenen Spuren in dem Verkaufsgebiet zu hinterlassen. Ich freue mich auf die Reise. Eine gute Voraussetzung, um in zwei Wochen als der alte Bernhard Vahle wieder zurückzukehren.

Heute ist Samstag. Ich habe eben in dem Hotel in Pinneberg eingecheckt, in dem ich die nächste Zeit wohnen werde. Ich habe einen neuen Auftrag angenommen, nicht umfangreich, aber knifflig. Ein Unternehmen, das Bauwerksabdichtungen auf Bitumenbasis mit Kunststoffbeimischungen herstellt, möchte sein Personal so weit reduzieren, dass die Rendite für potenzielle Käufer attraktiver erscheint. Auf Kosten der Mitarbeiter, die bleiben. Erhöhung der Effektivität, höhere Key Performance Indicators, die Bilanzzahlen des Unternehmens aufhübschen.

Ich soll Mitarbeiter motivieren auszusteigen. Sie stehen auf einer Liste, die mir der Personalleiter Anfang der Woche in einem Vorgespräch in meinem Büro übergeben hat: „Underperformer, Stänkerer und unsere Weltmeister im Krankfeiern", hat er die ihm Anvertrauten abqualifiziert. Ein sympathischer Personalchef, dachte ich sarkastisch, ein Menschenfreund. Ich bedaure diejenigen, die nicht auf der Liste stehen.

Ich habe darauf bestanden, während des Projekts vor Ort zu wohnen. So wie ich es immer mache, um mich voll und ganz auf meine Aufgabe einzulassen, obwohl Pendeln bei der Entfernung zwischen Kiel und Pinneberg durchaus möglich gewesen wäre. Doch der Wechsel zwischen zwei Welten, das Immer-wieder-umschalten-Müssen kostet mich zu viel Energie. „Das beste Haus am Platz", hat der Personalleiter über das Hotel gesagt. „Es wird ja nicht für ewig sein." Seine Art, mir mitzuteilen, dass er schnell Resultate erwartet und ihm egal ist, was aus seinen dann ehemaligen Mitarbeitern wird. Und dass mir das auch egal zu sein hat.

Aber so arbeite ich nicht. „Wir werden sehen", habe ich nur geantwortet. Ich weiß, wie unsere Verträge aussehen und welche Punkte für meinen Chef nicht verhandelbar sind. Dafür liebe ich ihn, dass er vertraglich Menschlichkeit festschreibt. Was man merkt, wenn man die Verträge zu lesen versteht.

Nachdem ich meinen Koffer ausgepackt habe, gehe ich spazieren. Ich brauche nach der Fahrt hierher frische Luft und Bewegung, bevor ich mich an die Arbeit mache. Und es ist mir wichtig, die Atmosphäre des Ortes kennenzulernen. Schließlich leben hier viele der Menschen, die ich zu einem Wechsel zu einem anderen Arbeitgeber oder gar in einen anderen Beruf bewegen soll. „Zur Not, aber nur zur Not, können Sie auch mit etwas Geld nachhelfen", hatte der Personalleiter seine Wünsche vorgetragen und dann breit gegrinst. Das sollte wohl heißen „Denk dran, Mädchen, wir fechten auf derselben Seite." Versteht man den Ort, versteht man die Menschen dort besser.

Direkt an das Hotel grenzt ein kleiner Wald mit altem luftigen Buchenbestand. Das hohe Blätterdach beschirmt mich, ich fühle mich geborgen. Ich bin zufrieden mit meinem Alleinsein, stelle ich fest. Nichts ist mehr übrig von der Unruhe, die im vergangenen Jahr auf der Nordseeinsel mein Alleinsein in ein Gefühl von Einsamkeit hat umschlagen lassen. Ausgelöst durch diesen älteren Mann namens Bernhard. Er trug ein Geheimnis mit sich herum, das ich glaubte, ergründen zu müssen. Wenn ich daran zurückdenke, schäme ich mich über mein Verhalten von damals. Ein bisschen jedenfalls. Es ist nichts, was ich mir nicht verzeihen könnte.

Der Mann hatte es vermocht, meine Sehnsucht nach mehr Verbindung, nach engen Bindungen zu anderen Menschen aus ihrem tiefen Schlummer zu wecken und durch mich hindurch zu jagen, sie größer zu machen, als sie ist. Ich fühle sie noch, aber sie ist wieder auf ein gut erträgliches Maß geschrumpft. Meine Zufriedenheit hängt nicht daran, dass sie sich erfüllt, wie ich damals kurzzeitig dachte. Nur selten bin ich in einer Stimmung, in der ich spüre, dass mir etwas fehlt. Dass ich manchmal allein bin, ohne es zu wollen. Nicht jetzt, nicht heute, ich bin bereits mit den Menschen auf der Liste verbunden.

Nach wenigen Minuten entdecke ich am Rande des Waldes einen Rosengarten, eine öffentliche parkähnliche Anlage. Auf einer Hinweistafel am Eingang steht, dass er 1935 eröffnet wurde und sich ein Freundeskreis dafür einsetzt, ihn in seiner ursprünglichen Anlage zu erhalten. Es ist Blütezeit und die Beete sind bestückt mit unterschiedlichsten Rosensorten, die in vielfältigen Farben und Farbnuancen blühen und teilweise intensiven Duft verbreiten, je nach Sorte geordnet in den Beeten stehen oder scheinbar wild und üppig wuchern oder sich an hölzernen Spalieren emporranken. Ich setze mich auf eine Bank, die mich an Fotoaufnahmen in Büchern über historische Gärten erinnert und von der ich das Gelände in seiner Ausdehnung überblicken kann. „Schön", denke ich, „das ist einfach schön."

Es ist sommerlich warm. Klare trockene Luft. Ich tanke die Wärme auf der Haut. Wer weiß, wann ich das nächste Mal Zeit haben werde, einfach so in der Sonne zu sitzen.

Tatsächlich halte ich es nicht lange auf der Bank aus, sondern stehe bald darauf auf, um ins Hotel zurückzukehren. Ich muss mich vor dem Abendessen noch tiefgehender mit den Berufen und Tätigkeiten vertraut machen, die die Menschen ausüben, die gehen sollen. Ich werde mir einen Überblick verschaffen, ob es in der Region Unternehmen gibt, die eventuell

Bedarf an deren Kenntnissen und Fertigkeiten haben, auch wenn sie nicht hundertprozentig passen.

Ich werde das Arbeitsamt vertraulich einbinden. Am Montag habe ich einen Termin mit dem Leiter vereinbart, was nicht schwierig war. Er hatte sich wohl nach meiner E-Mail-Anfrage über mich und unsere Firma erkundigt und Positives gehört.

Kurz darauf sitze ich in meinem Hotelzimmer am Schreibtisch, der lang und schmal und an die Wand geschraubt ist. Ich mag diese Hotelschreibtische nicht. Platzsparend und doch ausreichend für Geschäftsreisende, die noch die Gespräche vom Tag nacharbeiten und die vom kommenden Tag vorbereiten. Die noch letzte Hand an eine Präsentation legen, noch Folien austauschen, noch E-Mails beantworten. Tische ohne Flair, rein auf ihre Funktion reduziert. Zum Glück vergesse ich alles um mich herum, wenn ich arbeite. Nur wenn ich zwischendurch aus meiner Konzentration auftauche, verziehe ich missmutig das Gesicht. Stattdessen etwas Schönes um mich zu haben, würde mir guttun und mich kräftigen.

Drei Stunden später klappe ich meinen Laptop zu und gehe hinunter ins Restaurant. Vielleicht arbeite ich später noch weiter oder erst morgen. Ich bin gut vorangekommen.

Im Restaurant ist das Licht schummrig. Ich suche mir einen Platz, der am weitesten von den besetzten Tischen entfernt steht. Ich möchte für mich sein, mich entspannen, während ich mich gedanklich weiter mit der frisch unterbrochenen Arbeit beschäftige. Nicht ungewollt teilnehmen an den Gesprächen von den Nachbartischen.

Doch meine Hoffnung, die Stimmen von den anderen Tischen mögen ebenso gedämpft sein wie das Licht, erfüllt sich nicht. Das beste Haus am Platz zieht offenbar eine Klientel an, die zu Geld gekommen ist, was ihr Selbstbewusstsein nicht nur gehoben hat, sondern auch das Bedürfnis hervorgebracht hat, dies zur Schau zu stellen. Etwas zu laut ist, was man von sich gibt, etwas rücksichtslos, wie man sich bewegt. Vielen der Gäste fehlt offenbar die Fantasie, sich vorzustellen, dass andere ihre Ergüsse nicht als Bereicherung, sondern ihre Reden als fad und ihre Aussagen als uninspiriert und gewöhnlich empfinden. Oder ist ihnen das egal? Bin ich arrogant? Ich will mit diesen Leuten nichts zu tun haben und unterstelle, das Essen schmeckt ihnen, weil es teuer ist.

Noch bevor mein Gericht serviert wird, stehe ich auf und suche die Toilette. Im Vorraum, durch den ich auf dem Weg dorthin komme, öffnet sich eine Tür, hinter der ein kleiner Saal mit gedeckten Tischen und breiter Glasfront nach draußen zu einer Terrasse zu sehen ist. Der Klang angeregter Gespräche dringt durch die Öffnung, bevor der Mann, der heraustritt, die Tür wieder schließt.

Ich bin kurz stehen geblieben, um mich nach den Toiletten umzusehen. Der Mann sieht mich interessiert an. Neugierig, aber nicht aufdringlich. „Sie haben aber nicht mit uns Abitur gemacht", spricht er mich an, „ganz anderer Jahrgang."

„Nein", erwidere ich freundlich, „Sie feiern welches Jubiläum?"

„40 Jahre bestandenes Abitur. Kaum der Schule entronnen, stehen die letzten Berufsjahre an. Das Leben ist wirklich kurz", antwortet er und sieht dabei beschwingt aus. „Suchen Sie etwas?"

„Ich glaube, ich habe die Toilette schon gefunden", sage ich und deute auf die Tür mit der weiblichen Silhouette darauf. Es ist Zufall, dass ich mich gerade in dem Moment auf den Weg zu den Toiletten gemacht habe, weil mich das aufdringliche Gerede an den anderen Tischen gestört hat, als dieser Mann sich entschieden hat, von seinem Tisch auf der Abiturfeier aufzustehen und in den Vorraum zu treten. Ist es einer dieser Zufälle, denen ich auf die Sprünge helfen sollte, wie es dieser Bernhard von mir gefordert hat? Schon lange musste ich nicht mehr an diese Begegnung auf der Insel denken. Warum heute? Jetzt schon zum zweiten Mal.

38 FRIEDERIKE VAHLE (2016)

Ich koche, als ich das Auto in die Einfahrt fahren höre. Er ist da, unser älterer Sohn Dirk. Neben ihm wird seine Freundin Manuela sitzen, die Bernhard und ich noch nicht kennen. Ihr offizieller Antrittsbesuch.

Ich bin aufgeregt und mein Mutterherz schlägt mir bis zum Hals. Vor Glück, merke ich. Ich bin froh, dass unsere beiden Jungs beizeiten zu Hause ausgezogen sind. Dass ich nicht mehr ständig mitbekomme, wie es ihnen gerade geht und ihre Freude und ihren Kummer miterlebe, mitdurchlebe. Ich weiß, sie kommen im Leben zurecht. Auch ohne mich. Ich muss mir keine Sorgen machen. Und das gelingt mir besser, wenn ich sie nicht um mich habe. Stattdessen vermisse ich sie und freue mich umso mehr, wenn sie zu Besuch kommen und wenn es nur für einen halben Tag ist, so wie heute.

Hoffentlich gefällt mir Manuela, Dirks Mädchen, von dem er uns schon manches erzählt hat. Er hat sie gewählt – oder sie ihn. Deshalb werden wir sie akzeptieren. Wir werden nicht versuchen, sie ihm auszureden, auch wenn wir den Eindruck bekommen, dass sie nicht zu ihm passt. Schöner wäre allemal, wenn wir sie mögen und ins Herz schließen könnten.

Ich eile vom Herd zum Küchenfenster, um einen ersten Blick auf Manuela zu erhaschen. Der Rollbraten köchelt im Bratensud seinem Garpunkt entgegen. Der Rotkohl, den ich schon gestern gekocht habe, nachdem er über Nacht in einer Marinade durchgezogen ist, steht warm. Die Klöße sind vorgeformt und müssen gleich nur noch im heißen Wasser ziehen. Ich will Zeit für die Kinder haben und nicht in der Küche stehen, solange sie da sind.

Dirk ist Vegetarier, seit er zu Hause ausgezogen ist. Aber wenn er uns besucht, macht er eine Ausnahme von seinen Alltagsessgewohnheiten und lässt es sich schmecken. „Ich liebe deine Hausmannskost", hat er neulich gesagt und sah dabei dankbar aus.

„Ein nettes Mädchen", denke ich, als Manuela aussteigt. Schlank, adrett gekleidet, natürliche Haarfarbe. Ich höre Bernhard durch den Flur gehen und die Haustür öffnen. Er tritt zu den beiden in die Einfahrt, schließt Dirk fest in seine Arme und streckt dann Manuela vorsichtig seine Hand hin, die sie munter ergreift. Ich kann durch das geschlossene Fenster nicht hören, was sie sagen. Wahrscheinlich nur Unbedeutendes, um die anfängliche Befangenheit etwas abzumildern. Ich winke hinter der Scheibe mit beiden Armen und Dirk bemerkt mich, zeigt für Manuela zu mir herüber und strahlt mich an. Ich bin ein Glückspilz, denke ich.

Als wir später alle um den gedeckten Mittagstisch sitzen und ich dabei bin, jedem eine Scheibe Braten auf den Teller zu legen – „für mich nur eine ganz kleine", bittet Manuela –, sagt Dirk etwas, das mich unvorbereitet trifft und zu Tränen rührt: „Das sind also meine Eltern. Seit mehr als 30 Jahren glücklich verheiratet. Immer noch sich gegenseitig beständig Zeichen der Hochachtung und Liebe sendend, zärtliche Gesten austauschend, füreinander da und miteinander im Gespräch. Mir damit ein Vorbild. Besser kann man eine Lebenspartnerschaft nicht leben." Ich senke meinen Blick, während er spricht, weil ich ihn nicht direkt ansehen kann, ohne von meinen Gefühlen übermannt zu werden. Ich wische mir vorsichtig, damit es hoffentlich niemand merkt, über die Augen. Ob Dirk seine kleine Rede geplant und vorbereitet hat? Oder sind seine Worte spontan aus ihm herausgebrochen? Ist auch egal, schön hat er es gesagt.

„Darauf stoßen wir jetzt an", ruft Bernhard. „Trefflich formuliert und wahr gesprochen. Wenn es mir auch ein bisschen peinlich ist, aus dem berufenen Munde meines eigenen Sohns gelobt zu werden." Bernhard verbirgt seine Rührung hinter scherzhaftem Reden. Wir heben alle unser Glas und stoßen der Reihe nach miteinander an. „Auf Euch", bringt Dirk einen knappen Toast aus. „Auf uns, auf uns alle. Möge uns das Glück weiter hold sein", ergänzt Bernhard.

So eine heitere Stimmung und Manuela mittendrin. Wir geben ein schönes Bild ab. Falls Manuela es mit Dirk ernst meint, schrecken seine Eltern sie nicht ab.

Gut, dass dieser Besuch nicht vor 15 Monaten stattgefunden hat, als Bernhard sich eine Krise genommen hat. So drücke ich aus, was ihm damals widerfahren ist, als ihn diese Antje, die wir auf der Insel kennengelernt haben, in einen beängstigenden Zustand versetzt hat. Bernhard war nicht mehr er selbst, nicht mehr der Mann, den ich bis dahin gekannt und geliebt habe. Oft geistesabwesend, nicht bei sich und niedergeschlagen. So ist er auf seine letzte Dienstreise gegangen. Und als er zurückkam, war es, als sei nichts gewesen. Geradezu unheimlich war mir zumute, als ich ihn und seinen jungen Kollegen in Hannover vom Flughafen abholte und mir der alte Bernhard entgegenkam, mich anstrahlte und in den Arm nahm. Mir fröhlich seinen Nachfolger im Außendienst vorstellte. Wie weggeblasen der Bernhard mit allen Anzeichen einer Depression. Als sei diese Episode in unserem Leben nur ein Traum gewesen.

Seitdem beobachte ich Bernhard immer wieder einmal verstohlen, wenn er nicht bemerkt, dass ich in der Nähe bin, und suche nach Anzeichen dafür, dass seine Krise zurückkehrt. Aber da ist nichts. Zufrieden sieht er wieder aus, rundum. Und geht so zärtlich mit mir um. Dirk hat wahr gesprochen. Wir sind ein ideales Paar, nicht nur nach außen. Wir strahlen es aus.

„Guten Appetit", wünsche ich, als alle vor ihren gefüllten Tellern sitzen, „lasst es Euch schmecken." Es wird ein schöner Tag werden.

39 MICHAEL ANDRESEN (2016)

Die Frau wendet sich ab, um Richtung Damentoilette zu verschwinden. Wenn ich jetzt nichts tue, werde ich sie nicht wiedersehen. Ich habe das Gefühl, dass ich zu oft in meinem Leben Gelegenheiten habe verstreichen lassen. Ich mache eine Geste in ihre Richtung. Sie dreht sich wieder zu mir um. „Was machen Sie denn eigentlich hier?", frage ich ungeschickt und ärgere mich, dass mir nichts eingefallen ist, was sie gleich für mich einnimmt. Denn ich möchte ihr gefallen, merke ich. Warum auch immer.

„Ich wohne hier, so lange das Projekt dauert, das ich in Pinneberg betreue", antwortet sie ganz sachlich. War ihr Ton etwa gereizt? Habe ich es schon vermasselt?

„Nobel", sage ich und komme mir wie ein Depp vor. Es wird nicht besser, was ich sage. „Ich meine, das hier ist ein gutes, traditionsbewusstes Haus. Das beste Hotel, das wir hier in Pinneberg haben. Sagt man jedenfalls."

„Zieht aber eine Menge unsympathisches Volk an", entgegnet sie.

Meint sie mich? Oder die anderen Gäste? Egal, jetzt oder nie. Wenn ich sie wiedersehen möchte, kann ich mich nicht mit Selbstzweifeln aufhalten. „Wenn Sie noch ein paar Tage hier sind, wir haben nur heute Abiturtreffen. Ich meine, an anderen Tagen könnte es sein, dass ich abends Zeit hätte, um das begonnene Gespräch … was ich sagen will, ich würde Sie gerne zum Abendessen einladen. Rufen Sie einfach die 110 an und fragen Sie nach Michael", – mein Gott, was bin ich albern – „nein, ich schreibe Ihnen meine Handy-Nummer auf. Sie machen mich nervös, dabei sollte ich abgebrüht sein." Ich komme mir wie ein Idiot vor, ziehe mein kleines Notizheft aus der Hosentasche, reiße eine Seite heraus und notiere ihr meine Telefonnummer.

Sie grinst mich an. Offenbar habe ich es nicht völlig verbockt. „Ich werde sehen, was ich für Sie tun kann", sagt sie verschmitzt. „Während eines Projekts ist mein Job aufreibend und es wird abends oft spät. Ich kann Ihnen nichts versprechen."

„Es würde mich sehr freuen, Sie wiederzusehen", sage ich höflich und spüre das Bedürfnis, das zu bekräftigen. „Bitte rufen Sie mich doch an." Flehentlich klingt das, fast wie ein kleiner Junge. Ich mache mich lächerlich, doch sie ignoriert mein peinliches Auftreten und lächelt mir zu. Dann geht sie durch die Tür der Damentoilette ab und ich gehe in den Saal zu meinen ehemaligen Mitschülern, weil mir entfallen ist, warum ich hinausgekommen bin.

Ich bleibe einen Augenblick an der Tür stehen. Die Frau hat mir gefallen. ‚Sie könnte deine Tochter sein', warnt meine innere Stimme. ‚Ich bin allein', antworte ich mir. Wer weiß, was sich ergibt. Wenn sie sich überhaupt meldet. ‚Ich habe es jedenfalls versucht und sie angesprochen. Du kannst ruhig ein wenig stolz auf mich sein', führe ich meinen inneren Dialog mit einer Stimme fort, die dem Jungen, der ich vor 40 Jahren war, besser zu Gesicht stünde als dem erwachsenen Mann von heute.

Noch etwas verwirrt, schaue ich mich im Raum um, wo sich kleine Grüppchen zusammengefunden haben und teils lebhaft miteinander gesprochen wird, teils sich die Unterhaltung zäh hinzieht und nicht recht in Gang kommen will. Jeder von ihnen, mit denen ich zur Schule gegangen bin, könnte ein Mörder sein, der Mörder des unaufgeklärten Falls, denke ich. So lange ein Täter noch unbehelligt unter uns lebt und nicht gefasst und überführt ist, sind die anderen nicht entlastet. Dein Nachbar kann ein Mörder sein, obwohl die Wahrscheinlichkeit gering ist. So denken wir nicht, mit so viel Misstrauen können wir nicht zusammenleben. Nach dem Krieg fragte keiner den anderen, wie viele er getötet hatte. Es lag ein Schweigen über allen. Im Schweigen bin ich aufgewachsen.

Ich schüttele den Kopf, um solche Gedanken zu vertreiben, und muss an die Reihe Birken am Rande unseres Schulgrundstücks denken, mit ihrer weißen Rinde und den dunklen, schrundigen Flecken, die sich wie Geschwüre aus dem strahlenden, bläulich schimmernden Weiß erheben, wenn im Spätherbst die Luft klar ist und die Sonne tief steht. Sie können gut in einer Reihe in enger Gemeinschaft stehen, weil sie keine ausladenden Kronen über ihre schmalen Stämme erheben. Ihre kleinen Blätter brechen im Sommerhalbjahr das Licht zu einem Flirren. Weil sie nicht alles Licht für sich beanspruchen, wächst unter ihnen teils dichtes Buschwerk, bewehrt mit Dornen und Stacheln. Im Frühjahr hängen an ihnen kleine Würste eng gepresster Samen, die sich, wenn Wind aufkommt, zerteilen, so dass sie durch die Luft wirbeln und sich in Ecken und Windfängen zu Haufen vereinen. Manchmal wehen sie wie Schleier durch die Luft. Das war so, als ich noch zur Schule ging, und es ist heute noch so. Manchmal komme ich an ihnen vorbei. Ich gehöre zu den wenigen von uns, die noch in Pinneberg wohnen und hier auch arbeiten. Warum muss ich gerade jetzt an die Birken denken?

Ich setze mich an einen anderen Tisch als zuvor. Denke an die Frau, der ich im Vorraum begegnet bin, und höre meinen ehemaligen Schulkameraden zu. In dürren Worten berichten sie von sich, die nackten Fakten ohne Ausschmückungen und

Entschuldigungen. So auf das Wesentliche entkleidet, handeln die groben Lebenslinien vom immer Gleichen, von der Liebe, vom Sich-Finden und Sich-Trennen, von Kindern, die geboren und aufgezogen werden, von der Suche nach Sinn, von Erfolgen und Niederlagen im Beruf, vom Sich-im-Leben-Einrichten, vom Verlust durch Tod, der jedem schon begegnet ist, vom Einsam-Sein, vom Glück, von Orten, die einen aufgenommen haben.

Ich brauche frische Luft, stehe auf und nicke den anderen zu. Ich gelange direkt vom Saal auf die Terrasse. Es ziemt sich nicht, abseits zu stehen, obwohl mir danach ist. Ich stelle mich deshalb zu Markus, mit dem ich zu Schulzeiten hin und wieder etwas unternommen habe. Ich erinnere mich, wie wir mit unseren Fahrrädern erst auf Feldwegen durch die eingezäunten Weiden fuhren, dann auf schmalen befestigten Wegen ins Moor. Der Himmel war blau, durchzogen von wenigen Wolken. Ich bin mir nicht sicher, ob es dieser Himmel war, den ich vor Augen habe, oder ob er zu einer anderen Zeit gehört. Wir hielten an und lehnten die Räder an einen Baum. Wir sprachen nicht. Der Wind strich durch das Wollgras, brach sich im Knick, kräuselte das Wasser auf den kleinen Tümpeln, aus denen Faulgas aufstieg. Es bildete an der Oberfläche des schwarzen Wassers Blasen, die zu zögern schienen, bevor sie zerplatzten. Das Moor hat seine eigene Stille, die uns schweigen ließ, und ich frage mich, während diese Erinnerung aufsteigt, ob wir damals sprachlos blieben, weil er genau wie ich diese dichte Atmosphäre spürte. Ich rieche wieder diesen fauligen Geruch, der mich damals schaudern machte und an den Tod denken ließ, an Jahrhunderte alte Moorleichen, gut erhalten in ihren vakuumierten Vitrinen im Landesmuseum. Wir setzten unsere Füße auf die schmalen, runden Grasinseln, die aus dem Sumpf herausragten. Das schmatzende Geräusch des hochquellenden Wassers, das unsere Sohlen umspülte, jagte uns eine Gänsehaut über die Arme. Wir standen wieder still und lauschten in das Moor hinein, bis Markus fragte, ob wir zurückfahren sollten, was wir für eine gute Idee hielten. Denn was soll man schon anfangen im Moor, wenn einen der Mut verlässt, sich auf unsicherem Grund einen eigenen Pfad zu suchen. „Lang ist es her", begrüßt er mich, während ich uns noch im Moor folge. „Was machst du jetzt? Geht es dir gut?"

„Mir geht es gut", behaupte ich und frage mich, ob es stimmt. „Ich arbeite hier in Pinneberg als Kommissar, Abteilung für Todesermittlungen, Sexual-, Brand-, Umweltdelikte und Vermisstenfälle. Da ist bei uns einiges zusammengefasst", antworte ich. „Und du?"

„Leicht und schwer zu beantworten", sagt er. „Ich habe Gebäudetechnik studiert und bin in den Betrieb meines Vaters eingestiegen: Hochscheid Heizung – Sanitär – Klima. Heute leite ich den Betrieb. Ich bin von klein auf in diese Rolle hineingewachsen. Das ist die leichte Antwort."

„Und die schwere?", will ich wissen.

„Ich mag nicht mehr. Ich habe den Spaß an dem Job verloren. Ich traue mich aber nicht auszusteigen. Was wird dann aus meinen Mitarbeitern?"

Er wirkt auf mich traurig. Redlich, wie er immer war, überspielt er die Zweifel an seinem Werdegang nicht.

„Warum magst du nicht mehr? Ist etwas passiert?" Ihn kann ich direkt fragen. Er wird mir ehrlich antworten.

„Ich mochte, wie mein Vater den Betrieb führte", beginnt er zu erzählen, „er war mein Vorbild. Für die Gesellen war er wie ein Vater. Sie kamen auch mit privaten Problemen zu ihm. Die meisten Kunden kannte er persönlich. Es war, als hätte die Gemeinschaft ihn zu der Aufgabe bestimmt, sich für alle um die Heizungs- und Sanitäranlagen zu kümmern. Und mit dieser Haltung, von der Gemeinschaft für diese Aufgabe auserkoren zu sein, erledigte er seine Aufträge. Er fühlte sich für das Wohl der anderen verantwortlich, und sie schätzten seine Anständigkeit und Zuverlässigkeit. Gelang etwas nicht wie gewünscht, regelte er das gemeinsam mit seinen Kunden im Gespräch, auch wenn es dabei schon mal lauter wurde. Am Ende einigten sie sich immer auf eine Lösung, die keinen zum Verlierer stempelte, und man grüßte sich weiter auf dem Sportplatz, in der Kneipe, beim Spazierengehen. Das hat mich als Kind beeindruckt. So wollte ich sein. Ich wollte mir in den Augen der anderen das Ansehen verdienen, das mein Vater hatte. Ich wollte sein legitimer Nachfolger werden. Aber das Handwerksleben hat sich verändert. Es geht nur noch ums Geschäft."

Er klingt verbittert. Ich habe den Impuls, ihn zu trösten, weiß aber nicht wie.

„Wenn ich einen Termin wegen eines möglichen Auftrags habe, schlägt mir Misstrauen entgegen", fährt er fort. „Dabei leisten wir weiter gute Arbeit, Handwerksarbeit. Das ist aber egal. ‚Sie sind zu teuer', sagen mir die Leute, ‚wir würden Sie ja gerne nehmen, aber zu dem Preis.' Dabei kalkuliere ich angemessen, denn ich will meine Mitarbeiter fair bezahlen. Das spielt keine Rolle mehr, der Preis muss gedrückt werden. Das ist wie ein Sport. Man lacht über die, die mehr bezahlt haben, als man selbst." Es sprudelt aus ihm heraus, als habe er nur auf eine Gelegenheit gewartet zu erzählen, was ihm auf der Seele liegt. „Und wenn man sich darauf einlässt und mit dem Preis runtergeht, so weit, dass man weiß, dass am Ende nichts übrigbleibt, nur um seine Leute beschäftigen zu können und niemanden entlassen zu müssen, ist alles nicht gut genug. Das Waschbecken sollte zwei Zentimeter höher montiert werden, die Duschwanne hat nicht den gleichen Weißton wie in der Ausstellung und, und, und …" Er atmet tief durch. „Ich kann dir Geschichten erzählen … Macht euren Scheiß alleine, denke ich oft. Ich will nicht mehr euer Depp sein. Sucht euch einen anderen für diese Aufgabe. So sind die Beziehungen geworden, abstrakt, geldfixiert, auf Kampf ausgelegt. Zum Kotzen."

Er hat sich in Rage geredet, seine Schultern sind nach vorne gesackt. Ich strecke die Hand vor und berühre ihn leicht am Unterarm. Er hebt den Kopf, ohne mich zu sehen. Dann stutzt er, sieht mir ins Gesicht. Jeder kann sehen, dass er eine ehrliche Haut ist und man ihm vertrauen kann. Dass er leichte Beute ist, wenn man es drauf anlegt. Ich lächele und er lächelt dankbar zurück.

„Ich gehe mir selbst auf die Nerven, wenn ich so rummotze", sagt er. „Aber manchmal kommt es über mich. Entschuldige, bitte!"

Ich will ihn trösten. Ich winke dem Kellner. „Zwei Trostwasser für uns. Mach uns zwei Bier, wir müssen miteinander anstoßen."

Als das Bier kommt, prosten wir uns zu, setzen das Glas an den Mund und nehmen einen tiefen Zug. Wir sehen uns an und sagen nichts mehr. Markus sieht jetzt zufrieden aus. Ich bin dankbar dafür, dass er nicht sagt, es sei gut, mit mir zu reden und wir sollten uns öfter treffen. Wir haben diesen Moment zusammen gehabt, und wenn das Abiturtreffen vorbei ist, wird jeder weiter seiner eigenen Wege gehen.

40 ANTJE MERKENS (2016)

Was war das, frage ich mich, als ich nach dem Essen, das ich schnell hinuntergeschlungen habe, obwohl es fein abgestimmt war, wieder auf meinem Zimmer bin. Oder besser: Wer war das, der mich so leichthin angequatscht hat? Ein wenig unbeholfen und albern, aber charmant. Was meinte er damit, ich solle die 110 anrufen und nach Michael fragen? Arbeitet er für die Polizei? Warum habe ich nicht nachgefragt?

Er hat sich ein wenig lächerlich benommen und war mir trotzdem sympathisch. Er hat etwas ausgestrahlt, auf das ich angesprungen bin. Irgendetwas, das mich erfasst hat. Chemische Botenstoffe können es nicht gewesen sein. Dafür haben wir zu weit auseinander gestanden. Oder wie weit fliegen diese Moleküle, die Paare zusammenbringen, von Mensch zu Mensch?

Er ist älter als ich, wirkt aber jünger, als er sein muss, wenn er vor 40 Jahren Abitur gemacht hat. Ein grauhaariger, mittelgroßer Mann. Unauffällig gekleidet, der aber weiß, was ihm steht. Er hat mir gefallen. Ich sollte mir das eingestehen.

Soll ich ihn anrufen und mich mit ihm treffen, obwohl es zu meinen Prinzipien gehört, dass ich in Projektzeiten private Ablenkungen meide, um mich ganz auf meine Klienten zu konzentrieren? Wie ist es, wenn ich ihn nicht anrufe? Werde ich es bereuen, wenn ich nach Projektende wieder daheim in meiner Wohnung hocke? Werde ich denken, der Zufall hat dir einen interessanten Mann auf dem Silbertablett serviert, wie meine Mutter es ausdrücken würde, und du hast die Gelegenheit verstreichen lassen, ohne zuzugreifen? Ich werde mir nicht glauben, wenn ich mich dann mit meiner Schüchternheit in privaten Angelegenheiten herausrede.

Ich könnte abwarten, ob er kommt, und an der Rezeption nach mir fragt. Als Test, wie ernst es ihm damit ist, dass er mich wiedersehen möchte. Ich war ihm jedenfalls nicht wichtig genug, dass er sein Abiturtreffen auf der Stelle sausen gelassen hätte und mit mir irgendwo anders hingegangen wäre, um die Nacht zum Tag zu machen. Wieder so eine Formulierung, wie meine Mutter sie gebraucht.

Doch wie kann er den Test bestehen, ohne meinen Namen zu kennen? Ich erwarte, dass der Rezeptionist diskret ist und nichts über Gäste preisgibt, wenn man ihm nur eine Beschreibung auftischt. Alles andere wäre unprofessionell. Michael müsste sich also länger auf die Lauer legen, um mich zu erwischen, wenn ich das Hotel verlasse. Das wäre sein Einsatz, um mich zu gewinnen.

Was fantasiere ich mir da zurecht? Michael beschäftigt mich. Das steht fest. Was spricht dagegen, ihn anzurufen, außer meinen Prinzipien? Ich finde ihn nett und bin alleinstehend ohne feste Bindung. Und ich bin auf der Suche nach einem Partner, obwohl ich eher darauf warte, gefunden zu werden. Nicht sehr emanzipiert, denke ich.

Und er? Ich weiß nichts über ihn. Ist er verheiratet? Ein Don Juan auf der Suche nach einem Abenteuer? So benahm er sich nicht. Er war nicht einfach im Lokal auf der Suche nach einer Beute für die Nacht. Er war auf einem Abiturtreffen, ein solider, reeller Anlass.

Mir fällt auf, dass ich keine Angst vor ihm habe. Ich traue ihm. Ich habe es leicht gefunden, mit ihm zu sprechen. Vielleicht ist er wirklich der Zufall, auf den ich warte, seit mehr als einem Jahr bewusst warte. Ich werde eine Nacht darüber schlafen, und wenn ich Michael morgen immer noch gerne treffen möchte, werde ich ihn anrufen. Morgen ist Sonntag und ich werde meine Klienten noch nicht persönlich kennenlernen. Ich kann also mit ihm in Kontakt treten, ohne meinen Prinzipien untreu zu werden, wenn ich keine allzu strengen Kriterien anlege. „Und dann muss es sich zeigen, was an der Sache dran ist", mischt sich die innere Stimme meiner Mutter ein.

Ich begebe mich wieder an den unpersönlichen Schreibtisch und setze meine Arbeit fort. Je weiter ich heute noch damit komme, für jeden Klienten, der den Betrieb verlassen soll, ein Übersichtsblatt mit allen relevanten Informationen anzulegen, die schon aus den Unterlagen hervorgehen, desto mehr Zeit werde ich morgen für mich haben. Und für ihn, wenn er sofort Zeit für mich hat.

„Du hast dich also entschieden, ihn morgen treffen zu wollen, und willst nicht erst eine Nacht drüber schlafen, um deinen Entschluss zu überprüfen, Antje?" Meine Mutter lässt mich mit ihren Einwürfen nicht in Ruhe.

„Doch, Mutter, ich will nur bereit sein, wenn ich mich dazu entschließe, ihn anzurufen." Der innere Dialog mit meiner Mutter ist nicht nur lästig. Er macht mir oft auch klar, was ich mit meinem Verhalten bezwecke, ohne dass es mir schon bewusst ist. In diesem Fall: Ja, ich möchte ihn gerne treffen. Alles andere sind Ausflüchte.

„Und wenn er morgen gar keine Zeit hat? Was dann?", stichelt meine innere Mutter weiter und weckt damit meinen Trotz. „Dann treffe ich ihn ein andermal. Und wenn du jetzt nach meinen Prinzipien fragen willst: Lass es. Ich scheiß drauf."

Ich gehe wieder rein, mir wird kalt", sage ich zu Markus, nachdem wir unsere Gläser geleert haben.

„Ich bleibe noch draußen. Du willst bestimmt noch mit anderen sprechen", antwortet er, und ich bin mir nicht sicher, ob er nur rücksichtsvoll ist oder sich von seinem Ausbruch erst einmal erholen möchte. Es war wie eine Beichte, was er mir erzählt hat.

Die Glastür von der Terrasse in den Saal ruft mir die andere, massive Tür in Erinnerung, die ich vorhin in den Vorraum genommen habe. Die Frau, der ich dort begegnet bin, hat mir gefallen. Mein Sonnengeflecht hat sich heiß angefühlt, als ich mit ihr sprach. Ich war albern und konfus, weil ich ihr meine Gefühle nicht zeigen wollte.

Es ist lange her, dass ich vom ersten Augenblick an so eine Anziehung gespürt habe. Fast wie damals, als ich mich in eine Mitschülerin verliebte. Ich zog sie in Gedanken aus, drang in sie ein und bewegte mich sanft in ihr hin und her. Dabei war es nur meine Hand, die mit rhythmischen Bewegungen die Vorhaut über die Eichel rubbelte, bis mir der Samen auf den Bauch spritzte. Ich war verliebt und schüchtern und wusste nicht, wie ich es anstellen sollte, sie zu berühren, während wir einen Teil des Heimwegs von der Schule nebeneinander gingen. Eine Berührung konnte niemals unverfänglich sein. Sie würde verraten, wonach ich strebte und was ich in meiner Fantasie bereits oft getan hatte.

Die Mitschülerin von damals kommt auf mich zu, als ich durch den Raum schaue, um mich für einen Platz zu entscheiden. Ich bin noch immer befangen wie früher und halte kör-

perlich Abstand. Strecke ihr nicht einmal die Hand zur Begrüßung entgegen. ‚Hat sie meine Gedanken gelesen?‘, schießt es
mir durch den Kopf, und mein Gesicht rötet sich, während ich
leise „Hallo, Sabine" sage.

Sie lächelt mich an. „Hallo", sagt sie mit der Stimme, die
mich vor mehr als 40 Jahren in den Bann geschlagen hat. Die
Frau aus dem Vorraum hat mein Bedürfnis nach Zärtlichkeit
und Nähe geweckt und ich scheine es jetzt auf Sabine zu über-
tragen, denn ein Rest der alten, unerfüllten Sehnsucht wallt in
mir auf. Ich habe von anderen gehört, sie sei jetzt Rechtsan-
wältin, verheiratet, kinderlos. ‚Kommt es vor, dass sich Wünsche aus Schulzeiten auf Abiturtreffen noch erfüllen?‘, frage
ich mich und schüttele den Kopf über mich selbst. Kindisch ist
es, wenn der Mann nachholen will, was der Junge versäumte.

„Ich hatte gehofft, dass du kommst", sagt Sabine leise. „Ich
habe mir vorgestellt, wie ich mich freue, dich zu sehen. Und
ich freue mich tatsächlich." Ich freue mich auch, aber sage es
nicht.

„Erinnerst du dich noch daran, wie wir früher zusammen
von der Schule nach Hause gegangen sind?", fragt sie mich
und ich nicke. Natürlich erinnere ich mich daran. „Wir hatten
ein Stück weit den gleichen Heimweg und haben fast immer
angeregt miteinander geredet und manchmal auch gemeinsam
geschwiegen", fährt Sabine fort. „Das hat mir gefehlt, als die
Schule vorbei war, dieses unbeschwerte, scheinbar ziellose
Sprechen und Zuhören. Es hat gedauert, bis ich etwas Ver-
gleichbares gefunden habe."

Ich fühle mich ihr gegenüber wieder befangen, fast so wie
damals. Aber ich bin nicht mehr der Junge, der sich vor lauter
Schüchternheit nicht traut, ihr etwas zu sagen. „Ich war nie
unbeschwert, wenn ich mit dir zusammen war", gestehe ich.

„Denn ich habe dich begehrt, mich aber nicht getraut, dir zu sagen, dass ich in dich verliebt bin." Ich spreche leise, denn es ist nur für sie bestimmt, was ich sage, und geht sonst niemanden etwas an. „Ich hatte Angst, von dir abgewiesen zu werden."

„Da hat dich deine Angst nicht getrogen", erwidert sie. „Denn ich mochte dich zwar, bewunderte dich für deinen wachen Geist und bissigen Humor, aber ich war nicht in dich verliebt. Ich habe natürlich trotzdem gemerkt, dass du mehr von mir willst, konnte aber so tun, als hätte ich nichts bemerkt, damit sich zwischen uns nichts änderte."

Wie vertraut wir miteinander sprechen. Wie damals, nur jetzt über das Thema, das wir damals aus verschiedenen Gründen ausgespart haben. „Einmal habe ich mir Hoffnungen gemacht, als du mich auf der Kursfahrt küsstest, als nur wir zwei durch London streiften. Aber es war wohl nur der Atmosphäre des Nachmittags geschuldet. Anschließend warst du darauf bedacht, den alten Abstand wieder aufzunehmen."

„Es war wirklich die Stimmung, das Licht, das wie ein sanftes Streicheln über mich glitt. Hinterher tat es mir leid." Sie hält inne und fügt dann hinzu: „Es ist ein grausames Alter." Sie lächelt mich verlegen an, schaut mir fragend in die Augen, als befürchte sie, mich nach all der Zeit mit dem verletzt zu haben, was sie eingestanden hat.

An einem der Tische ist jetzt prustendes Gelächter zu hören. „Sie amüsieren sich", sage ich, froh, das Thema wechseln zu können, denn ich spüre wieder den Kummer von damals.

„Sie wollen heute Spaß haben", antwortet Sabine. „Oder was hast du von diesem Abend erwartet?"

„Ich war neugierig", sage ich. „Die Vergangenheit ist nie ganz vergangen, sondern ragt in unsere Gegenwart. Vielleicht habe ich mir gewünscht, durch den Kontakt mit euch wieder in Verbindung zu kommen mit dem pubertären Jungen, der ich früher war."

„Und gelingt dir das?" will Sabine wissen.

„Ja, mir kommen heute Abend so viele Erinnerungen hoch an Erlebnisse, die ich mit einzelnen von euch zusammen gehabt habe. Peinlich oft im wahrsten Sinne des Wortes, aber auch mit viel Mitgefühl dafür, wie wir damals waren." Ohne ihre Frage, hätte ich diesen Gedanken nicht gehabt, den ich nun mit ihr geteilt habe.

„Mir geht es ähnlich", greift sie meinen Gedanken auf, „und ich frage mich bei einigen Situationen von damals, die mir durch die Begegnungen hier in den Kopf kommen, welchen anderen Verlauf mein Leben genommen hätte, wenn ich in manchen anders entschieden hätte."

„Das klingt nach Reue", werfe ich ein.

„Nein, nein, ich bin zufrieden, wie es für mich gekommen ist. Es ist nur schade, dass man sich immer für eine von mehreren Möglichkeiten entscheiden und die anderen liegen lassen muss. Doch ohne sich auf eine festzulegen, bleiben alle unausgeschöpft", spinnt sie ihren Gedanken weiter. „So was fällt mir nur ein, wenn ich mit dir rede. So wie früher."

Sie grinst mich an, kommt etwas näher und nimmt meine linke Hand in beide Hände. „Würden wir uns erst heute begegnen, wäre es mir vielleicht möglich, dein Begehren zu erwidern", flüstert sie. „Du bist viel männlicher geworden, nicht mehr so jungenhaft."

Warum sagt sie das? Will sie etwas von mir? Hat sie sich vorgenommen, das Abiturtreffen für ein Abenteuer zu nutzen? „Warum sagst du das?", frage ich sie. „Gibt es darin eine indirekte Botschaft?"

Sie schaut mich erschrocken an. „Nein, nur als ich dich sah, kam die Zeit von damals mit so vielen Bildern wieder hoch, und ich frage mich, warum ich mich nie in dich verliebt habe, wie später in viele andere, die mir weniger bedeutet haben. Ich bin verheiratet, weißt du?"

„Ich habe davon gehört. Glücklich?", frage ich nach.

„Insgesamt schon."

„Das klingt nicht gerade überschwänglich."

„Ich denke, du weißt, dass die Liebe zu einem Menschen nicht nur wächst, sondern sich wandelt, das Ungestüme seltener aufflammt, sich dafür das Gefühl der Zusammengehörigkeit über alle kleinen Krisen und Ärgernisse hinweg vertieft. Ist es nicht so?"

Braucht sie meine Bestätigung oder ist das eine rhetorische Frage? „Ich lebe allein", sage ich. „Ich hatte nie eine Beziehung, die lange genug gedauert hätte, um das zu erleben. Ich habe eine beste Freundin, mit der ich aber weder zusammenwohne noch das Bett teile."

„Das habe ich nicht erwartet. Du bist doch attraktiv und anhänglich. Aber ich will dich hier nicht analysieren. Lass uns lieber schauen, ob noch Reste vom Büfett übrig sind", sagt sie. „Ich habe auf einmal richtig Hunger."

„Ich nicht", erwidere ich. Es hat mich getroffen, was sie gesagt hat. Als hätte ich etwas in meinem Leben verfehlt. Dabei fühle ich mich im großen Ganzen zufrieden in meinem Status quo. „Geh nur zum Büfett. Ich muss mal wo hin", sage ich, denn ich fühle mich bedrängt und möchte Abstand zu Sabine gewinnen. Außerdem möchte ich nachsehen, ob ich die Frau noch einmal im Vorraum treffe, die ich so attraktiv fand, dass ich ihr meine Telefonnummer gegeben habe. Das habe ich bei einer Fremden, deren Namen ich nicht einmal kenne, noch nie gemacht. „Bis später dann, Sabine." Eine Doppelbotschaft, wie ich direkt merke, weil ich sie mit einer unverbindlichen Floskel verabschiede und dabei ihren Namen zärtlich betone. Was soll's?

Im Vorraum treffe ich die unbekannte Fremde nicht, sondern nur ein paar Wichtigtuer. Das muss das unsympathische Volk sein, von dem die Frau vorhin sprach.

42 ANTJE MERKENS (2016)

Ich bin aufgeregt, als ich am nächsten Nachmittag Michaels Handy-Nummer wähle. Falls es gestern bei ihm spät geworden ist, sollte er jetzt einigermaßen ausgeschlafen sein. Oder immer noch verkatert. Je nachdem, wann und wie der Abend für ihn geendet hat. Ob er wohl an mich denkt? So wie ich an ihn? Oder war der Abend für ihn so aufregend, dass er sich gar nicht mehr an mich erinnert und ich ihm erst auf die Sprünge helfen muss, wenn ich mich am Telefon melde? Wäre ich dann gekränkt? Was überlege ich hier eigentlich, während der Netzbetreiber die Verbindung aufbaut? Es scheint, dass er mir wichtig ist, obwohl ich ihn so gut wie gar nicht kenne.

„Du willst dich zu einem Rendezvous verabreden", stellt die innere Stimme meiner Mutter fest.

„So würde ich es nicht nennen, Mutter. Bei einem Rendezvous wäre von vornherein klar, dass man etwas voneinander will. In diesem Fall weiß ich es noch nicht." Das versuche ich mir jedenfalls einzureden, stelle ich fest, um mich gegen Enttäuschungen zu wappnen. „Und ich weiß nicht, ob er weiß, ob er etwas mit mir anfangen will."

Ich höre das Tuten in der Leitung. Eins. Beim wievielten Läuten wird er drangehen? Er ist ein ganzes Stück älter als ich. Es ist nur eine Gelegenheit, jemanden kennenzulernen. Mehr nicht. Oder doch der Zufall, auf den ich warte. Vielleicht finde ich ihn oberflächlich, wenn wir uns treffen. Vielleicht entwickelt sich nur eine Freundschaft zwischen uns. Ich bin mir nicht einmal sicher, ob ich ihn attraktiv, ob ich ihn körperlich anziehend finde. Was erhoffe ich mir eigentlich?

Zwei. Meine Mutter mischt sich wieder ein: „Das hast du doch nicht nötig, dich so an jemanden ranzuschmeißen, Antje." Ich widerspreche: „Vielleicht doch, Mutter. Schließlich lebe ich allein, schon länger allein. Und ich weiß nicht, ob ich will, dass es so bleibt. Wie lange ich noch aushalte, dass es so ist."

Drei. „Du könntest doch mal tanzen gehen, Antje", schlägt meine Mutter vor. „Zu meiner Zeit hat man dort ganz ungezwungen nette Männer getroffen."

„Du meinst ein Anmachlokal, Mutter? Eine organisierte Dating-Party?", antworte ich ihr genervt. „Das ist heute anders als früher."

Vier. „Ja?". Seine Stimme klingt heiser von Alkohol und Müdigkeit.

„Spät geworden, gestern?", frage ich aufs Geradewohl, ohne zu erklären, wer ich bin.

„Es geht", antwortet er. „Ich war aufgewühlt und konnte erst spät einschlafen."

Er hat mich erkannt. Sonst hätte er erst einmal gefragt, wer da spricht. „Waren die Gespräche mit Ihren ehemaligen Mitschülern und vor allem Mitschülerinnen so aufregend?" Ich sieze ihn, obwohl mir das Du auf der Zunge liegt. „Alte Geschichten aufgearbeitet? Die anderen Lebensläufe so viel aufregender als der eigene?" Ich provoziere ihn, merke ich.

„Auch", antwortet er, „und ich hatte eine Begegnung mit einer namenlosen Fremden, die mir nicht aus dem Sinn geht. Und bis eben habe ich mich gefragt, ob sie wohl anruft oder ob ich meine Spürnase und meine Kontakte aktivieren muss, um sie zu finden. Ob sich ein solcher Einsatz überhaupt lohnt oder ob das stumme Telefon bedeutet, dass sie nichts von mir wissen will, mich schon vergessen hat und ich das besser als

Fingerzeig des Schicksals akzeptiere. Plan B kann ich jetzt zum Glück vergessen."

„Sind Sie bei der Polizei?", frage ich, „oder warum haben sie eine Spürnase?"

„Ja, ich bin Hauptkommissar. Aber ich bin Ihnen nicht auf der Spur und möchte Sie gerne privat treffen. Auch wir Polizisten sind nicht immer im Dienst."

„Deswegen rufe ich an", sage ich. „Ich möchte Sie auch gerne treffen." Jetzt ist es raus. Ich habe es ausgesprochen.

„Morgen Abend ginge bei mir", schlägt er vor. Ich sehe meine Prinzipien wie Felle davonschwimmen. Warum schwimmen eigentlich Felle in dieser Redewendung davon? Wurden sie früher auf Flüssen transportiert?

„Wie wäre es mit heute?", mache ich einen Versuch, zumindest noch bei unserem ersten Treffen meine Prinzipien nicht zu verraten.

„Schlecht", sagt er. Ich merke, wie sich Enttäuschung in mir breit macht. „Ich muss für einen Kollegen einspringen, der krank geworden ist, und den Bereitschaftsdienst in meiner Abteilung übernehmen." Die Enttäuschung verflüchtigt sich wieder. Wie empfindlich ich reagiere. „Ich hatte mir den Sonntag nach unserem Abiturtreffen freigehalten, und ich hoffe, dass die Verbrecher kommende Nacht auf mich Rücksicht nehmen und ruhig bleiben. Frisch fühle ich mich nicht. Aber ich wollte keinen meiner Mitarbeiter aus dem Wochenende auf die Wache zitieren. Es kommt gut an, wenn auch der Chef einspringt. Das zahlt sich für das Betriebsklima und Zusammengehörigkeitsgefühl aus."

„Dann morgen", sage ich. „Es wird mir schwerfallen, so lange zu warten." Da ist mir etwas rausgerutscht.

„Mir auch", antwortet Michael. „Ich hole Sie ab. Wenn auch erst morgen. Wann soll ich da sein?"

„20 Uhr, früher könnte für mich schwierig werden." Das Projekt wird mir kaum Zeit lassen, mich wirklich auf die Anfangsphase einer Beziehung einzulassen. Wenn es denn soweit kommt. ‚Denk mal an dich, nicht immer nur an die Arbeit', flüstert mir meine innere Mutter zu.

„Dann bis morgen. Ich freue mich", bekräftigt er unsere Verabredung. „Vorausgesetzt, es kommt keine Leiche dazwischen ... nicht ernst nehmen, was ich sage. Das war ein schlechter Scherz ... Aber falls etwas dazwischenkommt, rufe ich Sie an. Ich habe jetzt ja Ihre Nummer. Und vielleicht verraten Sie mir auch noch Ihren Namen?"

Ich habe mich noch immer nicht vorgestellt. Wie peinlich. „Ich heiße Antje Merkens."

„Andresen, Michael Andresen", stellt er sich in einem offiziellen und doch leicht anrüchigen Tonfall vor, obwohl er mir seinen Namen gestern schon zusammen mit seiner Telefonnummer aufgeschrieben hatte. Wie James Bond. Er hat Humor.

„Dann bis morgen", sage ich und drücke schnell auf das Auflege-Symbol, bevor er noch etwas erwidern kann.

Ich fühle mich beschwingt und bin fröhlich. „Warum bin ich so fröhlich, so fröhlich, so fröhlich, warum bin ich so fröhlich, so fröhlich war ich nie", kommt mir ein Lied von Hermann van Veen in den Kopf. Hoffentlich wird kein Ohrwurm daraus.

Ich stehe vom Bett auf, auf dem ich das Telefonat mit Michael geführt habe, mit Hauptkommissar Andresen, und setze mich wieder an den Schreibtisch. Wenn ich den Kopf morgen Abend frei haben will, sollte ich mein Arbeitspensum bis dahin erledigt haben. Ich mache mich daran, den Termin morgen beim Arbeitsamt weiter vorzubereiten.

43 BERNHARD VAHLE (2016)

Ich habe den Arm um Friederike gelegt und winke Dirk und Manuela zu, die rückwärts aus unserer Einfahrt hinausrollen. Sie winken übertrieben überschwänglich zurück. Ein nettes Mädchen. Ich freue mich für unseren Sohn.

Ich bin hochgradig zufrieden, wie ich die beiden davonfahren sehe, und glücklich darüber, dass ich wieder eins bin mit meiner Rolle als liebender und treusorgender Ehemann … und Vater. Auf meiner letzten Dienstreise nach Osteuropa im vergangenen Jahr ist es mir geglückt, in meine Rolle als Kaufmann zu schlüpfen. Das ist mir nicht schwergefallen.

Mein Nachfolger wusste den Vertrauensvorschuss zu nutzen, den ihm unsere Kunden gewährten, weil ich ihn einführte. Er ist noch jung, folgt aber dem Leitbild des ehrbaren Kaufmanns. Etwas, das im Osten geschätzt wird. Wir haben gute Geschäfte zu soliden Preisen gemacht. Zugehört und nützliche Hinweise für unsere Entwickler bekommen, wie wir unsere Mähdrescher weiter verbessern können, auf welche Details hier auf den großen Feldern besonders Wert gelegt wird. Unser Geschäft ist langfristig angelegt, generationenübergreifend, wenn man die Einführung meines Nachfolgers als Generationswechsel bezeichnen will. Es war traurig, weil alle wussten, dass es für mich das letzte Mal ist und ich nicht wiederkommen werde. Die Traurigkeit musste herunter gespült, die neuen Abschlüsse mussten begossen werden. Die dortigen klaren Schnäpse machen den Kopf leer, aber nicht schwer. Die Leere fühlte sich leicht an.

Ich hatte keine Zeit zu grübeln. Geschäfte zu machen, verlangt die volle Konzentration. Aufmerksamkeit, die auf den

Handelspartner gerichtet ist, die erspürt, was er will und wo er nur so tut, als ob er etwas will oder nicht will, um sich in eine bessere Ausgangsposition zu bringen. Man darf keine Angst davor haben, nach der Verhandlung ohne Abschluss dazustehen. Dann verkauft man seine Maschinen unter Wert. Mein Nachfolger ist in dieser Beziehung unerschrocken.

Die Reise und das Aufgehen in meiner Kaufmannsrolle haben ausgereicht, meine Irritation von der Insel, so nenne ich sie heute, zu verscheuchen. Nachdem ich nach Hause zurückgekehrt war, konnte ich meine anderen Rollen wieder ganz ausfüllen, als Vater, als hilfsbereiter Nachbar und vor allem als Ehemann. Wie weggeblasen waren meine Niedergeschlagenheit und meine Versunkenheit in mir selbst. Dirk hat das heute beim Essen bestätigt, als er Manuela Friederike und mich als sein Vorbild für ein glückliches Paar pries. Er hat meine kurze Krise nicht mitbekommen.

Nur manchmal, wenn ich zu einem langen Spaziergang ins Füchtdorfer Moor oder in den Versmolder Bruch aufbreche, weht mich an windigen Tagen die Frage an, ob ich glücklich bin. Bin ich wirklich glücklich? frage ich mich. Ist mein Leben Buße genug? Hat es vor einem Richter, vor welchem auch immer, Bestand? Schaut meine Mutter wohlgefällig auf mich herab? Lächelt sie, wenn sie von da oben auf mich herabblickt und sieht, wie ich über unsere Erde streife?

Ich habe mich das seit meiner Befreiung, wie ich die Tat und ihre Wirkung nenne, nie gefragt. Erst jetzt, nach der Begegnung mit Antje auf der Insel im vergangenen Jahr. Ich habe diese Verpflichtung zum Glück fraglos gespürt und bin ihr gefolgt. Ich habe einen Beruf ergriffen, der mich erfüllt hat, und eine Frau gesucht und gefunden, mit der ich ein Wir erlebe. Immer noch, nach mehr als 30 Jahren. Ich bin ganz im Hier und Jetzt präsent und lebe den Augenblick. Das habe ich trainiert. Es ist mir in Fleisch und Blut übergegangen, zunächst als Verpflichtung, dann als Selbstverständlichkeit, etwas, über das ich nicht nachzudenken brauche. Der junge Mann, der ich einmal war, ist für mich wie ein Fremder, von dem mir jemand erzählt. Ich kenne ihn nicht mehr. Er hat mit mir nichts mehr zu tun. Gar nichts.

Was geht in jemandem vor, der seiner Mutter den Hals zudrückt, mit einer panischen Kraft, bis er das ganze Leben aus ihr herausgepresst hat und ihr Körper unter seinen Händen erschlafft? Ich kann mir so jemanden nicht vorstellen. Wie kann man nur so kaltblütig sein, als erfülle man nur einen Auftrag.

Ich verurteile den jungen Mann nicht. Das steht mir nicht zu. Wer bin ich denn, um mich als Richter aufzuspielen. So wie manche, die sich immer gleich empören, wenn sie irgendwelche Geschichten hören oder über sie in der Zeitung lesen. Diese scheinheiligen Moralapostel.

Aber daran denke ich jetzt nicht. Das Auto mit Dirk und Manuela darin ist um die Ecke gebogen. Ich drehe mich ganz zu Friederike um und nehme sie fest in meine Arme. Sie löst sich von mir. „Unser Junge", sagt sie, „scheint ein gutes Händchen bei seiner Partnerwahl gehabt zu haben."

„Bei dem Vorbild", antworte ich und wir lachen darüber laut und ausgelassen.

„Haben wir also nicht alles falsch gemacht", stellt Friederike zufrieden fest. „Mein Mutterherz jauchzt, wenn ich ihn so fürsorglich mit Manuela umgehen sehe und sie mit ihm. Das kann was Dauerhaftes werden."

„Sieht so aus", bestätige ich. „Lass uns reingehen. Ich helfe dir aufzuräumen."

44 MICHAEL ANDRESEN (2016)

Ich bin müde und gleichzeitig aufgekratzt. Die Erinnerung an mein jüngeres Ich am gestrigen Abend. Die Begegnung mit Antje, von der ich jetzt weiß, wie sie heißt, und die Aussicht auf ein Rendezvous morgen Abend halten mich wach. Eben ist ein Gewitterschauer niedergegangen und hat die Atmosphäre entladen, die im Laufe des Tages immer schwüler und drückender geworden ist. Gut für mich, der ich nichts dagegen hätte, nicht mehr zu einem Einsatz raus zu müssen und hier an meinem Schreibtisch hocken zu bleiben, meinen Gedanken nachzuhängen und Liegengebliebenes aus der vergangenen Woche aufzuarbeiten. Denn Gewitter entspannen auch die Menschen, lösen Aggressionen, die sich zuvor angestaut haben, ohne dass es zu körperlichen Übergriffen kommt.

Ich stehe auf und gehe hinüber zum Wachraum, um mir dort einen Kaffee zu holen. Der Wachhabende spricht gerade mit einem Mann, der sein Fahrrad vermisst und eine Diebstahlanzeige aufgeben möchte, so dass ich ohne höflichen Smalltalk unter Kollegen wieder zu meinem Büro gelange. Ich werde heute Nacht Koffein brauchen.

Ich nehme mir den Fortbildungsantrag von Veronika Schmeller vor, die einen dreitägigen Kursus beim Bund Deutscher Kriminalbeamter besuchen möchte. Titel: Vernehmung von Opfern einer (versuchten) Vergewaltigung. Ein Thema, zu dem wir hier im Kommissariat unsere Expertise ausbauen sollten. Hoffentlich hat die Kollegin den Antrag formal korrekt ausgefüllt, so dass ich ihn problemlos bewilligen kann. Wie schnell kommen Gerüchte auf, ich wolle das Thema klein halten, wenn ich ihr den Antrag mit der Bitte nachzubessern zurückgeben müsste, nur um unnötige Rückfragen aus der zentralen Fortbildungsabteilung zu vermeiden. Oder es entsteht der Eindruck, ich ziehe einen Kollegen oder eine Kollegin vor, bei der ich es nicht so genau nehme. Gleichbehandlung ist wichtig, darf aber nicht so weit gehen, dass die Potenziale und Stärken von Mitarbeitenden, wie wir jetzt offiziell sagen müssen, eingeschränkt werden. Dann lieber im Formalen auf Korrektheit für alle achten.

Ich versuche, mich auf den Antrag zu konzentrieren. Doch mein müder und zugleich ruheloser Geist bleibt schon an dem Wort Opfer im Titel hängen. Warum spricht man eigentlich von einem sinnlosen Opfer, frage ich mich. Das impliziert ja, wenn man das „sinnlos" extra herausstellt, dass Opfer normalerweise einen Sinn haben. Dass sie für etwas geopfert werden. Oder sich für etwas opfern. Über Opfer von Verbrechen so zu denken, hat etwas Zynisches. Die haben vorher keinen Gedanken daran verschwendet, ob sie sich opfern wollen. Die Täter haben ihre Opfer auserkoren. Auch im Tod der vor 37 Jahren erwürgten Frau kann ich beim besten Willen keinen Sinn entdecken. Im Gegenteil: So wie sie mir in unseren Gesprächen über sie erschienen ist, hätte sie wahrscheinlich für andere im Laufe ihres weiteren Lebens viel Gutes bewirkt. Und wenn ich anders denke? Abseitiger? Nach dem Sinn in ihrem Opfersein frage? Vielleicht bringt mich das auf einen neuen Ansatz, auf den ich bislang noch nicht gekommen bin. Was hat ihr Opfer bewirkt? Welchen Sinn hatte es für den Täter? Hat es ihn sexuell befriedigt, Wiebke Looses Todesangst zu spüren? Aber nichts deutet auf ein Sexualverbrechen hin. Hat die Tat den Täter von etwas befreit? Einer Last? Welcher? Seiner Eifersucht? Seiner inneren Leere? Seiner Wut? Was ist – für ihn – das Positive an der Tat, sein Motiv? Es war kein

Raubmord, keine Verschleierungstat nach einem Sexualdelikt. Was also?

Oder war es ein bloßer Zufall, so wie ich gestern im richtigen Moment aus dem Saal gekommen bin, in dem wir uns für unser Abiturtreffen versammelt hatten, um dieser Frau, Antje, zu begegnen, mit der ich nun morgen verabredet bin? Nur führt eine zufällige Begegnung zu allem möglichen, doch nicht zu einem Mord. Normalerweise.

Worin liegt der Sinn dieses Opfers? Es waren in Vorzeiten Priester, die eine rituelle Opferung zelebrierten. Gab es ein religiöses Motiv? Wir haben keine Verbindung des Opfers zur Kirche gefunden. Mir ist bei uns in der Stadt auch kein religiöser Eiferer bekannt, einer der damals mit fundamentalistischen Ansichten aufgefallen wäre.

Schuld? Vielleicht sollte mit dem Opfer eine Schuld getilgt werden. Aber welche und wessen Schuld, die des Opfers oder die des Täters?

Dieses Grübeln bringt mich nicht weiter, solange ich keinen konkreten neuen Anhaltspunkt finde. Es bleibt dabei: Wir haben keinen Tatverdächtigen ermitteln können. Alle, die infrage kamen, konnten wir entlasten. Ich sollte noch einmal ganz von vorne anfangen. Nicht nur die Akten lesen, sondern den damaligen Beteiligten noch einmal Fragen stellen.

Schluss mit solch nutzlosen Gedanken. Ich bin morgen Abend verabredet. Was möchte ich mit Antje unternehmen? Ihr Pinneberg zeigen, meine Orte, die für mich in meinem Leben Bedeutung hatten, damit sie mich darüber kennenlernen kann? Ist das zu langweilig? Sollte ich mit ihr nach Hamburg auf die Schanze fahren oder auf den Kiez, um mich als jemand zu inszenieren, der zu feiern versteht trotz seines fortgeschrittenen Alters? Wird sie das wollen, wo sie mitten in einem Projekt steckt? Ich könnte sie zu mir einladen und für sie etwas kochen. Aber wäre ihr das für das erste Treffen zu intim? Da ich gesagt habe, ich hole sie ab, erwartet sie eher, dass ich sie ausführe. In ein romantisches Lokal? Aber wo, hier in Pinneberg? In die Drostei? Hat montags Ruhetag. Zum Griechen, damit sie gleich einen zutreffenden Eindruck von mir bekommt, der mir aber peinlich ist? Bei Tripadvisor sind für Pinneberg drei Griechen unter den Top 5. Ich habe tatsächlich keine Ahnung, was ihr gefallen könnte. Nach dem, was sie über die Gäste im Restaurant ihres Hotels gesagt hat, scheint sie bodenständig zu sein. Mein Gott, ich bin aufgeregt. Muss ich sie mit dem Auto abholen oder wäre es wohl für sie in Ordnung, wenn ich zu Fuß erscheine und wir ein bisschen bummeln und dann irgendwo einkehren? Ich will nichts falsch machen, es nicht gleich beim ersten Treffen versauen. Dabei kenne ich sie noch gar nicht, und die erste Anziehung vom Vorabend könnte nichts weiter als ein Missverständnis sein, eine hormonelle Täuschung. Das wird sich morgen zeigen, egal, was wir zusammen unternehmen. Ich konzentriere mich jetzt auf den Fortbildungsantrag von Veronika Schmeller und bereite den Abend morgen vor, wenn ich nach dem Nachtdienst ein paar Stunden geschlafen habe. Hoffentlich bleibt es heute Nacht weiter ruhig.

45 ANTJE MERKENS (2016)

Ich stehe um kurz vor acht vor dem Hoteleingang. Es ist noch hell, trocken und warm. Die Strickjacke, die ich für später mitgenommen habe, hängt über meinem Arm. Ich möchte Michael ankommen sehen, ihn hier draußen an der frischen Luft empfangen und nicht drinnen vor der Rezeption.

Es ist ein Rendezvous. Jedenfalls für mich. Meine innere Mutter hatte recht. Sonst hätte ich kaum meinen kurzen dunkelgrünen Rock und meine alt-weiße durchscheinende Bluse angezogen, die ich zuerst gar nicht einpacken wollte, weil sie als Arbeitskleidung unpassend sind. Sehr sexy, wie meine Mutter sagen würde. Nur weil in meinem zweiten Koffer noch Platz war, habe ich sie – man weiß ja nie, wann der Zufall zuschlägt – oben auf meine dezent-seriösen Kleidungsstücke gelegt, die meine natürliche Autorität unterstreichen, die Menschen, mit denen ich zu tun habe, aber nicht einschüchtern. Arbeitskleidung nenne ich diese Garderobe, obwohl ich sie nicht von der Steuer absetzen kann. Ich trage sie nur während meiner Projekttermine. Sie abends abzustreifen, hilft mir umzuschalten.

Als ich im Hotelzimmer den grünen Rock und die Bluse anzog und mich im Spiegel betrachtete, merkte ich, dass ich Michael gefallen will. Der Kopf war mal wieder langsamer als die Intuition.

Er biegt um die Ecke und sieht sofort, dass ich vor dem Eingang stehe. Er weiß nicht so recht, wohin mit seinem Blick, während er auf mich zukommt. Ich sehe, dass ich ihm in meiner Aufmachung gefalle, er mich betrachten, mustern möchte, aber sich nicht traut, mit seinen Augen auf meinem Körper zu verweilen. Nur flüchtig erfasst mich sein Blick, bevor er mir bewusst ins Gesicht schaut und meinen Augenkontakt sucht. Ich freue mich über meine Wirkung, dass er mich offensichtlich anziehend findet, aber auch darüber, dass er nicht glotzt, sondern meinen Blick sucht. „Wow", entfährt es ihm, als er herangekommen ist, „Sie sehen reizend aus."

Er will heute Abend ebenfalls etwas hermachen. Das sehe ich gleich. Glatt rasiert ist er, trägt – passend zu seiner Augen- und Haarfarbe – eine graue Jeans, dazu ein weißes Hemd und blaues Jackett. Keine Krawatte. „Danke für das Kompliment", sage ich. „Wo soll es hingehen?"

Er schaut hinunter auf meine Füße, die in flachen Sandalen in der Farbe meines Rocks stecken. „Gut, keine Pumps", stellt er fest. „Ich bin nämlich zu Fuß gekommen, weil ich dachte, Sie mögen nach Ihrem Arbeitstag an diesem schönen Sommerabend vielleicht ein paar Schritte mit mir an ihrer Seite laufen. Im Gehen redet es sich leichter und ungezwungener miteinander." Er macht ein unsicheres, fragendes Gesicht, als hätte er die Befürchtung, er könne alles, was sich zwischen uns noch entwickeln könnte, mit diesem Vorschlag schon vermasseln.

‚Was für eine schöne Idee', denke ich und sage das auch laut. „Ich gehe gerne spazieren. Das entspannt mich." Er sieht erleichtert aus und scheint sich zu freuen. Wäre ich anders gestrickt, hätte dieser Vorschlag die Stimmung zwischen uns tatsächlich bereits trüben können, vor allem, da er selbst zu Fuß gekommen ist und nicht alternativ mit mir irgendwo hätte in seinem Wagen hinfahren können. Sein Auto scheint nichts zu sein, über das er sich in irgendeiner Weise definiert.

„Pinneberg ist unter touristischen Gesichtspunkten kein interessanter Ort. Eine typische Schlafstadt mit guter Verkehrsanbindung an eine Großstadt, die alles in besserer Qualität und auf höherem Niveau anbietet, als eine Kleinstadt dies könnte", sagt er. Glaubt er, ich würde übertriebene Erwartungen an unseren Spaziergang hegen? Dass er mir eine interessante Stadtführung präsentiert? Ich möchte nicht, dass er so über mich denkt. „Aber ich bin hier aufgewachsen und habe immer hier gelebt", fährt er fort. „Deshalb kann ich Ihnen doch ein paar schöne Stellen zeigen und Sie mit persönlichen Geschichten unterhalten." Ich bin besänftigt.

„Ein wenig habe ich schon am Samstagnachmittag, als ich angekommen bin, gesehen", erzähle ich, „den Wald, der hier an das Hotel grenzt, und den Rosengarten. Der ist wirklich sehenswert, ein schöner Platz zum Auftanken."

„Da haben Sie einen der schönsten Plätze in Pinneberg schon gesehen, wenn nicht den schönsten", bestätigt Michael meinen Eindruck. „Das war nicht immer so. Es gab eine Zeit, bevor sich der Verein ‚Freundeskreis Rosengarten Pinneberg' gegründet hat, als er nur noch lieblos von der Stadt gepflegt wurde. Wahrscheinlich weil man glaubte, hier leichter sparen zu können als in anderen Positionen des städtischen Haushalts. Ich frage mich, ob im Rat niemand gesehen hat, was für ein Kleinod der Rosengarten für Pinneberg darstellt. Dass es aber Arbeit, Geld und Mühe kostet, ihn für die Bevölkerung und Besucher in einer erbaulichen, ästhetischen Form zu erhalten."

Wir haben uns in Bewegung gesetzt und nehmen den Weg in den Wald. „Ich bin immer hier hängengeblieben", sagt er, als müsse er sich für etwas rechtfertigen.

„Hängengeblieben, das klingt so negativ, als lebten Sie nicht gerne hier", stelle ich fest, „als bereuten Sie, hiergeblieben zu sein."

„Es fühlt sich manchmal so an. Wie ein Nesthocker, der nie zu Hause auszieht. Der sich nicht freimacht aus den häuslichen Beschränkungen, sich nicht weiterentwickelt, indem er – Hänschen Klein lässt grüßen – alleine in die Welt zieht", erklärt er mir sein Gefühl. „Ich habe mich nie bewusst dafür entschieden hierzubleiben. Es hat sich so ergeben. Andererseits kenne ich den Ort gut, seine Straßen und Plätze haben für mich immer eine historische Dimension. Ich sehe nicht nur, was ich aktuell sehe, sondern auch, wie es früher ausgesehen hat und was für mich dort passiert ist. Das ist eine Erlebnisqualität, die nur diejenigen haben können, die nie weggezogen sind. Wobei ich nicht in Generationen zurückdenke. Meine Eltern waren Zugezogene. Und Sie, wo leben Sie?"

Ich erschrecke ein wenig über die Frage, weil ich mich im Zuhören eingerichtet habe und Michael nun etwas von mir wissen will. Ich mich ihm öffnen muss, wenn ich nicht belanglos und zurückweisend bleiben will. „Ich wohne in Kiel", beginne ich meine Antwort, die mir schwerfällt, „seit fünf Jahren. Doch ich kenne die Stadt kaum, weil ich viel für Projekte unterwegs bin und, um mich von diesen zu erholen, nicht zu Hause bleibe, sondern wegfahre. Eigentlich absurd. Geboren bin ich in Hannover. Als sich meine Eltern getrennt haben, war ich acht Jahre alt und meine Mutter ist mit mir erst nach Hildesheim und ein paar Jahre später nach Braunschweig gezogen. Studiert habe ich erst in Bremen und dann in Oldenburg mit einem Auslandssemester in Norwich." Michael hört mir aufmerksam zu, unterbricht mich nicht. „Für meine erste Stelle bin ich nach Buxtehude gezogen, dann wegen des Berufs weiter nach Minden und jetzt eben Kiel. Ich habe mich nie getraut, irgendwo heimisch zu werden, weil ich immer das Gefühl hatte, ich könnte bald wieder wegziehen müssen. Als hätte ich darauf selbst keinen Einfluss. Ich bin im Weiterziehen hängengeblieben. Und ich habe mich immer davor gescheut, meine Kindheitsplätze in Hannover noch einmal aufzusuchen. Das fällt mir jetzt auf, wo ich Ihnen das erzähle."

„Oh", sagt Michael, „das klingt rastlos, ruhelos und nicht nach Freiheit und Abenteuer."

„Es ist nicht so, dass mir die Orte, in denen ich gewohnt habe, fremd geblieben sind", versuche ich zu erklären. „Ich habe sie mir erlaufen. Ich gehe gerne spazieren, ich flaniere, aber nicht wie jemand, der sich zugehörig fühlt. Auch nicht wie ein Tourist, aber wie jemand, der beobachtet, was ihn nichts angeht, dessen Interesse kalt bleibt, weil er innerlich weiß, dass er weiterziehen wird, obwohl er noch nicht weiß wann und wohin."

„Das berühmte interesselose Wohlgefallen?", fragt Michael.

„Nein, das trifft es nicht", widerspreche ich. „Ich interessiere mich, aber ohne das, was ich beobachte, zu bewerten und mit mir zu verbinden." Michaels Nachfragen bringt mich dazu, mir genauer darüber klar zu werden, wie ich bislang meine wechselnden Wohnorte erlebt habe, welches wiederkehrende Muster darin liegt.

Während wir miteinander sprechen, haben wir den Wald auf einem anderen Weg durchquert, als ich ihn zwei Tage zuvor genommen habe, und sind neben einem Bach durch einen Fußgängertunnel gegangen, um auf die andere Seite der Bahnlinie zu kommen. Michael zeigt auf eine niedrige Mauer aus roten Natursteinplatten, die das Grundstück eines Bungalows von der Straße abgrenzt. „Auf dieser Mauer bin ich als kleiner Junge mit kurzen Hosen beim Drüberbalancieren einmal abgerutscht und habe mir Schürfwunden mit winzigen Steinpartikeln in der Wunde zugezogen", erzählt er. „Ich habe gebrüllt, und zu Hause mussten mit der Pinzette nicht nur die Steinchen herausgezogen werden, sondern meine Mutter schmierte noch Jod auf die Wunde, damit sich nichts entzündet. Obacht also beim Balancieren auf Mauern." Er ist auf die Mauer geklettert, hat die Arme ausgebreitet und läuft auf ihr entlang, bis er am Ende herunterspringt. „So viel dazu, dass ich immer auch Vergangenes im Heutigen sehe. Die Mauer ist noch da. Vieles andere nicht mehr."

An der nächsten Abzweigung biegen wir in die Oeltingsallee ein. „Haben Sie den Wunsch sesshaft zu werden, sich irgendwo heimisch zu fühlen?", will Michael von mir wissen.

„Ich glaube, ich sehne mich danach und habe gleichzeitig Angst davor. Angst an einen Ort gefesselt zu sein, ohne mich gebunden, eingebunden zu fühlen. Außerdem mache ich meine Arbeit sehr gerne und die bringt es mit sich, lange Phasen woanders zu sein als dort, wo ich wohne. Das macht es nicht einfach, heimisch zu werden, mich anderen anzuschließen und mich auf sie einzulassen. Denn das würde eine Stadt erst zu meiner machen, dass ich mit anderen Menschen in Beziehungen stehe", antworte ich nachdenklich.

Wir kommen an freistehenden Häusern vorbei, die teilweise nicht nur zum Wohnen dienen, passieren eine Hausarztpraxis in einer alten Villa, eine Fahrschule, eine Zahnarztpraxis, einen Bioladen und einen Frisör. ‚Leben und Arbeiten', denke ich, ‚ist doch ganz hübsch hier.' Die Bebauung geht in Wohnblocks über, doch auch hier finden sich Geschäfte, eine Bäckerei, eine Bank und eine Apotheke.

„Wir sind da", sagt Michael und deutet auf ein Lokal unten in einem langgestreckten Mehrfamilienhaus. „Die kulinarische Vielfalt ist nicht so groß in Pinneberg. Ist Grieche für Sie okay?" Er traut sich was, denke ich, beim ersten Rendezvous zu einem typischen deutschen Griechen auszuführen. Das ist keine Wahl, um eine Frau zu beeindrucken. „Bedeutet Ihnen das Lokal etwas?", frage ich.

„Ich bekenne: Dies ist mein Stammlokal, wenn mir zu Hause die Decke auf den Kopf fällt", sagt er. „Was glücklicherweise nicht zu oft vorkommt. Und als ich Kind war, gab es hier in diesen Räumen ein Café Jansen, in dem ich sonntags Langnese-Eis bekommen konnte."

Er hat einen Tisch reserviert und offenbar nicht irgendeinen. Das Lokal ist gut besucht, doch wir sitzen etwas abgeschieden vorne neben der Theke in einer Ecke und können von hier nach draußen auf die Straße sehen. Der Kellner fragt nach unseren Getränkewünschen, als er uns die Karte bringt. „Bier", sage ich. „Zwei", ergänzt Michael und fragt erstaunt: „Sie trinken Bier?"

„Eigentlich nicht während meiner Projektphasen. Da gilt konsequent: keinen Alkohol. Da will und muss ich klaren Kopf bewahren. Die Bestellung ist mir jetzt so rausgerutscht", stelle ich über mich selbst erstaunt fest. „Ich liebe den Geschmack von Bier. Gerade nach längeren Phasen der Abstinenz weckt der erste Schluck ein Gefühl, wie es den Kritiker in dem Animationsfilm ‚Ratatouille' überflutet, als er die erste Gabel dieses Gemüsegerichts in den Mund schiebt. Kennen Sie den Film?"

„Ja, ich habe ihn schon ein paar Mal gesehen. Bei der von Ihnen beschriebenen Szene bekomme ich jedes Mal eine Gänsehaut."

„Und Sie, warum haben Sie Bier bestellt?", will ich von ihm wissen. „Um sich bei mir einzuschmeicheln?"

„Keineswegs. Bier schenkt mir auch ein Stück Geborgenheit."

Ich freue mich über diese Übereinstimmung. Mir fällt etwas ein. „Ich bin als Kind, als wir noch eine vollständige Familie waren, mit meinem Vater sonntagsvormittags spazieren gegangen. Ich kann mich nicht daran erinnern, was er dabei mit mir gesprochen hat, ob er mir etwas gezeigt und erklärt hat, was wir unterwegs gesehen haben. Oder ob er nur geschwiegen hat und nichts mit mir anzufangen wusste. Aber ich erinnere mich, dass wir am Schluss, bevor wir nach Hause zurückgekehrt sind, in eine Kneipe eingekehrt sind. Eine typische Bierkneipe, in der einen schon beim Eintreten dieser leicht abgestandene Dunst aus Alkohol, Hefe und Hopfen entgegenschlug. Mein Vater hat sich mit mir an die Theke gesetzt und Bier und Korn bestellt. Ich bekam eine Limonade und, wenn ich lange genug gequengelt habe, auch 50 Pfennig für den Erdnussautomaten auf der Theke. Mein Vater war zufrieden, dort zu sitzen und mit den anderen Männern zu reden, denen der Alkohol anzumerken war. Zufriedener als zu Hause. Deshalb habe ich mich entspannt, obwohl ich nicht mochte, von den anderen Männern angesprochen zu werden, was einige aus Höflichkeit taten. Vielleicht löst deshalb Bier bei mir dieses Gefühl aus, mich entspannen zu können und für den Moment nicht mehr wachsam sein zu müssen." Ich bin im Erzählen in mich versunken, stelle ich fest, als ich wieder aufblicke.

Unser Bier wird gebracht und der Kellner fragt nach unseren Wünschen. „Wir sollten Briam nehmen", sagt Michael zu mir. „Das ist griechisches Ratatouille. Das gibt es hier und passt jetzt perfekt zu unserem Gespräch." Ich nicke bloß, weil mich der Vorschlag und die Erinnerung an meinen Vater rührt.

Wir prosten uns zu, und ich frage, um aus meiner Rührung herauszukommen: „Sie sind also Polizist? Oder darf ich du sagen? Wobei eigentlich müssten Sie mir das als der Ältere anbieten. Aber ich fühle mich mit dir schon so vertraut."

„Und ich habe ein ungewöhnliches Zeitgefühl", sagt Michael und zögert einen Moment. Was hat die Bemerkung mit meinem Vorschlag zu tun, uns zu duzen? „Für mich", fährt er fort, „geschieht alles etwas langsamer. Natürlich nicht wirklich, aber in meinem Erleben. Weshalb der Moment, das Du anzubieten, für mich noch nicht gekommen war. Ich hinke hinterher, was Nachteile, manchmal aber auch Vorteile hat. Aber klar, gerne. Ich bin Michael."

„Antje", sage ich und bin mir nicht sicher, ob ich ihn nun zu einem Du gedrängt habe, zu dem er noch nicht bereit war. Wir stoßen noch einmal an.

„Um auf deine andere Frage zurückzukommen. Ich arbeite als Hauptkommissar in der Abteilung für Todesermittlungen, Sexual-, Brand-, Umweltdelikte und Vermisstenfälle", bestätigt er. „Viel Routine und etwas Intuition."

„Ich habe eine kriminalistische Ader", sage ich.

„Du liest Kriminalromane?", fragt er.

„Manchmal, ja, aber was ich meine, ist etwas anderes", erläutere ich. „Ich habe eine ausgeprägte Fähigkeit, Menschen intuitiv zu erfassen, zu spüren, wenn sie etwas zurückhalten, lügen oder einfach nur etwas verbergen wollen. Das hilft mir in meinem Beruf, lässt sich aber auch sonst nicht abschalten."

„Da muss ich auf der Hut sein", sagt er und wir müssen beide laut lachen.

„Keine Angst", erwidere ich. „Du bist doch ehrlich und offen." Er grinst und scheint sich zu genieren.

Das griechische Ratatouille wird aufgetragen und wir spielen uns gegenseitig mimisch vor, was der erste Bissen in uns auslöst. Und ein bisschen entsteht so ein Gefühl von vertrauter, heimatlicher Atmosphäre. Ich fühle mich gelöst wie schon lange nicht mehr.

„Warum hast du mich vorgestern angesprochen?", frage ich Michael. „Eine Fremde, einfach so?"

„Ich hatte das Gefühl, dass ich es bereuen würde, wenn ich dich einfach gehen ließe und wir uns nie wieder begegnen", antwortet er. „Etwas hat mich an dir angezogen."

„Geht dir das oft so? Dass du einfach Frauen ansprichst, die du nicht kennst?", will ich wissen.

„Es war das erste Mal. Sonst habe ich immer, wenn ich die Anziehung einer Frau gespürt habe, hinterher bereut, zugesehen zu haben, wie jeder seiner Wege ging", sagt er.

„Und warum dieses Mal nicht? Warum hast du bei mir anders gehandelt?"

„Ich bin alt", stellt er fest und ich spüre so etwas wie Resignation bei diesem Satz. „Ich habe nicht mehr viel zu verlieren. Noch höchstens sechs Jahre und ich gehe in Pension. Und vielleicht haben die aufgefrischten Erinnerungen auf dem Abiturtreffen etwas von meinem jugendlichen Übermut zurückgebracht, nicht nur von meiner Schüchternheit."

„Aber warum ich?", hake ich nach. „So wie du das sagst, hätte es jede sein können, die du ansprichst, weil sie zufällig vorbeikommt."

„Nein, meine Stimmung musste auf dich treffen. Sonst hätte ich keinen Anlass gehabt, über den Schatten meiner Schüchternheit zu springen", versucht er sich selbst darüber klar zu werden, was vorgestern passiert ist. „Soll ich sagen, ich fand dich anziehend? Aber was sagt das aus? Was fand ich an dir anziehend? Etwas, was ich intuitiv erfasst haben muss. Etwas Tiefgründiges, du warst verärgert …"

„… ja, über die Gäste im Restaurant, ihr zu lautes, zu aufdringliches Gerede …"

„… dein Ärger wirkte so frisch, so belebend, so berechtigt. Du merkst, so genau weiß ich nicht, warum ich dich angesprochen habe. Und warum hast du dich mit mir verabredet?"

„Sagen wir, es war die Angst vor der Projekt-Einsamkeit, und du wirktest charmant und nicht auf den Kopf gefallen trotz deiner unbeholfenen Rede", antworte ich. „Es gab die Aussicht auf einen unterhaltsamen und anregenden Abend, eine Hoffnung, die bislang nicht enttäuscht wurde." Das stimmt alles, aber in diesem Szenario ist er austauschbar. Es fehlt das besondere Moment, das allein ihm eigen ist. Gibt es das nicht? Gibt es das überhaupt jemals?

Ich spüre, wie er mich ansieht. Offenbar war ich wieder in Gedanken versunken. „Belassen wir es dabei", schlägt er vor. „Sonst zerreden wir den schönen Abend noch. Genießen wir ihn einfach." Der Kellner ist gekommen und fragt, ob er abräumen und uns zwei Ouzo aufs Haus bringen kann. Wir nicken. Ich fühle mich ein wenig erschöpft.

Als der Ouzo kommt, prosten wir uns stumm zu. Das Schweigen, das sich zwischen uns ausbreitet, fühlt sich angenehm an. „Ich möchte bald gehen", sage ich. „Ich brauche Bewegung. Magst du mich zum Hotel bringen, einen anderen Weg, als wir gekommen sind?"

„Mit Vergnügen", erwidert Michael, „denn dann dauert der Abend mit dir noch etwas an."

„Schmeichler", werfe ich ihm scherzhaft vor und freue mich doch. „Trotzdem muss ich dich bitten, keine weiten Umwege zu nehmen. Mein Kopf mahnt mich, dass ich für den morgigen Tag ausreichend Schlaf benötige. Da gelingt es mir nicht, über meinen Schatten zu springen."

„Keine Bange", beruhigt er mich, „der Weg ist kaum länger. Aber eine halbe Stunde musst du mit mir noch verbringen."

„Ich werde es überstehen", erwidere ich und grinse ihn an. Wir schälen uns aus den Bänken und gehen hinaus in die klare Luft, in der ein erster Nachthauch liegt.

3. TEIL

Ich packe im Schlafzimmer unsere Koffer und singe dabei leise einen Schlager vor mich hin: „Es brennt noch Licht am Horizont, das Böse hat noch nicht gewonn' ... und diese Welt ist wunderschön. Nimm meine Hand, dann sind wir zwei ... immer, wenn ich in Deine Augen seh', weiß ich, Liebe kann uns retten ..." Ein wohliges Gefühl durchströmt meinen Körper. Ich liebe Schlager. Sie haben die Gabe, meine Gefühle auf den Punkt zu bringen, klar und verständlich, ohne viel Hin und Her. Man muss sich nur auf sie einlassen und nicht jedes missglückte Bild auf die Goldwaage legen. Sie erinnern mich an das Wesentliche. Und ich kann sie mitsingen, ohne dass meine Stimme strauchelt.

Bernhard belächelt mein Faible für diese Art von Musik. Trotzdem geht er mit mir hin und wieder in eine Diskothek hier im Ort, die nur freitags und samstags geöffnet hat und wo der DJ nichts anderes als Schlager auflegt. Wir tanzen ausgelassen Disco-Fox mit vielen Figuren, und selbst Bernhard stimmt lauthals in den einen oder anderen Refrain ein, der ihm geläufig ist. Wir trinken altmodische Longdrinks wie Whisky-Cola oder Gin-Tonic und kommen nach ein paar Stunden verschwitzt und in aufgeräumter Stimmung nach Hause mit dem Gefühl, der Abend möge niemals enden. Er tut das nur aus Liebe zu mir, denke ich an eine Schlagerzeile und fühle ihm gegenüber eine große Dankbarkeit.

„Soll ich Dir ein Jackett einpacken?", rufe ich nach nebenan. „Wäre doch schön, wenn wir abends Mal ausgingen, ins Theater oder ins Konzert." Wir fahren in diesem Frühjahr nicht auf unsere Insel wie so viele Jahre zuvor, sondern nach

Husum. „In Husum gibt es immer Programm wegen der Touristen, die sollen sich nicht langweilen, sondern wiederkommen", rufe ich.

Die Insel ist seit unserem Aufenthalt im vorletzten Jahr belastet, als die Begegnung mit dieser Antje Bernhard aus der Bahn geworfen hat. Ich weiß bis heute nicht, was es war. Trotzdem fahren wir seitdem nicht mehr auf die Insel, als hätte sie sich zu einem Ort gewandelt, der uns Unglück bringt und den wir deshalb meiden müssen. Das ist magisches Denken, ich weiß. Aber warum ein unnötiges Risiko eingehen.

„Pack ruhig eines ein", ruft Bernhard zurück, „das Auto wird schon nicht überladen sein."

Ich habe uns eine Ferienwohnung in einem historischen Gebäude in der Wasserreihe gebucht, von der es nicht weit zum Hafen und ins Zentrum ist und in der das Theodor-Storm-Museum liegt.

Bernhard ist herübergekommen und steht in der Tür. „Hab' ich dir heute schon gesagt, dass ich dich liebe …", trällert er. Ich muss lachen. Morgen fahren wir los.

Ich schnuppere an ihrem Kissen und versuche, die Reste ihres Duftes zu erschnüffeln. So fühlt es sich also an, sich mit fast 60 Jahren zu verlieben. Nicht viel anders als mit 25, wenn ich es zulasse und nicht den Kopf als vernünftigen Gegenpol zuschalte, der meinen Zustand nüchtern analysiert. Das Kribbeln im Bauch, die Euphorie, das Gefühl, die Welt liegt mir zu Füßen und ich kann alles erreichen, was ich will, weil ich es für sie tue. Für Antje.

Als ich Sigrid vom ersten Treffen mit Antje und unserem Besuch beim Griechen erzählte, hat sie breit gegrinst und gesagt „Oh, oh, da ist was im Busch." „Was denn?", habe ich zurückgefragt. „Es war ein netter Abend. Sonst nichts." Das habe ich mir einige Zeit geglaubt. Denn es hat fast eine Woche gedauert, bis ich Antje wiedergesehen habe. Sie ist in ihr Projekt versunken und hat alle meine Versuche abgewimmelt, sie früher zu treffen.

Ein paar Wochen ging das so mit uns. Wir trafen uns zum Spazierengehen, zum Essengehen, zu einem Ausflug an die Elbe zur Schiffsbegrüßungsanlage. Immer mit längerem Abstand dazwischen. Doch wenn wir uns sahen, redeten wir wie alte Freunde miteinander, die in ein unendliches Gespräch vertieft sind. Erst gestern, als wir zusammen in den Rosengarten gegangen sind, den Antje, wie sich herausstellte, in den vergangenen Wochen häufiger aufgesucht hatte, um ihren Kopf von und für die Arbeit frei zu bekommen, hatte sie mich beim Aufbruch gefragt, wo ich wohne und ob ich ihr meine Wohnung zeigen würde.

Sie musste heute Morgen früh raus und hatte keine Zeit für ein gemeinsames Frühstück. Ich hätte mir gewünscht, dass wir uns mit verstrubbelten Haaren gegenübersitzen, einen Kaffeebecher in der Hand, und an die vergangene Nacht denken. Unsere erste gemeinsam verbrachte. Wie schön wäre es gewesen, nach ihrer Hand zu greifen, mit ihr liebevolle Blicke zu tauschen und die ersten müden Sätze des Tages mit ihr zu wechseln.

Ich schnuppere ein letztes Mal an ihrem Kissen und stehe auf. Als ich in die Küche komme, bin ich gerührt. Antje hat für mich den Tisch gedeckt, sogar die Zeitung liegt neben meinem Frühstücksteller. Darauf ein Zettel mit der Frage, ob wir uns heute Abend sehen. Natürlich, denke ich, wann immer du magst.

Ich setze mich an den Tisch, schenke mir Kaffee ein und greife nach dem Pinneberger Tageblatt. Ich habe es abonniert, weil ich darüber auf dem Laufenden bleiben will, was hier im Ort geschieht, und bilde mir ein, dass es für meine Arbeit wichtig ist zu wissen, welche politischen und gesellschaftlichen Konflikte die Stadtgesellschaft gerade umtreiben. Und mich interessiert, was und wie sie über uns, die Polizei, schreiben. Wir dienen der Redaktion immer wieder als Quelle für Blaulicht-Geschichten. Denn wir sind die ersten, die sich mit Ereignissen befassen, die das Bedürfnis nach Sicherheit und dem Gefühl, sich angstfrei im öffentlichen Raum bewegen zu können, stören. Manchmal nur als wohliges Gruseln, manchmal aber auch als Gefühl echter Bedrohung, das wir ernst nehmen müssen, selbst wenn es objektiv nicht der realen Lage entspricht. Es gibt keine Freiheit ohne Sicherheit, aber Sicherheit ohne Freiheit ist nicht lebenswert, oder? Wir als Polizisten stehen in diesem Spannungsfeld und schützen im Namen der Freiheit unsere Sicherheit. Meine Güte, mein Verliebtsein triggert meinen Hang zum Pathos.

Bevor ich heute den Lokalteil lese und dann zum Sport übergehe, schlage ich die Todesanzeigen auf. Ich suche nach Menschen in meiner Altersgruppe, die gestorben sind. Vielleicht ist jemand dabei, den ich kenne. Statistisch bleiben mir noch etwa 20 Jahre plus x, doch die Todesanzeigen mahnen mich, dass es mich bald treffen könnte. Es sterben häufiger Menschen in meinem Alter. Mein Tod käme früh, wäre aber nicht mehr die Ausnahme.

Heute kommen mir solche Gedanken fremd vor. Ich strotze vor Energie und fühle mich lebendig wie schon lange nicht mehr. Gleich stürze ich mich in die Arbeit. Die Ganoven können sich warm anziehen. Hauptkommissar Andresen wird sie zur Strecke bringen. Wenn sie es waren. Denn wir Polizisten sind keine Jäger, wir sind Wahrheitssucher wie die Philosophen, nur nicht im Abstrakten, sondern im Handfesten. Wir wissen: Wahrheit ist kein Entweder-Oder. Ein Sachverhalt ist selten zu 100 Prozent wahr oder unwahr, er kennt Grautöne. Die Lüge hat Abstufungen. Sie kann heißen, etwas zu verschweigen, sie kann bedeuten zu flunkern, zu schwindeln, bewusst hinters Licht zu führen. Sie kann strategisch zum eigenen Vorteil eingesetzt werden, aus Feigheit oder aus Scham. Sie kann auch einfach entstehen, weil jemand versäumt, ein Missverständnis aufzuklären.

Meine Aufgabe als Polizist ist es, da, wo es möglich ist, die Unbestimmtheit der Wahrheit so weit wie möglich zu verringern, sie auf nur eine mögliche Lesart einzugrenzen. Hierfür sammele ich Beweise, die in der Gerichtsverhandlung beim Befragen durch den Strafverteidiger im Idealfall nur eine Interpretation zulassen. Ich rekonstruiere den Tathergang, den Regelverstoß und seine Beteiligten derart, dass eine schlüssige, eine wahre Geschichte erzählt wird. Eine Version, zu der alle sagen können: „Ja, so war es."

Beim Mord an Wiebke Loose ist mir das nicht gelungen. Es gibt keine Wahrheit, die die Geschichte der Tat erzählt. Vielleicht für den Täter. Aber nicht für mich, nicht für ein Gericht, nicht für die Öffentlichkeit. Die Wahrheit liegt nach 37 Jahren immer noch im Dunkeln. Der Geschichte von Wiebke Looses Leben fehlt der Schluss. Nicht irgendeiner, der wahre Schluss. Bislang. Ich habe noch nicht aufgegeben.

Was denke ich mir hier am Frühstückstisch zusammen? Verliebt zu sein, scheint meine grauen Zellen in Schwung zu bringen. Es ist Zeit, mir meine Brote zu schmieren und die Obstdose zu füllen. Ich bin spät dran.

48 ANTJE MERKENS (2016)

Ich sitze früh am Morgen wie jeden Tag in den vergangenen Wochen in dem Büro, das mir der Personalchef des bauchemischen Betriebs für die Dauer meiner Tätigkeit hier zur Verfügung gestellt hat. Während ich versuche, mir einen Überblick zu verschaffen, was bereits abgearbeitet und was noch zu erledigen ist, muss ich an Michael und die vergangene Nacht denken. Jetzt, wo sich mein Projekt dem Ende nähert, habe ich ihn in einem schwachen Moment – so würde es meine Mutter nennen – nach seiner Wohnung gefragt. Wahrscheinlich hatte ich da schon Lust, mit ihm ins Bett zu gehen, wozu es dann auch gekommen ist. Mit mir als treibender Kraft. Dabei stecke ich mental und emotional noch ganz in meinem Projekt fest und weiß nicht, was ich von Michael will. Bin ich verliebt? Bis gestern war es mir gelungen, ihn zwar nicht ganz beiseite zu schieben, aber doch so selten zu sehen, dass mich die Treffen nicht in meiner Arbeitsroutine beeinträchtigten, sondern im Gegenteil auf erfrischende Art ablenkten. Es war unkompliziert zwischen uns, und ich musste mir keine Gedanken darüber machen, welche Bedeutung diese Treffen für mich haben. Jetzt ist das anders. Bloß fällt es mir schwer, mir über meine Gefühle für Michael klar zu werden.

Mein Projekt ist schnell vorangeschritten. Nach meinen Maßstäben. Der Personalchef hatte wohl nur mit zwei, drei Wochen gerechnet, weil er zwar glaubt, Ahnung von meinem Geschäft zu haben, sich de facto aber vorstellt, unsere Arbeit bestehe darin, Kündigungen formal korrekt aus- und zuzustellen und dadurch eine Welle teurer Kündigungsschutzklagen zu vermeiden.

Alle Menschen auf der Entlassungsliste sind mit einer Abfindung im Rahmen des mir vorgegebenen Verhandlungsspielraums einverstanden. Sie jammern nicht. Es geht eine stille Freude von ihnen aus, darüber, dass sie diesen Betrieb loswerden, ohne eine eigene Entscheidung treffen zu müssen. Keiner von ihnen scheint gerne hier zu arbeiten. Sie bedanken sich bei mir herzlich für die Alternativen, die ich für sie erarbeitet habe. „Ohne Sie hätte ich den Absprung nicht so leicht geschafft", hatte mir gestern eine Sachbearbeiterin aus der Einkaufsabteilung erklärt. „Und Sie offerieren mir auch noch ein Vorstellungsgespräch in einem anderen Unternehmen. Ich bin nicht gewohnt, dass man sich so um mich kümmert." Fast hätte sie angefangen zu weinen.

Ein Staplerfahrer aus der Ladeschicht, der die Gebinde auf LKW verlädt, hatte mir erzählt, dass der Chef manchmal spät abends mit seinen Partygästen auf das Gelände kommt, um seinen Betrieb zu zeigen. Er käme sich dabei wie ein Tier im Zoo vor oder wie früher ein Freak im Zirkus. Er sei nicht traurig darüber, demnächst nicht mehr herkommen zu müssen.

Die Haltung, mit der mir der Personalchef von Anfang an begegnet ist, scheint den ganzen Betrieb zu prägen. Es liegt eine Aura von Niedergeschlagenheit über dem Gelände, und die hat nichts damit zu tun, dass Mitarbeiterinnen und Mitarbeiter gehen müssen.

Ich könnte schon morgen meine Zelte hier abbrechen und mich meiner Beziehung zu Michael widmen, gäbe es nicht zwei Männer und eine Frau, die mir Kummer bereiten, die ich nicht einfach so weiter vermitteln kann, ohne dass ich sie zuvor dazu bringe, selbst einen Zwischenschritt zu gehen. Einer der Männer säuft. Er hatte schon zwei Abmahnungen wegen Produktionsfehlern, die auf seinen trunkenen Zustand zurückgeführt werden konnten. Ich rieche seine Alkoholfahne, wenn er mir gegenübersitzt, ein Pegeltrinker offenbar. Mich wundert, dass ihn der Personalchef nicht schon früher vor die Tür gesetzt hat.

Der zweite Mann hat psychische Probleme, bekommt seine Aggressionen nicht unter Kontrolle. Er ist mehrfach mit Kollegen handgreiflich aneinandergeraten und hat mir gegenüber wahre Hasstiraden auf Kollegen, Vorgesetzte und Chefs losgelassen, als ich versucht habe, über diese Vorfälle mit ihm zu reden. Keine Einsicht in eigenes Fehlverhalten. Schuld tragen für ihn allein die anderen, die ihn ständig provozieren.

Die Dritte hat kaputte Bandscheiben. Sie hat sich jahrelang durch einen ungeeigneten Bürostuhl im wahrsten Sinne des Wortes den Rücken krumm gemacht, ohne ein anderes Sitzmöbel einzufordern. Sie habe sich nicht getraut, etwas zu sagen, hat sie mir erzählt. Hier werde schnell herumgebrüllt, und das vertrügen ihre Nerven nicht. Jetzt fällt sie ständig mit Rückenschmerzen aus.

So kann ich die Drei nicht in neue Jobs vermitteln. Das würde unseren Ruf bei zukünftigen Arbeitgebern ruinieren. Meine verbleibende Aufgabe ist es, alle drei dazu zu bewegen, sich für ihre psychischen oder gesundheitlichen Probleme Hilfe zu holen. Auch das gehört zu meinem Job, so wie ich ihn verstehe und ausübe. Ich will keinen zurücklassen, ihm zumindest eine neue Perspektive eröffnen. Mir stehen noch einige heikle Gespräche bevor.

Ich muss an Michael denken. Ich habe ihm einen Zettel dagelassen mit der Frage, ob wir uns heute Abend sehen. Gerade jetzt ist mir das gar nicht recht. Ich fühle mich symbiotisch mit meinen drei Klienten verbunden, erlebe Frust, Angst und tiefe Verletzungen. Da muss ich mich erst herausarbeiten, ohne den inneren Kontakt zu den Dreien zu verlieren. Aber ich will Michael nicht kränken. Schlafen werde ich jedenfalls kommende Nacht in meinem Hotelzimmer. „Vermassele es nicht, Antje", raunt mir meine Mutter zu. „Er wird es verstehen, auch wenn er enttäuscht ist", beruhige ich sie. „Sei dir mal nicht so sicher", schürt sie meine Zweifel. Mir fehlt das Selbstvertrauen, nicht zu zweifeln.

49 MICHAEL ANDRESEN (2016)

Ich bin auf Dienstreise nach Köln. Das passt mir gut in den Kram, um meine Enttäuschung zu verarbeiten. Es grummelt in meinem Bauch, weil Antje sich wieder rarmacht und mich mit meinem Verliebtsein im Regen stehen lässt. Sie müsse mich bitten, noch Geduld mit ihr zu haben, hatte sie mir am Abend nach unserer ersten und seither einzigen Nacht mitgeteilt.

Ich hatte mich für den Frühstückstisch revanchiert und für uns gekocht, ein weißes Tischtuch aufgelegt, Kerzen angezündet, den ganzen romantischen Kitsch zelebriert. Sie war abweisend, löste sich bei der Begrüßung schnell wieder aus meiner Umarmung, während ich sie leidenschaftlich zu küssen begehrte.

„Das Projekt nimmt mich noch voll und ganz in Anspruch", versuchte sie ihre Zurückhaltung zu erklären. „Deshalb bin ich nicht ganz bei mir und auch nicht so bei dir, wie ich es sein sollte."

Ich hatte Mühe, meine Enttäuschung nicht in Wut umschlagen zu lassen. „Eine Frage der Prioritäten", merkte ich sarkastisch an.

„Bitte verstehe mich, ich kann nicht aus meiner Haut", bat sie.

„Wo soll ich bitte hin mit meinem Verliebtsein, wenn du mich derart abwimmelst", hatte ich ihr erregt vorgehalten. Eine ziemlich missglückte Liebeserklärung.

„Ich bin gerade nicht in der Lage, mir über meine Gefühle für dich klar zu werden", hatte sie gesagt und mir damit die nächste kalte Dusche verpasst. „Vielleicht liebe ich dich, aber ich lebe gerade in einer anderen Welt. Sei nicht so enttäuscht."

Die letzte Bemerkung kränkte mich erneut, weil sie sie so sanft aussprach, als richte sie sich an ein Kind. „Lass uns essen und nicht streiten", sagte ich, weil ich das Bedürfnis hatte, in der Situation nicht stecken zu bleiben.

Ich trug Hamburger Labskaus auf und schenkte uns Bier ein. Antje wirkte zerknirscht und unser Gespräch stockte mehr, als wir es bislang zwischen uns kannten. „Vertrau mir", sagte sie, als sie nach dem Essen aufstand, um sich ein Taxi zu ihrem Hotel zu bestellen.

„Ich möchte mit dir zusammen sein", hatte ich ihr mit auf den Weg gegeben, als der Taxifahrer klingelte. Sie hatte schmerzlich geschaut, was mein Gefühlswirrwarr nicht beruhigte. Seitdem besteht unser Kontakt aus vorsichtigen und wohlwollenden Kurznachrichten. Ich habe sie nicht gedrängt, dass wir uns sehen. Ich übe Geduld. Ich übe mich in Geduld.

Daran denke ich, während ich auf der A1 Richtung Köln fahre. Es geht dort um einen Fall illegaler Entsorgung von asbesthaltigen Abbruchmaterialien, die bewusst falsch deklariert werden, um sie auf normalen Deponien zu entsorgen und dadurch Kosten zu sparen. Die Kipper werden so beladen, dass der asbesthaltige Schutt im Kern der Ladung verborgen liegt, umhüllt von asbestfreien Abbruchabfällen. Werden am Rand Stichproben gezogen, sind diese asbestfrei.

Die Firma aus Köln operiert bundesweit und hat unter anderem im Kreis Pinneberg ein ehemaliges Industriegelände als Umladestation eingerichtet. Ein Deponiebetreiber hat sich an uns gewandt, weil ihm auffiel, dass ein Kölner Unternehmen regelmäßig Bauschutt anliefert, das ihm als Abbruchunternehmen nicht bekannt ist, sondern nur die Entsorgung übernimmt. Das kam ihm verdächtig vor. Wir haben die abgekippten Abbruchabfälle genauer untersucht, nachdem der Fahrer das Gelände wieder verlassen hatte, und sind fündig geworden, nicht bei einer, bei jeder Fuhre.

Die Kölner Kollegen haben weitere Informationen über das Unternehmen gesammelt. Auch auf anderen Deponien in Deutschland wird nach dem gleichen Muster verfahren. Bevor übermorgen der Zugriff erfolgt und die Unterlagen beschlagnahmt werden, soll ich den Kollegen persönlich unsere Ermittlungsresultate präsentieren.

Die Fahrt nach Köln kommt mir noch aus einem weiteren Grund zupass. Der Sohn von Wiebke Loose war damals der Einzige, der nicht von unserer Pinneberger Sonderkommission befragt wurde, sondern von Kölner Kollegen. Ich möchte die Gelegenheit nutzen, privat einen eigenen Eindruck von ihm zu bekommen. Ich werde ihn aufsuchen, wenn er noch unter seiner damaligen Adresse wohnt. Und wenn nicht, gibt es vielleicht alteingesessene Nachbarn, die mir etwas über ihn erzählen können oder wissen, wo er abgeblieben ist. Seine im Protokoll vermerkte Reaktion auf die Todesnachricht hat sich mir eingebrannt. Sie lässt mich immer wieder stutzen.

50 BERNHARD VAHLE (2017)

Das von Friederike für uns gebuchte Ferienhaus in der Wasserreihe hat nur kleine Fenster im historischen Format, und drinnen stehen viele dunkel lasierte, teils antike Möbel. Dadurch wirkt die Wohnung in allen Räumen düster. Als wolle der Vermieter seinen Gästen einen Eindruck davon vermitteln, wie die Bewohner hier vor 150 Jahren gelebt haben. „Immerhin gibt es Zentralheizung", habe ich zu Friederike gesagt, als wir unsere Koffer ausgepackt haben. Sie hat den Scherz nicht verstanden. „Es ist so schön ursprünglich hier", hat sie geantwortet.

In unserer ersten Nacht in Husum habe ich einen Traum. Ich liege in meinem Bett in unserem Haus in Harsewinkel. Die Rollläden sind nicht heruntergelassen und auch die Vorhänge nicht zugezogen. Es ist eine klare Nacht. Vom Bett aus sehe ich den Vollmond am Himmel stehen. Plötzlich schwebt eine bleiche Gestalt am Fenster vorbei. „Gestatten, Loose", ruft sie mit hoher Stimme und kichert. „Ich bin so traurig. Ich weiß nicht, was das bedeuten soll", ruft sie mir zu. Ich wache auf und friere, obwohl ich zugedeckt bin und schwitze. Durch die Schlitze der Fensterläden scheint nur wenig Licht herein.

Ich habe den Namen meiner Frau angenommen. Als wir heirateten, war das noch nicht möglich. Der Name des Mannes wurde automatisch zum Familiennamen, die Frau zu einer geborenen Sowieso. Ein paar Jahre hießen wir deshalb Loose: Friederike, unser erster Sohn und ich. Als das Namensrecht geändert wurde, habe ich Friederike sofort vorgeschlagen, zum Standesamt zu gehen, um ihren alten Namen als unseren Familiennamen eintragen zu lassen. Kurz zuvor hatte das

Bundesverfassungsgericht es als grundgesetzwidrig eingestuft, dass die Frau ihren Namen ablegen musste oder nur als Doppelnamen behalten durfte. Trotzdem war es eine bürokratische Prozedur, mit schriftlicher Begründung, und billig war es auch nicht. Seitdem heiße ich Bernhard Vahle. Durch meine Erlösung bin ich ein anderer geworden und endlich konnte ich das durch den neuen Namen ausdrücken. Neue Identität, neuer Name und umgekehrt.

Friederike hat sich über meinen Wunsch gewundert. Für sie war es ganz natürlich, meinen Namen anzunehmen. Wie es sich von alters her gehört, so meinte sie. Aber sie hat meine Begründung akzeptiert, dass ich keine Verwandten habe und mein Nachname daher keine Zugehörigkeit ausdrücke, ich mich in ihrer Familie dagegen wohl und integriert fühle. Sie hat sich darüber gefreut.

Ich versuche, wieder einzuschlafen. Warum erscheint mir ein bleicher Geist mit totem Gesicht im Traum, der meinen alten Namen trägt? Ja, tot sah das Gesicht aus und unkenntlich. „Alles in Ordnung?", fragt mich Friedricke, die sich aufgestützt und zu mir herüber gebeugt hat. „Du bist so unruhig und hast im Schlaf gejault."

„Ich habe schlecht geträumt", beruhige ich sie, „sonst geht es mir gut." Friedricke treibt die Angst um, ich stürbe neben ihr im Schlaf an einem Herzinfarkt und sie bemerkt es erst am nächsten Morgen. „Schlaf weiter. Das werde ich jetzt ebenfalls tun, damit wir morgen ausgeruht die Stadt erobern können." Ich beuge mich zu ihr hinüber und küsse sie auf die Stirn. „Schlaf weiter."

51 MICHAEL ANDRESEN (2016)

Die Kölner Kollegen haben unsere präzise und gründliche Arbeit gelobt, nachdem ich ihnen die Ergebnisse meines Teams über die illegale Asbestentsorgung vorgestellt und die Unterlagen übergeben habe. Das Angebot, beim Zugriff morgen dabei zu sein, habe ich abgelehnt. Stattdessen habe ich mich so bald wie möglich, ohne unhöflich zu erscheinen, verabschiedet und bin in einen Außenbezirk Kölns gefahren.

Dort stehe ich vor einem mehrstöckigen 70er-Jahre-Wohnhaus, das außen mit Waschbetonplatten verkleidet ist. Auf dem Klingelbrett stehen 28 Namen. Der von Bernhard Loose, dem Sohn des Opfers, ist nicht darunter. In der Akte haben die Kollegen die Wohnungsnummer angegeben. „Alexander u. Theodora Prib" steht auf dem zu dieser Wohnung gehörenden Klingelschild. Russlanddeutsche vielleicht.

Ich drücke den Klingelknopf. „Ja, wer ist da?". Ein Deutsch mit hartem Akzent, wie es viele Spätaussiedler sprechen, krächzt aus der altmodischen Gegensprechanlage.

„Ich bin von der Polizei", sage ich in das in der Wand neben dem Lautsprecher eingelassene Mikrofon, „Hauptkommissar Michael Andresen. Ich habe eine Frage zu einem Mieter, der früher mal in Ihrer Wohnung gewohnt hat." Der Türsummer ist zu hören und ich drücke die Haustür auf. Gut, dass ich ein echter Polizist bin, denke ich.

Ich fahre mit dem Fahrstuhl in den dritten Stock. Oben empfängt mich an der offenen Wohnungstür eine betont weiblich geschminkte Frau in den 40ern. „Wir wohnen hier noch nicht lange", sagt sie gleich, ohne mich hereinzubitten. „Vorher hat hier eine junge Frau gewohnt."

„Wissen Sie, wer in diesem Haus schon Ende der 70er Jahre gewohnt hat?", frage ich. Warum soll ich sie und mich unnötig lange aufhalten.

„Frau Küppers, eine Etage tiefer", antwortet Frau Prib, ohne zu überlegen. „Die hat früher zusammen mit ihrer Mutter hier gewohnt. Hat sie mir erzählt. Und seit diese gestorben ist, lebt sie allein hier. Seit 40 Jahren, glaube ich, oder noch länger. Moment, dann könnte sie ja die erste gewesen sein, die damals hier eingezogen ist. Da hab' ich noch nie drüber nachgedacht." Ich bedanke mich und gehe die Treppe eine Etage hinunter.

„Maria Küppers" steht in verschnörkelten, altmodischen Buchstaben auf einem Messingschild an der Tür. Ich klingele und höre Schritte in der Wohnung. Die Abdeckung am Türspion wird beiseitegeschoben und ein Auge erscheint hinter dem gekrümmten Glas. „Was wollen Sie?", fragt eine ältere Frauenstimme durch die geschlossene Tür.

„Ich bin Hauptkommissar Michael Andresen", stelle ich mich vor, „ich bin von der Polizei in Pinneberg in Schleswig-Holstein und habe eine Frage zu einem Mieter, der früher in diesem Haus gewohnt hat. Ihre Nachbarin von oben, Frau Prib, hat mir erzählt, dass Sie hier schon sehr lange wohnen und denjenigen, den ich suche, deshalb kennen könnten."

„Wer soll das sein?", fragt sie misstrauisch durch die weiterhin geschlossene Tür. Ich nenne den Namen Bernhard Loose, und es entsteht ein Moment der Stille, als dächte sie nach. Dann öffnet sie die Wohnungstür.

„Kommen Sie herein", bittet sie mich und gibt den Weg in einen Flur frei. „Ich war mir nicht sicher, ob das mit der Polizei nur eine Betrugsmasche ist. Leider ist es für alte Frauen heutzutage geboten, misstrauisch zu sein. Gutgläubigkeit wird bestraft und die Betrüger sind rhetorisch geschult. Man liest so viel."

„Sie haben recht", sage ich, „Vorsicht ist die Mutter der Porzellankiste. Und woran haben Sie erkannt, dass ich ein echter Polizist bin?"

„Jemand anders dürfte sich an den jungen Mann von damals kaum noch erinnern", erklärt sie. „So ein ungewöhnliches Anliegen passt nicht zu einem Gangster, der alte Damen ausnehmen will."

Frau Küppers bittet mich in ihr Wohnzimmer und weist auf das Sofa, dessen gepflegtem Bezug man seine Jahre ansehen kann. Sie selbst setzt sich in einen Sessel mir gegenüber. „Warum kommt ein Polizist aus Pinneberg angereist, um sich nach jemandem zu erkundigen, der hier schon seit Jahrzehnten nicht mehr wohnt?", will Frau Küppers von mir wissen.

Sie ist mir sympathisch und nicht auf den Kopf gefallen, weshalb ich beschließe, ehrlich zu ihr zu sein: „Ich bin nicht offiziell hier. Es gibt einen alten unaufgeklärten Todesfall, der mich nicht loslässt. Bernhard Loose ist der Sohn des Opfers und wurde damals nur von den Kölner Kollegen befragt. Nun hatte ich einen offiziellen Termin in Köln, und ich dachte, ich spreche selbst mit ihm. Oder mit jemandem, der ihn gekannt hat. Wir haben damals alles wieder und wieder umgedreht und aus allen nur erdenklichen Perspektiven immer wieder neu bedacht. Ohne Ergebnis. Aber ich hoffe immer noch auf eine neue Spur."

„Manche Sachen lassen einen einfach nicht los", sagt Frau Küppers. „Das kenne ich, auch wenn es bei mir nicht um Verbrechen geht. Was aber diesen Loose angeht, das war anfangs ein merkwürdiger Typ. Er war nur selten zu Hause, sondern fast immer auf Achse. Er hat für eine Spedition als Fahrer gearbeitet, war etwas jünger als ich damals. Wenn ich ihn im Treppenhaus getroffen habe – er nahm eigentlich nie den Fahrstuhl – hat er weggesehen, und wenn ich ihn gegrüßt habe, hat er ein Guten-Tag-Guten-Weg unbestimmt und irgendwie wütend in die Gegend gespuckt, als spräche er mit dem Glattputz an der Wand."

„Was fällt Ihnen noch über ihn ein? Auch Kleinigkeiten können etwas bedeuten", versuche ich ihre Erinnerung anzuregen, ohne etwas vorzugeben.

„1978 oder 1979, ich weiß nicht mehr genau, wann es war, ging eine Veränderung in ihm vor, und zwar nachdem er die Nachricht bekommen hatte, dass seine Mutter gestorben war. Bevor Sie es gerade sagten, wusste ich gar nicht, dass sie gewaltsam zu Tode gekommen ist. Herr Loose hatte keinen Kontakt zu ihr – soweit ich weiß. Aber kurz danach habe ich ihn das erste Mal lächeln gesehen und er hat mich von sich aus gegrüßt. ‚Geht doch', habe ich gedacht. Und dann hat er mir erzählt, dass seine Mutter gestorben ist, er sie aber nie kennengelernt hat."

„Die Todesnachricht hat ihn verändert?" frage ich nach.

„Ja, soweit ich das als Nachbarin mitbekommen habe", fährt sie fort. „Er war ja weiterhin wegen seines Berufs nur selten zu Hause. Aber einmal, es muss etwa zwei Monate später gewesen sein, kam er zu unserem Sommerfest, das die Wohnungsgesellschaft einmal im Jahr organisiert, um den Zusammenhalt der Mieter zu stärken. Das hat sich wohl bewährt. ‚Wenn man untereinander mehr aufeinander achtet, achtet man auch mehr auf das Haus', hat mir mal der Hausmeister gesagt."

„Und Bernhard Loose ist zu diesem Sommerfest gekommen?". Es kribbelt in mir. Ich erfahre etwas Neues. Und jede Neuigkeit kann zu einer neuen Spur führen.

„Ja, ich habe ihn erst kaum erkannt, als er zu uns auf den Rasen trat", erzählt Frau Küppers weiter. „Er hatte ein neues Hemd an, das ihm sehr gut stand. Und vor allem war er irgendwie fröhlich und hat unbefangen mit anderen Mietern geplaudert, die teilweise dachten, er sei gerade erst eingezogen, weil sie ihn vorher nie bemerkt hatten. Kennen Sie das, dass jemand plötzlich anders aussieht, weil er sich innerlich gewandelt hat? So war das mit ihm auf diesem Sommerfest. Ich glaube, sonst würde ich mich daran gar nicht so genau erinnern. Warten Sie, ich habe Fotos, die damals der Hausmeister gemacht hat und man bei ihm aussuchen und bestellen konnte. Es war in jenem Jahr ein außergewöhnlich schönes Sommerfest."

Frau Küppers steht auf, öffnet eine Tür ihrer 70er-Jahre-Schrankwand und kommt mit einer Aufbewahrungsbox aus Karton zurück. Sie kramt in ihr herum und zieht ein Foto heraus. „Hier ist er drauf", sagt sie und reicht mir das Bild. „Der junge Mann mit dem blauen Hemd."

Ich sehe einen entspannten jungen Mann, ein Brötchen mit einer angebissenen Bratwurst darin in der Hand und im Kreis mit anderen Männern und Frauen stehen. Er lächelt und sieht …, ja, wie sieht er aus? Irgendwie aufgehoben in der Gruppe, dazugehörig. Gar nicht wie der Einzelgänger, als den ich ihn bislang anhand der Protokolle in mir abgespeichert habe.

„Ich habe das sonst niemals erlebt, dass jemand seinen Charakter von jetzt auf gleich so kolossal verändert, förmlich ins Gegenteil verkehrt", erklärt Frau Küppers. „Dieser fröhliche, gutaussehende Mann dort auf dem Bild war ein paar Monate zuvor durchgehend mürrisch und bekam die Zähne nicht auseinander. Manchmal hatte ich regelrecht Angst vor ihm, wenn ich ihn traf, weil er innerlich vor unterdrückter Wut zu kochen schien."

„Sie sind eine gute Beobachterin", lobe ich Frau Küppers. „Und dass Sie das alles nach so langer Zeit noch so gut erinnern." Ich will sichergehen, dass genug Wahrheit in ihrer Erinnerung steckt.

„Er hat mich in seiner Isolation angerührt. Auch deshalb habe ich ihn nicht vergessen. Nicht vergessen, wie er war und wie er geworden ist. Solange er hier gewohnt hat, jedenfalls. Leider, ich denke heute leider, ist er dann weggezogen."

„Ich möchte mir das Bild abfotografieren", sage ich, „wenn Sie nichts dagegen haben." Nachdem das erledigt ist, komme ich zu meiner Schlussfrage: „Wissen Sie, wohin Bernhard Loose gezogen ist?"

„Nach Harsewinkel hat mir sein Nachmieter erzählt, den er gebeten hatte, ihm die Post nachzuschicken, sollte etwas kommen. ‚Nachsendeantrag lohnt sich bei mir nicht' soll er dazu gesagt haben. Aber die genaue Adresse weiß ich nicht und der Nachmieter von damals ist auch bald wieder weggezogen. Mir gefällt es hier ja, aber viele wollen schnell wieder weg", erzählt Frau Küppers.

Ich bedanke mich herzlich bei ihr für ihre Auskünfte und verabschiede mich. Harsewinkel, denke ich. Was verschlägt einen Kölner LKW-Fahrer nach Harsewinkel? Ich werde in der Meldekartei seine weiteren Aufenthaltsorte seit damals recherchieren, wenn ich wieder im Büro bin. Das hätte ich schon vor der Fahrt nach Köln tun sollen. Aber dann hätte ich Frau Küppers nicht kennengelernt. Sie hat ein ganz neues Interesse an Bernhard Loose in mir geweckt.

52 ANTJE MERKENS (2016)

Ich packe meine Sachen zusammen, um das Büro zu räumen. Mein Job hier in dem bauchemischen Betrieb ist erledigt, meine drei „Problemkinder", wie ich sie bei mir genannt habe, sind auf den Weg gebracht.

Der Alkoholiker begibt sich in Therapie. Nicht freiwillig, aber ich habe seine Frau als Verbündete gewonnen. Ich habe sie ermutigt, ihm zu drohen, sich zu trennen, wenn er sein Alkoholproblem nicht angeht. Er hat abgestritten, mit dem Alkoholtrinken ein Problem zu haben, aber sich ihr zuliebe bereit erklärt, sich in eine Klinik zu begeben. „Kann nicht schaden, mich mal durchchecken zu lassen", hat er zu mir im Büro gesagt. „Und wenn ich meiner Frau damit einen Gefallen tun kann ..." Ihm fiel nicht auf, wie bereitwillig sein Hausarzt ohne großes Nachfragen die Einweisung ausstellte. „Ich bin ja selten krank. Da kann ich von meinem Arzt schon mal eine Generalüberholung verlangen. Nicht wie andere, die mit jedem Wehwehchen am besten gleich zum Facharzt rennen und sich dann wundern, dass die Krankenkassenbeiträge wieder steigen", hat er mir seine Sicht der Dinge dargelegt.

Er bleibt damit vorerst auf der Payroll der Firma, bezieht aber bald Krankengeld und verursacht daher in der nächsten Zeit keine Lohnkosten, wenn er die Entziehungskur und die anschließende Therapie durchhält. Danach sehen wir weiter. Der Personalleiter musste diese Kröte schlucken.

Meinen zweiten Problemfall habe ich abgegeben, wenn man das so sagen kann. Er ist heute zu unserem verabredeten Termin nicht erschienen. Als ich bei ihm zu Hause anrief, erklärte mir seine Freundin, er sei gestern Abend in eine Schlägerei geraten. Wie ich aus ihr herausbekam, hat er sich von Typen, die es darauf anlegten, provozieren lassen. Er hat zugeschlagen, einem der Burschen den Kiefer zertrümmert. Sie hat mir auch erzählt, dass er wegen Körperverletzung noch auf Bewährung sei. Man habe ihn in Haft genommen und zumindest die nächsten Monate bliebe er dort. So sehe es zumindest aller Wahrscheinlichkeit nach aus. Er sei aber kein schlechter Kerl, sehr liebevoll sogar. Man dürfe ihm aber nicht doof kommen, dann lege sich in ihm ein Schalter um.

Sozialarbeit und Resozialisierung sind nicht mein Metier. Obwohl ich ihm geholfen hätte. Ich teile den Eindruck seiner Freundin, dass er kein schlechter Kerl ist. Er hätte Hilfe gebraucht. Darum müssen sich jetzt andere kümmern.

Für die Frau habe ich einen Termin im hiesigen Rückenzentrum ausgemacht. Sie hat sich darüber gefreut und versichert, ihn wahrzunehmen. Ich glaube, wenn sie keine Schmerzen mehr hat, wird sie selbst in der Lage sein, sich eine andere Arbeitsstelle zu suchen. Sie ist ausgesprochen qualifiziert.

Ich bin kein Mediziner, aber es kommt mir vor, als hätte sie ihre Rückenschmerzen bisher nicht richtig behandeln lassen. Jedenfalls ist sie bisher nie im Rückenzentrum gewesen. Die Schmerzen boten ihr eine Ausrede, auch vor sich selbst, nicht ins Büro gehen zu müssen, wenn ihr die Arbeit unerträglich war. Der Job hier quält sie, aber sie gehört zu denen, die trotzdem bleiben. Noch. Ich habe dem Personalleiter meine Einschätzung mitgeteilt, dass sie wahrscheinlich bald selbst kündigen werde. Er war einverstanden, noch ein paar Wochen abzuwarten, bevor er selbst aktiv werden wolle.

Ich bin zufrieden mit mir, erschöpft, wie ich es vom Ende eines Projekts kenne, aber zufrieden. Ich habe allen eine Perspektive eröffnet. Abgesehen von dem Mann, der seine Aggressionen bisher nicht in den Griff bekommt. Er hat schneller zugeschlagen, als ich ihm mein Angebot unterbreiten konnte. Ein kleiner Wermutstropfen, der mich wurmt. Was meine Arbeit angeht, bin ich eitel.

Ich werde noch ein paar Tage bei Michael bleiben, bevor ich nach Kiel zurückkehre. Er hat sich gefreut wie ein Junge, als ich ihn gefragt habe, ob ich nach Abschluss meines Projekts noch ein paar Tage bei ihm wohnen könne. „Sicher … gerne … so lange du willst", hat es ihm fast die Sprache verschlagen. Er hat anscheinend mit so einer Frage nicht gerechnet, weil ich mich in den Wochen zuvor rar gemacht habe. Erst seine Reaktion hat mir bewusst gemacht, wie sehr er sich von mir zurückgewiesen gefühlt haben muss. Er weiß ja nicht, dass ich selbst für die seltenen Treffen mit ihm schon über meinen Schatten springen musste. Jetzt kann ich mich für ihn, für eine mögliche Beziehung mit ihm öffnen. „Vermassele es nicht", höre ich die Stimme meiner Mutter, „ein Wunder, dass er dich nicht schon abserviert hat." Eine gewisse Hartnäckigkeit kann ich Michael nicht absprechen, stelle ich fest. Trotzdem werde ich Zeit benötigen, mich innerlich aus dem Projekt zu lösen und mich selbst wieder besser zu spüren und zu merken, was mir Michael bedeutet. Ist er nur eine sanfte Medizin gegen meine Einsamkeit oder jemand, mit dem ich mich zu einem Paar verbinden möchte? „Sei nicht so rational", fordert mich meine Mutter auf. „Lass dich ein, lass dich gehen. Alles andere wird sich finden." Wenn es so einfach wäre.

53 MICHAEL ANDRESEN (2017)

Ich bin jetzt mit Antje ein halbes Jahr zusammen, wenn man den Tag, als sie das erste Mal hier bei mir übernachtet hat, als Startpunkt unserer Beziehung nehmen will. ‚Unsere Beziehung‘, denke ich, während ich mir ein Bier aus dem Kühlschrank nehme, und bin mir dabei gar nicht sicher, ob wir überhaupt eine Liebesbeziehung haben. Wir schlafen miteinander, wir sind aufmerksam und zärtlich zueinander, wir überlegen uns jeder, wie wir dem anderen eine Freude machen können. Und doch ist es zwischen uns nicht so, wie ich es gerne hätte. Ich möchte mit ihr zusammenleben, sie im Alltag um mich haben. Stattdessen habe ich sie drei Monate nicht gesehen, weil ihr Chef sie für ihr nächstes Projekt nach Emden geschickt hat und sie nicht wollte, dass ich sie dort besuche. Das lenke sie zu sehr ab. Hier in Pinneberg sei das eine Ausnahmesituation für sie gewesen, hat sie mir mitgeteilt und mit dem Satz „Mach es mir nicht schwerer, als es für mich sowieso ist" jede Diskussion darüber abgeblockt, ob die Kontaktsperre wirklich so rigide sein muss.

Ich vermisse sie und konnte nicht einmal die Tage bis zu unserem Wiedersehen zählen, weil die Projektdauer unbestimmt war. Es gibt Erfahrungswerte und sie kennt die Aufgabe, aber wie gut oder zäh es vorangeht, merkt sie erst, während das Projekt läuft. Deshalb habe ich mich an dem Satz festgehalten, den sie mir zum Abschied gesagt und dagelassen hat: „Ich glaube, ich bin in dich verliebt, und es kann sich mehr daraus entwickeln." „Ich auch, ich auch", habe ich gestammelt und dann ist sie eingestiegen und losgefahren.

Meine Leidenszeit nähert sich dem Ende. Antje hat den Projektabschluss und ihr Kommen für morgen angekündigt.

Ich habe dieses flirrende Gefühl im Bauch und kann die Zeit kaum abwarten. Ich nehme einen Schluck Bier. Das beruhigt mich, und ich stelle mir vor, wie ich ihr morgen zuprosten werde, wenn sie ihr erstes Bier nach dem Projekt mit mir trinkt.

Wir werden zusammen vier Wochen in den Urlaub fahren. Ich hatte schon befürchtet, sie wolle alleine eine Auszeit nehmen, um sich von ihrem Projekt zu erholen. So, wie sie es gemacht hat, bevor wir uns kennengelernt haben. Aber nein, sie hat sich gefreut, als ich ihr vorschlug, zusammen nach Husum zu fahren, wo ich eine Ferienwohnung am Ortsrand im ersten Stock eines nach ökologischen Kriterien bewirtschafteten Bauernhofs mit weitem Blick über die Wiesen bis zum Deich kenne. Auf diesen Fennen weiden Schafe, Pferde grasen dort ebenfalls, Krähen und Möwen lassen sich in Schwärmen nieder. Der Himmel hängt tief über dem Horizont und überspannt die Landschaft, mal hoch und weit, mal wie eine niedrige Decke. Schaut man in die andere Richtung, sieht man im Hafen die hohen Silos der Hauptgenossenschaft. Das erdet den Blick. Abends geht die Sonne hinter dem Deich unter und nachts werden Mond und Sterne am Himmel aufgehängt.

„Ich verspreche dir, dort kannst du runterfahren", habe ich zu Antje am Telefon gesagt, nachdem ich die Wohnung gebucht hatte. „Du musst erleben, wie es ist, den Schafen zuzusehen, wie sie mit ihrer Oberlippe das Gras greifen, mit den Zähnen einklemmen und es dann ausrupfen oder wie sie sich hinlegen und Pause machen, wenn es ihnen zu warm wird. Noch sind sie nicht geschoren. Mich beruhigt es ungemein, sie zu beobachten." Antje hat gelächelt. Ich konnte sie durch das Telefon vor mir sehen. „Du bist richtig begeistert", hat sie festgestellt. „Ich bin gespannt."

Ich habe die Antje-freie Zeit genutzt, weiter in meinem alten Fall zu recherchieren. Das Gespräch mit Frau Küppers in Köln hat mich elektrisiert. Etwas wie Jagdeifer ist in mich gefahren. Weil ich etwas Neues erfahren habe, das nicht in den Akten stand. Wiebke Looses Sohn hat nach ihrem Tod – durch ihren Tod? – eine Verhaltensänderung, wenn nicht Wesensveränderung durchgemacht. Diese ist bemerkenswert, aber macht sie ihn verdächtig? Und was ist mit der unterdrückten Wut, die Frau Küppers an ihm bemerkt und beschrieben hat? Ist sie in Pinneberg zum Ausbruch gekommen? War er doch hier und nicht auf einem Rastplatz zwischen Hamburg und Bremen, wie es allen bisher belegt zu sein schien?

Ich habe mir immer wieder das Foto vom Sommerfest angesehen. Die Gelassenheit in den Gesichtszügen von Bernhard Loose fasziniert mich. Ich komme nicht darauf warum. Wieso sollte er auf einem Sommerfest an einem lauen Spätsommerabend kurz vor Sonnenuntergang, wenn es noch warm, aber nicht mehr zu heiß ist, im Kreise von Nachbarn nicht entspannt sein? Er strahlt eine innere, ihn durchdringende Gelassenheit aus. Wie ein alter Mensch, der zufrieden auf sein Leben zurückblickt und weiß, dass ihm das, was er erlebt hat, keiner mehr nehmen kann. Und jetzt kommt die Zugabe. So sieht Bernhard Loose auf dem Foto aus. Na und? Bedeutet das etwas für die Aufklärung des Falls?

Ich habe seinen Weg im Melderegister verfolgt. Er ist tatsächlich von Köln nach Harsewinkel gezogen, aus der Großstadt in eine ländliche Kleinstadt. Ist dort zweimal umgezogen, hat geheiratet, zwei Söhne bekommen. Als es gesetzlich möglich wurde, hat er seinen und den Familiennamen von Loose in Vahle geändert. Wollte er damit seiner Wesensänderung Ausdruck verleihen? Oder gab es einen anderen Grund hierfür? Er wohnt jetzt mit seiner Frau – sie ist unter derselben Adresse gemeldet – in einem Einfamilienhaus in einer Neubausiedlung aus den 1990er Jahren. Die Kinder sind erwachsen und ausgezogen, jedenfalls an anderen Wohnsitzen gemeldet. Ich habe mir die Bilder auf Google Maps angesehen. Deshalb weiß ich, dass er in einem Einfamilienhaus mit Garten wohnt. Es sieht aus wie ein bescheidener, finanziell sorgenfreier Wohlstand. Das muss natürlich nicht so sein. Es gibt keine Einträge über Bernhard Vahle oder Loose in irgendeinem Strafregister, nicht einmal beim Kraftfahrtbundesamt in Flensburg sind Punkte für ihn vermerkt. Ein rechtschaffener Biedermann.

Würde es mir etwas bringen, mit Bernhard Loose beziehungsweise Vahle selbst zu sprechen? Als Privatmann 300 Kilometer zu fahren, um mit einem Mann ins Gespräch zu kommen, der mich nicht kennt und nicht verpflichtet ist, mit mir zu reden? Habe ich Anzeichen von Besessenheit, was diesen Fall angeht?

Immerhin überlege ich nur zu fahren, noch tue ich es nicht. Und in den nächsten Wochen sowieso nicht. Dann bin ich in Husum. Mit Antje. Und ich werde ganz bei ihr sein und an nichts anderes denken. Das habe ich mir jedenfalls vorgenommen.

54 FRIEDERIKE VAHLE (2017)

Es ist herrlich. Bernhard und ich sind erst zwei Tage hier und ich fühle mich pudelwohl. Die salzige Meerluft, angetrieben durch einen lauen Wind aus Richtung Küste, macht mich angenehm müde. Ich schlafe länger als zu Hause, tief und entspannt.

Wir erkunden die Stadt und biegen von der Straße in den Schlosspark ab. Die Wiese ist übersät mit lilafarbenen Krokussen, die leider bereits verblüht sind. Nur ein paar Blütenblätter hängen kraftlos, verblasst und verwelkt in den Grünflächen. Es ist streng verboten, diese zu betreten, damit die empfindlichen Krokuszwiebeln nicht beschädigt werden. So steht es auf den Schildern an den Wegrändern.

Es gibt hier auch ein Denkmal für Theodor Storm. Ihm begegnet man hier in Husum auf Schritt und Tritt. Attraktiv finde ich ihn nicht, wie er von seinem Sockel herabschaut. Er hat ein längliches, viel zu fleischiges Gesicht und das ganze Kinn wird von einem Bart verdeckt. Er sieht so aus, wie ich mir gutbürgerliche Menschen aus dem 19. Jahrhundert vorstelle. Irgendwie streng und ernst.

Eigentliche lese ich keine alten Sachen. Das ist mir zu mühsam. Aber weil Storm der Dichter Husums ist, habe ich vor unserer Reise einige seiner Novellen und ein paar Gedichte gelesen. Ich musste mich erst an den altmodischen Stil gewöhnen, aber dann haben mich seine Geschichten richtig gepackt und aufgewühlt.

Jetzt freue ich mich über die vielen Gedenktafeln hier, die an etlichen Häusern in den engen Straßen der Altstadt und auf dem Marktplatz angebracht sind, weil Storm dort gewohnt oder als Jurist gearbeitet hat. An manchen Orten spielen auch seine Novellen. Und weil ich sie gelesen habe, fühle ich mich manches Mal in die alte Zeit versetzt.

Auf dem Weg hierher sind wir über den Friedhof gegangen, weil wir wissen wollten, welche typischen Namen es in Husum gibt. Nissen und Johannsen, Petersen und Woldsen stand oft auf den Grabsteinen. Es gab auch viele Urnengräber und ein großes Terrain für anonyme Bestattungen. Das hat mich traurig gemacht, dass es offenbar viele Menschen gibt, die sich wünschen, schnell vergessen zu werden und nach ihrem Tod niemandem zur Last fallen wollen. Das möchte ich nicht. Meine Jungs und vielleicht auch Bernhard, wenn ich vor ihm sterbe, sollen wissen, wo sie mich besuchen können. Sie erzählen mir dann, was sie so treiben, und ich lächele stolz von oben zu ihnen herab. So stelle ich mir das vor.

Der Himmel hängt heute tief, Wolken ziehen dunkel über Park und Schloss. Die Luft ist erfüllt vom Rufen der Krähen und Dohlen in den alten hohen Bäumen. Die schwarzen Vögel finden in ihnen kaum Platz, so viele sind es. Wie große Kugeln hängen ihre Nester in den Ästen dicht beieinander. Das Pflaster ist mit ihrem Kot weiß bedeckt.

Ich finde ihr Flügelschlagen unheimlich. Es klingt wie ein bedrohliches Rauschen, das etwas Unheilvolles ankündigt. Ich fasse Bernhard bei der Hand, der mich erstaunt ansieht. „Rasch", flüstere ich, „rasch in Sicherheit", und ziehe ihn in den Schlosshof. Er kichert und will wissen, was mit mir los ist.

„Unheimlich, die Krähen", sage ich. „So viele, als hätten sie sich hier versammelt." Er schaut mich etwas ratlos an. Er versteht meinen Schauder nicht. „Denk an den Hitchcock-Film, die Vögel", erkläre ich ihm. „So ein Gefühl wie kurz vor ihrem Angriff hatte ich gerade."

„Ach, du", sagt Bernhard und drückt meine Hand. „Es ist eine interessante Frage, ab welcher Populationsdichte Tiere, in diesem Fall die Krähenvögel, aggressiv werden, weil sie sich eingeengt fühlen und die anderen Lebewesen in ihrer persönlichen Schutzzone nicht mehr aushalten."

„Du bist immer so rational", sage ich. „Mich hat es geschaudert."

Im Innenhof parken Autos. Linkerhand stehen Stühle und Tische des Schloss-Cafés, an denen keiner sitzt. Zu ungemütlich ist es heute. Ich ziehe Bernhard durch die Eingangstür. „Lass uns Torte essen", sage ich und weise auf die Kuchenkreationen in der Auslage.

„Hier findest du die Energie, die du brauchst, um der salzigen Nordseeluft zu widerstehen", erklärt Bernhard. „Ist dir aufgefallen, wie gut durchblutet die Gesichter der Einheimischen sind, wie markant der Wind sie gezeichnet hat?", fragt er. Er lächelt mich wieder liebevoll an.

„Mein Mann, der Beobachter", sage ich mit leiser Ironie. Hier vor der Kuchenauslage, noch bevor wir uns einen Platz gesucht und unsere Jacken abgelegt haben, habe ich die Krähen draußen und ihr unsinniges Geschwätz vorerst vergessen.

55 ANTJE MERKENS (2017)

Gestern sind wir in Husum angekommen und es ist, wie Michael mir prophezeit hat. Die Schafe auf den Weiden um unser Haus herum zu beobachten, löst die Spannung, die mein Körper von den intensiven Begegnungen in den vergangenen Wochen gespeichert hat. Ich empfinde die Schafe als treuherzig, wie sie mich mit ihren gelblich-braunen Augen ansehen oder einfach in die Gegend schauen. Ich weiß, dass ich ihnen damit menschliche Eigenschaften zuschreibe. Als Fluchttiere haben sie ein großes Sichtfeld. Die meisten Schafe sehen schwanger aus und scheinen schwer an ihren dicken Bäuchen zu tragen.

Der Himmel ist heute bedeckt, dunkle Wolken treiben unter einer grauen Decke voran. Michael ist aufgeregt, weil er sich ein bisschen hier auskennt und mir alles zeigen und erzählen will, was er von früheren Besuchen weiß. „Langsam, bitte", sage ich zu ihm, „wir haben vier Wochen Zeit." Ich möchte ihn in seinem kindlichen Enthusiasmus nicht bremsen. Ich spüre seine Freude darüber, dass ich wieder bei ihm bin. Und auch ich fühle mich wohl mit ihm, auch wenn ich Zeit brauche, um seine Nähe zuzulassen. „Hab Geduld mit mir", bitte ich Michael, weil mir das auf einmal bewusst wird und er sich nicht von mir abgewiesen fühlen soll.

Ein sanfter Nieselregen setzt ein, als wir uns gerade vor der Schlossbuchhandlung den Postkartenständer ansehen. Michael zieht mich in ein Café in der Nähe, in dem uns direkt der Duft frischen Rhabarber-Kuchens in die Nase steigt. Wir setzen uns nebeneinander auf eine gepolsterte Bank mit rot-gold gestreiftem Bezug und altmodisch geschwungener Rücklehne.

Wir bestellen unbesehen den Rhabarber-Kuchen und dazu Milchkaffee ohne Schaum. „Jetzt werde ich dir beweisen, dass ich eine kriminalistische Ader habe", flüstere ich Michael zu. Er schaut mich fragend an. „Wir spielen ein Spiel", erkläre ich ihm leise, damit es die anderen Gäste nicht hören. „Wir suchen uns jemanden an den anderen Tischen aus und jeder von uns sagt, was er in ihnen sieht und warum sie hier sitzen. Zum Beispiel die ältere Dame dort und der junge Mann mit zerzaustem Bart schräg gegenüber. Die beiden, die Wanderschuhe tragen. Machst du mit?"

„Ich tippe auf organisierte Naturschützer", antwortet er leise. „Sie waren zum Vogelzählen in der Marsch und wärmen sich jetzt noch auf, bevor sie zum Bahnhof gehen."

So sehen sie für mich nicht aus. „Oma und Enkel", schlage ich stattdessen vor. „Sie geht gerne spazieren, hat aber sonst niemanden, der sie begleitet. Die Tour heute ist sein Geburtstagsgeschenk an sie."

Wir schauen immer wieder zu ihnen hinüber und ich hoffe, sie merken nicht, dass wir sie beobachten. Die alte Dame schweigt meistens, während der junge Mann erzählt, irgendetwas darüber, was man alles ins Sortiment eines Unverpackt-Ladens aufnehmen sollte. Alles können wir nicht verstehen, was die beiden sagen.

„Und, wie geht es jetzt weiter?", fragt Michael. „Wie findest du heraus, wer von uns recht hat?"

„Du gehst hin und fragst sie", necke ich Michael. „Als Kommissar dürfte dir ein kleines improvisiertes Verhör nicht schwerfallen."

„Ich bin im Urlaub", erwidert er. „Überstunden abbauen. In meinem Alter besteht der Personalrat darauf, dass Überstunden ausgeglichen und nicht ausbezahlt werden. Zum Gesundheitsschutz, damit auch du länger etwas von mir hast." Ich knuffe ihn in die Seite. „Außerdem", fährt er fort, „muss man damit leben, nicht alles zu wissen. Das öffnet Raum für Spekulationen und Leerstellen bleiben eben leer."

„Du traust dich nur nicht", versuche ich ihn zu reizen. Doch er grinst mich nur an. „Netter Versuch", sagt er. „Du hast noch nicht verstanden, wie ausgebufft ich bin." Ich muss schallend lachen.

„Na gut, dann ich", sage ich.

„Sei jetzt bitte nicht peinlich", flüstert er mir zu, während ich von der Bank aufstehe und zu dem Tisch der alten Dame und des jungen Mannes hinübergehe.

„Ich habe gesehen, dass Sie Wanderschuhe tragen", spreche ich die beiden an, die mich interessiert ansehen. „Können Sie mir einen Tipp geben, welche Routen man hier einschlagen kann, die abwechslungsreich sind und nicht immer nur auf dem Deich entlangführen?" Ich spüre Michaels Blicke im Rücken und weiß, dass er die Ohren spitzt.

„Wir waren nicht wandern", antwortet der junge Mann. Es wundert mich nicht, dass er als erster von den beiden das Wort ergreift. Ich nehme an ihm ein Dominanzstreben wahr. „Wir haben an der Stadtführung teilgenommen, die jeden Tag um 14.30 Uhr ab der Touristeninformation angeboten wird, wenn sich dort mindestens sechs Leute einfinden."

„Ja", schaltet sich die ältere Dame ein, die nicht gewillt ist, dem jungen Mann allein das Feld zu überlassen. „Sie dauert bis zu zweieinhalb Stunden, je nachdem welchen der 24 Stadtführer man gerade erwischt. Deshalb haben wir bequemes Schuhwerk angezogen. Es ist anstrengend zu gehen, stehenzubleiben, weiterzugehen und wieder anzuhalten. Dabei bin ich noch gut zu Fuß, weil ich jeden Tag spazieren gehe."

„Die Stadtführung habe ich meiner Oma zum Geburtstag geschenkt", klinkt sich der junge Mann, der Enkel also, wieder ein.

Michael ist aufgestanden und zu uns herübergekommen. „Ich bin ihr Freund", sagt er und deutet auf mich. „Können Sie uns die Stadtführung empfehlen?"

„Ja, sehr", antwortet die alte Dame, während ihr Enkel ihr zulächelt. „Der Führer hat kleine Geschichten zu den Gebäuden und Einrichtungen erzählt und einen Überblick über wichtige Sehenswürdigkeiten gegeben. Das war wirklich ein gelungenes Geburtstagsgeschenk, Henrik."

„Das freut mich, Oma, dass ich dir eine Freude machen konnte", sagt er. Man kann sehen, dass er die alte Dame gernhat. „Wir müssen jetzt aber los."

„Wir sind mit dem Zug. Henrik weiß, wann er fährt. Ich muss mich um nichts kümmern." Die alte Dame ist merklich stolz auf ihren Enkel und dankbar, dass er etwas mit ihr unternimmt.

„Haben Sie vielen Dank für die Auskunft", sagt Michael höflich. „Ich glaube, wir werden die Stadtführung ebenfalls bald mitgehen. Ich war schon öfter in Husum, habe aber noch nie eine Stadtführung mitgemacht. Ich fühle mich unwohl, wenn mir jemand anderes vorgibt, wohin ich gehen und schauen soll und in welchem Tempo es weitergeht. Meistens geht es mir zu schnell und ich fühle mich weitergetrieben, während ich noch versuche, alles in mir aufzunehmen. Aber wir werden uns nach Ihrer Schilderung durch diese schöne Stadt führen lassen."

„Machen Sie das, machen Sie das", sagt die alte Dame und steht auf, weil ihr Enkel, der zwischendurch gezahlt hat, zum Aufbruch drängt.

Wir kehren an unseren Tisch zurück. „Und, wer hatte recht?", frage ich Michael, das Kinn zum Triumph erhoben und die Arme ausgebreitet.

„Du, ich gebe es ungern zu." Er grinst mich an. „Ein Glückstreffer ist aber noch kein Beweis für eine kriminalistische Ader." Ich knuffe ihn wieder in die Seite.

„Also morgen Stadtführung?", frage ich.

„Morgen Stadtführung", stimmt er zu.

Friederike und ich stehen vor dem alten Rathaus, in dem die Touristeninformation untergebracht ist, und warten auf unseren Stadtführer. Oder wird es eine Stadtführerin sein? „Das war eine gute Idee von dir, dass wir die Stadtführung mitmachen", sagt Friederike. „Ich höre viel lieber lebendig erzählte Geschichten über Orte und was dort passiert ist, als dass ich alles im Reiseführer nachlese."

Und doch sind wir nur Touristen, denke ich, die erleben, was Touristen erleben, und nicht, was die Menschen erleben, die hier wohnen und arbeiten. Und die die Orte zu ihren Orten gemacht haben, mit ihnen eigene Erlebnisse verbinden und nicht nur historische Geschichten, die irgendwem irgendwann widerfahren sind. Die im Weitererzählen und vielleicht sogar Aufgeschriebenwerden zu Geschichten und Geschichte geronnen sind.

Wird das, was ich gleich erfahren werde, eine Bedeutung für mein Leben bekommen? Werde ich mich schlauer fühlen, gebildeter, obwohl das Wissen, das mir eine Stadtführung vermittelt, für mich tot bleibt und ich es bald vergessen werde? Was habe ich davon zu wissen, dass die Brunnenskulptur dort drüben in Holzpantinen, mit Kopftuch und großem Ruder in der Hand Tine heißt, bewusst Richtung Westen blickt und die für Husum wichtigen Erwerbszweige Schifffahrt, Fischerei und Viehhandel symbolisiert? Wie es im Reiseführer steht.

Meine Gedanken haben sich selbstständig gemacht und werten ab, worauf sich Friederike freut. Wir werden auf dieser Stadtführung zusammen etwas Interessantes erleben, über das wir uns hinterher miteinander austauschen können, und damit unsere liebende Verbindung stärken. So sollte ich das sehen.

Ich wende mich wieder Friederike zu und lege meine Hand auf ihren Arm. „Wir sind wieder zu früh", sage ich, „typisch für uns."

„Ja, die Angst zu spät zu kommen, treibt uns zu zeitig aus dem Haus", antwortet sie fröhlich. „Fünf Minuten vor der Zeit ist des Soldaten Pünktlichkeit. Das hat mein Großvater immer gesagt. Und es steckt in mir drin, zwei Generationen später."

In mir auch, denke ich, obwohl ich nie einen Großvater hatte.

„Sie wollen bei der Stadtführung mitgehen", fragt mich ein schlanker, älterer Mann mit Schiffermütze und Umhängetasche, aufgeweckten Augen und wettergeformtem Gesicht. Ich nicke. „Hinrich Nissen, ich werde Sie führen. Wir warten noch fünf Minuten auf Nachzügler. Haben Sie schon Fragen?"

Friederike schürzt die Lippen und schüttelt den Kopf. Mich fröstelt auf einmal. Es ist trocken heute, obwohl der Himmel noch grau ist. Irgendetwas stimmt nicht. Ich sehe mir Hinrich Nissen genauer an. Er sieht pfiffig, aber harmlos aus. Wie komme ich darauf, dass mit ihm etwas nicht stimmen könnte?

Etwas fühlt sich plötzlich bedrohlich an und ich weiß nicht, woher dieses Gefühl kommt. ‚Spinnkram', denke ich, drehe mich aber um und blicke über den belebten Marktplatz. Ich erkenne sie in der Menge und sehe sie auf uns zusteuern. Das kann nicht sein. Fröhlich in Begleitung eines Mannes, mit dem sie Händchen hält. Antje, die das in mir wahrgenommen hat, was ich hinter mir gelassen habe. Verfolgt sie mich? Geht es mir jetzt an den Kragen?

„Du bist auf einmal so blass", sagt Friederike besorgt. „Geht es dir nicht gut? Musst du dich einen Moment hinsetzen, bevor es losgeht?" Ich deute mit dem Kopf über den Marktplatz. Friederike hebt ratlos die Schultern und schaut über die Leute hinweg.

Antje und der Mann streben weiter auf uns zu und auf einmal zeichnet sich Überraschung auf Antjes bis dahin fröhlichem Gesicht ab. „Nein … nein", zischt Friederike neben mir mit angehaltenem Atem. Sie hat Antje jetzt ebenfalls erkannt. „Nicht die, nicht die schon wieder", flüstert sie mir zu.

Antjes Überraschung ist echt, denke ich. Kein Grund, mich verfolgt zu fühlen. Sie sagt etwas zu dem Mann und kommt zu uns heran. „Hallo Antje", begrüße ich sie, „wie ich sehe, hast du dem Zufall auf die Sprünge geholfen".

„Das hat nicht geklappt. Ich habe mich bemüht, mich aber nach kurzer Zeit wieder aufs Warten verlegt. Und siehe, der Zufall hat mich erwartet und mir Michael zugeführt. Michael Andresen", stellt sie den Mann vor. „Und das sind Bernhard und Friederike, die ich bei einer Regenerationszeit auf einer Nordseeinsel kennengelernt habe."

„Freut mich", sagt Andresen aufgeschlossen und mustert mich neugierig mit einem Ausdruck, als ob er mich kennen würde.

„So eine Überraschung", bemüht sich Friederike darum, trotz ihrer Antipathie gegenüber Antje freundlich zu wirken. Dennoch kann sie nicht komplett verbergen, dass sie sich hinter ihrer Maske aus Höflichkeit über sie ärgert. Aber das merke wahrscheinlich nur ich.

„Es freut mich für dich", sage ich zu Antje, und das tut es wirklich. „Denn ich hatte doch recht mit dem, was ich zu dir gesagt habe."

„Genauso, wie ich recht hatte mit dem, was ich in dir gesehen habe", kontert sie schlagfertig.

Der Mann, den sie als Michael Andresen vorgestellt hat, schaut fragend, sagt aber nichts. Friederike ist ängstlich, das spüre ich. Eifersüchtig wäre sie mir lieber. „Nehmt ihr auch an der Stadtführung teil?", flüchtet sie sich in höfliche Konversation.

„Heute noch nicht. Wir wollten uns erst einmal darüber erkundigen", antwortet Antje und deutet auf die Touristeninformation.

„Können wir dann", fragt der Stadtführer, der zu uns getreten ist.

„Wir sind soweit", sage ich und zu Antje und Andresen zu meiner eigenen Verwunderung: „Wir können ja mal zusammen essen gehen."

„Eine gute Idee", pflichtet mir Friederike bei, die mit dieser Zustimmung ihre Ängstlichkeit zu übertünchen versucht. Das spüre ich.

„Warum nicht", antwortet Antje deutlich reservierter.

„Treten Sie ein paar Schritte zurück und schauen Sie sich die Fassade des Hauses rechts neben dem Durchgang an", fordert uns der Stadtführer auf.

„Viel Spaß", wünscht Antje.

„Auf Wiedersehen", sagt Andresen.

„Wir müssen", sage ich.

„Tschüss", ruft Friederike, die dem Stadtführer schon gefolgt ist.

Wir haben keine Verabredung getroffen, stelle ich fest, während ich Antje und Andresen nachblicke, die in der Touristeninformation verschwinden. Ich weiß nicht, ob ich darüber erleichtert bin.

Der Stadtführer macht uns auf Köpfe aus Stein aufmerksam, die oben in die Backsteinfassade eingelassen sind und wie Fremdkörper wirken, weil sie sich nicht harmonisch in die Fassadenansicht einfügen wollen. Ob Menschen für diese Köpfe Modell gestanden haben? Menschen, die lange gestorben sind und vielleicht auf dem Friedhof liegen, den wir gestern passiert haben? Tot und begraben wie meine Mutter? Die sich in mir zu rühren beginnt? „Was glotzt ihr so?", herrsche ich stumm die Köpfe an. Ich fühle mich bedroht, von meiner eigenen Vergangenheit bedroht, die die zufällige Begegnung mit Antje wieder in mir aufgeweckt hat. Als hätte sie jemand geschickt, um meinen Frieden zu stören. Jemand, der findet, dass meine Liebe zu Friederike und zu unseren Kindern nicht genug Buße ist für das, was ich getan habe.

„Interessant, oder?", flüstert mir Friederike zu. Ich merke, dass ich nicht zugehört habe.

„Heute würde man zu dieser von einer Italienreise mitgebrachten Idee wohl Alleinstellungsmerkmal sagen", erläutert der Stadtführer. „Sie hat sich auch nicht durchgesetzt. Der Menschenschlag hier mag keine überflüssigen Schnörkel."

Ich muss an meine Mutter denken und frage mich, ob sie ein Mensch war, der nichts für Schnörkel übrighatte oder gerade barocken Überfluss schätzte. Ich weiß so wenig über sie und habe selbst dafür gesorgt, dass sie mir nichts mehr über sich erzählen kann. „Geh weg", murmele ich vor mich hin.

„Was?", fragt Friederike.

„Ich habe nur in Gedanken irgendwas vor mich hingesprochen", sage ich.

„Bleib bei mir", entgegnet Friederike, „bleib bei mir."

57 MICHAEL ANDRESEN (2017)

Die Sonne ist herausgekommen, als Antje und ich die Touristeninformation verlassen. Die Gruppe, die an der heutigen Stadtführung teilnimmt, ist verschwunden. Wir setzen uns auf die Bank vor dem Gebäude und tanken etwas Strahlungswärme, obwohl die Luft noch kühl ist.

Antje erzählt mir ausführlich, wie sie Bernhard und Friederike, aber vor allem Bernhard vor zwei Jahren auf einer Nordseeinsel kennengelernt und gespürt beziehungsweise ihm angesehen hat, dass er etwas verbirgt. Wie sie angefangen hat, Detektiv zu spielen und er am Ende sogar zugegeben hat, dass er ein Geheimnis mit sich herumträgt, aber nicht verraten wollte welches. „Das ist gewiss keine Kleinigkeit", sagt Antje. „Dafür stand er zu sehr unter Druck, als ich ihn darauf ansprach. Seine Maske fiel nur für einen kurzen Moment. Er hatte sich schnell wieder unter Kontrolle und seine natürlich anmutende Souveränität zurückgewonnen. Wenn es nur etwas Unbedeutendes gewesen wäre, hätte er es mir verraten. Da bin ich mir sicher."

Ich höre Antje aufmerksam zu. Ich kenne dieses Gefühl, an anderen etwas zuerst Unbestimmtes wahrzunehmen, das sich nur schwer fassen lässt. „Hattest du eben wieder das Gefühl, dass er etwas verbirgt", frage ich.

„Ich habe nicht darauf geachtet", antwortet Antje. „Ich war so glücklich, dass du an meiner Seite warst, als wir die beiden getroffen haben. Das war für mich wie ein Triumph, weil er auf der Insel meine Einsamkeit wahrgenommen und mich darauf angesprochen hatte."

„Ich habe ihn mir genau angesehen", sage ich, „weil ich das Gefühl habe, ihn von irgendwoher zu kennen, ihm erst kürzlich begegnet zu sein, obwohl er da anders aussah. Ich komme aber nicht drauf, wo das war. Was sagtest du, wie die beiden mit Nachnamen heißen?"

„Sie heißen Vahle, Bernhard und Friederike. Den Nachnamen hatte ich noch nicht erwähnt."

Es fällt mir wie Schuppen von den Augen. „Natürlich", rufe ich aus, „manchmal stehe ich echt auf dem Schlauch. Vahle, das ist er. Das muss er sein." Ich krame mein Smartphone aus meiner Jackentasche hervor, rufe das Bild vom Sommerfest auf, das ich bei Frau Küppers in Köln abfotografiert habe, und zeige es Antje. „Damals hieß er noch Loose und war so 23, 24 Jahre alt. Erkennst du ihn?"

„Das ist Bernhard als junger Mann, eindeutig", ruft Antje aus. „Wo hast du das Foto her? Warum hast du ein Bild von ihm?"

„Ich habe dir von meinem alten ungeklärten Fall erzählt, der mich nicht loslässt", antworte ich. „Bernhard Vahle ist der Sohn des Opfers."

„Dann ist das sein Geheimnis", platzt Antje heraus. „Seine Mutter wurde Opfer eines Verbrechens und er will daran nicht erinnert werden. Verständlicherweise."

„Ganz so einfach ist es nicht", erwidere ich. „Er kannte seine Mutter gar nicht. Sie hat ihn gleich nach der Geburt weggegeben."

„Oh, ein doppeltes Trauma. Und ich habe ihn vor zwei Jahren unter Druck gesetzt, sich mir anzuvertrauen." Antjes Stimme klingt vor Mitleid ganz weich.

„Oder er hat seine Mutter doch ein einziges Mal gesehen. Als er sie erwürgt hat. Und das hatte er vollständig verdrängt, bis du ihm mit deinem Gefühl, er trage ein Geheimnis mit sich herum, zugesetzt hast. Das ist allerdings rein spekulativ. Indizien für diese Hypothese haben wir in all den Jahren nicht gefunden."

Antje erbleicht. „Das kann ich mir nicht vorstellen. Ich habe ihn als sehr einfühlsam kennengelernt, obwohl er darum bemüht war, Distanz zu halten." Sie zögert einen Moment, bevor sie weiterspricht: „Obwohl, ich erinnere mich, dass ich Angst vor der Begegnung mit ihm hatte, als wir uns am menschenleeren Strand verabredet hatten, weil er vorgegeben hatte, mir sein Geheimnis zu verraten. Ich habe mein Gefühl von Bedrohung aber auf meine Fantasie geschoben."

„Er muss früher anders gewesen sein", berichte ich, „menschenscheu, zurückgezogen und voller Wut. Erst nachdem er die Nachricht bekommen hatte, dass seine Mutter getötet worden ist, hat er sich verwandelt, wurde auf einmal ausgeglichen und anderen zugewandt. So erzählt es seine frühere Nachbarin."

„Und jetzt? Willst du die Gelegenheit nutzen, wo wir ihn hier zufällig getroffen haben, um ihn zu verhören?", fragt mich Antje. „Es quält dich doch seit vielen Jahren, dass ihr den Täter nicht finden konntet."

„Ich kann ihn nicht einfach verhören", erläutere ich Antje. „Dafür müsste ich ihn offiziell verdächtigen. Aber aufgrund welcher Anhaltspunkte? Und als Zeugen befragen kann ich ihn ebenfalls nicht, weil der Fall nicht mehr verfolgt wird."

„Aber wir könnten uns privat mit ihm treffen. Er hat selbst vorgeschlagen, wir sollten zusammen essen gehen", sagt Antje eifrig. Ich male mir aus, wie sie Bernhard zugesetzt hat.

„Noch weiß er nicht, dass ich Polizist bin und mit dem Fall seiner Mutter befasst", stelle ich laut fest. „Er ahnt nicht, dass ich ihn kenne, ohne ihm bis eben persönlich begegnet zu sein. Das soll erst einmal so bleiben. Vielleicht kannst du deine Verbindung von vor zwei Jahren nutzen, damit wir uns mit ihnen verabreden. Wenn wir die beiden oder nur ihn zufällig oder durch uns herbeigeführt treffen – was hier gut sein kann, der Kernort ist nicht groß –, solltest du direkt Nägel mit Köpfen machen und eine Verabredung festklopfen."

„Und wenn sie nur für einen Tagesausflug hier sind, so wie Oma und Enkel", wendet Antje ein.

„Dann haben wir weiter eine unbeschwerte Zeit zusammen". Ich fröstele. „Komm lass uns nach Haus gehen. Aufwärmen und zusammen Mittagsschlaf machen", schlage ich vor.

Antje ergreift meine Hand und zieht mich von der Bank hoch. Das Leben besteht nicht nur aus ungelösten Fällen.

58 FRIEDERIKE VAHLE (2017)

Bernhard hat sich, nachdem wir von der Stadtführung zurückgekehrt sind, im dämmrigen Wohnzimmer unserer Ferienwohnung in dem altertümlichen Ohrensessel neben einem der kleinen Fenster niedergelassen. Ich beobachte ihn von der Tür aus, als ich aus der Küche zurückkomme. Er sieht nachdenklich aus und scheint mich nicht zu bemerken. Ein Schatten hat sich auf sein Gesicht gelegt. Aber das kann von dem spärlichen Lichteinfall hier drinnen kommen und muss nichts bedeuten. Eigentlich müsste man hier auch tagsüber das elektrische Licht einschalten.

Wenn ich Bernhard wie verloren in dem großen Sessel hocken sehe, kehrt meine Angst zurück, die neuerliche Begegnung mit dieser Antje könnte ihn wieder aus der Bahn werfen. Er war so gut gelaunt, als wir zur Stadtführung aufgebrochen sind, und jetzt wirkt er auf mich niedergeschlagen, obwohl der Stadtführer mit der Schiffermütze toll erklären konnte und viele Anekdoten zu erzählen wusste. Schon während des Rundgangs schien Bernhard nicht richtig bei der Sache zu sein. Normalerweise wären wir aufgekratzt und plaudernd zurückgekehrt. Und er hätte auf meine Versuche, das Erlebte erzählend zu erinnern, nicht nur einsilbig geantwortet. Vielleicht ist er nur erschöpft? Eine Begründung, die ich mir selbst nicht glaube.

„Kanntest du den Freund von Antje?", spreche ich ihn an.

Er schreckt hoch, weil er mich erst jetzt bemerkt hat. „Nein, wieso?"

„Während du mit Antje gesprochen hast, hat er dich gemustert, als suche er etwas in dir, was ihm bekannt vorkommt", stelle ich fest.

„Vielleicht ist er an Menschen interessiert und schaut sie gerne an?" schlägt er eine harmlose Erklärung vor und wirkt dabei, als weiche er mir aus.

„Mich hat er nicht fast durchdringend angesehen", beharre ich auf meiner Beobachtung. „Außerdem ist er viel zu alt für Antje, bestimmt 20 Jahre älter. Aber da sie so lange ohne Partner geblieben ist, kann sie wahrscheinlich nicht wählerisch sein."

„Die beiden wirkten auf mich glücklich miteinander." Natürlich nimmt er sie in Schutz.

„Das ist die Anfangsphase. Aber glaubst du, dass wird lange gut gehen, wenn sich die erste Attraktion abgenutzt hat?". Ich könnte mir auf die Zunge beißen. Warum muss ich Bernhard gegenüber gegen Antje sticheln?

„Das geht dich nichts an", herrscht er mich an. Selbst schuld.

„Komm lass uns den Butterkuchen essen", beschwichtige ich. „Der Kaffee ist gleich durchgelaufen."

„Ich kenne den Mann nicht, auch nicht in jüngerer Ausführung", kommt Bernhard noch einmal auf meine Frage zurück. „Ich bin mir sicher, ich habe ein gutes Gedächtnis für Gesichter."

Ich hole den Butterkuchen aus der Küche, den wir vom Bäcker mitgebracht haben. Die Mandeln glänzen vom Fett und sind nicht mit Zucker bestreut. So soll Butterkuchen sein, finde ich. Ich schenke uns Kaffee ein und Bernhard kommt zu mir herüber an den Esstisch. Er lächelt mir verhalten zu. „Lass uns gleich noch spazieren gehen", schlägt er vor, „bis zum Strand. Wir haben das Meer noch nicht gesehen, seit wir hier sind." Ich atme auf.

Der Weg zum Strand ist zu Fuß weit. Wir legen eine Pause ein und setzen uns auf eine Bank am Deich. Die Sonne wärmt genug, um im Sitzen nicht zu frieren. Von hier aus können wir Schafe beobachten, die hinter einem Bauernhof auf einer Weide im Koog grasen. Sie sind trächtig. Ihre dicken Bäuche wölben sich über ihren dünnen Beinen und sie bewegen sich schwerfällig. Der Bauer kommt aus dem Haus. Er trägt einen Eimer in der Hand. Die Schafe blöken laut, als sie ihn sehen. Er geht zum Zaun und öffnet das Gatter. Die Schafe kommen angetrabt, manche, die weiter entfernt stehen, rennen sogar. Er verteilt Möhren und Kraftfutter aus dem Eimer, die Schafe drängeln sich dort, wo er das Futter hinstreut. Der Bauer scheint die Schafe zu untersuchen. Er treibt eines von ihnen in ein eigenes Gehege und schließt dessen Gatter, bevor er wieder ins Haus zurückkehrt. Das Schaf steckt seinen Kopf durch das Gatter und drückt mit dem Körper dagegen.

„Schau, es will wieder zu den anderen", sage ich zu Bernhard. Das Schaf hat den Kopf zurückgezogen und geht am Zaun auf und ab, hinter dem sich die anderen Schafe wieder auf der Weide verteilt haben. Es drückt sich manchmal gegen den Schafdraht und schiebt.

„Das Arme", sage ich. Mir tut das Schaf leid. „Warum hat der Bauer es von den anderen getrennt. Ist es krank?"

„Es wird einen Grund geben", antwortet Bernhard sachlich. Auf mich wirkt das Schaf verzweifelt.

„Ich muss an meine Mutter denken", sagt Bernhard plötzlich. „Ich werde wütend, wenn jemand ausgeschlossen wird und sei es ein Schaf. Wahrscheinlich, weil ich die schlimmste Form der Ausgrenzung ertragen musste: von der eigenen Mutter verstoßen zu werden. Aber ich vermute, der Bauer hat das Schaf von den anderen getrennt, weil es als nächstes sein Lämmchen bekommt. Nach der Geburt wird es wieder zu den anderen dürfen."

Bernhard lächelt. „Ist schön hier", sagt er, „so friedlich. Ich habe gelesen, dass Stresshormone abgebaut werden, wenn man sich nur 20 Minuten in der Natur aufhält oder so wie wir hier über eine weite Landschaft blickt." Er legt den Arm um meine Schulter und schmiegt sich an mich. Vielleicht hat ihn die Begegnung mit Antje doch nicht unkontrolliert in düstere Sphären katapultiert.

„Es geht uns gut, oder?", frage ich.

„Wir haben uns. Mehr brauchen wir nicht", antwortet er.

„Nein", sage ich, „mehr brauchen wir nicht." Ich fühle mich erleichtert.

59 ANTJE MERKENS (2017)

Als wir erwachen, ist es früher Abend. Die Sonne, die ich durch das Schlafzimmerfenster sehe, steht im Westen und wird in ein, zwei Stunden hinter dem Deich verschwinden. Ich stupse Michael an. „Aufstehen, Faulpelz. Noch scheint die Sonne." Er brummt gespielt unwillig.

Kurz darauf sitzen wir auf der Terrasse unserer Ferienwohnung, die nach Westen zeigt. „Wie geht es jetzt weiter?", frage ich Michael.

„Nun, wir müssen entweder noch etwas einkaufen oder irgendwo einen Tisch reservieren, damit wir nicht verhungern", antwortet er. Wie zur Bestätigung knurrt sein Magen.

„Du denkst immer nur ans Essen", halte ich ihm scherzhaft vor. „Ich meine mit den Vahles? Bist du nicht neugierig und willst sie bald wiedersehen?"

„Du hast es geschafft, dass mein Jagdeifer erschlafft ist", neckt er mich und gähnt herzhaft.

„Ich meine es ernst", antworte ich. „Ich bin Bernhard gegenüber völlig ambivalent. Einerseits mag ich ihn und finde ihn interessant. Andererseits erinnere ich mich wieder daran, wie er mich bei unserer letzten Begegnung am Strand hat auflaufen lassen. Es fühlte sich wie eine schwere Niederlage an, dass ich ihn nicht dazu bringen konnte, mir zu erzählen, was er nicht verraten will. Ich habe im Anschluss am frühen Morgen schon ein Bier gegen meinen Frust getrunken. Er hat mich gekränkt und jetzt eröffnet sich mir unverhofft die Aussicht auf eine Revanche. Als sei das Ganze ein Spiel. Noch dazu habe ich jetzt einen fachkundigen Ermittlungsprofi an meiner Seite."

Michael lacht. „Na gut, Watson. Streifen wir durch die Stadt in der Hoffnung, den Objekten unserer Begierde über den Weg zu laufen."

„Glaubst du wirklich, dass Bernhard seine Mutter umgebracht hat, wie du es vorhin in Erwägung gezogen hast?", frage ich.

„Wir hatten diese Möglichkeit in unseren damaligen Ermittlungen verworfen, weil er nach den Unterlagen in der Spedition und dem Protokoll des Fahrtenschreibers zur Tatzeit auf einem Rastplatz zwischen Hamburg und Bremen war. Damals zeichneten die Fahrtenschreiber nur Entfernungen sowie Fahr- und Ruhezeiten auf, nicht die genaue Position wie heute. Außerdem hat Bernhard seine Mutter nie kennengelernt. Wir haben bei ihm kein Motiv gesehen und es fehlte ein Grund, ihn über die Routine hinaus unter die Lupe zu nehmen. Die Wesensänderung, die mir Bernhards ehemalige Nachbarin glaubhaft beschrieben hat, scheint mir ein solcher Grund zu sein, sich noch einmal mit ihm zu befassen". Michael ist auf eine sachliche Ebene umgeschwenkt. „Ich würde ihm deshalb gerne ein paar Fragen stellen. Schauen, wie sein Körper darauf reagiert. Registrieren, welche Widersprüche sich auftun. Was nicht heißt, dass er der Täter ist, wenn er sich in Widersprüche verwickelt. Jeder Mensch hat vor anderen und vor sich selbst unbewusst viel zu verbergen – aus unterschiedlichen Gründen – und gerät dadurch in Widersprüche."

„Und was verbirgst du vor mir? Was ist deine dunkle Seite? Werde ich sie mögen?", frage ich und sehe Michael schelmisch an.

„Wenn ich es wüsste …"

„Ernsthaft: Wie gehen wir vor? Sollen wir die beiden beobachten, observieren?", frage ich.

„Dafür müssten wir erst einmal wissen, wo wir sie finden", wendet Michael richtigerweise ein. „Außerdem dürfte uns das nichts bringen. Falls sie sich tatsächlich wie wir in Husum als Feriengäste eingemietet haben, sind sie nur zwei Urlauber, die durch die Stadt streifen, Sehenswürdigkeiten und Museen besichtigen, in Cafés und Restaurants einkehren. Wir müssen mit ihnen sprechen, scheinbar unverbindlich plaudern, um sie irgendwie aus der Reserve zu locken. Vor allem ihn. Denn falls er der Täter ist, wissen wir nicht, ob sie davon weiß." Michael hält inne und überlegt. „Wenn Vahle damals die Tat verübt hat, hat ihn das nicht daran gehindert, 38 Jahre lang unauffällig und scheinbar ohne schlechtes Gewissen zu leben. Die Begegnung mit dir vor zwei Jahren hat ihn daran erinnert, dass er Schuld auf sich geladen hat. Falls er es so empfindet und die Arbeitshypothese zutrifft, dass er der Täter ist. Unter dieser Voraussetzung hat er die Gelegenheit verstreichen lassen, sein Gewissen zu entlasten, indem er dir, einer Fremden, etwas anvertraut, etwas beichtet. Ich gehe in diesem Fall davon aus, dass die Begegnung mit dir dennoch alte Geister geweckt hat. Hat er diese in den vergangenen zwei Jahren vertreiben können und suchen sie ihn jetzt wieder heim, wo der Zufall dich ihm wieder über den Weg geführt hat? Oder ist er gefühlskalt und ausgebufft genug, weiter ruhig und in Frieden zu schlafen? Ein Meister der Verdrängung?"

„So wirkte er nicht auf mich", unterbreche ich Michael. „Er war mir gegenüber feinfühlig und sensibel, ein Mensch, der viel an anderen wahrnimmt."

„Also wird sich sein Gewissen wahrscheinlich neuerlich regen – ich betone nochmals, falls er seine Mutter erwürgt hat", mahnt Michael, nicht schon für wahr zu nehmen, was reine Spekulation ist.

„Wir müssen also seine Ruhe weiter stören?", frage ich. „Wenn wir ihn noch einmal zufällig treffen, den Druck, den er jetzt spürt, weiter erhöhen?"

Michael denkt nach. „Bildlich gesprochen sind wir für ihn wie Sirenen, die ihn zu seinem Abgrund führen wollen. Er kann sich vor uns nicht die Ohren verstopfen, weil es nicht unser Gesang ist, den er hört, sondern einer, der sich in ihm drinnen erhebt. Wir müssen ihm gar nichts einflüstern."

„Das ist aufregend", stelle ich fest. „Und jetzt lass uns in die Stadt zum Essen gehen, ohne zu reservieren. Wir schlendern von Lokal zu Lokal in der Hoffnung, die beiden Vahles irgendwo zu sehen. Und können dabei zugleich auskundschaften, wo wir beide gerne einkehren wollen, weil uns die Atmosphäre anspricht. Schließlich sind wir nicht deretwegen hier, sondern für uns. Und weil ich mich erholen will."

Michael ist aufgestanden. „Komm", sagt er und streckt seine Hand nach mir aus, „lass uns gehen, solange es noch hell ist."

60 BERNHARD VAHLE (2017)

Ich bin leise aufgestanden, um Friederike nicht zu wecken. Sie schläft den Schlaf der Gerechten, denke ich. Ein reines Gewissen ist ein gutes Ruhekissen. Gilt das auch umgekehrt? Wer Schuld auf sich geladen und sein Gewissen nicht entlastet hat, den treibt es morgens in aller Herrgottsfrühe aus den Federn? Mir ist kein geläufiges Sprichwort in dieser Richtung bekannt. ‚Früher Vogel fängt den Wurm‘ ermuntert zum Tätigwerden am frühen Morgen, weil man den Langschläfern voraus ist.

Ich stelle die Kaffeemaschine an, die Friederike gestern Abend für mich vorbereitet hat, damit ich meinen Morgenkaffee bekomme, obwohl sie noch schläft. Ich könnte mir natürlich selbst ohne ihr Zutun einen Kaffee kochen, aber sie liebt es, mich hausfraulich zu verwöhnen. Ich habe das akzeptiert.

Wie hoch ist die Wahrscheinlichkeit, eine Urlaubsbekanntschaft aus den Vorjahren zufällig an einem anderen Urlaubsort wiederzutreffen, weil sie den gleichen Zeitraum für den Aufenthalt gewählt hat und zudem denselben Platz zum selben Zeitpunkt aufsucht wie man selbst? Sehr gering, oder? Muss ich nicht vielmehr davon ausgehen, dass es kein Zufall ist, Antje hier getroffen zu haben? Dass sie mich verfolgt? Oder eine höhere Macht im Spiel ist, der aufgefallen ist, dass ich viel zu lange ungeschoren davongekommen bin und mich daran erinnern will?

Ich nehme mir Milch aus dem Kühlschrank, gieße einen Schluck in meinen Becher und schenke mir Kaffee ein. Perfekt, denke ich nach dem ersten Schluck. Friederike ist eine Kaffeemaschinenflüsterin. Irgendwie bekommt sie es immer hin, den

Härtegrad des örtlichen Leitungswassers, den Verkalkungs-
grad der Maschine, die Menge des Kaffeepulvers und was weiß
ich nicht noch alles auszutarieren.

Ich setze mich mit meinem Becher an den massiven Kü-
chentisch aus dunkel gebeiztem Holz. Mir kommen die Krähen im Schlosspark in den Sinn, die Friederike als unheimlich
und bedrohlich empfunden hat. Sind sie ein Zeichen, das mir
eine höhere Macht gesandt hat? Das nicht ich, sondern nur
Friederike verstanden hat? Und warum kam der Bauer aus
dem Haus und führte das Schaf in ein separates Gatter, gerade
in dem Moment, als wir auf der Bank saßen und die Schafe be-
obachteten? Um mich wütend zu machen, obwohl ich schnell
eine rationale Erklärung hierfür parat hatte? Meine alte Wut
wallte kurz in mir auf und erinnerte mich an mein früheres
Ich.

Das sind keine gesunden Gedanken, die mir am Küchen-
tisch kommen. Irrational und esoterisch. ‚Zufälle gibts‘ und
‚Wie der Zufall es will‘: Solche Vorstellungen passen besser zu
mir.

Ich habe Angst, in eine depressive Verstimmung abzurut-
schen. Dass ich meine Mutter getötet habe, ist so lange her. Es
kommt mir vor, wie eine Wahnvorstellung, wie etwas, das gar
nicht passiert ist, sondern nur in meinem Kopf existiert. Ich
muss die Kontrolle über mich behalten, um Friederike nicht
zu beunruhigen. Mit ihr unbeschwert die Stadt erkunden und
in Cafés sitzen. Präsent und aufmerksam im Hier und Jetzt
sein. Nicht unkonzentriert und, ohne es zu merken, in Gedan-
kenschwere verfallen. Ganz der sein, der ich durch meine Tat
mit Haut und Haar geworden bin. Die Kraft hierfür aufbringen, um Friederike keine Sorgen zu bereiten. Die Beziehung
zu ihr ist mein Lebenssinn, dem ich alles unterordne. Denn

was bliebe mir sonst? Und wenn Friederike etwas zustößt? Was wird dann aus mir? Ich fühle mich unsicher. Wo ist auf einmal meine Selbstsicherheit hin?

Warum ist es noch so dunkel? Sollte es nicht schon hell werden? Es fällt so wenig Licht in dieses Haus mit seinen kleinen Fensteröffnungen. Ich werde spazieren gehen und mir anschauen, was um diese Zeit schon in den Straßen los ist. Husum beim Erwachen zusehen. Beobachten statt grübeln. Und mit Brötchen zurückkehren, wenn Friederike aufwacht.

Ich bin gewappnet. Komme, was wolle.

61 MICHAEL ANDRESEN (2017)

Zum zweiten Mal an diesem Tag flanieren wir durch den Schlossgang, weil wir hoffen, hier den Vahles zu begegnen. Es sind ein paar Tage vergangen, seit wir auf sie getroffen sind. Antje und ich sind häufig im Stadtzentrum unterwegs und suchen Orte auf, die bei Touristen beliebt sind. Sitzen draußen in den Cafés am Hafen, bis uns zu kalt wird. Wir schauen uns aufmerksam um und versuchen im Gewusel der Menschen die Vahles zu erspähen. Wir hatten, als wir uns für Husum entschieden, nicht damit gerechnet, dass Anfang April schon so viele Gäste die Stadt besuchen.

„Vielleicht haben sie doch nur einen Tagesausflug hierher unternommen", sagt Antje. „Wir sollten unsere Spazierwege danach aussuchen, was wir uns anschauen möchten und nicht nach der Wahrscheinlichkeit, ob wir dort auf die Vahles treffen können. Wir sind doch unseretwegen hier und nicht wegen deines alten Falls."

„Du hast recht", stimme ich zu. „Ab morgen verbannen wir die Vahles aus unserem Vorderstübchen, stromern nur nach Lust und Laune herum und vertrauen auf den Zufall. Der ist uns schon einmal zu Hilfe gekommen, als er veranlasst hat, dass wir uns in Pinneberg über den Weg laufen und uns ineinander verlieben. Zwei Menschen, die beide einen Bernhard Vahle, geborenen Loose, kennen, ohne es zu wissen, bis sie ihm und seiner Frau in Husum begegnet sind. Wenn das kein Zufall ist." Ich muss grinsen. Was rede ich eigentlich für einen Blödsinn zusammen.

Antje fasst mich am Arm und zeigt zum Ende des Schlossgangs. Dort queren Bernhard und Friederike gerade die Straße.

Zufall verzeih mir meine Ungeduld.

Die beiden haben uns nicht bemerkt. Wir beeilen uns, ihnen unauffällig zu folgen. Sie halten sich an den Händen und strahlen eine tiefe Zusammengehörigkeit aus. Fast wie ein Körper, wie ein Leben. Mir versetzt es einen Stich, die beiden so zu sehen und zu wissen, wie lange sie schon ein Paar sind. Ich dagegen war der einsame Wolf wider Willen, der sich erst jetzt, wo ihm nicht mehr viel Lebenszeit bleibt, verliebt hat und die Sehnsucht spürt, so wie die beiden dort vor mir mit Antje zu einem Organismus zu verschmelzen.

Antje hat nach meiner Hand gegriffen, als ahnte sie meine Gedanken, und so folgen wir den Vahles händchenhaltend bis zum Schloss-Café. Durch die gläserne Eingangstür sehen wir sie an der Kuchenauslage stehen und genussvoll auf die Kuchen- und Tortenkreationen weisen. Die Mandarinen-Schmand-Torte, Schokoladentorte, Zitronen-Buttermilch-Torte und der Möhrenkuchen lassen uns kurz darauf ebenfalls das Wasser im Munde zusammenlaufen. Ich hätte nicht übel Lust zu schlemmen, bis mir der Bauch wehtut. Vielleicht ein andermal. Heute soll der Kopf ausreichend durchblutet bleiben. „Mhh", macht Antje neben mir.

Wir biegen nach links in den großen Gastraum und blicken uns unabgesprochen um, als suchten wir einen freien Platz. Die Vahles sitzen nebeneinander an einem Tisch am Fenster und sehen in den Schlosshof hinaus. Sie haben uns noch nicht bemerkt. Wir gehen weiter in den Raum hinein, kommen an ihrem Tisch vorbei, tun so, als ob wir stutzen, und grüßen die beiden.

„Wollen Sie sich, wollt ihr euch nicht zu uns setzen", bietet uns Friederike Vahle munter an. Ich spüre, dass sie Vorbehalte gegen uns hegt und komme nicht umhin, sie zu bewundern, wie sie sich ganz der Höflichkeit hingibt und in der Rolle der aufgeschlossenen Urlaubsbekanntschaft aufgeht. Angetrieben von einer starken Neugier, so scheint es mir. Auch Bernhard Vahle, der zunächst säuerlich zu uns aufgesehen hat, beginnt uns anzustrahlen, als sei er an unsichtbaren Fäden mit der inneren Maske seiner Frau verbunden, die sich auf seinem Gesicht nach außen stülpt.

„Michael", biete ich das Du an „damit wir nicht zwischen Sie und du jonglieren müssen. Mit Antje duzen Sie sich wohl?"

„Wir können uns gerne duzen. Ich bin Friederike und mein Mann heißt Bernhard." Ich gebe beiden die Hand und Antje und ich setzen uns ihnen gegenüber. ‚Eng beieinander', denke ich.

„Die Stadtführung war interessant", sagt Antje. Geschickt von ihr, denke ich. Erst einmal über unverfängliche Themen Vertrauen aufbauen.

„Ja, nicht wahr?", antwortet Friederike, während sich Bernhards Blick verschleiert, als höre er nicht richtig zu. „Habt ihr sonst noch was Interessantes entdeckt, das wir uns unbedingt ansehen sollten?".

„Das Schifffahrtsmuseum", schießt es aus mir ohne Hintergedanken heraus. Denn der Besuch dort hat mich begeistert, weil die Ausstellung so gar nicht modernen museumsdidaktischen Überlegungen folgt. „Es ist ein Kuriosum, vollgestopft mit Exponaten, zu Themen sortiert. Schiffsmodelle über Schiffsmodelle. Man spürt überall die Faszination, die von der Seefahrt ausgegangen sein muss und noch ausgeht und die über den reinen Zweck des Fischens, Handelns, Entdeckens und Kriegführens hinausgeht." Um Vertrauen aufzubauen, ist es nicht schlecht, dass ich so spontan reagiert habe.

Antje nimmt meine Hand und drückt sie. Mein kindlicher Enthusiasmus für dieses Museum rührt sie. Schon als wir nach unserem Besuch das Gebäude verließen, war es aus mir herausgesprudelt, und ich konnte meinen Drang nicht zügeln, das Gesehene noch einmal in Worten lebendig auszumalen.

„Das Schifffahrtsmuseum hat den kleinen Jungen in Michael geweckt", erklärt Antje, was mir zugleich peinlich ist und einen Schwall von Zuneigung für sie auslöst. „Und was habt ihr gesehen, was hat euch beeindruckt?"

Wir reden glaubwürdig wie Urlaubsbekanntschaften miteinander, denke ich. Sie können uns nicht anmerken, dass wir gegen ihn einen Verdacht hegen, denn meine Begeisterung für das Museum ist echt. Und Friederike und Bernhard sitzt die Rolle der Urlaubsbekanntschaft sowieso wie angegossen.

„Das Nordfriesland Museum im Nissen-Haus", antwortet Friederike auf Antjes Frage. Sie zögert, weil die Bedienung an unseren Tisch tritt und unsere Bestellungen aufnimmt. „Die Urgewalt der See, wie sie sich immer wieder Land, Menschen und Vieh geholt hat", fährt sie fort, als sich die Bedienung entfernt hat. „Ich bekomme Gänsehaut, wenn ich mir anhand der Museumsstücke die Sturmfluten vorstelle. Die wissenschaftlichen Erklärungen zum Entstehen von Sturmflutwetterlagen und zu den Grundlagen des Deichbaus können dieses Gefühl nicht mildern. Eine Sturmflut ist nicht einfach ein Naturphänomen, sondern ein aufgewühlter Naturgeist. Dass müssen die Küstenbewohner gespürt haben, als sie ihm den Namen Blanker Hans gegeben haben."

„Die Gefahr ist immer noch gegenwärtig", mischt sich Bernhard ein, dessen Blick sich geklärt hat, „trotz weiter entwickelter Deichbautechnik, Landgewinnung, Sielen, Sperr- und Schöpfwerken. Für diesen andauernden Kampf mit den

Naturgewalten bekommt man in der Ausstellung ein Gespür. Die Geister haben nicht aufgegeben, uns holen zu wollen. Sie warten nur auf ihre Gelegenheit …" Er sieht uns eindringlich an. „Wir sollten wachsam bleiben." Es klingt als spräche er die letzten Worte zu sich selbst, als ermahne er sich, uns gegenüber misstrauisch zu bleiben. Das bilde ich mir aber vielleicht auch nur ein.

„Wo habt ihr euch kennengelernt?", wechselt Friederike das Thema, der die Mahnungen ihres Mannes nicht zu behagen scheinen.

„Zufällig, in Pinneberg", sagt Antje und ich bemerke ein unwillkürliches Zucken unter Bernhards linkem Auge.

„Kennt ihr Pinneberg?", frage ich schnell, bevor Antje weitersprechen kann.

„Nö", antwortet Bernhard betont läppisch. „Liegt bei Hamburg, das weiß ich. Aber ich kenne keinen Grund, warum ich dorthin fahren sollte." Er interpretiert meine Frage so, als ob ich wissen wollte, ob er schon einmal dort gewesen ist. Er streitet etwas ab, was ich ihm gar nicht vorgehalten habe.

„Ich habe in Pinneberg in einem Hotel wegen eines neuen Projekts gewohnt. Michael hatte dort sein Abiturtreffen. Da sind wir uns auf dem Weg zur Toilette im Vorraum über den Weg gelaufen und Michael hat mich angesprochen." Antje sieht mich an.

„Du bist aus Pinneberg?", fragt Bernhard. Er wirkt elektrisiert.

„Ich freu mich für euch", sagt Friederike, die die Frage ihres Mannes ignoriert.

„Ich bin dort geboren, aufgewachsen und nie weggekommen", sage ich und sehe in Bernhards Gesicht eine Neugier, die er kaum im Zaum halten kann.

„Und hat dort gewartet, bis die richtige Frau vorbeikommt", wirft Friederike ein und kichert albern.

„Viele Jahre", nehme ich ihren Scherz auf. „Ich habe schon nicht mehr damit gerechnet, dass mein Warten belohnt wird. Sie hätte ruhig 20 Jahre früher vorbeikommen können. Doch wer weiß, vielleicht wäre sie mir damals nicht aufgefallen oder ich hätte mich nicht getraut, sie anzusprechen." Antje knufft mich auf die Schulter, was Friederike lächelnd registriert.

„Meine Mutter soll in Pinneberg gewohnt haben, was ich aber erst erfahren habe, als man mir die Nachricht überbracht hat, dass sie gestorben ist. Ich habe sie nie kennengelernt", berichtet Bernhard unvermittelt.

Warum erzählt er uns davon? Er weiß nicht, dass ich bei der Polizei bin und mir bekannt ist, dass er der Sohn eines Mordopfers ist. Spürt er Druck, wenn der Name Pinneberg fällt? In einer Befragung wäre das der Zeitpunkt, wo ich ihn stärker in die Mangel nähme. Aber das geht hier nicht. Wir unterhalten uns privat.

„Das tut mir leid", sagt Antje. Ihr Mitgefühl ist echt. Sie interessiert sich wirklich weiterhin für ihn, obwohl er sie auf der Insel mit seinem Verhalten gekränkt hat.

„Was machst du in Pinneberg beruflich? Bist du für die Arbeit auch so viel unterwegs wie Antje?", möchte Friederike von mir wissen, auch um schnell das Thema zu wechseln, das ihr offensichtlich nicht gefällt.

„Nein", antworte ich und zögere mit meiner Antwort. Antje hat die Luft angehalten. „Ich bin als Beamter der Kreisverwaltung ortsgebunden." Das ist kaum gelogen. „Viel Papierkram, überwiegend regelmäßige Arbeitszeiten. An mir liegt es nicht, dass wir uns oft trennen müssen", versuche ich das Gespräch weg von meinem Beruf und hin zur Beziehung mit Antje zu lenken. Auf Kosten einer kleinen Stichelei gegen sie.

„Und wie habt ihr euch kennengelernt?", möchte Antje jetzt wissen, die mir meine Bemerkung nicht krumm zu nehmen scheint.

„In Harsewinkel bei einer Tanzveranstaltung", erzählt Friederike. „Es war zwischen uns sofort so, als seien wir füreinander bestimmt. Und nachdem jeder für sich noch einmal über unsere erste Begegnung geschlafen hatte, machte mir Bernhard direkt einen Antrag, weil er genauso empfunden hatte wie ich. Er ist sehr einfühlsam, treu und liebevoll."

Ich kann sehen, dass es Bernhard unangenehm ist, wie offenherzig seine Frau über ihn und ihre Ehe spricht. Und dass er sich gleichzeitig darüber freut, wie liebevoll sie ihn beschreibt. Wie vorhin im Schlossgang spüre ich neben Neid auch Bewunderung für die Art und Weise, wie die beiden miteinander verbunden sind.

„Es ist schön, ein Paar zu treffen, dass so lange zusammen und immer noch glücklich miteinander ist", sage ich, weil es mir wirklich so zu sein scheint und um ihm die Peinlichkeit zu nehmen.

„Man muss es wollen." Bernhard spricht bestimmt. „Es kommt nicht von selbst. Ich verkaufe seit vielen Jahren Mähdrescher, Maschinen, die lange halten und einfach zu reparieren sind, damit sie an die nächste Generation vererbt werden können. Die ihren Nutzen nicht verlieren, selbst wenn sich der moderne Ackerbau wandelt. Das bereitet mir Freude." Bernhard ist erregt. „Ich verabscheue regelrecht, dass heutzutage überwiegend Produkte und Geräte mit eingebauter Lebenszeitbegrenzung entwickelt, hergestellt und unters Volk gebracht werden. Wegwerfartikel ohne Nachhaltigkeit." Was hat das mit seiner Beziehung zu tun, frage ich mich. „Wie soll man da lernen, etwas wertzuschätzen? Dieses Verhalten, das über den Konsum von klein auf eingeübt wird – der schnelle Wechsel, das Gefühl, dass Dinge nicht lange halten – beeinträchtigt auch, wie wir Beziehungen leben. Eroberung, schneller Genuss, Trennung, neuer Partner und so fort. Ich frage euch: Ist das erstrebenswert?" Antje und ich schütteln unwillkürlich den Kopf, beeindruckt von der Wucht, mit der Bernhard seine Lebensphilosophie vor uns ausbreitet. Ja, so kommt es mir vor, wie eine Lebensphilosophie. „Wer so lebt", fährt Bernhard bruchlos fort, „dem fehlt grundsätzlich der Respekt vor dem anderen. Das sehen wir überall. Dabei ist es unendlich bereichernd, dem anderen mit Höflichkeit und Respekt zu begegnen, weil das bedeutet, in dem anderen das zu sehen, was ich nicht bin, und nicht nur das, was mir in meiner momentanen Laune nützt. Erst auf dieser Basis, einem liebevollen Blick auf das Du und das eigene Ich, kann ein Wir wachsen, das mehr ist als ein Zweckbündnis auf Zeit."

Ein Augenblick der Stille breitet sich an unserem Tisch aus. Ich frage mich, wie ich mich in diesem Szenario, das Bernhard vor uns ausgebreitet hat, einordne.

„Friederike und ich", fährt Bernhard in seinem Gedankengang fort, „waren beide auf der Suche nach etwas Dauerhaftem. Nein, das trifft es nicht. Wir suchten beide einen anderen, den wir glücklich machen können. Und der dafür empfänglich und bereit war. Die Dauer würde sich von alleine einstellen."

„Wie schön du das schilderst und erklärst", sagt Friederike bewundernd. „Ich kann dem von meiner Seite nur zustimmen. Genauso war und ist es zwischen uns."

Ich bin verlegen, weil ich das Gefühl habe, einem intimen Moment beizuwohnen, bei dem ich nichts zu suchen habe. Ich habe noch nie derart grundsätzlich über meine Beziehungen nachgedacht. Ja, ich möchte mit Antje zusammenleben. Aber dieser Wunsch entspringt einem Impuls, und ich bilde mir ein, dass sie ihn auslöst und es deshalb zwischen uns passt.

„Entschuldigung", sagt Bernhard, „ich wollte euch nicht indoktrinieren. Aber dieses Thema treibt mich um. Es ist mein Lebensthema. Darf ich, wo ich so freimütig über Friederike und mich geredet habe, fragen, wie eure Beziehung aussieht. Ist es etwas Ernstes zwischen euch?"

„Wir sind noch in der Phase des Verliebtseins", sagt Antje und sieht mich dabei an, als fragte sie sich, was zwischen uns ist und was aus uns werden kann. Ich wundere mich, welche Richtung das Gespräch am Tisch genommen hat, fast wie unter Freunden. Dabei haben Antje und ich die Begegnung mit den beiden Vahles herbeigeführt, um Anhaltspunkte für eine mögliche Täterschaft Bernhard Vahles zu finden. Im Augenblick ist es für mich kaum vorstellbar, dass dieser Mann, der so ernsthaft über Beziehungen nachdenkt und bewusst handelt, um sie zu gestalten, einen anderen Menschen, noch dazu seine Mutter, getötet hat. Oder gerade deshalb? Außerdem darf ich nicht vergessen, dass er früher ein anderer Mensch gewesen sein muss.

„Für mich ist es etwas Ernstes mit Antje", rutscht es mir heraus, indem ich Bernhards Formulierung aufgreife. Es ist wie ein Bekenntnisbann, der mich weitersprechen lässt. „Ja, wir sind ineinander verliebt. Aber in Liebesdingen traue ich meinen Gefühlen nicht. Sie haben mich oft getäuscht. Mich treibt schon ewig die Sehnsucht nach einer Lebenspartnerschaft um. Ich bin aber bislang nie an eine Frau geraten, mit der sich die Beziehung in diese Richtung entwickelt hätte. Vielleicht stehe ich auf den falschen Frauentyp oder es liegt an mir und ich bin unfähig, eine dauerhafte Beziehung zu gestalten. Das habe ich mich manchmal gefragt. Ich möchte jedenfalls alles dafür tun, dass es mit Antje anders wird." Ich spüre sie neben mir, kann ihre Körperspannung aber nicht deuten und wage nicht, sie direkt anzusehen. Ich bin erleichtert, als sie ihre Hand auf meinen Oberschenkel legt. Ich bemerke, wie die gegenseitige Offenheit an unserem Tisch einen vertrauensvollen Raum geschaffen hat. Ich sollte ihn nutzen und mich nicht weiter vor den anderen entblößen.

„Habt ihr immer in Harsewinkel gelebt?", frage ich.

„Ich ja", antwortet Friederike, „Bernhard stammt aus Köln."

„Ich war LKW-Fahrer", schließt Bernhard an. „Das habe ich als Ausbildungsberuf gelernt. Ich war ständig in Europa unterwegs, bin nach Spanien und Portugal, Italien und auch nach Osteuropa gefahren, das damals noch hinter dem Eisernen Vorhang lag. Viel auch nach Skandinavien, auf der Vogelfluglinie. Ich war kaum zu Hause, nur hin und wieder mal ein paar Tage." Er bestätigt, was ich bereits aus den Akten weiß. „Mir gefiel das damals, alleine auf dem Bock zu sitzen, mit niemandem sprechen zu müssen, außer beim Aufnehmen und Abladen der Ladung. Ich bin im Heim groß geworden, da gab es kein Entrinnen vor anderen." Bernhard schüttelt den Kopf, als wolle er mit dieser Geste die Erinnerungen an damals verscheuchen. „Aber das interessiert euch nicht wirklich."

Er schiebt uns Desinteresse zu, weil ihm das Thema unangenehm ist, denke ich und sage: „Mich interessiert immer, wenn jemand etwas Verbindliches sagt, nicht nur redet um des Redens willen."

Bernhard sieht aus, als hinge er noch seinen Erinnerungen nach. „Alte Geschichten." Er spricht nachdenklich. „Sie haben nichts damit zu tun, wie ich jetzt lebe. Ich habe mich geändert, mich bewusst entschieden, mich zu ändern und es vollbracht. Entscheiden und Tun. Willensstärke ist eine häufig unterschätzte Eigenschaft." Er bestätigt damit den Eindruck von Frau Küppers.

„War der Tod deiner Mutter Auslöser für deinen Sinneswandel?", nutze ich die Gelegenheit, weiter in ihn zu dringen.

„Sinneswandel", greift Bernhard mein Wort auf, von dem ich gleich das Gefühl hatte, das es nicht treffend ist. „Sinneswandel, was soll das heißen?"

„Ich meine, hast du dich entschieden, anders leben zu wollen, weil deine Mutter gestorben ist?"

„Ich kannte sie ja gar nicht. Aber es stimmt, die Nachricht von ihrem Tod hat mich befreit, als hätte sie mich erst in dem Moment wirklich losgelassen, nicht erst, als sie mich direkt nach der Geburt weggegeben hat."

Antje hört gebannt und mitfühlend zu. Friederike sieht aus, als ob sie die Geschichte nicht zum ersten Mal hört.

„Und du hast deine Mutter niemals getroffen? Nie den Wunsch gehabt, auch als Kind oder Jugendlicher nicht, ihr mal zu begegnen? Jeder will doch wissen, wo er herkommt." Ich hake mich am Thema fest.

„Ich wollte das nicht. Mein Vater ist unbekannt, meine Mutter hat mich weggegeben. Vielleicht war es nur Trotz. Aber ich habe den Wunsch nach Kontakt zu ihr nie zugelassen. Ich habe ihn abgelehnt. Da war ich konsequent."

Ich sehe wieder das Zucken unter Bernhards linkem Auge. Das Thema wühlt ihn auf. Das ist gut.

„Und deine Mutter wollte dich auch nie sehen, auch nicht später?", frage ich weiter.

„Falls ja, hat sie diesen Wunsch für sich behalten und nicht danach gehandelt. Mir ist von meinen Erziehern nie eine Nachricht von ihr übermittelt worden."

„Wahrscheinlich hat sie sich zu sehr geschämt, Bernhard", schaltet sich Friedericke ein. „Das wäre normal."

„Können wir jetzt über etwas anderes reden. Das alles ist lange her und vorbei. Endgültig vorbei." Bernhard wirkt ungehalten. Er schaut auf seine Armbanduhr. „Wir müssen los", wendet er sich an Friederike. „Ich habe die Zeit vergessen."

Seine Frau schaut ihn erstaunt an. „Aber Bernhard, uns treibt doch nichts", sagt sie. Sie scheint das Gespräch zu genießen und nicht zu registrieren, wie sehr es ihren Mann gerade quält. Merkwürdig, dass sie das nicht wahrnimmt.

„Wir müssen noch einkaufen", begründet Bernhard seinen Wunsch aufzubrechen. „Ich mag heute nicht auswärts essen." Er klingt kategorisch.

„Wir wollen euch nicht aufhalten", sagt Antje. „Es ist schön, dass wir uns wiedergetroffen haben." Es ist zu merken, dass sie meint, was sie sagt und nicht nur eine höfliche Floskel von sich gibt. Unser Gespräch scheint auch sie angeregt zu haben, über Beziehungen im Allgemeinen und speziell unsere Beziehung nachzudenken. „Vielleicht können wir unser Gespräch bei Gelegenheit fortsetzen?"

„Das würde mich freuen", sagt Friederike, die bei unserer ersten Begegnung hier in Husum noch abweisend war.

Bernhard ist aufgestanden und zieht seine winddichte Jacke an. „Schönen Tag noch", sagt er unverbindlich und wendet sich zum Ausgang.

Friederike nickt uns entschuldigend zu. „Manchmal …" Sie spricht den Satz nicht zu Ende, sondern folgt ihrem Mann.

Wir haben erneut keine feste Verabredung getroffen und keine Telefonnummern getauscht, stelle ich fest. Wie ist es zu ihrem überhasteten Aufbruch gekommen? Ich bin verwirrt.

„Michael?" Antje muss mich angesprochen haben, ohne dass ich reagiert habe. Ich sehe sie an. „Ich will auch gehen. Das Gespräch muss belüftet werden."

„Ja", sage ich, „gehen wir. Ich zahle vorne an der Kasse."

62 FRIEDERIKE VAHLE (2017)

Ich finde Michael nett", sage ich zu Bernhard, während ich unsere Einkäufe in der Küche verstaue. „Auch wenn ich ihn für Antje für zu alt halte." Ich mag es, mit Fremden zu plaudern, solange es keine Frauen sind, auf die ich eifersüchtig reagiere. Aber Antje ist nun in festen Händen und wird Bernhard in Ruhe lassen. Wahrscheinlich wollte sie nie etwas von ihm, jedenfalls nichts Sexuelles. Das ist nur meine Verlustangst, die solche Vorstellungen weckt. Die Plauderei mit den beiden war unterhaltsam und anregend. Bernhard ist richtig aus sich herausgegangen.

„Als du den beiden von uns erzählt hast", rufe ich durch die offene Tür ins Wohnzimmer, „habe ich unser gemeinsames Leben vor mir gesehen und mir ist wieder bewusst geworden, welches Glück ich mit dir habe. Warum wolltest du auf einmal aufbrechen? Die Geschäfte hätten noch länger offen gehabt."

Bernhard kommt zu mir herüber und bleibt in der Tür stehen. Er sieht nachdenklich aus. Ich habe Angst, dass sein Zustand depressiver Zerstreutheit – so nenne ich ihn – zurückkehrt.

„Ich hatte auf einmal das Gefühl, dass dieser Mann uns aushorcht", sagt Bernhard.

„Er war doch ebenfalls ganz offen zu uns und hat unsere Fragen nicht abgeblockt", erwidere ich.

„Das kann Taktik gewesen sein. Und weißt du, ob stimmt, was er uns über sich erzählt hat?", insistiert Bernhard.

„Warum bist du auf einmal so misstrauisch?", frage ich. „Das ist doch sonst nicht deine Art."

„Es war plötzlich so ein Gefühl da, weil er so darauf aus war, etwas über mein nicht existierendes Verhältnis zu meiner Mutter zu erfahren", antwortet Bernhard.

„Ich habe gemerkt, dass dich das Thema stark berührt hat. Das ist verständlich, obwohl du immer sagst, es sei für dich abgeschlossen. Früher ist früher und heute ist heute. Aber ganz lassen einen die alten Geschichten nie los, auch dich nicht", erkläre ich und meine damit auch, dass es nicht Michael war, der Bernhards Aufregung provoziert hat, sondern das Thema an sich.

„Ich mag ihn nicht", stellt Bernhard fest.

„So wie ich Antje nicht mochte", entgegne ich. „Heute fand ich sie ganz nett. Sie hat viel Mitgefühl für dich gezeigt, als du davon erzählt hast, wie du die Nachricht vom Tod deiner Mutter bekommen hast. Ich würde mich jedenfalls freuen, wenn wir die Zwei noch einmal treffen. Müssen wir aber nicht, wenn du nicht willst. Und jetzt schau nicht so grimmig."

Bernhards Blick hat sich kurz verfinstert. Dann entspannen sich seine Gesichtszüge wieder. „Wahrscheinlich hast du recht", sagt er. „Ab und zu versuchen einen die alten Gespenster wieder in den Nahkampf zu zwingen. Aber nicht mit mir. Wie ich auch den beiden gesagt habe, Willensstärke ist eine wesentliche Eigenschaft. Die auch dabei hilft, Altes wieder seinen Platz zuzuweisen."

„Ich koche uns was", schlage ich vor. „Du kannst dich so lange im Ohrensessel ausruhen und etwas lesen. Das lenkt dich ab."

„Ich habe nichts zum Lesen mitgenommen", ruft Bernhard, der wieder ins Wohnzimmer zurückgegangen ist, „und was hier rumsteht, das interessiert mich nicht. Bücher, die man bereits vergessen hat, wenn man wieder abreist. Die keine Gedanken auslösen, die in Erinnerung bleiben."

„So was magst du nicht, ich weiß", besänftige ich ihn. „Ich habe einen Sammelband von Theodor Storm mitgenommen. Du könntest darin Pole Poppenspäler lesen, und dann besuchen wir in den nächsten Tagen das Poppenspäler-Museum im Schloss. Dort möchte ich hin, so lange wir hier sind." Puppenspiel fasziniert mich. Die Puppen werden im Spiel so lebendig, dass ich die Fäden vergesse, die sie halten. Selbst Gefühle scheinen sich auf ihren unbewegten Gesichtern zu spiegeln. „Man braucht wegen der altertümlichen Sprache ein paar Seiten, um reinzukommen, aber dann packt einen die Geschichte. Mich hat sie sehr angerührt, weil ich mich so gut in die Kinder hineinversetzen konnte. Und es ist eine schöne, sentimentale Liebesgeschichte."

„Na, gut. Gib her", sagt Bernhard. „Wie könnte ich dir etwas abschlagen?" Er ist zurückgekommen, steht in der Küchentür und zwinkert mir zu. Ich bin erleichtert, während ich beginne, die bunten Möhren zu putzen.

„Das Buch liegt im Schlafzimmer", sage ich. „Hole es dir selbst."

„Aye, aye, Käpt'n. Wird gemacht. Leichtmatrose Vahle wird den Bildungsauftrag wie befohlen erfüllen", blödelt er. Ich richte drohend eine Möhre auf ihn und er wendet sich lachend ab. Die Vergangenheit scheint den Rückzug angetreten zu haben.

63 ANTJE MERKENS (2017)

Michael und ich nehmen auf dem Weg zurück zu unserer Unterkunft die Straße an der Bahnlinie entlang. Dort sind nicht so viele Menschen wie im Zentrum unterwegs und wir können uns in Ruhe über das Gespräch mit den Vahles austauschen.

„Ich habe einiges über dich erfahren, was ich noch nicht von dir wusste. Was du mir noch nicht erzählt hast", beginne ich.

„Ja", unterbricht mich Michael, „mich macht die Beziehung zwischen den beiden neidisch. Das hat in mir eine Art Bekenntniszwang ausgelöst. Ich ärgere mich über mich selbst, dass ich teilweise ganz unprofessionell reagiert habe."

„Ich wusste zum Beispiel nicht, wie misstrauisch du in Liebesdingen deinen Gefühlen gegenüber bist ...", fahre ich in meinem Gedankengang fort, ohne auf Michaels Einwurf einzugehen.

„Wenn es um meine eigenen Liebesdinge geht. Ich finde diese Skepsis berechtigt, schließlich ist es mir mit meinen fast 60 Jahren noch nie gelungen, eine Beziehung von Dauer zu führen", antwortet er rational, ohne zu bemerken, dass mich seine Überlegungen verletzen könnten.

„Ich komme mir ein bisschen wie deine letzte Chance vor", gestehe ich.

„Nein, ich liebe dich", bekräftigt er erschrocken. „Ich bin nur so unsicher, ob mein Gefühl Substanz hat." Michael ist aufgeregt. Ihm fällt nicht auf, dass er seine Liebesbeteuerung gleich wieder einschränkt. Ich bleibe stehen und atme durch. Ich will mich nicht gekränkt fühlen. Michael hält nach wenigen Schritten ebenfalls an, kommt zu mir zurück und stellt sich dicht vor mich hin. Ich nehme sein Gesicht in beide Hände. „Wir versuchen es miteinander, mach dir keine Sorgen", tröste ich ihn, obwohl mir seine Unklarheit einen Stich versetzt hat.

„Tut mir leid", sagt er, „aber ich muss ehrlich zu mir und zu dir sein. Das bin ich uns schuldig."

„Wir müssen das jetzt nicht ausdiskutieren." Ich mag unsere Gefühle nicht länger problematisieren. Ich will sie leben, spüre ich und wechsele abrupt das Thema: „Welchen Eindruck hattest du von Bernhard Vahle?".

„Was er berichtet hat, stimmt mit dem überein, was ich aus den Akten weiß und was du mir über eure erste Begegnung auf der Insel erzählt hast. Da gibt es keine Widersprüche", fasst Michael zusammen, dem auch nicht daran gelegen zu sein scheint, weiter über uns zu sprechen.

„Du empfindest ihre Beziehung als echt", stelle ich fest, „so wie die beiden dich als Paar berühren. Es gibt aber auch Momente, wo sie ihr Eheglück wie eine Monstranz vor sich hertragen, als müssten sie sich selbst etwas beweisen. So kommt es mir jedenfalls vor."

„Bernhard hat etwas Missionarisches. Er war sehr bestimmt in dem, was er an Lebensweisheiten von sich gab", schildert Michael eine andere Beobachtung. „Als gäben ihm diese Ansichten Halt, als brauche er sie als Leitplanken, um auf seinem Weg zu bleiben. Als sei es wichtig, dass die Dinge so sind, wie er sie sieht. Als könnten ihn Zweifel aus der Spur bringen. Ich meine, er hat recht mit vielem, was er sagt. Aber die Vehemenz, mit der er seine Einstellungen vorgebracht hat, fand ich ungewöhnlich."

„Er musste sein Leben in seine eigenen Hände nehmen. Er hatte keine Eltern mit ihren Erwartungen und keine engen Bezugspersonen, die ihm als Beispiel dienen und mit denen er sich auseinandersetzen konnte, um seinen Weg zu finden. Das könnte seine Bestimmtheit erklären, weil ihn diese Anschauungen viel mehr ausmachen als frühe Bindungen. Wer als Kind enge Bindungen zu anderen aufbaut, ist, was andere Sichtweisen angeht, als Erwachsener toleranter", begründe ich Bernhards Verhalten aus seiner Lebensgeschichte.

„Vielleicht", entgegnet Michael. „Ich misstraue solchen psychologischen Erklärungen, auch wenn du sie schön schlüssig dargelegt hast. Aber sind sie wahr?"

„Abgesehen von den Mutmaßungen über seine psychische Verfasstheit: Hast du irgendeinen Hinweis darauf bekommen, dass er mit dem Tod seiner Mutter etwas zu tun haben könnte?", frage ich.

„Das Thema ‚Mutter' hat ihn zumindest aufgewühlt. Er hatte gelegentlich ein Zucken unter dem linken Auge, wenn seine Mutter zur Sprache kam. Als stiege sein innerer Druck an."

„Hast du einen Plan, wie wir jetzt weiter vorgehen?", schreie ich, weil gerade ein Zug neben uns vorbeifährt.

Michael überlegt: „Wir haben weiterhin nichts Konkretes, das ihn mit der Tat in Verbindung bringt. Nichts, das dagegenspricht, dass er unschuldig ist. Regt ihn das Thema Mutter auf, weil er als Kind von ihr zurückgelassen wurde und er dies trotz aller gegenteiligen Bekenntnisse nicht überwunden hat oder weil er sie umgebracht hat? Möglichkeit eins ist viel wahrscheinlicher. Möglichkeit zwei schiebt sich nur in den Vordergrund, weil wir keinen Täter ermittelt haben."

„Wenn er es nicht war, werden wir immer ins Leere laufen", ergänze ich meine eigenen Überlegungen. „Und falls er der Täter war, können wir das nur über ihn herausfinden. Er muss es gestehen. Wir müssen sein Gewissen derart beschweren, dass er nicht mehr weiß, wie er sich von seinen Schuldgefühlen befreien soll."

„Was ist mit ihr, Friederike?", fragt Michael. „Weiß sie etwas? Können wir sie dazu bringen, gegen Bernhard auszusagen?"

„Niemals", sage ich bestimmt. „Sie wird zu ihm halten. Selbst wenn sie etwas weiß, wird sie ihr Ein und Alles, ihre Ehe, nicht zerstören. Ich glaube, es wäre vergebliche Liebesmüh, die beiden auseinander dividieren zu wollen."

„Das heißt, wir versuchen weiter, ihn mit vereinten Kräften zu nerven? Um dadurch eine Reaktion zu provozieren?", überlegt Michael.

„Ich komme mir irgendwie schäbig vor", stelle ich laut fest. „Einen wahrscheinlich Unschuldigen zu triezen, zu dem ich noch dazu eine innere Verbindung spüre."

„Wenn wir die Begegnung mit den Vahles als Teil einer Ermittlung betrachten, müssen wir solche Gefühle zurückstellen. Wobei mir das ebenfalls schwerfällt", gibt Michael zu. „Ich kann mir nicht helfen, aber irgendwie ist Bernhard für mich wie ein Spiegel, und ich weiß nicht, wie verzerrt mich dieser darstellt, oder, besser gesagt, welche meiner Teile er mir zeigt."

„Ich frage mich, ob er es überhaupt gewesen sein kann. Damals war er nicht verdächtig, richtig?", frage ich. „Konntet ihr ausschließen, dass er zum fraglichen Zeitpunkt in Pinneberg war?"

„Es gab keine Verbindung zwischen ihm und seiner Mutter. Und damit auch nicht zwischen ihm und Pinneberg", rekapituliert Michael für mich. Mir fällt auf, dass er seine Schweigepflicht mir gegenüber aufgegeben hat. Oder vergessen. „Soweit wir ermittelt haben, wusste Bernhard nicht, wo sie wohnt. Und er selbst tauchte in keinen Unterlagen auf, die wir bei seiner Mutter gefunden und ausgewertet haben. Wir mussten seine Adresse anderweitig recherchieren, um ihn über ihren Tod zu informieren. Was wir aber auch nicht haben, ist ein wasserdichtes Alibi für die Tatzeit, jemanden, der ihn in diesem Zeitraum außerhalb von Pinneberg gesehen hat. Bernhard war an dem fraglichen Wochenende für seine Spedition unterwegs und hat auf einem Rastplatz zwischen Hamburg und Bremen das Sonntagsfahrverbot abgewartet. In diesem Punkt stimmt seine Aussage mit der seines Disponenten überein und ist durch die Daten auf dem Fahrtenschreiber plausibel. Deshalb haben wir nie weiter nachgeforscht. Vielleicht war das ein Fehler."

„Wir können also trotzdem nicht hundertprozentig ausschließen, dass er damals in Pinneberg war", stelle ich fest.

„Schieben wir unsere Bedenken beiseite und versuchen, seine Ruhe zu stören?", fragt Michael.

„Ich möchte es zumindest versuchen, endlich Klarheit zu bekommen", sage ich. „Wenn ich daran zurückdenke, wie mies ich mich gefühlt habe, als mir Bernhard sein Geheimnis nicht anvertrauen wollte …"

In der Zwischenzeit sind wir in die lange Einfahrt zu dem Bauernhaus eingeschwenkt, in dem unsere Ferienwohnung liegt. „Wir legen uns also wieder auf die Lauer", schlägt Michael vor. „Denn wir wissen immer noch nicht, wo sie hier wohnen, ob sie mobil erreichbar sind. Und wir haben keine verbindliche Verabredung getroffen."

„Dem Zufall eine neue Chance", sage ich fröhlich. „Und wenn er nichts getan hat, dürfte ihn unser Interesse an ihm auch nicht belästigen. Und sonst …"

„… hat er es verdient, dass sein Gewissen anfängt, ihn zu plagen", vollendet Michael meinen Satz.

„Es ist so lange her", sage ich, während ich unsere Wohnungstür aufschließe. „Nützt es noch irgendjemandem, wenn wir beweisen sollten, dass Bernhard der Mörder seiner Mutter ist?"

„Dem Opfer nicht mehr", konstatiert Michael. „Dessen Eltern auch nicht mehr. Die sind verstorben und das Verhältnis zwischen ihnen und dem Opfer war sowieso so gut wie nicht existent. Der Sohn wäre der Täter. Seine Entlarvung stürzte ihn ins Unglück. Würde seine Mutter das wollen? Hätte sie ein Rachebedürfnis oder hätte sie ihrem Kind verziehen und gewünscht, es könnte sich selbst verzeihen und glücklich werden? Was den Menschen genommen wurde, mit denen Wiebke Loose befreundet war oder in Kontakt stand, wissen wir nicht und kann im Nachhinein nicht mehr ausgeglichen werden. Verlust ist Verlust. Zumindest der Gerechtigkeit würden wir Genüge tun, zeigen, dass Mord sich nicht lohnt, nicht geduldet wird. Welche Folgen das auch immer haben mag."

„Das klingt nicht so, als würden wir die Welt retten, den Klimawandel stoppen, einen Krieg diplomatisch beenden", bemerke ich mit einem Schuss Resignation.

„Moralische Fragen, die über das Gesetz hinausgehen, stelle ich mir als Polizist nicht", stellt Michael fest. „Und auch, wenn es mir in diesem Fall schwerfällt, Privates und Berufliches zu trennen, habe ich mich an Gesetze zu halten und nicht an Vorstellungen über Gute und Böse. Es hat mich nicht zu interessieren, welche Folgen meine Ermittlungsarbeit hat. Dafür sind andere zuständig, Politiker, die die Gesetze machen, Richter, die die Gesetze auslegen und anwenden."

„Auch als Polizist bist du deinem Gewissen verpflichtet. Das ist doch eine Lehre aus der Nazizeit." Ich bin über Michaels Ausführungen empört.

„Natürlich. Dennoch muss ich mich in meiner Arbeit strikt an die Gesetze und Verordnungen halten und darf mich nicht von meinem persönlichen moralischen Kompass leiten lassen. Dann wäre der Willkür in der Polizeiarbeit Tür und Tor geöffnet. So jemandem möchtest du auch nicht ausgeliefert sein", rechtfertigt er sich. „Ich beherzige das Grundgesetz. Mein Gewissen kommt mit ihm nicht in Konflikt."

„Das klingt, als brauchtest du als Polizist eine hohe Frustrationstoleranz?"

„Ohne geht es nicht. Wir müssen von Beschuldigten viel einstecken. Die Befriedigung im Job liegt darin, die Wahrheit zu beweisen, zweifelsfrei zu beweisen. Gelingt das, erlebe ich ein Hochgefühl. Manchmal kostet es mich viel Kraft, ein positives Menschenbild zu behalten und nicht überall Übeltäter zu sehen." Michael sieht auf einmal traurig aus. Ich gehe zu ihm und nehme ihn in den Arm. Meine Hand gleitet nach oben und hält seinen Hinterkopf wie bei einem Baby.

„Wie viel Grundsätzliches dieser Fall und die Begegnung mit den Vahles in mir auslöst", sagt er und lehnt seinen Kopf an meine Schulter. „Als müsste ich mein ganzes Leben hinterfragen."

„Wie wäre es mit einem Bier", schlage ich vor und löse mich von Michael. „Und dabei überlegen wir, wo wir den Vahles auflauern. Wo um welche Tageszeit die Wahrscheinlichkeit am größten ist, sie wiederzutreffen."

Ich bin früh unterwegs, wie es meine Gewohnheit ist. Friederike schläft noch. Heute ist die Luft schon morgens klar, kein Hochnebel, keine Wolken. Als ich auf dem Weg zum Strand an den hohen Gebäuden der Hauptgenossenschaft vorbeikomme, beleuchten die ersten flachen Sonnenstrahlen die Weiden und lassen sie in sattem Grün daliegen. Bereits auf dem Rückweg werden die Farben wieder verwaschener und unbestimmter erscheinen. Klarheit und Eintrübung: Das kommt mir wie eine Beschreibung meines momentanen Zustands vor. Ich führe ein klar strukturiertes Leben, dessen Kontur von den Rändern her ausfranst und undeutlicher wird.

Dieses Gefühl, die Geschichte meines Lebens zusammenhalten zu müssen, hat mich in dem Gespräch mit Michael und Antje mehr sagen lassen, als ich wollte. Ich habe Ansichten verkündet, die sie nichts angehen. Ich ärgere mich über mich selbst. Ich habe mich hinreißen lassen und vor ihnen meine Einstellungen wie ein Überzeugungstäter ausgebreitet. Dabei hätte es genügt, touristische Banalitäten über die Sehenswürdigkeiten Husums auszutauschen. Ich hatte das Gefühl, mich verteidigen zu müssen, obwohl es keine Anschuldigungen gab. Allein Antje wieder zu begegnen, die mein Geheimnis in mir sehen konnte, noch dazu in Begleitung eines Mannes, der sein Leben in Pinneberg verbracht hat, zerrt an mir. Trotzdem: Ich bin stabil.

Gestern, als wir auf unserem Abendspaziergang am Nissenhaus vorbeikamen, wies mich Friederike auf die bronzene Skulptur des Klabautermanns hin: „Schau mal, wie fröhlich er dreinschaut, als freue er sich über den Schabernack, den er gleich mit den Seeleuten treiben wird." Wir sind näher herangetreten und haben die Statue betrachtet. Der Klabautermann trägt Ölzeug und hat einen Südwester auf dem Kopf. Seine kurzen Beine sind ideal, um sich an Bord sicher und behände zu bewegen. Ich finde nicht, dass er fröhlich aussieht. Sein Grinsen hat etwas Verschlagenes. Der Legende nach steht ein Unglück bevor, wenn er sich zeigt.

Ich biege von der Straße auf den Deich ab. Ein Kutter zieht langsam auf der Husumer Au an mir vorbei. Vielleicht können wir heute Nachmittag am Hafen ein paar Krabben direkt vom Schiff kaufen. Wie das Licht nehmen die Geräusche zu. Mir fällt ein, wie ich einmal mit unseren Jungs in unserem Garten an Hölzern herumschnitzte, die wir zuvor im Wald gesammelt hatten. Ich erinnere mich, wie wir alle drei auf das konzentriert sind, was wir tun. Es fühlt sich an, als seien wir drei Arme, die aus demselben Körper herausragen, miteinander verknüpft, und doch führt jeder sein Schnitzmesser unabhängig vom anderen.

Wir haben uns vorgenommen, Monster zu schaffen. Ich habe den Jungs das vorgeschlagen, nachdem beide in der vorhergehenden Nacht von Albträumen geplagt worden waren und beim Frühstück mit kindlichem Entsetzen von den Schreckgestalten der Dunkelheit erzählten. Unsere Monster sollen Gegengeister werden, die die Macht haben, den Schlaf zu behüten und die nächtlichen Angstgestalten zu vertreiben. Die Jungs – wie alt mögen sie damals gewesen sein, neun und elf Jahre, glaube ich – sie waren begeistert, als ich ihnen die Gegenstrategie vorschlug. Schöne knorrige Figuren sind entstanden, die sie begleiteten, bis sie auszogen, um zu studieren, und ihnen die selbst geschnitzten Holzfiguren anfingen, peinlich zu werden, da magisches Denken zu zukünftigen Physikern und Ingenieuren nicht mehr passen wollte. Einen Gegengeist könnte ich heute wieder gut gebrauchen, aber der Zauber ist dahin, der mich damals mit Dirk und Nils verband.

Über diesen Gedanken habe ich das Nordseehotel erreicht, dessen obere Stockwerke von weitem hinter dem Deich hervorragen. Das Gelände ist abgesperrt. Das Haus steht – offenbar schon lange – leer. Das Dach ist eingestürzt, rußige Bauteile sind durch die oberen Fenster zu erkennen. Das Gebäude war nie schön, denke ich. Der Platz hier, wo die Au in die Nordsee mündet, hätte eine andere Architektur verdient, die sich harmonischer in die Landschaft einfügt. Dennoch: Hat das Haus dieses Schicksal verdient? Von heute auf morgen unbewohnbar zu werden? Keinen Zweck mehr zu erfüllen? Warum kümmert sich niemand darum, es wieder herzurichten, es zu modernisieren, damit neue Gäste einziehen und Strandbesucher verköstigt werden können? Der Stadtführer hätte vielleicht eine Antwort auf diese Fragen gewusst. Ich schlage den Bogen am Strand entlang, der nur aus Rasen mit Treppen ins Wasser besteht. Noch bin ich hier allein.

Zwei Jahre ist es nun her, dass mir Antje auf einem frühen Spaziergang wie diesem eröffnete, sie hätte den Eindruck, dass ich etwas verberge. Mich hat sie damals überrumpelt, und ich habe ernsthaft überlegt, mich ihr zu offenbaren. Doch letztlich wusste sie nichts, gar nichts. Ich habe mit ihr gespielt und zugegeben, dass ich etwas verberge, aber ihr nicht erzählen werde, was es ist. Weil es sie nichts angeht. Weil es niemanden etwas angeht. Es ist mein Leben.

Ihre Einsamkeit rührte mich. Weil ich in ihr meine eigene erkannte. Meine alte Einsamkeit, die ich hinter mir gelassen habe. Ich bin allein mit dem Wissen, meine Mutter getötet zu haben. Eine sinnvolle Tat. Antje hat damals einen Zweifel in mir gesät, einen Selbstzweifel. Ich spürte eine Last, die ich nicht ablegen konnte wie einen Sack Getreide. Die Frage quälte mich, ob mein gelungenes Leben wirklich das Töten meiner Mutter rechtfertigt.

Ich vermisse sie. Auf andere Art und Weise als früher als Kind. Sie hat sich für mich geopfert. Heute würde ich sie gerne kennenlernen.

Es ist Zeit zurückzukehren. Noch beim Bäcker vorbeizugehen und mit offener Tüte in unsere Wohnung einzutreten, damit sich der Geruch der noch warmen Brötchen in den Zimmern verbreitet. Vielleicht mischt er sich mit dem Duft frisch gebrühten Kaffees, den Friederike gekocht hat. Wir werden uns zusammen an den Esstisch setzen und gemeinsam frühstücken, wie schon so oft in unserem Leben. Keine langweilige Routine, sondern eine Gewohnheit, die ihren Reiz immer wieder neu entfaltet. Ich sehne mich nach diesem Ritual und beschleunige meine Schritte.

65 MICHAEL ANDRESEN (2017)

Es fängt an, mir auf die Nerven zu gehen, dieses Herumschlendern in der Stadt und dabei beständig die Sinne auf Empfang zu schalten. Auszuspähen, ob Bernhard und Friederike irgendwo zu entdecken sind. Zu lauschen, ob ihre Stimmen irgendwo zu hören sind. Wir haben uns vorgenommen, unsere eigenen Wege zu gehen. Zu besichtigen, was wir möchten. In die Lokale einzukehren, die uns von außen anlocken. Und dennoch haben wir diese Hab-Acht-Haltung, selbst wenn wir Arm in Arm spazieren gehen.

Deshalb bin ich erleichtert, als ich Bernhard und Friederike heute einige zig Meter vor uns aus einem Geschäft in der Neustadt kommen sehe. Antje hat die beiden ebenfalls bemerkt, und wir verständigen uns wortlos darüber, ihnen zunächst unbemerkt zu folgen. Bernhard hat Friederikes Hand genommen. Die zwei bummeln wie ein Liebespaar über das unebene Pflaster. Er zeigt auf etwas und sie nickt und antwortet.

Sie biegen in die Schlossstraße ein. „Was haben sie vor?", flüstert mir Antje zu, obwohl es unnötig ist, mit leiser Stimme zu sprechen. Ich zucke mit den Schultern: „Nichts, was verboten ist, vermute ich".

Als wir die Straßenecke erreichen, sehen wir, dass sie den Weg in den Schlosspark nehmen. Die Krähen bevölkern wie immer die Bäume, die begonnen haben auszuschlagen. Das Krächzen der Vögel erfüllt die Luft. Bernhard und Friederike betreten den Schlosshof. Als wir am Tor ankommen, sehen wir, wie sie im Eingang zum Schloss verschwinden. „Nicht direkt ins Café", stelle ich fest, „erst etwas Kultur." Wir folgen ihnen.

Sie lösen Eintrittskarten für das Pole-Poppenspäler-Museum, in dem die Puppenspiel-Ausstellung untergebracht ist. Als wir an der Kasse ankommen, sind sie schon im Ausstellungsraum verschwunden. Sie stehen mit dem Rücken zu uns gleich hinter dem offenen Durchgang und betrachten eine Vitrine, in der sich Kasper-Figuren aus verschiedenen Nationen Europas drehen.

„Danke", höre ich Bernhard sagen, als wir uns nähern, „dass du mir vorgeschlagen hast, den ‚Pole Poppenspäler' zu lesen. Die Geschichte hat mich oft zu Tränen gerührt, und es hat mich fasziniert, wie die Puppen lebendig werden und keiner im Saal mehr daran denkt, dass sie an Schnüren gezogen werden."

„Nicht wahr", freut sich Friederike.

„Ich fand toll, wie die Geschichte ganz schlicht für Toleranz, Rechtschaffenheit, Nächstenliebe und Liebe wirbt", fährt Bernhard fort.

„Das nenne ich mal einen Zufall", spreche ich die beiden an, die erst jetzt aufblicken und uns bemerken.

„Zufällig oder nicht", strahlt uns Friederike an, „ich freue mich jedenfalls, euch zu sehen. Wir haben beim letzten Mal ganz vergessen, uns zu verabreden oder zumindest Telefonnummern auszutauschen." Sie freut sich wirklich, uns hier zu treffen.

„Ich habe darauf gesetzt, dass wir uns an so einem Ort wieder begegnen, weil wir ähnliche Interessen haben", sagt Antje.

„Haben wir?", fragt Bernhard ironisch. Es wirkt, als fühle er sich gestört. Ich registriere, wie er seinen Körper streckt und sich ein anderer Ausdruck auf sein Gesicht legt. Als er weiterspricht, ist seine Stimme weicher geworden: „Was führt euch in diese Ausstellung?"

Eine normale, berechtigte Frage. ‚Wir sind euch nachgegangen, weil wir herausfinden wollen, ob du deine Mutter getötet hast‘, wäre die ehrliche Antwort. Sie scheidet aus. Puppentheater hat mich schon als Kind fasziniert. Daran muss ich denken. „Im Puppentheater, auch wenn es nur im Fernsehen war, habe ich mir zum ersten Mal die Frage gestellt, worin der Sinn des Lebens liegt, welchen Sinn mein Leben haben soll. Wobei ich das damals nicht verstanden habe“, antworte ich. „Diese anfängliche Faszination hat mich nie mehr losgelassen und die Frage natürlich auch nicht. In der Pubertät war sie die einzige Frage, die wirklich von Belang war. Heute hat sie an Kraft eingebüßt und ich stelle sie mir, ehrlich gesagt, kaum noch, obwohl ich noch keine befriedigende Antwort gefunden habe.“ Warum muss ich den beiden gleich wieder Einblick in mein Inneres gewähren? Wie provoziert Bernhard mich, etwas von mir preiszugeben, das ich normalerweise nur Freunden anvertraue? Obwohl er mich nicht ausfragt.

„Puppenspiel, um über den Sinn des Lebens nachzudenken“, erwidert er. „Ein interessanter Gedanke. Seit wann gibt es Puppenspiele? Wann wurden sie erfunden?“

„Schon die alten Griechen kannten das Puppentheater, aber wahrscheinlich ist es noch älter“, krame ich etwas Allgemeinwissen aus meinem Gedächtnis hervor.

„Du kennst dich gut aus“, bemerkt Friederike und wendet sich zu Bernhard. „Schauen wir uns jetzt die Ausstellung an?“.

„Wir wollten euch nicht stören“, sage ich. „Aber vielleicht können wir nachher noch einen Kaffee zusammen trinken?“

„Das fände ich schön“, sagt Friederike und Bernhard nickt ergeben.

Beide wenden sich einem Schaukasten mit geschnitzten Holzköpfen zu. Es wird still. „Die Figuren sehen aus, als ob sie sich nur leblos stellen und darauf warten, dass die Ausstellung schließt und sie zum Leben erwachen können", gibt Bernhard seinen Eindruck wieder und bricht das Schweigen. „Schau, selbst beim Dr. Faust spielt ein Kasper mit", sagt Friederike und deutet auf eine Kasperpuppe. „Lustig schaut er drein, dabei ist es doch eine Tragödie."

„Das Puppenspiel parodiert auch immer das Theater mit echten Schauspielern, entkleidet es seiner Bierernsthaftigkeit. Insofern passt der Kasper", erklärt Bernhard. „Und der Mephisto hat gewiss die Macht, den Dr. Faustus und den Kasper zum Leben zu erwecken, wenn das Museum schließt."

Friederike kichert und sagt: „Da muss er aber aufpassen, sonst wird er die Geister, die er ruft, nicht mehr los".

Antje und ich betrachten derweil die teilweise alten historischen Puppen, die sich in Regalen und Vitrinen drängen. Ihre charakterstarken Köpfe blicken auf mich zurück, als fragten sie mich, warum ich sie so anschaue, was ich zu finden hoffe und ob ich nicht lieber in den Spiegel blicken wolle, um Antworten auf meine Fragen zu finden. „Mörder gibt es unter uns nicht", sagen sie, und der Philosoph unter den Puppenfiguren, der Spaßmacher und die moralische Instanz, der Kasper, der lacht dazu.

„Was hast du?", flüstert mir Antje zu, die bemerkt hat, dass ich auf unheimliche Art berührt bin.

„Die Puppen sprechen zu mir", raune ich zurück.

„Und was sagen sie?"

„Ich soll in den Spiegel schauen."

Friederike und Bernhard kommen vom anderen Ende des Raums auf uns zu. „Wir gehen noch ins Schlosscafé", sagt Friederike.

„Wir würden uns freuen, wenn ihr nachkommt", ergänzt Bernhard. „Damit wir prüfen können, ob wir ähnliche Interessen haben." Ein ironisches Lächeln umspielt seine Lippen. Ich werde bislang nicht schlau aus diesem Mann. Er wirkt einerseits so gefestigt und stringent, andererseits scheint er in unterschiedliche Rollen zu wechseln, um sich zu verbergen.

„Aber schaut erst in Ruhe zu Ende. Wir warten auf euch", versichert Friederike.

„Wir kommen bestimmt", sichert Antje zu. „Bis gleich."

Als die zwei verschwunden sind, sieht mich Antje ratlos an. „So kommen wir nicht weiter", sagt sie und ich muss ihr zustimmen. Wir haben keine Strategie. Wir müssen das Gespräch auf seine Mutter bringen und es dort halten, ohne den Verdacht zu erregen, wir könnten mehr sein als harmlose Urlauber.

„Gleich gehen wir stärker zum Angriff über", schlage ich vor, „aber ohne uns aus der Deckung zu wagen."

Wir sind jetzt allein in der Ausstellung. Sie ist kein Publikumsmagnet, jedenfalls nicht heute. „Wie war dein Verhältnis zu deiner Mutter?", möchte Antje von mir wissen.

„Meine Mutter und ich, wir waren uns sehr nah, obwohl wir kaum miteinander gesprochen haben, jedenfalls nichts von Belang", erzähle ich ihr. „Mit ihr war ich auch einmal im Puppentheater, als ich schon größer war. In Lübeck."

„Lebt sie noch?", fragt Antje nach.

Ich werde traurig, als ich antworte: „Nein, meine Mutter ist vor drei Jahren gestorben. Aber sie ist mir immer noch wortlos nah. Ich spüre sie oft um mich und erzähle ihr Dinge, mit denen ich sie zu Lebzeiten nicht beschwert hätte. Ich weiß, dass das Einbildung ist. Sie ist tot. Aber ich verstehe die metaphysische Vorstellung, dass die Toten um uns bleiben. Dass sie nicht nur in unserer Erinnerung weiterleben, wie es in vielen Todesanzeigen heißt."

Antje schaut mich mitfühlend an: „Meine Mutter lebt noch", erzählt sie. „Ich sehe sie nicht oft, aber sie spricht in meinem Kopf mit mir. Ich habe eine innere Stimme, die wie meine Mutter klingt und sagt, was meine Mutter sagen würde. Das ist lästig und lustig zugleich. Ich begründe ihr, was ich tue, und damit auch mir. Ich will, dass sie einsieht, dass ich recht habe."

„Und dein Vater?", frage ich.

„Der lebt auch noch. Aber meine Eltern haben sich getrennt, als ich zehn Jahre alt war. Deshalb ist er nicht so präsent und hält sich aus den Gesprächen heraus, die ich mit meiner Mutter in meinem Kopf führe."

„Und deiner?", fragt sie.

„Starb schon kurz, nachdem ich Abitur gemacht habe und zur Polizei gegangen bin. Zum Glück hat ihm meine Berufswahl gefallen. Ich hätte ihn nicht gerne in seinen letzten Lebenswochen enttäuscht. Er hatte Krebs. Lungenkrebs. Und starb an Luftnot wie Wiebke Loose. Nur dass es kein Mensch war, der ihn zu Tode gebracht hat."

„Du denkst merkwürdige Sachen. Das hat beides nichts miteinander zu tun", stellt Antje fest.

„Mag sein, wenn man logisch denkt. Vielleicht ist es mir aber deshalb so wichtig, den Täter noch zu finden und zu überführen, weil ich mir vorstellen kann, wie es ist, keine Luft mehr zu bekommen. Meinem Vater fehlte in der letzten Phase der Krankheit die Luft zum Sprechen."

„Wie war eigentlich damals die Beerdigung der Ermordeten?", fragt mich Antje auf einmal. „Als Polizisten wart ihr doch bestimmt im Hintergrund dabei."

Ich erinnere mich noch gut an diesen Tag. „Es gab eine große Anteilnahme", berichte ich. „Ein früher und gewaltsamer

Tod macht die Menschen betroffen. Alle Kolleginnen, der Arzt, bei dem sie beschäftigt war, und dessen Familie, alle aus ihrem Handballverein und noch ein paar andere Bekannte aus Pinneberg waren gekommen. Und die beiden Eltern. Die schienen sich unwohl zu fühlen, mehr als dass sie trauerten. Warum fragst du danach?"

„Ich musste an das denken, was du vorhin gesagt hast. Dass du glaubst, die Toten seien um uns. Ob Wiebke Loose um uns ist. Oder um ihren Täter? Vielleicht ihren Sohn? Hat sie dem Täter verziehen oder ist sie auf Rache aus? Stachelt sie uns gerade an, ihren Mörder zu finden, weil sie sonst keine Erlösung finden kann. Hat sie uns zu Bernhard Vahle geführt?"

„Das sind keine Gedanken, die ein Polizist haben sollte", sage ich. „Komm, an die Arbeit. Lass uns den beiden ins Café folgen und versuchen, etwas Handfestes herauszufinden. Und die Kuchen dort waren sehr lecker." Antje lacht und hakt sich bei mir unter.

66 FRIEDERIKE VAHLE (2017)

Bernhard und ich sitzen nebeneinander auf unserem Stammplatz im Schloss-Café mit Blick auf den Hof. Gerade als unser Cappuccino und unsere Sanddornquarktorte serviert werden, kommen Michael und Antje herein. Ich winke ihnen zu, damit sie auf uns aufmerksam werden. Ich freue mich, dass sie uns folgen, weil es interessant ist, sich mit ihnen zu unterhalten. Bernhard hat Vorbehalte gegen Michael, aber lässt ihn seine Ablehnung nicht spüren. Mir zuliebe gibt er sich leutselig und offen. Seine Gesprächsbeiträge sind ziemlich persönlich. Ironische Spitzen, die ihm manchmal herausrutschen, können als bissiger Humor durchgehen. Meine Befürchtung, durch die Begegnung mit Antje könnte Bernhard wieder in eine niedergeschlagene Stimmung geraten, hat sich nicht bewahrheitet. Eine kleine Irritation habe ich nach dem Zusammentreffen mit den beiden hier auf dem Marktplatz an ihm bemerkt, die sich aber schnell wieder verflüchtigt hat.

„Setzt euch", fordert Bernhard Antje und Michael auf, die sich uns gegenüber niederlassen, so wie beim letzten Mal.

„Wir haben gerade über unsere Eltern geredet", berichtet Antje, „angeregt durch die Puppen. Sie scheinen die Fähigkeit zu haben, alte Gefühle wieder zu beleben."

„Die Puppen sind auf ihre Art lebendig", taste ich mich an einen Gedanken heran, der mir in den Sinn kommt. „Sie wechseln zwischen lebendig und tot hin und her, brauchen aber den Puppenspieler und uns Zuschauer, um lebendig zu werden. Vielleicht ist es dieser Zwischenzustand, der frühe Erinnerungen weckt." Rede ich Blödsinn? Normalerweise überlasse ich Bernhard die tiefschürfenden Gedanken.

„Der Puppenspieler von Mexiko war einmal traurig und einmal froh, und wie er fühlte, so war sein Stück", singt Bernhard leise neben mir. Ich kenne natürlich den alten Schlager von Roberto Blanco. Aber ist er eine Antwort auf meine Bemerkung? „Die Puppen leben nur die Gefühle aus, die der Puppenspieler in sie hineinlegt und das Publikum bereit ist mitzuempfinden", fährt Bernhard fort.

„Musstest du in der Ausstellung auch an deine Mutter denken, obwohl du nie mit ihr im Puppentheater gewesen bist?", fragt Michael ihn. „Ich meine, ist dieses Aufwecken alter Gefühle an die Erinnerung gemeinsamer Puppentheaterbesuche mit den Eltern gebunden oder etwas Universelles, das dem Puppentheater immanent ist?"

Ich spüre, wie Bernhard ärgerlich wird. Er wird nicht gerne an seine Mutter erinnert oder nach ihr gefragt. „Das ist mir viel zu akademisch", antwortet er gereizt. „Ich war als Kind im Puppentheater und bin der Faszination erlegen, auch ohne Mutter. Oder Vater. Lasst uns über etwas anderes reden."

„Das war doch ein interessanter Gedanke", wendet Antje ein. „Auch der von Friederike."

„Die zu nichts führen", erwidert Bernhard. Ich bin beleidigt, weil er meine Idee über das Puppentheater, die auch andere interessant finden, einfach so abwürgt. Irgendetwas hat einen Nerv in ihm getroffen, der jetzt schmerzt, weshalb er das Gespräch zu anderen Themen lenken will. Ich werde also zurückstecken, wie es sich für eine gute Ehefrau gehört.

„Wir wollten noch herausfinden, ob wir ähnliche Interessen haben", nehme ich eine Frage aus unserem Austausch in der Ausstellung auf. Bernhard drückt dankbar unter dem Tisch sein Knie gegen meines. Ich lächele Antje und Michael an.

„Wir haben beide Husum als Urlaubsort gewählt und uns für die Stadtführung interessiert. Uns gefällt das Schlosscafé und wir haben uns in der Ausstellung getroffen", zählt Antje auf.

Michael schaut säuerlich. Ihm scheint der Themenwechsel nicht zu behagen. „Das muss nichts heißen", sagt er. „Das sind Aktivitäten, mit denen sich Touristen nun einmal die Zeit vertreiben, und viele Menschen sind für Schönes wie dieses Café empfänglich. Und was sind überhaupt Interessen? Doch nicht irgendwelche Hobbys oder Reiseziele, sondern das, was man tut, weil es für einen das Leben ausmacht."

„Zum Beispiel seine Frau auf Händen zu tragen", schlägt Bernhard vor, während er den Kopf zu mir dreht und mir zuzwinkert. Er scheint das Bedürfnis zu haben, dem Gespräch eine humoristische Note zu geben. Was ich verstehen kann. Michael wirkt auf mich, als hätte er sich in irgendetwas verbissen. Keine Ahnung in was.

„Im übertragenen Sinn, ja", antwortet Michael auf Bernhards Bemerkung. „Das Interesse dahinter ist, sein Leben denen zu widmen, die man liebt." Ein Augenblick der Stille breitet sich zwischen uns am Tisch aus.

„Oder Kinder gut auf ihr Erwachsenenleben vorzubereiten", schlage ich vor, weil ich an Dirk und Nils denken muss und dass ich ein Drittel meines Lebens damit zugebracht habe, sie in die Selbstständigkeit zu begleiten.

„Was nur geht, wenn wir sie lieben und sie nicht nur dazu gut sind, dass wir uns in ihnen spiegeln können", ergänzt Antje. „So dass wir wieder bei dem Interesse sind, etwas für andere tun zu wollen."

„Und du?", fragt Bernhard und schaut dabei Michael provozierend an. „Was ist dein Lebensinteresse?" Es knistert zwischen den beiden.

Michael lächelt. „Ich will", sagt er, „mich dafür einsetzen, dass es in der Gesellschaft und zwischen Menschen gerecht zugeht. Hierarchien dürfen nicht zu Machtmissbrauch führen. Wirtschaftliche, geistige und körperliche Überlegenheit nicht dafür eingesetzt werden, sich durchzusetzen und andere zu unterdrücken, allein aus Eigennutz und um die eigenen Bedürfnisse zu befriedigen. Es macht mich wütend, wenn ich so etwas beobachte. Wahrscheinlich bin ich deshalb in die Verwaltung gegangen. In der es ja darum geht, Regeln, die für alle gleich gelten, umzusetzen."

„Da hättest du auch Richter werden können", sage ich.

„Oder Politiker", ergänzt Bernhard.

„Verwaltung ist was Handfesteres", antwortet Michael.

„Ich habe auch das Bedürfnis, etwas für andere zu tun", schaltet sich Antje ein. „Nicht nur für Familienmitglieder. Und ich weiß nicht, ob es mit Liebe zu tun hat, wenn ich mich in meinem Beruf für andere einsetze, deren Existenz durch einen Jobverlust gerade erschüttert wird, und mit ihnen Lösungen erarbeite, damit sie diese Krise meistern. Oder gar gestärkt aus ihr hervorgehen."

„Dabei hilfst du denen, die die Leute rausschmeißen und die euch bezahlen", kontert Michael. „Du bist wie die Krankenschwester, die im Krieg Schussverletzungen versorgt und die Soldaten seelisch aufmuntert und dabei doch Teil der Kriegsmaschinerie ist und deren Verantwortliche damit stützt."

Ich bekomme einen Schreck. Ich finde gemein, was Michael ihr vorhält, wo er doch ihr Freund ist.

„Sollen sie stattdessen verrecken?", fragt Antje scharf. „In der Logik trägt ein Polizist zum Verbrechen bei, weil er es nicht verhindert, sondern erst eingreift, wenn etwas passiert ist."

„Er verhindert weitere Verbrechen, wenn er den Täter schnappt. Dann kann dieser bestraft und resozialisiert werden", argumentiert Michael.

„Und wenn zum Beispiel ein Mörder nur einmal getötet hat und danach nie wieder? Was ist dann der Unterschied, denn die getötete Person bleibt tot und eine andere kommt nicht zu Schaden. Vielleicht tut der Täter in der Folge Gutes für andere, was er nicht könnte, wenn er durch die Arbeit der Polizei ins Gefängnis käme", spinnt Antje den Gedanken fort.

Bernhard neben mir hat sich während Antjes Worten angespannt und zieht die Schultern ein. Das spüre ich und sehe, dass auch Michael es wahrgenommen hat.

„Trotzdem wäre es gerecht, den Täter für seine Tat zur Verantwortung zu ziehen. Man kann bei Mord nicht sagen, einmal ist keinmal", beharrt Michael, der sich zu beruhigen scheint und Bernhard anschaut.

„Alles hat Folgen und nicht nur die, die man beabsichtigt, wenn man etwas tut", stellt Bernhard fest. „Trotzdem muss man versuchen, immer wieder das Beste zu erreichen, muss mit den Folgen leben, aus ihnen lernen und auch wahrnehmen, was sie Positives bewirken können. Und dem dann wiederum folgen."

„Jedenfalls stehen wir alle nicht auf der Seite des Bösen", stelle ich fest. „Wenn ich euch richtig verstanden habe, bemühen wir uns doch alle, moralisch zu handeln und uns nicht nur darauf auszurichten, was jedem von uns nutzt, ohne Rücksicht auf Verluste anderer."

„So ist es", bekräftigt Bernhard.

„Was ist denn das Positive daran, dass deine Mutter dich gleich nach der Geburt weggegeben hat?", fragt Michael. Er kann es aus welchem Grund auch immer nicht lassen, Bernhard zu provozieren. Der bleibt jedoch gelassen.

„Nun, ich habe daraus gelernt, niemanden im Stich zu lassen. Niemals. Ich lasse die Liebe zu, die ich gegenüber meiner Frau und meinen Kindern empfinde."

„Hast du nie Rachegefühle gehegt?", hakt Michael nach.

„Nein, Kinder nehmen die Situation an, wie sie ist. Sie kennen es nicht anders. Ich bin in die Mutterlosigkeit hineingewachsen, und als ich alt genug war wahrzunehmen, dass andere bei ihren Eltern oder ihrer Mutter leben, habe ich zwar bedauert, dass mir dieses Eingebundensein fehlt, und manchmal die anderen beneidet, aber mich letztlich damit getröstet, etwas Besonderes zu sein", erzählt Bernhard. „Und ich habe natürlich mitbekommen, dass es nicht in allen Familien toll ist und die anderen Kinder auch ihre Probleme haben, wenn auch teilweise andere als ich. Und wenn ich mich mit anderen vergleiche, also mir ansehe, was aus ihnen geworden ist – ich war vergangenes Jahr erstmals auf einem Klassentreffen – schneide ich mit meinem Leben nicht schlecht ab. Viele dort waren verbittert, leider. Und gaben anderen die Schuld dafür."

„Jeder ist seines Glückes Schmied", fällt mir ein.

„In das jeweilige Umfeld, in das man hineingeboren wird und in dem man aufwächst", sagt Antje, „sind die Startchancen für ein glückliches Leben schon sehr unterschiedlich. Aber es stimmt: Man kann nicht alles auf seine äußeren Bedingungen schieben."

„Die Beziehung zur Mutter ist schon etwas Besonderes", beharrt Michael. „Ich fühle mich oft mit meiner Mutter immer noch verbunden, obwohl sie seit drei Jahren tot ist."

„Aber was nicht ist, das ist nicht", erwidert Bernhard, dessen gute Laune zurückgekehrt ist. „Und jetzt möchte ich meinen armen Kopf nicht länger mit zwar interessanten, aber doch anstrengenden Gesprächen beschweren." Er wendet sich mir zu: „Gehen wir?" Ich nicke nur, obwohl ich gerne noch geblieben wäre.

„Dieses Mal tauschen wir die Handynummern aus", sagt Michael. Er holt einen Block und einen Kugelschreiber aus seiner Jacke hervor, reißt ein Blatt heraus und schreibt seine Nummer auf. Dann reicht er den Zettel, Block und Stift zu Bernhard hinüber, der ohne zu zögern seine Mobilnummer in den Block notiert. „Ist einfacher, als jetzt zu überlegen, wann und wo wir uns wiedersehen", fährt Michael fort, während er Block und Stift wieder einsteckt. „Wer zuerst das Bedürfnis hat, die anderen wiederzusehen, meldet sich."

„So machen wir es", entgegnet Bernhard. „Am besten mit einem Vorschlag über das Was und das Wo." Er und ich stehen auf und ziehen unsere Jacken an.

„Schön", sagt Antje, „jetzt müssen wir nicht mehr auf den Zufall setzen, um uns zu treffen."

„Ja", antworte ich, „bis bald, ihr Zwei. Habt eine schöne Zeit miteinander. Noch so frisch zusammen." Dann gehen wir zum Ausgang.

67 ANTJE MERKENS (2017)

Als Michael und ich in unsere Ferienwohnung zurück-kommen, liegt die Terrasse in der Sonne. Obwohl es erst April ist und morgens noch frisch, erwärmt die Sonne die Luft jetzt am Nachmittag genug, um draußen sitzen zu können. „Entschuldige", sagt Michael, „dass ich dich vorhin so ange-gangen bin. Das tut mir leid. Ich finde es gut, wie du deinen Job machst, dass du dich um die Menschen kümmerst und nicht nur daran denkst, die Kosten niedrig zu halten." Er wirkt niedergeschlagen. „Wahrscheinlich war ich einfach sauer, weil ich Bernhard so wenig aus der Reserve locken konnte, und du hast das abbekommen."

„Er hat vom Thema Mutter entweder abgelenkt, oder er hat sich so gegeben, dass ihn das Thema nicht berührt und er sei-nen Frieden mit seinem frühen Schicksal gemacht hat", sage ich, ohne auf Michaels Entschuldigung einzugehen. Es hat mich gekränkt, was er mir vorgehalten hat, aber ich muss des-wegen kein Fass aufmachen. Ich beuge mich vor und streiche ihm über die Haare, weil ich den Wunsch habe, ihn zu trösten. Doch er entzieht sich meiner Hand, indem er sich zur Seite neigt. „Ich bin angespannt", entschuldigt er sich für seine Re-aktion. „Ich fühle mich schuldig und ich weiß nicht, ob es dar-an liegt, dass ich gemein zu dir war, oder ob ich dieses Gefühl von Bernhard aufgenommen habe. Dass es Bernhards Schuld-gefühle sind, die ich empfinde", überlegt Michael.

„Ich bin mir nicht mehr sicher, dass er etwas verbirgt", sage ich. „Ich kann das hier in Husum nicht mehr eindeutig wahrnehmen, wenn wir Friederike und Bernhard treffen. Manchmal denke ich, ja, er versteckt sich innerlich, und dann erscheint er mir wieder offen und unschuldig. Als wechsele er seine Zustände nach Belieben. Damals in der anderen Situation, als ich ihn noch nicht kannte und auf der Fähre auf der Überfahrt sitzen sah, da war ich mir sicher und er hat es mir gegenüber ja auch zugegeben. Nur ist dieses Gefühl verblasst, etwas Wahres zu erfassen, so dass ich sogar daran zu zweifeln beginne, dass er die Wahrheit gesagt hat, als er zugab, etwas zu verbergen." Ich knuffe Michael gegen den Arm und lächele ihn an. „Vielleicht forderst du meine ganze Aufmerksamkeit und ich habe für Gefühle für andere keinen Raum mehr?"

„Wenn ich mir nur irgendwie sicher wäre", erwidert Michael. „Aber dieses Schwebende, diese Unsicherheit, die raubt mir meine Seelenruhe. Verzeih, dass das unseren Urlaub beeinträchtigt."

„Mir macht durchaus Spaß, unter professioneller Anleitung auf Mördersuche zu gehen", scherze ich wahrheitsgemäß.

„Wenn Bernhard etwas mit dem Tod seiner Mutter zu tun hat, spielt er den Unschuldigen so überzeugend, wie es sonst nur Schauspieler können. Dazwischen sind immer wieder diese Lücken, durch die etwas zu blinken scheint wie ein Bernstein zwischen Kieselsteinen".

„Friederike wirkt ganz unschuldig", stelle ich fest, „und sie kann sich nicht gut verstellen."

„Sie weiß nichts", schlussfolgert Michael, „weil es nichts zu wissen gibt oder weil sie Michaels Geheimnis nicht kennt."

„Mit anderen Worten: Wir tappen im Dunkeln oder nichts Genaues weiß man nicht", versuche ich etwas Heiterkeit zwischen uns zu streuen. „Schluss jetzt mit dem Trübsinn. Verschieben wir die weitere Mörderjagd auf morgen. Wir können jetzt Kontakt zu ihnen aufnehmen, wenn wir wollen. Deshalb hast du den Rest des Tages dienstfrei und kannst ihn ganz entspannt mit deiner Freundin verbringen."

„Das sind verlockende Aussichten", antwortet Michael und zieht mich aus dem Terrassenstuhl hoch und auf seinen Schoß. Sein Kuss schmeckt lieblich, ernsthaft und verlangend.

Wir haben uns heute zeitig schlafen gelegt. Friederike schlummert friedlich neben mir. Ich kann nicht einschlafen, eine innere Unruhe hält mich wach. Friederike genießt die Gespräche mit Michael und Antje. Sie findet sie anregend, hat sie mir munter auf dem Heimweg vom Schloss-Café erzählt. Mit den beiden könne man so ganz anders sprechen als sonst mit den üblichen Urlaubsbekanntschaften, über richtige berührende Themen, nicht nur die übliche Konversation. Wie weggeblasen ist ihre Eifersucht auf Antje, die nun „in festen Händen" sei, wie Friederike das ausdrückt, auch wenn sie skeptisch ist, ob die Beziehung wegen des Altersunterschieds der beiden von Dauer sein wird. Ich freue mich darüber, wie Friederike die Gespräche beleben. Sonst ginge ich Michael und Antje aus dem Weg. Irgendetwas stimmt mit ihm nicht. Er ist kein harmloser Zeitgenosse. Wie er immer wieder auf meine Mutter zu sprechen kommt, ganz beiläufig, als wolle er mich aushorchen. Wahrscheinlich hat ihm Antje davon erzählt, dass ich ein Geheimnis hüte. Ich hätte das bei unserer Begegnung auf der Insel nicht zugeben sollen.

Ich muss an damals denken, an mein früheres Leben. Bevor ich getötet habe, habe ich mit dem Gedanken gespielt, mich umzubringen. Die Wut, die mich am Leben hielt, auf mich zu lenken. Ich habe mir die Frage nach dem Sinn meines Lebens gestellt, eines von Anfang an verpfuschten Lebens – so empfand ich es damals –, schuldlos zwar, aber in jedem Fall ohne Sinn. Wenn man davon absah, dass ich dazu beitrug, Warenströme über Europas Straßen in Gang zu halten und damit das Bruttosozialprodukt zu steigern. Ich empfand so etwas wie

Stolz, wenn die Nachrichten gute Wirtschaftszahlen verkündeten. Die Warnung vor den Grenzen des Wachstums war bis zu mir nicht durchgedrungen. Trotzdem: Mich wird keiner vermissen, keiner an meinem Grab weinen, dachte ich damals. Ich habe mich gefragt, ob ich einfach durchhalten müsse, ob das meine Aufgabe sei, obwohl sie für mich keinen Sinn ergab. Wer hatte sie mir überhaupt gestellt? Ich selbst jedenfalls nicht. Warum kommen mir jetzt solche Gedanken? Michael hat berichtet, das Puppenspiel habe ihn als Kind auf die Frage nach dem Sinn des Lebens gestoßen. Wahrscheinlich habe ich daran assoziativ angeschlossen, weil meine Gedanken hier im Bett in entspanntem Zustand frei fließen.

Ich hatte die Vorstellung verinnerlicht, es sei Sünde, sich umzubringen, obwohl mir Religion bereits gleichgültig geworden war. Man darf sich nach dem Tod sehnen, das durchaus. Man darf des Lebens müde werden, doch nicht selbst Hand an sich legen. Außerdem hatte ich große Angst vor Schmerzen, vor Qualen, bis es vorbei ist. Wie musste man es praktisch ausführen, um schmerzfrei aus dem Leben zu scheiden? Scheiden tut weh, heißt es im Volkslied.

Trübe Gedanken, dabei fühle ich mich heiter. Wahrscheinlich, weil der Kontrast zu meinem jetzigen Leben so unfassbar groß ist. Als ich Friederike heiratete und noch mehr bei der Geburt unseres Ältesten verschwand die Frage nach meinem Lebenssinn. Er war einfach da, so wie man sich auch nicht fragt, wie man Fahrrad fährt, wenn man es einmal gelernt hat.

Der Mond ist aufgegangen. Ich kann ihn vor dem Fenster sehen, weil wir vergessen haben, die Fensterläden zu schließen. Er schickt ein fahles Licht in den kleinen Garten hinter dem Haus. Das ist schön, denke ich und stehe auf, um ans Fenster zu treten und hinaus zu sehen. Ich meine, den Duft der

Frühlingsblumen zu riechen, die entlang der Gartenmauer wachsen, obwohl das nicht sein kann. Doch der Moment ist so intensiv, dass die Sinne sich ihre Empfindungen holen und sei es aus der Einbildung. Ich höre Friederike hinter mir ruhig atmen.

69 MICHAEL ANDRESEN (2017)

Ich bin nörgelig. Die Mörderjagd, wie Antje unsere Treffen mit Bernhard und Friederike nennt, stört unseren ersten gemeinsamen Urlaub. Dabei ist es schön hier in Husum. Wir haben in den letzten Tagen eine stabile, sonnige Wetterlage, und ich kann dabei zusehen, wie sich Antje in der Nordseeluft erholt. Sie gibt sich in ihren Projekten ganz hin; ihre Haut war wie durchscheinend, als sie von ihrem letzten Auftrag zurückkam. Und jetzt sieht sie aus, als sei ihr neues Leben eingehaucht worden. Wir gehen ins Theater, ins Konzert, durchstöbern die Museen und lieben uns, wenn wir von unseren Streifzügen zurückkehren, bevor wir nackt aneinandergeschmiegt einschlafen. Dennoch kehren unsere Gespräche und Gedanken immer wieder zu Bernhard und seinem Geheimnis zurück, der Frage nach seiner möglichen Täterschaft. Ein paar Mal haben wir uns mit Friederike und Bernhard getroffen, weil wir oder Friederike die Initiative ergriffen haben. Bernhard hat sich nie gemeldet, aber vielleicht gehören Verabredungen in ihrer Beziehung zu ihrem Part. Wir haben uns angeregt miteinander unterhalten, fast wie unter Freunden, aber kein Indiz gefunden, keine versteckte, verdächtige Regung Bernhards, so oft wir auch das Gespräch auf Mütter und Pinneberg gebracht haben.

Am meisten zermürbt mich in meinem Beruf als Polizist ein Gefühl der Ohnmacht, wenn ich nicht weiß, wie ich mich vergewissern kann, ob ich der Wahrheit auf der Spur bin oder nur Hirngespinsten nachjage. Wenn ich nicht weiß, welcher Versuchsaufbau mir Antworten auf meine offenen Fragen verspricht. Wenn ich mich nach Gewissheit sehne, während mich

Zweifel quälen. Wenn ich wenigstens glauben könnte, dass Bernhard unschuldig ist. Doch meine Intuition protestiert gegen diese Annahme und flüstert mir ein, es sei etwas faul mit diesem Biedermann und seiner Erzählung von einer glücklichen Ehe und einem glücklichen Familienleben. Vielleicht bin ich nur neidisch, weil mir bewusst wird, wie schwer es mir fällt, mich ganz und vorbehaltlos auf eine Liebesbeziehung mit Antje einzulassen. Wie ich Angst davor habe, mich ihr hinzugeben ohne die innere Rückversicherung, auch ohne sie leben zu können.

Es ist früh am Morgen. Ich habe mich leise aus dem Bett gestohlen und bin hinunter in den Wohnraum geschlichen, nicht ohne vorher die schlafende Antje zu betrachten, die kindlich entspannt aussieht. Ich liebe dich, habe ich gedacht und mich dabei gefragt, ob ich sicher bin, dass ich weiß, wie das geht: Lieben.

Wir haben gestern Abend wieder lange über die Vahles gesprochen, ohne dass uns das weitergebracht hätte. Die Dämmerung hat eingesetzt. Die Schafe hinter dem Haus liegen wie hingetupft auf der Weide. Schlafen sie oder befällt sie nachts nur eine Art von Trägheit? Wie viele Stunden schlafen Schafe?

In wenigen Tagen werden wir abreisen. Unser Urlaub geht zu Ende, und auch die Vahles werden nach Harsewinkel zurückkehren. Mich werden in meiner Wohnung die Aktenordner daran erinnern, dass ich Wiebke Loose noch keine Gerechtigkeit verschaffen konnte. Wie soll es jetzt weitergehen? Wie kann ich Bernhard Vahle packen oder auch, wie kann ich mir selbst beweisen, dass er unschuldig ist? Noch weiß er nicht, dass ich Polizist bin.

Ich werde es heute wie seinerzeit Antje auf der Insel machen und es so einrichten, dass ich Bernhard alleine auf seinem morgendlichen Spaziergang zum Strand begegne. Diese Angewohnheit habe er hier beibehalten, hat er bei einem unserer Treffen erzählt. Ich werde ihn direkt konfrontieren, wenn er nicht im Beisein von Friederike seine seit Jahren eingeübte Rolle des glücklichen Ehemanns spielen kann. Rollen zu spielen, kann Gefühle verstärken, bis Rolle und Realität in eins fließen. Bis man selbst überzeugt ist, nicht zu spielen, sondern zu sein, ganz man selbst zu sein. Wenn ich den Weg nehme, der am Koog entlangführt, kann ich ihn kaum verfehlen.

Hoffentlich ist Antje nicht verärgert, weil ich sie außen vor lasse, wenn ich jetzt meinem spontanen Entschluss folge, ohne sie aufzuwecken. Ich schlüpfe in meine Kleidung und verlasse das Haus. Ich höre den Wind und sonst nichts. Das Gehen, die Bewegung dämpft meine Unruhe, das Nörgelige verzieht sich in den Hintergrund. Ich atme bewusst und gleichmäßig ein und aus, ein und aus. Der unbefestigte Parkplatz an der Abzweigung zur Dockkoogstraße ist noch weitgehend leer. Weit und breit bin ich der einzige Fußgänger, auch Bernhard ist voraus in Richtung Strand nicht zu sehen. Ein Auto kommt mir entgegen und fährt vorbei. Danach ist es wieder still.

Hinter dem Wehr überquere ich den Deich und gehe unten am Wasser weiter. In meinem Rücken ist die Sonne aufgegangen. Ihre ersten Strahlen reflektieren auf dem braun-grauen Wattenmeer. Wir haben ablaufendes Wasser, bald wird der Schlick zum Vorschein kommen. Es ist schön hier zu dieser frühen Stunde, so still. Ich bin stehen geblieben und lausche auf den ablandigen Wind und die Bewegung des sich kräuselnden Wassers.

Am Nordseehotel, noch bevor sich der Weg in einer langgezogenen Kurve Richtung Norden wendet, stehen die ersten Strandkörbe. Abgesperrt bis auf einen, bei dem das Schloss des

Schutzgitters defekt ist. Ich drehe den Strandkorb, so dass ich Weg und Deich im Auge behalten kann, stelle das Gitter hinter den Korb und lasse mich auf der Bank nieder. Ich warte. Bernhard wird kommen. Gewohnheiten gehören zu seiner Lebensstrategie, sie stärken ihn in der Rolle, die er spielt. Improvisation schürt Zweifel. Die kann er nicht gebrauchen. Er wird kommen.

Mir ist bewusst, dass es meinen polizeilichen Standards zuwiderläuft, Bernhard aufzulauern. Ich habe aber das Gefühl, keine andere Wahl zu haben. Ich kann nicht einfach ein für alle Mal aufgeben. Noch nicht. Ich muss nach diesem Strohhalm greifen.

Die Sonne steigt höher, ohne die Kälte der Nacht bereits zu vertreiben. Mein Kopf fühlt sich leer an. Eine entspannte, erwartungsvolle Aufmerksamkeit hat sich meiner bemächtigt, obwohl ich zu frieren beginne. Ein früher Gassi-Geher kommt den Deich herunter. Er führt den Hund an der kurzen Leine, so wie es an den Durchgängen auf den Schildern gefordert wird: „Die Schafe werden es Ihnen danken". Eher der Schäfer, denke ich, oder können Schafe Dank empfinden?

Bernhard kommt neben dem ausgebrannten Nordseehotel den Deich herab. Wie ich es vorausgesehen habe. Ich zittere vor Kälte, bleibe aber sitzen und warte ab, ob er wahrnimmt, dass jemand in einem Strandkorb sitzt. Er geht leichtfüßig und gleichmäßig wie einer, der in sich ruht. Er wird nicht leicht zu erschüttern sein. Er hat den Abstieg vom Deich hinter sich und bleibt stehen. Schaut dorthin, wo ich sitze. Ich winke. Er streckt den Kopf etwas nach vorne, als müsse er genauer hinschauen. Ich winke nochmals und stehe auf, um ihm entgegen zu gehen. Er erkennt mich, schüttelt den Kopf, erstaunt, unwillig, so sieht es aus. Ich lache ihn fröhlich an. „Guten Morgen, Bernhard", sage ich. „Es ist trotz der Kälte wunderbar, hier zu sitzen und zuzusehen, wie es Tag wird, wie der Tag am Meer beginnt. Ich liebe das Licht, wenn die Sonnenstrahlen in flachem Winkel auf die Landschaft treffen, ein Moment großer Klarheit." Er reagiert nicht auf das, was ich gesagt habe und starrt mich an.

„Hast du auf mich gewartet?", fragt er unwirsch und fährt fort, bevor ich antworten kann: „Lassen wir das Katz-und-Maus-Spiel. Was willst du von mir?"

Ich bin überrascht. Ich habe seine Vorbehalte mir gegenüber gespürt, aber damit, dass er sie offensiv anspricht, wo die Frauen nicht dabei sind, habe ich nicht gerechnet. „Wahrscheinlich hast du recht", stimme ich ihm zu. „Lassen wir das höfliche Geplänkel." Ich mache eine Pause und lausche in die Stille hinein. Bernhard wartet ruhig darauf, dass ich weiterspreche. „Ich bin Polizist", gestehe ich ein. „Und ich versuche seit fast 38 Jahren den Mörder deiner Mutter zu finden. Ich kann damit nicht aufhören. Es ist wie ein Zwang. Und wie der Zufall mir nun ihren Sohn vor die Füße gespielt hat, ist alles wieder da. Der Ort, wo die Leiche gefunden wurde. Der Obduktionsbericht, der dem Täter eine Kraft bescheinigt, wie sie sich nur unter hohem emotionalem Druck entwickelt, Wut oder Bedrohung. Die Beerdigung. Die ganzen Gespräche, die wir geführt haben. Wort für Wort haben sie sich mir eingeprägt …"

„Ich habe damit nichts zu tun", unterbricht mich Bernhard, „obwohl mir der Tod meiner Mutter ermöglicht hat, einen Schlussstrich unter meine Vergangenheit zu ziehen und ein neues Leben zu beginnen. Bis dahin hatte ich Schuldgefühle. Doch als ich die Nachricht erhielt, jemand hätte sie getötet, waren wir auf einmal quitt und ich war frei."

„Du warst sehr wütend auf deine Mutter", stelle ich fest.

„Ich war wütend auf alles, nicht nur auf meine Mutter", gibt Bernhard zu. „Trotzdem habe ich sie nie gesucht."

Sprich deine Vermutung aus, rede ich mir zu. Es ist einen Versuch wert, ihn mit einer Hypothese zu provozieren. „Du warst vor 38 Jahren in Pinneberg, hast deine Mutter gefunden, ihr aufgelauert und sie erwürgt. Wie hat sich das angefühlt?" Ich beobachte Bernhard genau, während ich spreche. Es zeichnet sich keine Spur von Überraschung auf seinem Gesicht ab, keine Ängstlichkeit, kein Zeichen einer Emotion. Undurchdringlich, denke ich, kalt und undurchdringlich.

Bernhard schnaubt spöttisch. „Ich habe zu Friederike gesagt, dass ich dir nicht traue, dass ich das Gefühl habe, du willst mich aushorchen." Er macht eine kurze Pause. „Ich hatte recht. Nur gibt es nichts auszuhorchen. Ich kenne meine Mutter nicht. Ich war nie in Pinneberg. Sie hat mich als Baby weggegeben. Ich habe ihren Wunsch akzeptiert, dass sie mit mir nichts zu tun haben will. Nach inneren Kämpfen, das gebe ich zu."

„Du lügst", halte ich ihm vor. „Du lügst wie jemand, der angefangen hat zu glauben, dass er die Wahrheit sagt."

„Ich spüre Verzweiflung, dein Seelenfrieden ist gestört. Deshalb stellst du mir nach, klammerst dich an mich, wie an deinen letzten Strohhalm. Ich bin nicht der, den du suchst. Ich bin mit mir im Reinen, eine Art Findelkind, das seinen Weg gefunden hat." Bernhard lässt sich nicht aus der Ruhe bringen. Seine Stimme hat einen sanften Klang. Das überrascht mich.

„Was ist dein Geheimnis?", starte ich einen neuen Versuch.

„Hat dir Antje diesen Floh ins Ohr gesetzt?", fragt er zurück. „Ich hätte etwas zu verbergen? Sie war geradezu besessen von dieser Idee und ich habe mitgespielt, weil für sie so viel davon abzuhängen schien, dass sie ihre Wahrnehmung nicht täuscht."

„Viele Menschen mochten deine Mutter. Sie hatte eine Bedeutung für andere. Du hättest das auf ihrer Beerdigung erleben können", sage ich, ohne darauf einzugehen, wie abfällig er über Antje spricht und versucht, ihre Hartnäckigkeit ins Lächerliche zu ziehen.

„Ich bin nie ein Sohn gewesen. Sie war eine Fremde für mich", erwidert Bernhard. Seine Stimme verliert ihre Gefasstheit, ich spüre Wut in ihm aufsteigen. „Was hätte ich also auf der Beerdigung verloren? frage ich dich. Ich bin das Wesen, das sie ausgetragen hat. Einen Sohn sieht man heranwachsen, man umsorgt ihn, man sorgt sich um ihn, man pflegt ihn, wenn er krank ist, man kümmert sich, wenn er Kummer hat. Hat sie das gemacht? Nein, nein, nichts von alledem. Ich bin kein Sohn. Ich habe mich selbst erschaffen."

„Du bist wütend", stelle ich fest, „aufgebracht."

„Ja, ich bin aufgebracht, weil du mich belästigst und mir einen Mord unterstellst." Bernhard spricht jetzt lauter. „Und mich in meine Vergangenheit zerrst, an die ich nicht erinnert werden will."

„Hattest du nie ein eigenes Interesse daran, dass diese Tat aufgeklärt wird?", frage ich. „Du bist, wie jemand, der nicht nachfragt, weil er die Antwort kennt."

„Ich kann mich nicht für jedes Verbrechen interessieren, das passiert ist. Das fällt in dein Ressort", antwortet er ironisch.

„Aber dieses wurde an deiner Mutter verübt", insistiere ich.

„Bist du böswillig oder willst du mich nicht verstehen? Hol deinen Block heraus und notiere für dein Protokoll: Das war nicht meine Mutter. Diese Frau ist eine Fremde für mich. Und jetzt lass uns diesen Dialog vergessen, damit wir normal miteinander umgehen können, wenn wir uns das nächste Mal im Beisein unserer Frauen treffen." Er streckt die Hand aus, um seinen Vorschlag zu besiegeln.

„Du hast ihre Gene, sie ist in dir", beharre ich weiter und ignoriere seine Hand. „Wolltest du nie herausfinden, was die Grundlage für das ist, was du aus dir gemacht hast?"

„Wozu? Das hätte nichts geändert. Ich bin glücklich. In der Vergangenheit zu wühlen, ist etwas für Menschen, die leiden und sich daraus befreien wollen. Schluss jetzt! Frieden?" Bernhard streckt mir wieder die Hand entgegen und ich nehme sie resigniert. Wiebke Loose steht mir näher als ihm.

„Entschuldige, dass ich nach deinem Überfall nicht mit dir zurückgehen mag", sagt Bernhard, den mein Handschlag beruhigt hat. „Ich schlage den großen Bogen zurück in den Ort."

„Kein Problem und nichts für ungut", sage ich und hadere mit meiner scheinheiligen Versöhnlichkeit.

Bernhard wendet sich ab und geht davon. Sein Schritt ist leichtfüßig und gleichmäßig wie vorhin, als er den Deich hinunterkam. Bald verschwindet er hinter der Biegung.

Er reagiert zu perfekt, denke ich. Zu perfekt, um unverdächtig zu sein. Was für eine kuriose Idee, dass die Wahrheit zu lücken- und bruchlos vorgebracht wird, um keine Lüge zu sein. Mein Kopf fühlt sich blockiert an. Ich sollte zurückgehen. Vielleicht hilft die Bewegung gegen den aufkommenden Kopfschmerz. Kann ich Bernhard nicht glauben, weil ich sonst mit meinen privat geführten Ermittlungen wieder vor dem Nichts stehe? Nicht nur keine neue Spur hätte, sondern dem großen Nichts ausgeliefert wäre, das nach meinem Leben greift? Ich sehne mich nach Antjes Armen, die mich halten.

Bernhard kommt spät von seinem morgendlichen Spaziergang zurück. Ich habe bereits den Frühstückstisch gedeckt und nippe an meinem Kaffeebecher. „Da bist du ja", begrüße ich ihn und hoffe, dass ich nicht vorwurfsvoll klinge. Er grinst süffisant. „Was ist los? Ist was passiert?", frage ich ihn, weil mich sein Gesichtsausdruck irritiert.

„Andresen hat mir aufgelauert. Saß beim Nordseehotel im Strandkorb und hat auf mich gewartet", erklärt Bernhard und schüttelt dabei wie ungläubig den Kopf. „Ich wusste, dass mit ihm etwas faul ist. Er ist Polizist in Pinneberg und glaubt, ich hätte meine Mutter getötet." Er schnaubt. „Es kam mir vor, als könne er seinen Seelenfrieden nicht finden, wenn er den Täter nach fast 40 Jahren nicht noch findet. Und mangels Alternativen hat er mich als potenziellen Täter auserkoren."

Mir weicht das Blut aus dem Kopf. Er fühlt sich wattig an. „Das ist ja furchtbar", sage ich leicht theatralisch. „Du hast zweimal deine Mutter verloren, einmal, weil sie dich weggegeben hat und einmal, weil sie getötet wurde. Die Unterstellung von Michael ist regelrechte Quälerei. Geht es dir gut?" Ich habe Angst, dass Bernhard wieder in den Zustand depressiver Abwesenheit abdriftet.

„Mach dir keine Sorgen", versucht er mich zu beruhigen. „Ich bin eher amüsiert und ein bisschen tut mir Michael auch leid. Er kam mir vor wie jemand, der kurz davor ist, sich eingestehen zu müssen, an seiner Lebensaufgabe zu scheitern. Ich bin aber nicht seine Lösung oder seine Erlösung." Bernhard grinst, zufrieden mit seinem Bonmot. Ich bin über seine gelassene Reaktion erleichtert. „Brötchen?", fragt er und hebt die Bäckertüte in die Luft.

„Die hast du auch noch geholt", wundere ich mich. „Ja, gerne, lass uns frühstücken."

Bernhard sortiert die Brötchen in einen Flechtkorb und setzt sich an den Tisch. „Ich habe keine Lust, Antje und Michael noch einmal wiedersehen", stellt er fest. „Das war's."

„Ich auch nicht", bemerke ich. „Ich könnte ihnen nicht mehr unbefangen begegnen. Ich bin sauer auf Michael, denn ich habe es genossen, mich mit den beiden zu unterhalten."

„Ja, du bist in den Gesprächen richtig aufgeblüht", bestätigt Bernhard. „Ich hatte gleich das Gefühl, er will mich aushorchen. Immer wieder kam er auf das Thema Mütter und insbesondere mein Verhältnis zu meiner Mutter zurück. Was soll's? Uns geht es gut, wir brauchen die beiden nicht für unser Glück." Bernhard steht auf, stellt sich hinter meinen Stuhl und schlingt die Arme um mich. Ich schmiege mich an ihn und wir verharren eine Weile in dieser Position.

„Wolltest du nie wissen, wer deine Mutter getötet hat?" Die Frage kommt mir ganz unvermittelt in den Kopf. „Eigentlich arbeitet Michael in deinem Interesse."

Bernhard richtet sich wieder auf und lässt mich los. Ich spüre, wie er in meinem Rücken überlegt, und drehe mich zu ihm um. „Nein", sagt er zögerlich, „ich wollte das nie wissen. Ein bisschen überrascht mich das selbst. Aber der Tod meiner Mutter hat mich erleichtert und befreit. Es gab auf einmal einen Grund, warum sie keinen Kontakt zu mir aufnimmt, und ich musste nicht mehr darauf warten, dass sie sich für mich interessiert. Alles andere war mir egal, wie herzlos das manchem erscheinen mag."

„Du bist nicht herzlos." Ich habe das Bedürfnis, Bernhard gegen solche imaginären Angriffe zu verteidigen. „Ich kenne dich." Mir fällt noch etwas ein. „Du könntest dich auf seiner Dienststelle über Michael beschweren. Er ermittelt nicht offiziell gegen dich, das hätte er dir sonst mitteilen müssen."

„Lass gut sein", beschwichtigt Bernhard, „ich mag mich damit nicht länger befassen."

„Und wenn er nicht lockerlässt?", insistiere ich.

„Dann kann ich mich immer noch beschweren." Bernhard bleibt gelassen und souverän. Das ist gut.

„Lass uns heute mit dem Zug nach Schleswig fahren", schlage ich vor. „Dort treffen wir die beiden unter Garantie nicht."

„Und Michael kann Frust schieben. Geschieht ihm recht." Bernhard grinst mir verschmitzt zu. „Soll er weiter über seinen Fall brüten. Ich kann und ich will ihm dabei nicht helfen."

Ich stehe auf und nehme Bernhard fest in den Arm. Er fühlt sich offen und weich an. Er ist kein Mörder.

On the road again. Noch nie ist es mir so schwergefallen, zum nächsten Projekt aufzubrechen. Michael hat mich nach Hamburg zum Hauptbahnhof begleitet. Wir standen eng umschlungen auf dem Bahnsteig und ich hatte das Gefühl, dass mir noch eine Galgenfrist eingeräumt wird, als die knisternde Durchsage aus den Lautsprechern schallte, mein Zug nach Magdeburg hätte zehn Minuten Verspätung. Ich weiß nicht, ob es Michael ähnlich gegangen ist. Er hat Faxen auf dem Bahnsteig gemacht und wie wild gewinkt, nachdem ich im Zug meinen Fensterplatz eingenommen hatte. Wie ein überdrehter Teenager sah er dabei aus. Um seinen Abschiedsschmerz zu überspielen?

Die letzten Tage in Husum haben uns einander nähergebracht oder vielleicht sollte ich besser sagen, ich habe den Eindruck, dass Michael sich mir geöffnet hat und in der Lage war, mehr Nähe zuzulassen. Wir hatten uns an dem Tag gestritten, als er morgens vom Strand zurückkam, wo er Bernhard erwartet hatte. Ich war aufgewühlt, weil er fort war, als ich aufwachte und er mir keine Nachricht hinterlassen hatte. Und als er mir dann erzählte, er habe Bernhard, einer spontanen Eingebung folgend, am Strand zu provozieren versucht und ihm trotz aller Zweifel auf den Kopf zugesagt, er halte ihn für den Mörder seiner Mutter, kochte Ärger in mir hoch. „Ich dachte, wir wollten Bernhard gemeinsam aus der Reserve locken, uns miteinander abstimmen", hielt ich Michael vor. „Und dann spielst du den einsamen Wolf." Er senkte den Kopf und sah geknickt aus, wodurch er sofort mein Helferherz rührte. „Ich habe nichts erreicht, außer dass du mit Recht sauer auf mich bist", gestand er kleinlaut. Er erzählte mir dann ausführlich, wie sich seine Auseinandersetzung mit Bernhard abgespielt hatte und das versöhnte mich wieder mit ihm. Ich kann niemandem lange böse sein.

Die kommenden Tage bis zu unserer Abreise machten wir keine Versuche mehr, Friederike und Bernhard zu treffen, und auch zufällig liefen wir ihnen nicht mehr über den Weg. Michael war in dieser Zeit anhänglich und liebevoll. Keiner von uns erwähnte nochmals Bernhard und Friederike, obwohl ich sicher bin, dass Michael wie mir unsere Begegnungen mit ihnen noch im Kopf herumschwirrten. Wir mieden beide das Thema und stellten fest, dass uns trotzdem der Gesprächsstoff nicht ausging. Wir redeten über das, was wir erlebten und tauchten tief in unsere Lebensvergangenheiten ein. Wir spürten, wie wir darüber einander vertrauter wurden und bekräftigen diese Nähe durch körperliche Zärtlichkeiten, nicht nur beim Sex.

Nach der Zeit in Husum verbrachte ich ein paar Tage in Kiel, weil ich ins Büro musste und mich mit meinen wesentlichen Sachen ausrüsten wollte, um mir in Michaels Wohnung in Pinneberg nicht zu provisorisch vorzukommen. Am Abend, als ich bei ihm ankam, hatte er für uns gekocht und den Tisch feierlich gedeckt, mit weißem gemangeltem Tischtuch – „aus der Erbmasse meiner Mutter", wie er sagte. Dazu Kerzen und Geschirr, das er nur zu besonderen Gelegenheiten auspacke. „Gibt es etwas Besonderes?", fragte ich. „Du bist wieder bei mir, sonst nichts", hatte er geantwortet, „und ich hoffe, dass du lange bleibst." Ich bin mir nicht sicher, ob er sich absichtlich so doppeldeutig ausdrückte und scheute mich nachzufragen.

Während des Essens kam er wieder auf Bernhard und Friederike zu sprechen. „Ein letztes Mal", wie er erklärte. „Ich werde die Akte schließen und lernen, mit der Ungewissheit zu leben, obwohl ich mich Wiebke Loose gegenüber schuldig fühle. Was absurd ist, Bernhard müsste sich schuldig fühlen. Selbst, wenn er nicht der Täter ist. Aber er zeigt keinerlei unbewusste Reaktionen in diese Richtung. Was paradoxerweise mein Gefühl verstärkt, dass er es war. Trotzdem: Ich ziehe jetzt einen Schlussstrich."

Ich sagte ihm nicht, dass das so einfach nicht geht. Ich stand vielmehr auf, ging um den Tisch herum und zog seinen Kopf an meinen Bauch. So stand ich eine Weile schweigend da und spürte, wie etwas aus ihm abfloss, wie seine Anspannung nachließ.

Die nächsten Tage lebten wir so etwas wie Alltag. Michael ging zum Dienst und „jagte Verbrecher", wie er scherzte; ich bereitete im Homeoffice mein nächstes Projekt vor, zu dem ich jetzt unterwegs bin. Wir kochten abends zusammen. Michael war begierig, mit mir auf dem Sofa zu sitzen und Filmklassiker zu sehen, für die er schwärmt. Alles Beziehungsfilme, wie er mir erklärte, während er „Der Mann der Liberty Valance erschoss" in den DVD-Player schob. „Western sind typische Beziehungsfilme", erläuterte er mir mit jungenhafter Begeisterung, „es geht um Freundschaft, um Hilfsbereitschaft, um Zusammengehörigkeit unter noch instabilen gesellschaftlichen Verhältnissen. Beziehungen sind nicht nur Liebesbeziehungen."

„Das nächste Mal kommst du nach Kiel. Dann schauen wir meine Filme. Ich verrate dir aber vorher nicht welche. Du sollst unvoreingenommen reagieren", schlug ich vor und amüsierte mich über sein neugieriges Gesicht.

Mein Zug fährt über die Elbbrücken. In den nächsten drei Stunden habe ich Zeit, mich mental auf mein neues Projekt einzustimmen. Ich brauche dieses Mal keine Menschen unterzubringen, die ihre Arbeit verlieren, und ihnen eine neue Perspektive zu eröffnen. Im Gegenteil: Ich soll junge Menschen für einen Handwerksberuf begeistern, die mehrere Optionen haben. Die Landesfachgruppe Sachsen-Anhalt des Fachverbandes Fliesen und Naturstein hat mich beauftragt, für ihre Innungsbetriebe fähige Bewerber zu rekrutieren, weil diese oft keine Auszubildenden finden oder sich nur junge Menschen bewerben, die die Mindestanforderungen nicht erfüllen, einigermaßen lesen, schreiben und rechnen zu können, pünktlich zu erscheinen, überhaupt einen Willen zur Arbeit zu zeigen und ein Minimum an Höflichkeit und Frustrationstoleranz mitzubringen. Dabei sind Bauhandwerksberufe zwar körperlich anstrengend, bieten aber auch ein hohes Befriedigungspotenzial. Zu sehen, wie etwas durch die Arbeit der eigenen Hände wächst und ein Werk entsteht, kann einen glücklich und stolz machen. Tag für Tag. Dazu benötigt man als Fliesenleger technisches Know-how, Wissen über chemische und physikalische Zusammenhänge, auch ein gutes ästhetisches Empfinden für Proportionen und Farben und kommunikatives Geschick im Umgang mit den Kunden. Es gibt gute Aufstiegschancen bis hin zur Selbstständigkeit. Vermitteln lässt sich das alles am besten im persönlichen Kontakt, weshalb ich über das Bunesland verstreut Vorstellungstermine an Schulen bis hin zu Gymnasien ausgemacht habe. Aber auch an Fachhochschulen und Universitäten werde ich zusammen mit dem Inhaber eines Fliesenfachbetriebs Veranstaltungen für Studenten durchführen, die ihr Studium abbrechen wollen, weil sie gemerkt haben, dass sie es mit anderen Erwartungen begonnen haben. Ein paar Wochen werde ich unterwegs sein.

Michael kann mich besuchen, denn ich werde nicht so tief in fremde Leben eintauchen, dass kein Raum für ihn bleibt. Noch ist unser gemeinsames Leben provisorisch, und doch habe ich das Gefühl, dass etwas zusammenwächst. Ich denke öfter an uns als Wir, so als seien wir eine Einheit.

Bis Magdeburg werde ich aber Michael und unsere Beziehung ganz in den Hintergrund schieben. Das brauche ich, um meinen Job gut zu machen. Ist er mir wichtiger als Michael? Muss ich mich zwischen beiden entscheiden? Was für Gedanken kommen mir auf einmal? „Ein neuer Lebensabschnitt hat begonnen", höre ich die innere Stimme meiner Mutter. „Du meinst mal wieder, mehr zu wissen als ich", gebe ich schnippisch zurück. Sie antwortet darauf nicht, aber ich sehe sie zufrieden lächeln.

4. TEIL

72 BERNHARD VAHLE (2018)

Seit ein paar Wochen fällt mir das Atmen schwer. Ich bin schnell aus der Puste. Selbst beim Spaziergehen schleiche ich wie ein alter Mann herum. Sage ich etwas, wirkt es atemlos. Abgenommen habe ich, was mich nicht wundert. Schließlich ist Essen kein Vergnügen, wenn es einem den Atem nimmt. Friederike hat mich gedrängt, zum Arzt zu gehen, aber ich habe mich geweigert, weil ich Angst vor der Diagnose hatte. Wir haben uns so heftig gestritten wie noch nie in unserer Ehe. „Sturer Bock", hat sie mich genannt, „bitte tue es für mich, aus Liebe." Ich habe sie gequält angesehen. „Man muss dem Körper die Chance geben, sich selbst wieder einzuregulieren", habe ich eingewandt, obwohl ich wusste, dass ich mich nur vor einer womöglich bitteren Wahrheit drücke. „Aber nicht wochenlang", hat Friederike mir entgegengehalten. „Ich mache einen Termin bei Doktor Grundmann für dich und du gehst da hin, oder …" Sie ließ die Drohung in der Luft hängen, ohne sie auszusprechen, weil sie so gut wie ich weiß, dass sie mich niemals im Stich lassen wird.

Dr. Grundmann hat mich als eiligen Fall mit Verdacht auf Lungenkrebs direkt ins Krankenhaus nach Gütersloh eingewiesen. „Warum sind Sie nicht früher gekommen? Es geht Ihnen doch nicht erst seit gestern schlecht", hat er richtigerweise, aber vorwurfsvoll bemerkt.

„Hätte das was genützt?", habe ich zurückgefragt.

„Was glauben Sie, warum es für viele Krebserkrankungen von der Krankenkasse bezahlte Früherkennungsuntersuchungen gibt? Weil die Heilungschancen viel besser sind, wenn der Krebs im Frühstadium erkannt wird", hat er mir vorgeworfen.

„Für die Lunge aber nicht", habe ich wie ein trotziges Kind entgegnet. Er hat mich nur angesehen und geseufzt.

Im Krankenhaus haben sie mich „auf den Kopf" gestellt, wie sich Friederike ausdrückt. Ich habe wenig von dem verstanden, was mir die Ärzte zum Ergebnis meiner Biopsie erklärt haben. Aber ich habe Lungenkrebs, wie vom Hausarzt vermutet und von mir geahnt. Stadium III, das habe ich mir gemerkt. Ein großer Tumor, der bereits in umliegendes Gewebe eingewachsen ist und nicht mehr operiert werden kann, aber bisher nicht gestreut hat. Die Ärzte möchten mich mit einer Kombination aus Strahlen- und Chemotherapie behandeln. Wie wirksam das in meinem Fall ist, können sie nicht sagen. „Wir müssen erst sehen, wie Sie auf die Therapie ansprechen. Die mittlere Überlebenszeit erhöht sich durch die Therapie um 14 bis 20 Monate, da der Krebs bei Ihnen noch nicht gestreut hat", erklärt mir ein milchgesichtiger Arzt, als rattere er die korrekten Antworten auf seine Prüfungsfragen herunter. Wahrscheinlich glaubt er, mich mit dieser verheißungsvollen Prognose aufzumuntern und mich in Richtung Zustimmung zur vorgeschlagenen Therapie zu dirigieren.

„Und ohne Behandlung, wie lange bleibt mir dann noch?", habe ich gefragt. Jetzt, wo ich die Diagnose kenne, möchte ich abwägen, ob sich die Quälerei lohnt. Wenn ich mich nicht gerade vor Angst zitternd in mein Mauseloch zurückgezogen habe, mit Angst vor Schmerzen, vor den Nebenwirkungen der Therapie, vor dem Tod, davor, was aus Friederike wird, um die ich mich, wenn das Wahrscheinliche eintritt, bald nicht mehr kümmern kann. Wie werden es die Jungs aufnehmen, wenn sie erfahren, dass sie bald Halbwaisen werden?

„Sie haben auf jeden Fall eine höhere Wahrscheinlichkeit, dass Sie in einem besseren körperlichen Zustand noch etwas zu Ende bringen können, was Ihnen auf dem Herzen liegt", antwortet das Milchgesicht und macht gar nicht erst den Versuch, irgendwelche Zeiträume zu nennen, auf die ich ihn möglicherweise festnageln könnte. „Falls die Therapie anschlägt", fühlt er sich genötigt, noch zu ergänzen, um korrekt zu sein und keine falschen Erwartungen zu wecken. Von der Theorie, dass Hoffnung heilen kann, scheint er nichts zu halten oder nichts gehört zu haben. „Denken Sie über unseren Vorschlag nach", sagt der Jungspund, dem ich nicht traue. „Der Oberarzt wird bis morgen einen konkreten Therapieplan ausarbeiten und alles mit Ihnen besprechen. Bis dahin sollten Sie ihre Entscheidung zumindest vorbereitet haben." Schnösel, denke ich. Aber immerhin ist nicht er es, der meine Behandlung plant.

Ich muss an meine Mutter denken, die plötzlich starb und nichts zu Ende bringen konnte. Die wortwörtlich aus dem Leben gerissen wurde, wie man sagt. Durch mich, ich habe ihr die Luft abgedrückt. Ironie des Schicksals, dass ich jetzt schlecht Luft bekomme, weil die befallenen Teile meiner Lunge ihre Aufgabe, dem Blut Sauerstoff zuzuführen und Kohlendioxid herauszufiltern und abzutransportieren, nicht mehr erfüllen können. In naher Zukunft werde ich nicht mehr ausreichend Luft bekommen. Wie mag sich das anfühlen?

Friederike kommt herein. Sie hat sich verspätet. „Entschuldigung, ein Unfall auf der Bundesstraße", sagt sie zur Erklärung und schaut erst mich und dann den Arzt fragend an. „Wir sind dann auch fertig", sagt der, wendet sich zügig ab und verlässt das Zimmer.

„Und?", fragt Friederike, „was wollen sie mit dir anstellen, um dir wieder auf die Beine zu helfen". Eine Spur Fröhlichkeit klingt in ihrer Besorgnis mit. Um mich aufzuheitern oder weil sie grundsätzlich optimistisch gestimmt ist? Ich kann es nicht heraushören. „Nicht operabel, der Tumor. Mit Strahlen- und Chemotherapie wollen sie die Wucherung bekämpfen, die sich ihren Raum genommen hat, wo sie nicht hingehört", antworte ich knapp, möglichst sachlich und lasse sie doch merken, dass ich meinen Humor nicht verloren habe.

„Und das hilft?" Ich könnte sie umarmen für diese Frage, die doch alles sagt, wenn ich mich nicht dafür schwerfällig und nach Luft japsend auf die Bettkante wuchten müsste.

„Komm mal her", sage ich und lege meine Arme um sie, als sie sich zu mir herunterbeugt. Sie fängt an zu weinen, leise, mit dem ganzen Körper, der in meinen Armen vibriert.

Als sie sich nach einer Weile von mir löst, sagt sie: „Irgendwann musste so ein Tag kommen. Wir haben so viel Glück gehabt im Leben." Logisch ist das nicht, denke ich, es sei denn, man glaubt, dass sich Glück und Unglück im Laufe des Lebens ausgleichen, bis der Saldo am Ende auf Null steht. Aber was ist dann mit den Glückskindern und den Pechvögeln? Dennoch rührt mich, was Friederike gesagt hat.

„Wir stehen das durch", sagt sie.

„Aber ich weiß gar nicht, ob ich mir die Therapie antun soll", erwidere ich. „Ich habe Angst vor den Nebenwirkungen, der Müdigkeit, der Übelkeit und was da noch alles kommt. Trotzdem sind die Heilungschancen bei Lungenkrebs nicht so groß. Vielleicht bekomme ich ein paar Monate mehr Lebenszeit am Ende heraus."

„Wir machen das und stehen das zusammen durch", antwortet Friederike bestimmt und damit ist es entschieden, auch in mir entschieden. Eine ruhige Gelassenheit breitet sich in mir aus. Ich drücke Friederikes Hand, die in meiner liegt, und so sitzen wir eine Weile in der Stille, uns bewusst, dass jedes weitere Wort überflüssig ist.

73 MICHAEL ANDRESEN (2018)

Ich werde heute 61 Jahre alt. Ich habe mir frei genommen und feiere alleine, ganz alleine. Habe mir hübsch den Frühstückstisch gedeckt und sogar eine Kerze angezündet, vor der zwei mit Geschenkpapier umwickelte und mit Schleifen versehene Pakete liegen. Von Antje, die wieder einmal für eines ihrer Projekte unterwegs ist. „Ich will das so nicht mehr", denke ich, während der Honig vom Löffel auf mein mit Butter bestrichenes Brötchen rinnt. Warum ist sie nicht hier bei mir? So viele meiner Geburtstage haben wir schließlich noch nicht zusammen gefeiert. Einen, wenn man es genau nimmt. Ich muss ihr sagen, dass ich mehr von ihr will. Dass ich nicht zufrieden damit bin, nach ihrer Arbeit die Nummer Zwei zu sein.

Ich bin selbst schuld daran, heute hier allein zu sitzen, weil ich bislang den Verständnisvollen gemimt habe, dem es nichts ausmacht, wenn sie mit Haut und Haar in die Welt anderer Menschen eintaucht und mir den Zutritt zu sich verwehrt, für mich in dieser Zeit unerreichbar ist. Ich habe das Gefühl, diese Hingabe macht sie irgendwie aus und sie muss sie für andere einsetzen. Verliert sie sonst ihren Lebenssinn? Oder kann sie diese Fähigkeit auch anders anwenden, verträglicher mit den Bedürfnissen ihres Partners, also mit meinen.

Fest steht: Ich habe mich bislang nicht getraut, von ihr etwas für mich zu fordern, weil ich nicht wusste, was das sein sollte. Es ist gut so, wie es ist, habe ich geglaubt, weil wir nach den Unterbrechungen schnell wieder zueinander gefunden haben. Die Zeit der Trennung schmolz auf ein Nichts zusammen, wenn Antje zurückkehrte, meist ausgelaugt und erschöpft, aber mit diesem Strahlen im Gesicht, wenn sie mich erblickte.

Aber jetzt ist es genug. Ich will nicht mehr. Ich beiße in das Brötchen, schmecke aber nichts, weil ich nicht bei der Sache bin. Ich nehme mir das erste Päckchen und taste das Papier ab. Ich spüre einen Rand und Glas dazwischen, wohl ein Bilderrahmen. Ich trenne vorsichtig die Klebefilmstreifen am Rand auf, weil ich das mit heimischen Singvögeln in alter Illustrationsweise gestaltete und bedruckte Papier nicht zerreißen möchte. Antje hat es extra für mich ausgesucht, denke ich, und wird mich heute Abend danach fragen, wenn wir ausnahmsweise miteinander telefonieren, weil ich Geburtstag habe.

Es ist tatsächlich ein Bilderrahmen mit zartem birkenblattgrünen Holzrand, in dem ein Foto von uns eingelegt ist. Wir haben es vergangenes Jahr auf unserer Reise nach Husum mit Selbstauslöser aufgenommen und stehen darauf vor einer Wiese, auf der im Hintergrund Schafe liegen. Wir lachen fröhlich in die Kamera und strahlen etwas aus, dass man als Glück bezeichnen könnte, wenn das Wort nicht so abgedroschen wäre. Schön, denke ich. Wärst du hier, könnten wir uns zusammen daran erinnern, wie wir die Kamera vorsichtig auf einem Zaunpfosten aufgestellt und für die richtige Perspektive in Position geschoben haben. Wie ich zu dir gelaufen bin, dich geküsst habe, um mich dann schnell umzudrehen, weil die eingestellten zehn Sekunden für den Selbstauslöser nun bald abgelaufen sein würden. Wir haben kein Klicken gehört und sind nachsehen gegangen, ob die Kamera ausgelöst hat und haben diese Aufnahme gesehen, die nun gerahmt vor mir liegt und auf der wir zufällig in einer wie ausgeleuchtet wirkenden Landschaft stehen.

Ich will, dass es zwischen uns anders wird, zwischen Antje und mir. Dass wir uns nicht nur einschieben in unsere Leben, sondern richtig zusammenleben, in einer gemeinsamen Wohnung, Tag für Tag, und nur ausnahmsweise voneinander getrennt. Antje müsste dafür ihren Beruf, so wie sie ihn jetzt ausübt, aufgeben. Für mich, für uns aufgeben. Ist sie dazu bereit? Von mir aus können wir uns in Kiel ansiedeln, dann stelle ich einen Versetzungsantrag. Aber nicht dieses wochen- und monatelange Getrenntsein. Ich bin jetzt 61 Jahre alt, rein statistisch bleibt mir nicht mehr so viel Lebenszeit, um auszuprobieren, wie es ist, als Paar dauerhaft zusammen zu leben, in guten wie in schlechten Zeiten.

Soll ich Antje einen Heiratsantrag machen? Würde sie sich überrumpelt fühlen? Vielleicht doch erst einen Zwischenschritt gehen und ihr vorschlagen zusammenzuziehen, eine gemeinsame Wohnung einzurichten. Das fällt mir leichter. Ich stelle mir vor, dass sie sich darüber freuen würde, dass sie darin erkennen würde, wie sehr ich mir wünsche, mit ihr glücklich zu sein. So ein Kitsch!

Es würde mein Problem nicht lösen. Um das zu bitten, was mir schwerfällt: Dass sie diese Projekte aufgibt. Denn mit dieser Bitte würde ich die Verantwortung dafür übernehmen, dass sie sich in einem wichtigen Aspekt ihres Lebens einschränkt. Und wenn sie darüber trübsinnig wird, melancholisch? Das ist Quatsch, ich weiß, ein Überbleibsel von kindlichem Größenwahn.

Sie kann meine Bitte zurückweisen, nein sagen. Und dann? Kann ich das akzeptieren oder fühle ich mich dann einer inneren Konsequenz verpflichtet, unsere Beziehung zu beenden?

Ich hätte gerne eine unschlagbare Lösung, zu der sie nicht nein sagen kann. Eine, die ihr die Option auf etwas Besseres eröffnet als die Befriedigung, die ihre Projekte ihr verschaffen. Was für eine Selbstüberschätzung, nur weil ich Angst vor einer Antwort habe, die mich in Bedrängnis bringt, oder einer, bei der ich das Gefühl habe, mich unbefugt in ein fremdes Leben einzumischen, oder einer, die alle Wünsche zurückweist, die ich jemals hatte. Besser nicht fragen, dann werde ich nicht gekränkt, schon gar nicht von dem Menschen, der mir gerade am meisten von allen bedeutet.

Ich stehe vom Tisch auf, gehe ein paar Schritte ins Wohnzimmer, kehre um und setze mich wieder. Ich öffne den Mund und schreie mimisch, ohne einen Ton von mir zu geben. Ich habe Angst, Antje zu verlieren, wenn ich sage, was ich möchte. Welches Bedürfnis ich habe.

Ich greife aufgeregt nach dem zweiten Päckchen. Es ist klein und leicht. Ich schüttele es, aber drinnen regt sich nichts. Was mag es sein? Ich spüre Furcht, eine unangenehme Überraschung zu erleben, wenn ich es öffne. Was stimmt nicht mit mir? Warum freue ich mich nicht erwartungsvoll? Es ist von Antje. Ich reiße abrupt das Papier auf. Eine kleine samtbezogene Schachtel mit Beschlag und Schloss kommt zum Vorschein. Ein winziger Schlüssel hängt an einer Öse. Ich löse ihn und stecke ihn mit Daumen und Zeigefinger ins Schloss, drehe ihn und klappe den Deckel zurück, der an Scharnieren mit der unteren Hälfte verbunden ist. Auch drinnen ist die Schachtel mit Samt ausgeschlagen. In einer Halterung sind zwei Schlüssel eingeklemmt, die aussehen wie Wohnungsschlüssel. Erst jetzt bemerke ich, dass im Deckel ein Briefchen festgeklebt ist. Ich löse ihn vorsichtig ab und entfalte ihn. Ich erkenne, dass Antje darauf mit einem feinen Stift in ganz kleiner Schrift absatzlos etwas geschrieben hat:

„Lieber Michael, für diese Schlüssel gibt es kein passendes Schloss. Sie sollen nur etwas symbolisieren. Da ich weiß, wie schwer dir die Frage fällt, ob ich mit dir zusammenziehen möchte, drehe ich den Spieß jetzt um: Möchtest du mit mir zu-

sammenziehen? Diese Frage ist mein Geburtstagsgeschenk und die Schlüssel stehen dafür, dass wir zwar eine gemeinsame Wohnung haben werden, aber jeder seine eigenen Schlüssel besitzen wird, weiterhin gehen kann, wann und wohin er will, und jederzeit zurückkehren und sich zu Hause fühlen kann. Magst Du? In Liebe, Antje"

Mir steckt ein Kloß im Hals. Ich bin bewegt und kann mich doch nicht freuen, weil ich auch die Botschaft aus dem Geschenk lese, dass ich als Mann versagt habe. Ich hätte fragen müssen. Man muss mir auf die Sprünge helfen, wichtige Lebensentscheidungen abnehmen.

Ich lege den Zettel beiseite. Zettel denke ich und finde mich abfällig. Es ist ein Brief. Der Inhalt, nicht das Format ist entscheidend. Ich kann mir vorstellen, wie aufgeregt Antje war, als sie ihn geschrieben hat, nachdem sie zunächst einmal auf einem Schmierzettel vorformuliert hat. Ich lege ihn, den Antrag zum gemeinsamen Wohnen, beiseite.

Ich fühle mich nicht wohl in meiner Haut. Es ist wie ein inwendiges Kribbeln und ich kann mich nicht kratzen. Ich konzentriere mich darauf, die zweite Brötchenhälfte mit Butter zu bestreichen, führe das Messer hin und her. Streichzart, denke ich, Butter muss streichzart sein. Wie ein durch Werbestrategen einoperiertes Implantat kommt mir das Wort vor und hat doch einen Klang, der bei mir Speichelfluss auslöst.

Ich werde bis heute Abend alles beiseiteschieben, meine trübsinnige Stimmung, meine Selbstzweifel, meine Schwierigkeiten, Bedürfnisse zu äußern. Ich werde mich schlicht freuen und aufgeräumt zustimmen, wenn Antje und ich miteinander telefonieren. Über Details wird sie nicht sprechen wollen, weil sie solche Gedanken zu sehr ablenken. Aber bevor wir Nägel mit Köpfen machen, wenn sie zurückkehrt, muss ich ihr sagen, was ich wirklich will: Dass sie mich nicht immer so lange alleine lässt. Sonst hat es keinen Sinn zusammenzuziehen.

Ich schaue auf das Brötchen auf meinem Teller, von dem ich abgebissen haben muss. Ich kann mich nicht daran erinnern. Am besten drehe ich eine Runde durch die Stadt. Im Gehen fühle ich mich leichter.

Bernhard hat Lungenkrebs. Es ist zur Gewissheit geworden, was ich befürchtet habe. Als ich aus dem Krankenhaus nach Hause zurückkehre, lasse ich meinen Tränen freien Lauf. Sie rinnen mir die Wangen herunter und der Kummer schüttelt meinen Körper, während ich ein Schluchzen höre, das mich vor Mitgefühl erschauern lässt. Ich muss es selbst ausgestoßen haben. Aber es tut gut, mein Leid und meine Angst herauszulassen. Damit die Qual mich nicht lähmt. Damit ich frei bin zu tun, was getan werden muss. Die Jungs zu informieren und sie mit ihrem Schrecken nicht allein zu lassen. Bernhard beizustehen. Ich werde stark sein, was immer auch kommt.

Das Weinen lässt nach. Ich atme bewusst tief ein und aus. Ich bin wütend auf Bernhard, der zu lange damit gewartet hat, zum Arzt zu gehen. Ich bin wütend auf mich, dass ich ihn nicht eher gezwungen habe, sich untersuchen zu lassen. Das lässt sich nicht mehr ändern. Hätte, wäre, wenn helfen mir nicht weiter.

Ich habe damit gerechnet, dass uns eines Tages ein solcher Schicksalsschlag ereilen wird. Dass wir eine existentielle Prüfung werden meistern müssen. Niemand hat es verdient, dass es ihm nur gut geht. Das wäre nicht gerecht, wenn man sich das Elend in der Welt ansieht, die Opfer von Kriegen und Gewalttaten, die Opfer von Naturkatastrophen, die Unmöglichkeit, sich und seine Familie ohne Hilfslieferungen zu ernähren. Ist das nicht die Voraussetzung für meinen Überfluss? Unsere materielle Sorgenfreiheit und unser familiäres Glück?

Ich sollte das nicht denken. Das nützt niemandem. Bernhard nicht, mir nicht. Stattdessen werde ich alles lesen, was ich über Strahlen- und Chemotherapie finden kann. Über Nebenwirkungen und wie ich Bernhard unterstützen kann, mit diesen besser fertig zu werden. Wir werden kämpfen und das zusammen durchstehen. Wie es sich für Eheleute gehört.

Ich greife zum Telefon, um Nils und Dirk Bescheid zu sagen. Ich möchte sie schonen, so wie man versucht, Unerträgliches von zarten Kinderseelen fern zu halten. Oder es ihnen zumindest kindgerecht zu erklären, damit sie es verstehen und in ihre Welt einpassen können.

Die beiden sind erwachsen. Sie wollen nicht geschont werden. Sie wollen wissen, wenn etwas Außergewöhnliches mit uns geschieht. Auch wenn es wehtut. Sie wollen die Wahrheit erfahren, sobald wie möglich. Das weiß ich, seit wir einmal eine wichtige Nachricht aufgespart haben, bis sie zu Besuch kamen. Sie waren sauer auf uns und ich musste zugeben, dass sie recht hatten.

Ich höre das Tuten in der Leitung und zähle mit, dann höre ich Nils Stimme: „Mama, was gibt's? Das ist nicht deine Anrufzeit."

„Alles in Ordnung bei dir, mein Schatz?", frage ich unsinnigerweise zurück, weil ich Anlauf nehmen muss, um zu sagen, was gesagt werden muss.

„Ja, schon", antwortet er. „Aber warum beantwortest du meine Frage mit einer Gegenfrage? Was ist los?"

Es hilft nichts, die Fakten sind die Fakten, rede ich mir zu. „Papa hat Lungenkrebs, fortgeschritten, aber nicht gestreut." Es klingt beiläufig. Ich merke, wie Nils die Luft anhält. „Er ist in Gütersloh im Krankenhaus. Der Krebs ist für eine Operation zu weit fortgeschritten. Die Ärzte stellen gerade eine Kombination aus Strahlen- und Chemotherapie zusammen. Morgen stellen sie ihm ihr Behandlungskonzept vor, und wenn er zustimmt, geht es direkt los." Jetzt ist alles raus. Alles, was wichtig ist, und nicht verwässert von meinen Gefühlen.

„Er wird doch wohl zustimmen?", fragt Nils und ich höre den Kloß, den er im Hals hat. „Oder reagiert Papa trotzig, weil er eine seiner wirren Ideen hat und sich dem Schicksal ergeben will?"

„Er wird zustimmen, ich brauche ihn", sage ich aus tiefer Überzeugung.

„Und wie sind die Heilungschancen?" Nils versucht, sich an den Tatsachen festzuhalten, damit er nicht den Boden unter den Füßen verliert. Das weiß ich.

„Da äußern sich die Ärzte nur zurückhaltend. Sie wollen sich nicht festlegen, sind sich aber relativ sicher, Bernhard zusätzliche Lebenszeit verschaffen zu können", gebe ich wieder, was ich verstanden habe.

„Soll ich zu dir kommen, Mama?", bietet er mir seine Unterstützung an.

„Ich komme klar", antworte ich. „Aber was ist mit dir? Vielleicht willst du jetzt nicht allein sein?"

„Ich komme auch klar", behauptet er tapfer, aber ich höre, wie er den Hörer zuhält und aufschluchzt. „Ich muss deine Nachricht erst einmal für mich allein verdauen", sagt Nils nach einer kurzen Weile. „Aber morgen möchte ich mit dir zum Krankenhaus fahren. Da hast du nichts dagegen, oder?" Er will sich selbst ein Bild machen. Natürlich, so ist er.

„Komm ruhig mit", stimme ich zu. „Wenn Bernhard uns zusammen sieht, wird er verstehen, warum er kämpfen muss."

„Ja, der alte Sturkopf", macht sich Nils Luft. Ich glaube, es wäre besser, er käme zu mir und wäre jetzt nicht allein. „Bis morgen", sagt er, „und ruf mich an, wenn du Unterstützung brauchst. Versprochen?"

„Versprochen. Du auch", erwidere ich, zögere aber, ihn direkt aufzufordern, gleich vorbeizukommen. Ich bin über seine Reaktion gerührt. Wie sachlich und doch mitfühlend er sich verhält. „Bis morgen", sage ich und spare mir weitere schale Aufmunterungsformeln. Dann lege ich auf, atme mehrmals tief ein und aus und wähle Dirks Nummer.

75 ANTJE MERKENS (2018)

Ich kann mich heute nicht richtig konzentrieren. Das kenne ich von mir nicht. Ein paar Mal musste ich in den Gesprächen mit den von mir Betreuten nachfragen, weil ich etwas nicht mitbekommen habe, was sie mir sagten. Ich habe jeweils so getan, als ob ich das, was mir entgangen ist, genauer wissen wollte. Ich möchte unter allen Umständen vermeiden, dass die mir Anvertrauten den Eindruck gewinnen, ich interessiere mich nicht wirklich für sie und ihre Situation und spule nur ein Schema ab. Das würde mir meine Arbeit unnötig erschweren. Sie basiert darauf, ein Vertrauensverhältnis aufzubauen und zu halten. Gelingt das, werden meine Vorschläge leichter angenommen.

Meine Gedanken sind zu Michael abgeschweift, der heute Geburtstag hat. Ich bedauere, nicht bei ihm sein zu können. Das bringt mein Job mit sich. Privates muss oft zurückstehen. Ich stelle mir vor, wie er das kleinere meiner beiden Geschenke auspackt, wobei sich kleiner nur auf die Schachtelgröße bezieht. Eigentlich ist es mein Hauptgeschenk. Es ist mein Wunsch, mit ihm zusammenzuziehen, den ich in dem Kästchen verpackt habe. Ich bin unsicher, ob Michael sich darüber freut. Oder ob er gekränkt ist, weil ich ihm diesen Wunsch unterbreite, ohne selbst anwesend zu sein. Und ihn auch noch als Geschenk für ihn präsentiere. Schließlich wird sich unser beider Leben verändern, wenn er ihn mir erfüllt und es genauso sein Wunsch ist, dass wir in eine gemeinsame Wohnung ziehen.

Kam mir die Idee nur, weil mich mein schlechtes Gewissen quält, da ich schon wieder ein paar Wochen für ihn nicht greifbar bin. Als Trostpflaster? Ich hoffe nicht, obwohl ich nicht leugnen kann, ein schlechtes Gewissen zu haben. Ich lebe meine Arbeit und Michael muss zurückstehen und sich mit den Zeiten begnügen, die ich für uns bestimme. Er hat darauf keinen Einfluss, wir handeln diese Zeiten nicht zusammen aus und legen sie nicht gemeinsam fest. Aber in unseren Zeiten bin ich ganz für ihn da. Nach einer Übergangszeit, in der ich erst einmal neue Kraft sammeln muss.

Dass er das mitmacht. Klaglos bislang. Ich habe keine Idee, wie es anders gehen könnte. Was einer gewissen Ironie nicht entbehrt, weil ich in meinem Beruf anderen genau solche Wege in ein anderes Leben weise und sie nicht nur in neue Jobs vermittle.

Viel wird sich nicht ändern, wenn wir zusammenziehen. Ich wohne jetzt bereits in den Phasen zwischen zwei Projekten überwiegend bei ihm; seltener sind wir bei mir in Kiel. Das Besondere wäre, dass wir uns gemeinsam einrichten, nicht ich bei ihm wohne oder er bei mir, sondern wir unsere Höhle einrichten, miteinander unser gemeinsames Zuhause gestalten. Jeder etwas für den anderen aufgibt und in etwas Gemeinsames investiert. Wobei ich zugeben muss, dass er bereits ein Zuhause hat, dass er aufgeben muss. Ich muss nur in eine andere Wohnung ziehen, von der ich annehme, dass sie mir mehr bedeuten wird als meine jetzige. Ich habe ihm etwas geschenkt, von dem ich mehr profitiere als er. Das ist mir in meiner Begeisterung, als mir diese Idee für ein Geschenk kam, nicht aufgefallen.

Mit einem Mann zusammenzuziehen, das habe ich noch nie gemacht. Mit Michael kann es gelingen. Bin ich egoistisch? Müsste ich die gemeinsame Höhle nicht auch beständiger bewohnen und mit meiner lebendigen Anwesenheit füllen?

Ich mache Mittagspause und grüße den Pförtner, als ich das Firmengelände verlasse. Ich werde Michael jetzt anrufen, obwohl wir erst für den Abend zum Telefonieren verabredet sind. Ich muss wissen, wie er mein Geschenk, meinen Wunsch, meinen Vorschlag aufgenommen hat. Damit das Grübeln aufhört. Damit ich mich wieder uneingeschränkt meinen Schutzbefohlen widmen kann. Ich habe noch nicht das richtige Wort gefunden, das die Beziehung korrekt beschreibt, in der ich zu den Menschen stehe, um die ich mich in meinen Projekten kümmere.

Michael nimmt zu Hause nicht ab. Ich wähle seine Mobilnummer. Nach dem siebten Läuten schaltet sich die Mailbox ein. „Hallo, herzlichen Glückwunsch zum Geburtstag", tröte ich fröhlich nach dem Piepton. Ich klinge aufgesetzt, gestehe ich mir ein. „Ich bin so gespannt, ob du mit mir zusammenziehen willst. Jetzt lässt du mich weiter schmoren und gehst nicht dran." Du bist vorwurfsvoll und beschwerst dich, dass er dir nicht zur Verfügung steht, wo doch sonst er sich in deinen Ablauf einfügen muss, halte ich mir vor. „Wo steckst du? Jetzt bleibt mir nichts anderes übrig, als bis heute Abend nicht vor Ungeduld zu platzen." Was rede ich da? „Ich hoffe, du genießt deinen Geburtstag und unternimmst etwas Schönes? Vielleicht zusammen mit Sigrid? Ich sollte bei dir sein und dich verwöhnen." ‚Bist du aber nicht', mischt sich meine Mutter ein, ‚wenn du so weiter machst, wird auch dieser Mann bald die Flucht vor dir ergreifen.' – ‚Woher willst du das wissen? Bislang hat er sich nicht beschwert', entgegne ich trotzig. „Hallo", rufe ich ins Telefon, „ich weiß nicht weiter." Wie wahr. „Ich will mit dir zusammen sein." ‚Und was tust du dafür?', fragt meine Mutter. Ja, was tue ich dafür? Ist es genug? Ist es das, was ein Partner üblicherweise erwarten kann? Was denke ich mir da zusammen? Ich sollte eine Liebeserklärung auf die Mailbox sprechen. Aber die bekomme ich nicht über die Lippen, weil ich gerade nichts fühle und sie nicht einsetzen will, um gut Wetter zu machen. „Bis heute Abend", sage ich stattdessen. „Ich freue mich auf dich, darauf, mit dir zu telefonieren." Das klingt wie in die Badewanne zu steigen, wenn man sich ins Meer stürzen möchte. Ich bin durcheinander. Der Versuch, Michael anzurufen, hat nichts geklärt.

Heute Nacht hat sich der Tod an mein Krankenhausbett gesetzt. Er hat mich angeschaut und den Kopf geschüttelt. „Wie lange gebe ich dir noch?", hat er vor sich hin genuschelt. „Was hast du noch zu erledigen? Sag es mir, damit ich deine restliche Lebenszeit bemessen kann."

Ich habe über seine Frage nachgedacht. Mein Familienleben ist geregelt, mein Berufsleben nähert sich dem Ende. Ich mag Friederike, Nils und Dirk nicht zurücklassen. Es fühlt sich an, als ließe ich sie im Stich, wenn ich jetzt stürbe. Sie werden trauern und mich vermissen, aber ohne mich zurechtkommen, sich einrichten in ein neues Leben ohne mich. Sie werden manchmal zum Himmel schauen, wenn sie an mich denken. Sie werden lächeln, wenn ihnen unerwartet eine Erinnerung zufliegt, in der ich anwesend bin. Aber ich habe nichts mehr für sie zu erledigen. Alles ist für den Todesfall geregelt, wie es in einschlägigen Ratgebern heißt.

„Du kannst also gehen?", hat der Tod gefragt, als könne er meine Gedanken lesen.

„Nein", habe ich spontan gerufen, weil ich in dem Moment an meine Mutter denken musste. „Du weißt, dass ich dir geholfen habe, meine Mutter in dein Reich zu holen?" Der Tod hat genickt und mich fragend angesehen. „Ich habe, seit Friederike und ich vergangenes Jahr aus Husum nach Hause zurückgekehrt sind, das unbestimmte Gefühl, ich müsste etwas zum Abschluss bringen. Etwas aufräumen, was ich liegen gelassen habe. Vielleicht wegen der Begegnung mit diesem Polizisten, Michael, und mit Antje. Er hat mich offen verdächtigt, meine Mutter getötet zu haben. Womit er richtig liegt, wie du weißt. Was ich ihm jedoch nicht bestätigt habe."

„Willst du dich stellen, um reinen Tisch zu machen?", hat der Tod gemutmaßt, „dein Gewissen entlasten?"

„Ich werde mich nicht offenbaren, bevor ich nicht selbst unter der Erde bin", habe ich geantwortet. „Viele Geschichten haben offene Enden."

Wieder hat der Tod sein fragendes Gesicht aufgesetzt. „Ich möchte auf einmal wissen, wer meine Mutter war, wie sie gelebt hat", bin ich fortgefahren. „Ich habe keine Ahnung, woher dieses Bedürfnis kommt. Meine Mutter ist unter der Erde. Von ihr dürften nur noch die Knochen übrig sein. Wo kommen die eigentlich hin, wenn eine Grabstelle aufgelassen wird?"

„Sie bleiben an Ort und Stelle oder werden gesammelt und zusammen mit anderen Knochen an einer anderen nicht bezeichneten Stelle vergraben. Warum interessiert dich das? In den alten, von Würmern abgenagten Knochen steckt kein Leben mehr." Der Tod hatte eine Antwort, die ich nicht kannte. Ich fantasierte also nicht.

„Ich weiß nicht. Es ist nur eine Frage, die mir kam", habe ich gesagt.

„Ich kann dir sagen, es bringt nichts, in alten Geschichten zu wühlen", hat der Tod festgestellt. „Aber wenn du wirklich deiner Mutter nach all den Jahren noch einmal nahekommen willst, reise nach Pinneberg. Gehe die Wege, die sie gegangen ist. Sprich mit Menschen, die sie gekannt haben, und frage Michael Andresen. Er kann dir einiges über deine Mutter erzählen, weil er sich ein Bild von ihr gemacht hat."

„Bislang habe ich abgelehnt zu erfahren, wie sie gelebt hat und was sie für ein Mensch war. Jetzt sind diese Fragen in mir aufgetaucht, als hätten sie mich lange suchen müssen", stelle ich fest.

„Verstehe", murmelt der Tod, „du willst es wirklich wissen und nicht nur Zeit herausschlagen."

„Die alte Geschichte hat lange geschwiegen. Meine damalige Tat hat mir ermöglicht, das Leben zu führen, das ich bis heute führe. Ich bin für andere wichtig geworden, die mich vermissen werden, wenn ich sterbe", habe ich dem Tod erläutert.

„Dann stelle ich deine Uhr etwas weiter, damit sie später abläuft", hat er mir zugesichert. „Ich verrate dir nicht, wann. Also nutze die Zeit, die ich dir schenke."

„Danke", habe ich tonlos gehaucht, weil ich von seiner Großzügigkeit ergriffen war, und einen Moment die Augen geschlossen. Als ich wieder zum Bettrand geschaut habe, war der Tod verschwunden.

Am Morgen öffnen Friederike, Nils und Dirk die Tür des Krankenhauszimmers und treten ein. Ich bin gerade erst erwacht. Ich fühle mich ausgeruht und klar und bekomme besser Luft als die vergangenen Tage. „Ich werde kämpfen", rufe ich ihnen entgegen, noch bevor sie mich begrüßen können. „Ich werde die Therapie beginnen und durchstehen."

Ich sehe Erleichterung auf ihren Gesichtern. Ich weiß, ich kann auf sie zählen. Ich werde ihnen nicht verraten, warum mir der Tod einen Nachschlag gewährt hat.

77 MICHAEL ANDRESEN (2019)

Ich strecke mich auf dem neuen Sofa aus, wobei Sofa nicht das richtige Wort für diese Sitzlandschaft ist, in der Antje und ich uns lümmeln können, wie wir wollen. Mir ist das Ungetüm zu ausladend, zu dominant in diesem Raum, dem nur ein Durchbruch zu ursprünglich angrenzenden Zimmern zu seiner jetzigen Größe verholfen hat. Nur die Unterzüge, die unter der Decke laufen und wegen der Statik erhalten bleiben mussten, erinnern an den früheren Grundriss und daran, dass die Menschen in meiner Kinder- und Jugendzeit viel weniger Platz in ihren Häusern zur Verfügung hatten. Trotzdem hatte ich nie das Gefühl, eingeengt zu leben. Es gab immer die Option, rauszugehen und herumzustromern.

Ich kann es immer noch nicht glauben, dass wir dieses alte, bereits sanierte und modernisierte Backsteinhaus im Hirtenweg kaufen konnten. Diese Immobilien kommen nie auf den freien Markt, weil sich immer im engeren Kreis jemand findet, der nur auf eine Gelegenheit lauert, ein solches Objekt zu erwerben.

Es ist eine traurige Geschichte, die uns zu diesem Haus verholfen hat. Der Sohn einer alten Freundin meiner Mutter, den ich auch kannte und der hier vorher gewohnt hat, ist tödlich verunglückt. Wir haben seiner Mutter auf der Beerdigung erzählt, dass wir zusammenziehen wollen und eine Wohnung oder ein Haus suchen. Als sie ein paar Wochen später anrief und uns das Haus anbot, haben wir nicht gezögert, sondern einen Großteil unserer Ersparnisse zusammengerafft und einen Bankkredit aufgenommen, um Besitzer dieses „Millionenobjekts", wie ich es nenne, zu werden. Obwohl es nicht siebenstellig gekostet hat und wir es unter Marktwert bekommen haben.

Ich bin die kommenden Wochen allein, weil Antje seit gestern für ein neues Projekt verreist ist. Das stört mich nicht. Ich bin sogar gut gelaunt. Denn es ist das letzte Mal, dass sie mich für einen so langen Zeitraum verlässt. Sie hat gekündigt und wird sich neu orientieren, so hat sie es businessmäßig ausgedrückt. Wobei mich ihre Wortwahl nur ein bisschen gestört hat, denn die Botschaft war das, was zählt. Wir werden nicht nur zusammenwohnen, sondern zusammenleben. Und wenn es gut geht mit uns beiden im eigenen Heim, habe ich mir vorgenommen, Antje einen Heiratsantrag zu machen.

Ich war im vergangenen Jahr sehr aufgeregt, als ich Antje offenbarte, dass ich nicht über so lange Zeiträume von ihr allein gelassen werden möchte. Es fühlte sich an, als ginge es um mein Leben. Ich hatte einen dicken Kloß im Hals und konnte nicht geradeaus sprechen, obwohl ich die Sätze zuvor wieder und wieder in Gedanken durchgegangen war. Und als mein Anliegen heraus war, hat Antje zu mir gesagt: „Du musst keine Angst vor mir haben. Ich bin Antje, deine Freundin, deine Lebensgefährtin, und das möchte ich lange bleiben." Ich war überrascht, weil die Welt nicht unterging. „Ich habe deinen Wunsch, dein Bedürfnis verstanden", fuhr Antje fort, während ich nach Luft rang, weil mir zuvor der Atem gestockt hatte. „Ich habe gewusst, dass du eines Tages mit so einem Ansinnen auf mich zukommen wirst, und ich habe wieder und wieder aufgeschoben, mich mit der Frage auseinanderzusetzen, ob ich anders leben kann, sesshaft werden, nicht mehr immer wieder zu einem neuen Abenteuer ausziehen. Ob ich die Befriedigung, die mir meine Arbeit verschafft, anders und woanders finden kann." Sie hat mir ihre Hand auf den Arm gelegt. „Du hast nichts Schlimmes getan", hat sie zu mir gesagt und ich habe mich verstanden gefühlt. „Jetzt, wo ich gesehen habe, wie schwer es dir gefallen ist, deinen Wunsch vorzubringen, verstehe ich, warum du dieses Problem nicht früher angesprochen hast. Unser Problem, das schon lange im Raum ist, wenn wir zusammen sind."

„Ich möchte mehr Alltag mit dir leben", habe ich geantwortet, weil ich das Bedürfnis hatte, zu wiederholen, was ich mir für unsere Beziehung wünsche. Denn ich hatte nicht den Eindruck, zuvor klar und verständlich gesprochen zu haben. „Ich will nicht so lange allein sein, ohne dich."

„Ich weiß", hat Antje erwidert. „Wir finden eine Lösung, mit der wir beide glücklich sein können, obwohl ich noch nicht weiß, wie diese aussehen kann. Du weißt, wie sehr ich meine Arbeit liebe, wie sehr es mich befriedigt, andere bis in deren Tiefen zu verstehen und ihnen dabei zu helfen, einen guten Weg für sich einzuschlagen. Obwohl es mich auszehrt."

„Deshalb fällt es mir ja so schwer, dich darum zu bitten. Ich fühle mich verantwortlich für das Risiko, dass du unglücklich wirst. Ich will dich glücklich sehen, uns glücklich sehen", habe ich erklärt.

„Du bist nicht für meine Entscheidung verantwortlich", hat Antje betont. „Das zu denken, ist größenwahnsinnig. Du bist dafür verantwortlich, deinen Wunsch vorzubringen; ich dafür, mir zu überlegen, ob ich ihn erfüllen möchte. Was ich dafür aufgeben muss und ob ich dazu bereit bin. Und ob es etwas gibt, was ich stattdessen machen möchte und was mich befriedigt. Beim Überlegen kannst du mich unterstützen, und falls ich zu der Entscheidung komme, dass ich meine Projekte – vielleicht reduziert – weitermachen möchte, musst du dir überlegen, ob du dennoch bereit und in der Lage bist, ein Leben mit mir zu führen, das Phasen von vorübergehenden Trennungen beinhaltet."

Ich bekam einen Schreck, weil Antje ein Szenario an die Wand malte, in dem unsere Bedürfnisse so weit auseinander gingen, dass ich dachte, dann sei eine Trennung unausweichlich. Ich hatte das Gefühl, selbst schuld zu sein, verlassen zu werden, weil ich Antje meinen Wunsch offenbart hatte. „Aber das ist eine unwahrscheinliche Möglichkeit", fuhr Antje fort, die bemerkt hatte, dass ich blass geworden war. „Es ist alles okay, die Bedürfnisse müssen nur auf den Tisch."

So ging es eine Weile weiter. Ich hatte Angst und war am Ende doch erleichtert, dass ich mit meinem Wunsch herausgekommen war. Antje hat in den folgenden Tagen viel nachgedacht, und wir haben intensive Gespräche über unser Zusammenleben geführt und darüber, welche Bedeutung ihre Arbeit für sie hat. Am Ende hat Antje einen Schlussstrich gezogen und ein Datum für ihre Kündigung festgelegt, ohne zu wissen, wie es zukünftig für sie weitergeht. „Ich muss erst Abstand gewinnen, eine Pause einlegen, damit ich eine Vorstellung davon bekomme, in welche Richtung ich mich beruflich bewegen will", hat sie gesagt. Und nun bin ich zum letzten Mal Projektwitwer.

Ich werde ebenfalls in den kommenden Wochen etwas abschließen: den Fall Wiebke Loose. Ich hatte es schon früher vor, bin aber immer wieder rückfällig geworden und habe mich mit ihrer Akte beschäftigt. Dieses Mal wird es endgültig sein. Ich nehme mir ein letztes Mal die Kopien aus dem Schrank. Entweder finde ich noch eine neue Spur oder ich werde alle Unterlagen durch den Schredder jagen. Als Zeichen an mich, dass ich den Fall ungelöst abschließe. Dass ich aufgebe. Ein paar Abende wird es dauern, noch einmal alles langsam und gründlich durchzugehen. Von hinten nach vorne und nochmals umgekehrt von vorne nach hinten.

Ich lege die Ordner auf den Couchtisch und nehme mir den jüngsten. Die letzten Notizen betreffen unsere Begegnung mit Bernhard Vahle im vergangenen Jahr in Husum und dokumentieren unsere vergeblichen Versuche, handfeste Anhaltspunkte dafür zu finden, dass er, der Sohn des Opfers, der Täter war. Beweise dafür, dass meine Ahnung nicht nur Wunschdenken ist, sondern in der Realität verankert. Als ich die Beschreibungen und aus dem Gedächtnis protokollierten Zitate noch einmal lese, gerate ich in einen Schwebezustand, so wie nach dem Nachtschlaf kurz vor dem vollständigen Aufwachen, wenn einem die letzten Traumreste bewusstwerden und man schon in der Lage ist, das Traumgeschehen durch eigenes Zutun zu beeinflussen, selbst wenn der eigentliche Antrieb der Bilder und Geschehnisse noch aus dem Nicht-Bewussten gespeist wird. Dieser Zustand, in dem man nicht weiß, was wirklich ist und was pure Einbildung, was wahr ist und was so gut ausgedacht, dass es nur wirklich sein kann. Das zu unterscheiden, gehört eigentlich zu meinen Stärken. Aber in diesem Fall versagt mein Gespür.

Es waren interessante und anregende Gespräche mit Vahles. Das muss ich zugeben. So als hätten wir einiges miteinander gemein. Dabei waren wir natürlich nie unbefangen, Antje und ich. Wir wollten sie aushorchen, haben dieses Ziel im Austausch mit den beiden aber oft vergessen.

Auch meine Reise nach Köln und der Besuch bei Frau Küppers ist detailliert festgehalten. Ich stehe auf und hole mir ein Bier aus dem Kühlschrank. Mich hat noch einmal Jagdeifer gepackt.

Bernhard ist gesund. Der Krebs ist nach der Therapie nicht zurückgekehrt. Das hat vergangene Woche eine Computertomografie bestätigt. Bernhard fühlt sich wohl, auch wenn er weiterhin schneller als früher außer Atem gerät. Denn die Therapie hat einen Teil seines Lungengewebes zerstört.

Ich bin so froh, dass es ihm wieder gut geht. Dabei hat mich die Anstrengung, Bernhard zur Seite zu stehen, erschöpft. Ich habe meine Ängste, dass er stirbt, in mir vergraben und ihn spüren lassen, wie fest ich daran glaube, dass er es schaffen wird. Ich war für ihn da, wenn er sich übergeben musste, wenn sich Hoffnungslosigkeit einschlich, weil er sich so kraftlos fühlte. Ich habe ihm mit einem kalten Waschlappen den Schweiß abgewischt, wenn dieser plötzlich ausbrach, und ihm geholfen, den Schlafanzug zu wechseln. Ich habe ihm versichert, dass ich ihn liebe, obwohl er selbst fand, ihn starre im Spiegel eine unbekannte Fratze an und sein abgemagerter Körper sei ein fremder. Jetzt blüht er wieder auf. Er hat die Krankheit besiegt.

Und wie komme ich wieder zu Kräften? Gestern bin ich auf dem Heimweg vom Einkaufen in Tränen ausgebrochen. Ich musste vom Rad absteigen und es nach Hause schieben, um mich zu beruhigen. Bernhard soll nicht merken, wie es mir geht.

Deshalb war ich froh, als er am Abend angekündigt hat, nächste Woche nach Pinneberg fahren zu wollen. Allein, ohne mich. „Wahrscheinlich ist es die Nähe zum Tod, die ich gespürt habe. Sie hat das Bedürfnis in mir geweckt, mehr über meine Mutter und ihr Leben in Pinneberg zu erfahren", hat er mir erklärt. Die grundlosen Unterstellungen dieses Andresen hätten ihn aufgeregt. „Was mir aber nachgeht, ist seine Verwunderung darüber, dass ich nie das Bedürfnis hatte, meine Mutter kennenzulernen", hat Bernhard gesagt. „Vielleicht kann ich das noch nachholen, wenn ich den Ort sehe, in den sie gezogen ist, ohne mich mitzunehmen. Vielleicht treffe ich auch Menschen, die sie gekannt haben und von ihr erzählen können."

Ich habe Bernhard in seinem Vorhaben bestärkt, auch um meinetwillen. Es wird mir guttun, ihn nicht um mich zu haben. So wie die ganzen Jahre über, wenn er auf seinen Dienstreisen unterwegs war. Ich glaube im Nachhinein, dass es mir diese Pausen von seiner Nähe ermöglicht haben, so für ihn da zu sein, wie ich es als seine Frau war.

„Es ist eine gute Idee, jetzt noch eine Art von Kontakt zu deiner Mutter aufzunehmen", habe ich gesagt. „Und wenn du wiederkommst, erzählst du mir alles, was du herausgefunden und wie du dich dabei gefühlt hast, so viele Jahre nach ihrem Tod. Vielleicht spürst du etwas wie Versöhnung. Das wäre schön, oder?" Ich möchte immer, dass die Dinge gut ausgehen, dass die Menschen in der Lage sind, einander zu verzeihen, und dass sie sich versöhnen. Ich kann mir nicht helfen, ich bin so naiv. Dabei empfinde ich diese Einstellung gar nicht als naiv, sondern als eine Utopie, zu der wir bereits auf dem Weg sind.

„Ach, du", hat Bernhard gesagt und mich dabei liebevoll angesehen.

„Und du machst langsam und übernimmst dich nicht in Pinneberg, wenn ich nicht auf dich aufpassen kann", habe ich ihn ermahnt. „Das ist deine Aufgabe, damit der Krebs nicht zurückkommt."

„Versprochen", hat er versichert. Aber ich kenne ihn, er merkt oft nicht, wenn er sich überanstrengt. Trotzdem ist es gut, dass er fährt.

„Ich verstehe nicht, warum mich meine Mutter weggegeben hat", hat er nachdenklich vor sich hingesprochen.

„Sie hat nicht *dich* weggegeben", habe ich geantwortet, „sie hat dich doch gar nicht gekannt. Sie hat sich wahrscheinlich damit überfordert gefühlt, in ihrer Lage ein Kind großzuziehen. Anders kann ich mir das nicht erklären."

„Wahrscheinlich hast du recht", hat er erwidert. „Aber die Vorstellung, es liegt an mir, dass sie mich weggegeben hat, trage ich mein ganzes Leben mit mir herum. Obwohl ich immer etwas anderes behauptet und mir dabei geglaubt habe."

„Nächste Woche weißt du mehr", habe ich abgelenkt, weil ich nicht daran denken wollte, was ein kleines einsames Würmchen empfindet, wenn es nicht mehr wie im Mutterleib den Herzschlag der Mutter fühlt und ihre Nähe und ihre Haut nie spüren wird. Bernhard sollte sich ebenfalls nicht von einer solchen Vorstellung übermannen lassen. „Komm", habe ich gesagt und meine Hand nach ihm ausgestreckt, „wir schauen noch etwas Fernsehen. Heute kommt ‚In aller Freundschaft'." Wir lieben diese Arztserie, obwohl völlig unrealistisch ist, wie viel Zeit und Zugewandtheit die Ärztinnen und Ärzte, die Pflegerinnen und Pfleger für die Patienten zur Verfügung haben. Ich will mich nicht beschweren. Im Krankenhaus haben sich alle um Bernhard bemüht, obwohl überall eine große Erschöpfung in der Luft lag.

„Packst du mir den Koffer wie zu einer Dienstreise?", hat Bernhard gefragt. Eine Aufgabe, die ich immer gerne übernommen habe. Sie hat mir das Gefühl gegeben, ihn da draußen zu behüten, weil er dabeihat, was er braucht.

„Natürlich", habe ich geantwortet, „ich mache das gerne für dich. Das weißt du."

„Dann buche ich morgen ein Zimmer."

Es war, als müssten diese Sätze gesagt werden, damit Bernhard auf diese Reise gehen kann.

Seit drei Wochen bin ich in dieser Kleinstadt in Süddeutschland und muss all meine Routine aufbringen, um meinen Job so gut zu machen, dass er meinen eigenen Ansprüchen genügt. Denn ich bin bei den Gesprächen, die ich führe, zu sehr mit mir selbst beschäftigt. Es fällt mir schwer, mich ganz in den Dienst meiner Schutzbefohlenen zu stellen. „Es ist das letzte Mal": Dieser Gedanke schleicht sich in jedes Gespräch ein, und ich beobachte, was ich selbst empfinde, statt mich ganz auf mein Gegenüber einzulassen, mein eigenes Ich auszuschalten und nur das zu fühlen, was er oder sie empfindet. Das ist meine Methode: Dieses Aufgenommene mit meinem Denken zu verbinden, um Lösungen zu entwerfen, die nicht nur pragmatisch sind, sondern die auch die tiefen Gefühle einschließen, die die neue Lebenssituation in den mir Anvertrauten auslöst.

Warum befriedigt mich diese Tätigkeit so sehr? Dieses Kümmern um andere? Dieses Absehen von eigenen Bedürfnissen? Dieses Mich-anderen-Leben-anverwandeln? Und was kann an diese Stelle treten?

Ich habe mich entschieden, diesen Weg zu gehen, und bin unsicher, ob es der richtige für mich ist. Ob es mein Weg ist. Gebe ich mein bisheriges Leben für Michael auf, oder ist sein Wunsch, mich nicht nur zwischen meinen Projekten in seiner Nähe zu haben, nur der Anstoß, den ich brauchte, um meinem Leben eine neue Richtung zu geben. Eine, die mich aus meiner Einsamkeit führt? Ich nehme diese kaum noch wahr, seit ich mit Michael zusammen bin.

Ich fühle mich ratlos, während ich durch die Altstadt dieses Ortes spazieren gehe, vorbei an farbigen Putzfassaden und Teil einer Menge, die das schöne Frühsommerwetter an diesem Sonntag aus den Häusern und Wohnungen gelockt hat. Die allein, paarweise oder in Gruppen an mir vorbeiflanieren und die Tische der Straßencafés besetzen. Bemerkt mich jemand einen flüchtigen Augenblick lang? Streift mich sein Blick, bevor er weiter schweift? Bin ich unscheinbar, eine Frau, der hier niemand Beachtung schenkt?

In unserem neuen gemeinsamen Haus in Pinneberg fühlte sich meine Entscheidung richtig und stimmig an, geradezu zwangsläufig. Ich würde etwas Neues beginnen und mein jahrelanges Alleinsein hinter mir lassen. Eine Beziehung festigen, auf die ich mich vor drei Jahren eingelassen habe. ‚Mach jetzt keinen Rückzieher, Antje‘, ermahnt mich meine Mutter. ‚Unsicherheit ist ganz normal, wenn man etwas Neues beginnt.‘ Ich weiß, dass sie recht hat, und mein reflexhafter Widerspruch bleibt dieses Mal aus. Noch ein paar Wochen, dann ist mein bisheriges Leben vorbei. Vielleicht trauere ich und nehme Abschied von der Antje, die ich viele Jahre lang war.

Ich habe das Bedürfnis, Michael zu sprechen, aber ich werde ihn nicht anrufen. Ich will nicht sein schlechtes Gewissen triggern, weil er glaubt, mir diese Entscheidung aufgezwungen zu haben. Was nicht stimmt und was er grundsätzlich weiß, aber tief drinnen fest glaubt. Ich habe einen inneren Konflikt, und ich möchte nicht, dass es ein Konflikt zwischen uns wird.

‚Quäl dich doch nicht so‘, tröstet mich meine Mutter. Ungewöhnlich für sie. Ich muss wirklich verzweifelt auf sie wirken. Doch das bin ich nicht. Bloß, wo ist die Freude hin, die ich auf mein neues Leben verspürt habe, als ich mich vor drei Wochen von Michael verabschiedet habe. Ich sollte das Grübeln einstellen und darauf vertrauen, dass sie zurückkommt, sobald ich nach Hause, in mein neues Zuhause zurückkehre. Wenn das so einfach wäre.

Ich bin am Löwentor angekommen und wähle den Weg, der zwischen Stadtmauer und Fluss in Richtung meines Apartments auf Zeit führt. Der ergiebige Regen der vergangenen Nacht hat das Wasser anschwellen lassen und Schwebstoffe und Pflanzenreste aufgewirbelt und mitgerissen, die es braun und undurchdringlich färben. Ich beobachte die Strömung, die Strudel, die kleinen, seichten Buchten, in denen das Wasser träge wird und seine wilde Fahrt fast bis zum Stillstand verlangsamt. Ich kann verstehen, warum man vom Fluss des Lebens spricht. An welcher Stelle befinde ich mich? Ich sollte mich einfach treiben lassen, dem Fluss anvertrauen. Auch wenn getroffene Entscheidungen manche Optionen verschließen, eröffnen sie zugleich neue Möglichkeiten. Versuche ich etwa, meine Angst vor dem, was kommt, mit Allgemeinplätzen zu beruhigen? Fest steht, dass ich mich entschieden habe: für Michael, für unsere Beziehung, dafür, mir eine andere Aufgabe zu suchen, die mich erfüllt und für die mich jemand angemessen bezahlt. Wenn ich das Projekt hier beendet habe und nach Pinneberg zurückgekehrt bin. Gleich werde ich mich an meinen Schreibtisch setzen und mich darauf konzentrieren, die morgigen Termine vorzubereiten. Schritt für Schritt.

80 BERNHARD VAHLE (2019)

Ich habe ein Hotelzimmer in Quellental gebucht, dort, wo meine Mutter gewohnt hat. Ich kenne nur ihre damalige Adresse und den Platz, an dem sie gestorben ist. Sonst weiß ich bloß über sie, was ich in den letzten Tagen im Internet in alten Zeitungsartikeln gefunden habe, die über das Verbrechen berichten. Das ist nicht viel. Die Autoren schützen das Opfer und zerren sein Privatleben nicht ans Licht der Öffentlichkeit. Erwähnt wird, dass meine Mutter als Arzthelferin gearbeitet hat. Ich werde fragen müssen, Menschen aufspüren, die sie gekannt haben und bereit sind, sich nach der langen Zeit zu erinnern. Und ich werde mit Michael Andresen Kontakt aufnehmen, obwohl ich mich davor scheue. Ich möchte nicht in seine Fänge geraten, mich nicht unwillkürlich verraten. Aber wie der Tod sagte: Er wird eine gute Quelle sein.

Ich packe meinen Koffer aus, hänge meine Hemden und mein Sakko auf Bügel und verstaue meine übrigen Sachen in den Schrankfächern. Draußen wartet die Stadt auf mich, in der meine Mutter bis zu ihrem Tod gelebt hat. Ich habe sie mir bis vor Kurzem nie als wirklichen Menschen vorgestellt: Als eine Frau, die einen Beruf ausgeübt hat. Die vielleicht Liebhaber hatte. Die Freude über das empfand, was sie tat. Und manchmal traurig war.

Ich verlasse das Hotel. Die Oeltingsallee, in der sie gewohnt hat, liegt ganz in der Nähe. Ich gehe sie entlang, so wie damals in der Nacht. Nein, nicht wie damals, nicht voll Wut auf sie und die ganze Welt. Es war ein anderer Mensch, der hier, von Unruhe getrieben, entlanggekommen ist. Es fällt mir schwer, in diesem Menschen von damals mich selbst zu sehen. Ich muss ihn rekonstruieren, so anders fühle ich mich heute: Gelassen und neugierig, jemand, der zufrieden auf sein Leben zurückblickt, bis zu dem Zeitpunkt, den er als seine eigentliche Geburt empfindet, als der Tod seiner Mutter ihn in sein sinnvolles Leben führte.

Ich versuche, mich zu erinnern, wie die Straße damals aussah. Viel hat sich nicht verändert. Die meisten Häuser standen schon damals, jetzt vom Sonnen- statt vom Mondlicht beschienen. Ich gehe langsam, um mich umzusehen und damit mir die Luft nicht ausgeht. Mir fällt eine alte, weiße Villa mit vielen Vor- und Anbauten auf, die vom Bürgersteig zurückgesetzt in einem alten Garten liegt. Ein Schild am Eingang zum Grundstück weist darauf hin, dass hier eine hausärztliche Gemeinschaft-Praxis ihre Räume hat. Hat meine Mutter hier gearbeitet?

Eine alte Frau kommt durch den seitlich liegenden Eingang heraus und schleppt sich mühsam am Geländer die Treppe bis zu ihrem Rollator herab. Sie schließt das Schloss auf, mit dem sie ihn gesichert hat, und schiebt ihn über den Gehweg. Als sie am Durchgang zum Bürgersteig angekommen ist, spreche ich sie an. „Entschuldigen Sie bitte", sage ich. Sie blickt mich misstrauisch und verschlossen an. „Ich sammele Informationen über meine Mutter", spreche ich schnell weiter. „Sie wurde vor 40 Jahren ermordet und hat als Arzthelferin gearbeitet." Der Gesichtsausdruck der Frau hat sich verändert. Sie sieht erschrocken aus, zugleich offener und überrascht. „War dies vielleicht die Praxis, in der sie gearbeitet hat?", frage ich.

„Ich wusste gar nicht, dass Wiebke einen Sohn hatte", sagt sie und mustert mich. „Es ist so lange her, und Sie sind älter, als sie bei ihrem Tod war. Aber Sie sehen ihr ähnlich, die Augen und die Nasenpartie, auch der Mund. Deshalb kamen Sie mir bekannt vor, als Sie mich ansprachen."

Ich bin irritiert. Ich habe nie darüber nachgedacht, dass ich etwas von meiner Mutter mitbekommen habe. In meiner Vorstellung habe ich mich selbst erschaffen. Aber natürlich bin ich ihr Fleisch und Blut. Die Gene. Ich sehe ihr also ähnlich.

Die erste Person, die ich ins Blaue hinein anspreche, kannte meine Mutter. Was für ein unwahrscheinliches Glück. „Ich habe mit Wiebke zusammen Handball gespielt", sagt die Frau. Das muss lange her sein, wenn ich mir ihren gebrechlichen Körper ansehe.

„Meine Mutter hat mich gleich nach meiner Geburt weggegeben. Da hat sie noch nicht in Pinneberg gewohnt", erkläre ich der alten Frau, warum meine Mutter mich nie erwähnt hat.

„Von früher hat Wiebke nie etwas erzählt", antwortet sie, die etwa so alt sein muss, wie meine Mutter jetzt auch wäre. „Sie hat hier gearbeitet." Sie deutet auf das Haus. „Bei dem Arzt, der hier vor diesen Ärzten praktiziert und mit seiner Familie gewohnt hat."

„Wenn Sie sie gekannt haben, wie war sie so?", frage ich unbeholfen.

Die Frau überlegt. „Ihre Mutter hat etwas Trauriges ausgestrahlt", sagt sie schließlich. „Aber sie war immer für andere da, unglaublich hilfsbereit, hier in der Praxis und privat. Sie hat es vermocht, Zusammenhalt zu stiften. Ich weiß nicht, wie sie es gemacht hat, aber wenn sie dabei war, wurde eine Gruppe zu einem lebendigen Organismus. Wir waren sehr erschüttert …" Die alte Frau stockt und schüttelt den Kopf, als wolle sie etwas verscheuchen. „… als ihr *das* passiert ist. Man weiß bis heute nicht, wer ihr das angetan hat."

„Hat sie allein gelebt?", frage ich, angetrieben von meiner Neugier.

„Soweit ich weiß, ja. Das ist alles so lange her. Ich habe schon ewig nicht mehr an sie gedacht." Die Frau setzt sich auf den Sitz ihres Rollators. „Sonst schaffe ich gleich den Weg nach Hause nicht", sagt sie entschuldigend. „Was mir noch einfällt. Ihre Mutter konnte schamlos laut lachen. Wenn das vorkam und ich war in ihrer Nähe, habe ich mich immer umgeschaut, weil mir das peinlich war. Dabei habe ich dieses Ungezwungene an ihr bewundert. Ihr Lachen, das war wie eine Befreiung. Merkwürdig, an was man sich erinnert, wenn man gefragt wird."

Es sind nur ein paar Bruchstücke, die ich von meiner Mutter durch diese Begegnung erfahre, doch sie reichen aus, um den Wunsch in mir zu wecken, dass ich diese Frau, die mich geboren hat, gerne kennenlernen würde. Das Bedürfnis ist neu und überkommt mich mit einer Wucht, die mir einen Schauder über den Rücken jagt.

„Geht es Ihnen gut?", erkundigt sich die Frau, worauf ich nicht eingehe, sondern nur kurz nicke, um weiter zu fragen: „Hatte sie viele Freundinnen?"

„Nein, ich glaube nicht", überlegt die Frau. „Viele gute Bekannte, zu denen ich auch gehörte. Aber richtige Freundinnen, daran kann ich mich nicht erinnern. Ich bin mir aber nicht sicher, ob ich es gewusst hätte, wenn es so gewesen wäre."

„Konnte sie gut Handball spielen?" Die Fragen sprudeln ungeordnet aus mir heraus.

„Ja, richtig gut. Sie war Torhüterin und unsere Beste. Hätte sie mehr Ehrgeiz gehabt, hätte sie in besseren Mannschaften als unserer spielen können. Das war ihr aber nicht wichtig", erzählt die Frau. „Ich bin übrigens Frau Schöler."

„Ich heiße Vahle"; stelle ich mich ebenfalls vor. „Ich bin neugierig, ich weiß, aber ich weiß gar nichts über meine Mutter. Waren Sie mal bei ihr zu Hause?"

„Ja, gelegentlich."

„Und wie war sie eingerichtet?"

„Ganz normal, Ikea hatte ja erst in dem Jahr vor ihrem Tod hier in der Region aufgemacht. Wie sah es bei ihr aus? Cordsofa und -sessel waren braun – das war damals modern – ein flacher Couchtisch … aber so richtig erinnere ich mich nicht mehr. Kunstdrucke an der Wand? Nein, jetzt fällt es mir wieder ein: Sie hatte große Schwarz-Weiß-Fotos von Theaterszenen an der Wand hängen und Theaterplakate. Sie war ein Theater-Fan. Dafür konnte sie niemanden aus der Mannschaft begeistern. Aber ihr gaben die Theaterbesuche etwas", kramt Frau Schöler Bruchstücke aus ihrer Erinnerung hervor.

„Sie ist ins Theater gegangen?" Ich bin erstaunt.

„Ja, Sie können mit der S-Bahn ganz einfach nach Hamburg ins Theater fahren", erläutert mir Frau Schöler und antwortet damit nur indirekt auf meine Frage.

„Das muss man tatsächlich mögen", sage ich, um ihr vielleicht noch mehr zu diesem Thema zu entlocken.

„Da haben Sie wohl recht. Ich muss dann mal, für mich ist der Rückweg weit", sagt Frau Schöler jedoch nur und steht auf. „Ein Sohn, man kennt sich nicht wirklich. Sie hat übrigens weiter hinten in dieser Straße gewohnt, ganz am Ende kurz vor der Feldstraße. Das Haus, in dem ihre Wohnung lag, steht noch."

„Danke", sage ich und dann schiebt sie ihren Rollator in die Richtung, in die sie gezeigt hat.

Braunes Cordsofa, Handballspielerin, Theatergängerin, ein Mensch aus Fleisch und Blut, denke ich. Ich hatte einen Menschen aus dem Leben gerissen.

Ich setze meinen Weg fort, während ich an meine Mutter denke. Sie ist hier die Oeltingsallee jeden Tag entlang gegangen, um von ihrer Wohnung in die Arztpraxis zu kommen. Kein weiter Weg, schnell zu Fuß zu bewältigen, wenn man jung ist. Oder ist sie mit dem Rad gefahren? Hatte sie ein Auto? Wie war sie? Wer war sie?

Hinter der Kreuzung, an der die Richard-Köhn-Straße die Oeltingsallee quert, fällt mir auf der linken Seite ein griechisches Lokal auf. Ich gehe weiter, bis ich zu dem Haus komme, in dem sie gewohnt hat. Ich schaue zu den Fenstern im ersten Stock, in denen ich damals den Lichtschein gesehen habe. Fremd schauen sie zurück. Eine Wohnung wie jede andere mit Leuten darin, die ich nicht kenne und nicht kennen lernen möchte. Ob noch alte Nachbarn von meiner Mutter dort wohnen? Soll ich in der Wohnung daneben klingeln? Ich traue mich nicht und komme mir auf einmal ertappt vor.

Von hier aus bin ich ihr gefolgt, bis es schließlich passiert ist. Ich bin mir nicht sicher, ob ich den Weg bis zum Tatort noch finde. Ich habe damals nicht auf ihn geachtet, nur darauf, unbemerkt zu bleiben und sie nicht zu verlieren.

Vielleicht war es doch keine gute Idee, nach Pinneberg zu reisen. Ich werde keine Mutter gewinnen. Ich merke nur, dass etwas in mir zu nagen beginnt, an alten Überzeugungen knabbert, hinter denen sich Schuldgefühle verbergen. All die Jahre habe ich diese nicht gekannt. Ich fühle mich wie ein kleiner Junge, der allein in seinem Bett liegt. Die Eltern sind ausgegangen und er weint sich nach seiner Mutter in den Schlaf. Er fühlt sich schuldig, weil auf ihn kein Verlass ist. Er macht seiner Mutter Kummer, weil er nicht zurechtkommt mit seiner Verlassenheit, nicht einmal für ein paar Stunden.

Ich weiß nicht, wie diese Geschichte enden soll.

81 MICHAEL ANDRESEN (2019)

Ich vermisse Antje. Zum letzten Mal. Wenn sie dieses Mal in unser neues Zuhause heimkehrt, wird sie nicht bald darauf wieder für Wochen aufbrechen. Nie wieder. Das ist unser Plan. So haben wir es verabredet. So hat es Antje entschieden, nachdem ich mein Bedürfnis, sie beständig in meiner Nähe zu haben, ausgesprochen hatte.

Obwohl ich weiß, dass sie mich zum letzten Mal auf Zeit verlassen hat, überkommt mich heute mein vertrauter Trübsinn. Meine Unruhe als Zeichen meiner Einsamkeit. Tief in mir verwurzelt, so tief, dass sie aufsteigt, sobald Antje mir nicht durch ihre Nähe beweist, dass ich eine Gefährtin fürs Leben gefunden habe und nicht mehr allein bin. Zumindest hält ihre Nähe meine Einsamkeit in Schach.

Das Haus ist still und leer. Wie ein unerfülltes Versprechen. Die Proportionen stimmen nicht. Meine alte Wohnung hätte besser zu der Stimmung gepasst, in die ich heute Abend geraten bin. Ich blicke zum Esstisch hinüber, auf dem ich einzelne Blätter aus der Akte „Wiebke Loose" ausgebreitet habe, um Notizen aus unterschiedlichen Zeiträumen unserer Ermittlungen miteinander in Beziehung zu setzen, nach Übereinstimmungen und Widersprüchen zwischen dem zu suchen, was wir ermittelt haben und was ich mittlerweile über Bernhard Vahle, geborenen Loose in Erfahrung gebracht habe. Ohne greifbares Ergebnis und mit dem Gefühl, einer sinnlosen Beschäftigung nachzugehen. Ähnlich relevant wie Patiencen zu legen, um sich die Zeit zu vertreiben oder die Marken von Autos zu zählen, die vorbeifahren, so wie ich es manchmal als Kind getan habe. VWs waren klar in der Mehrheit, dann kamen Opel und Ford, die sich ein spannendes Rennen um Platz 2 lieferten, schließlich mit Abstand der Rest. Japaner gab es damals noch nicht, Franzosen und Italiener durchaus, DAF aus Holland, auch NSU fuhren noch herum. Wie allein muss ich mich gefühlt haben, um auf eine solche Idee zu kommen?

Ich verspüre keinen Antrieb, mich erneut über die Blätter zu beugen, andere Fakten miteinander zu kombinieren, um doch noch, bevor Antje zurückkehrt, etwas zu finden und den Fall nicht für alle Zeit begraben zu müssen. Meine Unruhe treibt mich hinaus, obwohl ich weiß, dass ich dort nichts finden werde, was mir das Gefühl gibt dazuzugehören. Ich treffe auf der Straße nur sehr selten jemanden, den ich von früher kenne. Es ist allein die Bewegung, die die Einsamkeit dämpft.

Ich brauche ein Ziel. Ein Ziel für mein Leben, denke ich, das nicht Antje heißen darf. Denn welche Frau will jemanden, der nichts will. Sie zu wollen, reicht nicht.

Soll ich mir ein Bier aus dem Kühlschrank nehmen? Etwas Alkohol könnte meine trübe Stimmung aufhellen. Eine Lösung ist das nicht, nur ein Ausweichen. Dieser Vahle – wie komme ich jetzt auf ihn? – fühlt sich nie so allein. Seine Frau ist immer um ihn, selbst wenn sie nicht in seiner Nähe ist. Dieses Bild habe ich von ihm. Hat er das verdient, falls er seine Mutter getötet hat? Ich finde das ungerecht. Ich vertrage Antjes Abwesenheit nicht, obwohl ich weiß, dass diese Phase unseres gemeinsamen Lebens bald enden wird.

Ich blättere in der Fernsehzeitschrift, lese, was dort über das Abendprogramm der verschiedenen Sender geschrieben steht. So viele Sendungen, doch nichts kommt mir von Belang vor. Ich lege die Zeitschrift unter das Sideboard zurück, auf dem der Fernseher steht, und gehe durch den Raum, vorbei am Sofa bis zum Esstisch, einmal um diesen herum, wofür ich Stühle unter den Tisch schieben muss. Ich blicke wieder auf die Unterlagen, lese gedankenverloren einzelne Sätze und gerate dabei in einen Zustand von Orientierungslosigkeit, in dem ich nicht weiß, was wahr ist und was gelogen. Lügen sind oft plausibler als die Wahrheit, in sich stimmiger.

Ich wende mich ab und gehe zurück zum Fenster. Ich schaue zur Straße. Wie ein Gefangener, denke ich. Ich habe das Gefühl, dass im Brustkorb etwas sitzt, was heraus möchte und das ich mich nicht traue herauszulassen. Ich habe keine Ahnung, was das ist, aber genau so fühlt es sich an. Es drückt nach unten auf mein angespanntes Zwerchfell. Lachen wäre jetzt gut, aber worüber bloß?

Ich gehe in die Küche und öffne den Kühlschrank. Was ich dort sehe, wird für die nächsten Tage reichen, wenn ich nichts Spezielles kochen möchte. Es ist nicht leicht, wenig genug einzukaufen, damit einem nichts verdirbt, wenn man alleine lebt. Der Supermarkt wäre ein Ziel, um das Haus zu verlassen, aber ich brauche nichts. Ich könnte spazieren gehen und am Schluss beim Griechen einkehren? Einfach, weil mir die Decke auf den Kopf fällt. Gewöhnliche Kneipen, wie es sie früher in Pinneberg gab, um für einige Zeit aus den engen Wohnungen und unter Leute zu kommen, die ein ähnliches Bedürfnis hatten, sind verschwunden. Ein gastronomisches Konzept, wie es heute heißt, für einsame Wölfe und Theken-Wallache findet keinen Zuspruch mehr. Wer in einer solchen Gaststätte auftauchte, hätte den Vertrag seines Scheiterns bereits in der Tasche, und wer mag sich das eingestehen. Die Ansprüche an das eigene Leben sind gestiegen, die Erwartungen höher, als nur bis zum Ende durchzuhalten.

Ich lege mir einen Pullover über die Schulter, verknote die Ärmel vor der Brust, damit er mir nicht herunterrutscht, und verlasse das Haus. Ich werde eine Runde durch die Innenstadt drehen, mir dabei einbilden, mein Revier zu inspizieren und auf verdächtige Gestalten zu achten, und dann auf dem Rückweg beim Griechen einkehren, obwohl ich weiß, dass mir Alkohol, Fleisch und zu fettes Essen nicht guttun und ich unruhig schlafen werde. Doch ich sehne mich nach dieser Art von Betäubung. Gefühligkeit statt Gefühlen, Sentimentalität statt Erinnerung, Selbstmitleid statt Mitgefühl mit mir selbst. Ich weiß das, aber ich werde es danach besser mit mir aushalten. Ich sollte strenger zu mir sein, mir mehr die Zügel anziehen. In meinem Beruf habe ich kein Problem damit, konzentriert zu arbeiten und ganz bei der Sache zu sein. Mich nicht gehen zu lassen und jeden Tag aufs Neue zu erscheinen, ohne blauzumachen. Zuverlässigkeit und ihre Abkömmlinge wie Pünktlichkeit, Integrität, Korrektheit, Ehrlichkeit treiben mich von innen her an, und sie erwarte ich auch von anderen.

Ich könnte Antje anrufen, anstatt zum Griechen zu gehen. Aber ich habe Angst, sie zu stören, und dass wir aus unseren getrennten Welten, in denen wir uns gerade aufhalten, nicht zueinander finden und uns fremd miteinander fühlen. Dass sie mein Eingeschlossen-Sein spürt und ich mich nicht öffnen kann, obwohl ich es will. Vielleicht kommt mein Anruf auch zu unpassender Zeit und sie muss mich auf später vertrösten, so dass ich wieder eine Zwischenzeit ausfüllen muss. Nein, der Grieche ist die Lösung, von der ich weiß, dass sie zuverlässig funktioniert. Wenn ich Glück habe, werde ich danach die Freude darüber spüren können, dass mich Antje schon bald nicht mehr auf Zeit verlassen wird.

82 BERNHARD VAHLE (2019)

Ich wasche mir im Bad die Hände und das Gesicht mit kaltem Wasser, kämme mich und betrachte mich dabei im Spiegel. Die alte Dame vorhin, Frau Schöler, hat mich darauf gebracht, dass ich meiner Mutter ähnlich sehe. Ich versuche mir ihr Bild ins Gedächtnis zu rufen, wie sie mir vor 40 Jahren ängstlich gegenüberstand und sich hilfsbereit bemühte, mir den Weg zu erklären, nach dem ich gefragt hatte. Ihr Gesicht bleibt in meiner Erinnerung milchig und schemenhaft. Mag sein, dass ich ihr ähnlich sehe und sich ihre Züge in meinem Gesicht spiegeln. So sehr, dass, wer sie kannte, unsere Verwandtschaft in mir wiedererkennt. Etwas von ihr lebt in mir weiter. Ich schüttele mich unwillkürlich, als ich das denke, wie um sie von mir abzuschütteln. Als ich sie tötete, habe ich das Band zwischen uns offenbar nicht vollständig durchtrennt, wie ich bislang in meiner Überheblichkeit angenommen habe.

Was wäre aus mir und aus ihr geworden, wenn sie davongelaufen wäre, bevor es für sie zu spät war? Würde ich immer noch allein und wutgetrieben Lastwagen und Sattelzüge über Europas Straßen steuern? Säße ich frühverrentet und verwahrlost in meinem kleinen Apartment und ginge den Nachbarn aus dem Weg? Oder hätte es einen anderen Wendepunkt in meinem Leben geben können, auch ohne diese Tat, die mich befreit hat? Die in diesem Fall sinnlos gewesen wäre. Wäre ich dann heute nicht Frau Schöler begegnet, sondern meiner Mutter, wie sie die Arztpraxis als alte Frau verlässt? Hätten wir uns aussöhnen können? Unnütze Fragen. Ich sollte mich darauf konzentrieren herauszufinden, wer sie war. Wie sie war. Darum bin ich hier.

Ich möchte den Tag nicht hier im Hotelzimmer ausklingen lassen. Langsam merke ich, dass ich tagsüber kaum etwas gegessen habe. In der Informationsmappe des Hotels ist der Grieche, an dem ich vorhin vorbeigekommen bin, als nahe gelegene Restaurantempfehlung aufgeführt.

Ich gehe erneut durch die Oeltingsallee, um zu dem griechischen Lokal zu gelangen. Der Weg kommt mir bereits vertraut vor. Als ich an der Hausarztpraxis vorbeikomme, fällt mir auf, dass ich versäumt habe, Frau Schöler zu fragen, ob sie mir noch jemanden vermitteln kann, der meine Mutter gekannt hat. Ich war zufrieden damit, sofort und ohne Mühen jemanden gefunden zu haben, der mir Auskunft geben konnte.

Ich sollte mir für morgen Theaterkarten besorgen. Wenn ich meine Mutter verstehen will, muss ich herausfinden, was es ihr bedeutet hat, ins Theater zu gehen. Ich werde versuchen, mit ihren Augen das Schauspiel zu sehen, auch wenn sich seit damals wahrscheinlich die Art und Weise verändert hat, Stücke zu inszenieren.

Ich bin bei dem griechischen Restaurant angekommen und öffne die Eingangstür. Einer der Kellner löst sich von der Theke und kommt mir entgegen. Er gibt mir die Hand, als sei ich ein Stammkunde, fragt mich, ob ich alleine sei oder noch jemanden erwarte. Als ich sage, dass ich nur für mich einen Platz brauche, führt er mich an einigen Tischen vorbei in den hinteren Raum, von wo ein überdachter Außenbereich abzweigt. „Kann ich Sie an einen Tisch dazu setzen", fragt mich der Kellner. „Es ist voll heute. Eigentlich ist es immer voll."

Als ich bejahe, führt er mich zu einem Tisch, an dem bereits ein Mann mit dem Rücken zu mir sitzt. Ein Glas Ouzo vor sich auf dem Tisch, blättert er in der Speisekarte. Er schaut auf, als der Kellner ihn anspricht und wendet den Kopf in meine

Richtung. Es ist Michael Andresen, der Polizist, stelle ich verwundert fest. Den ich ausfindig machen wollte, um mehr über meine Mutter zu erfahren. Und jetzt ist er mir zugeführt worden, so wie heute Vormittag Frau Schöler. Als folgten meine Schritte einem mir unbekannten Plan.

„Kann ich Ihnen noch jemanden dazusetzen", fragt ihn nun der Kellner. Die erste Überraschung ist aus Andresens Gesicht gewichen. „Nur zu", sagt er, „es ist mir auf gewisse Weise angenehm, mit diesem Mann den Tisch zu teilen." Der Kellner schaut irritiert und mustert uns. Andresen grinst und sagt in meine Richtung: „Ich hoffe, du hast nichts dagegen. Wir sind zuletzt nicht im Guten auseinander gegangen. Was machst du in Pinneberg?"

„Wo ist Antje?", will ich wissen, während ich mich auf die andere Seite des Tisches begebe, ohne auf seine Frage einzugehen.

„Zu einem ihrer Projekte unterwegs. Ein letztes Mal, bevor sie diesen Job an den Nagel hängt", antwortet er.

„Für dich?", frage ich.

„Für mich, für sich, für uns", entgegnet Andresen. „Aber bevor du mich weiter ausfragst, will ich wissen, was dich nach Pinneberg führt. Du bist mir die Antwort auf meine Frage schuldig geblieben."

Ich setze mich ihm gegenüber, und der Kellner schenkt mir aus einer Ouzo-Flasche, die er in einer Halterung am Gürtel trägt, ebenfalls ein Glas ein. „Ich möchte mehr über meine Mutter erfahren", erkläre ich. „Daran bist du nicht schuldlos. Du warst so erstaunt darüber, dass mich nie interessiert hat, wer sie war und wie sie gelebt hat. Das hat einen wunden Punkt in mir berührt. Deine Fragen verlangen seitdem nach Antworten." Dass auch die Nähe zum Tod diesen Wunsch in mir geweckt hat, verschweige ich. „Deshalb ist es gut, dich zu treffen. Ich wollte dich sowieso kontaktieren, weil ich mir von dir Auskünfte über meine Mutter erhoffe. Du hast schließlich durch deine Ermittlungen einiges über sie erfahren. Oder liege ich da falsch?" Ich atme tief ein, weil mir die Luft knapp geworden ist.

Michael hat mir aufmerksam zugehört und schweigt einen kurzen Moment, bevor er mich fragt, ob ich schon etwas herausgefunden habe. Ich erzähle ihm, was mir Frau Schöler berichtet hat.

„Das deckt sich mit dem Bild, das wir uns von deiner Mutter gemacht haben", erklärt er. „Daraus hat sich jedoch kein Anhaltspunkt auf einen möglichen Täter ergeben." Er bekommt einen ratlosen Ausdruck im Gesicht, als hätte er es mit einem aktuellen Fall zu tun.

„Ich fühle mich meiner Mutter hier nah", sage ich. „Das Gefühl kannte ich bislang nicht. Sie war eine Fremde für mich. Eine Person, von der man weiß, dass es sie gibt, die aber keine Bedeutung für das eigene Leben hat."

Andresen schaut mich durchdringend an, während der Kellner an unseren Tisch getreten ist, um unsere Bestellung aufzunehmen. Er bestellt den Grillteller, ich das Lamm-Souvlaki. „Und zwei Bier", ordert er, „du bist natürlich eingeladen. Denn das hier ist meine Stadt. Deshalb bist du mein Gast. Das ist für mich Ehrensache."

„Eine Stadt, in der die Polizei Verdächtige zum Essen einlädt, großartig", witzele ich. „Oder hast du mich von deiner Liste möglicher Täter gestrichen?"

„Keineswegs, weil ich dich nicht zweifelsfrei als Täter ausschließen kann. Genauso wenig, wie ich Beweise für deine Schuld habe." Er unterbricht sich. „Du bringst mich dazu, dir etwas anzuvertrauen, dass ich dir aus Ermittlersicht nicht verraten sollte. Irgendetwas an dir provoziert mich zur Offenheit."

Ich muss lächeln und er prostet mir mit dem Ouzo zu. „Ich glaube, das ist eine Eigenschaft, die meine Mutter ebenfalls hatte", spreche ich einen Gedanken aus, der mir gerade in den Sinn gekommen ist, weil mich Michaels Beobachtung an etwas erinnert hat, was mir Frau Schöler über meine Mutter erzählt hat. „Was kannst du mir noch über sie berichten?"

„Meine Kollegen und ich haben natürlich keine Charakterstudie betrieben, sondern gezielt nach Anhaltspunkten gesucht, die uns zum Täter hätten führen können", erklärt Michael. „Aber ich habe durch die zahlreichen Zeugenaussagen den Eindruck gewonnen, dass deine Mutter einsam war und zugleich eine Bedeutung für andere hatte. Sie hat nur lose und vorübergehende Bindungen aufgebaut, doch in größeren Zusammenhängen im Beruf oder im Handballverein Menschen an eine Institution oder Gruppe gebunden. Ich denke, dass Patienten nicht nur wegen des Arztes, sondern auch ihretwegen in die Praxis kamen und blieben. Dass es in ihrem Team einen ausgeprägten Mannschaftsgeist gab, war in erster Linie ihr Verdienst. Was mich wundert, ist, dass sie diese offensichtliche Fähigkeit nicht für sich genutzt hat. Als ob es ihr nicht zustände, sich zu binden, und nicht, als ob sie es nicht könnte."

Mir schießt das Blut in den Kopf. ‚Sie hat sich dafür bestraft, mich weggeben zu haben', denke ich, spreche diesen Gedanken aber nicht aus und nehme einen großen Schluck aus meinem Bierglas. Meine Mutter, von der ich bislang nichts wissen wollte, nimmt langsam in meiner Vorstellung konkrete Züge an, wird mir vertrauter. Doch nicht wie ein wirklicher Mensch, sondern wie eine Romanfigur.

„Gehst du manchmal ins Theater?", frage ich Michael.

„Nein, nicht mehr. Ich habe auf der Arbeit ausreichend mit Dramen zu tun", antwortet er und grinst. „Fragst du, weil deine Mutter regelmäßig ins Theater gegangen ist?"

„Ja, ich möchte morgen ein Theater besuchen", erkläre ich. „So wie sie es oft getan hat. Kannst du mir ein Theater oder eine Inszenierung empfehlen?"

„Geh ins Thalia-Theater", empfiehlt Michael. „Es ist ein schönes altes Theater mit steilen Rängen. Als Jugendlicher war ich mal dort, und ich glaube, dass sich seither nicht viel verändert hat. Du kannst dir also einbilden, dass deine Mutter früher auch dort gesessen und mitgefühlt hat." Eine kurze Pause tritt ein. Dann fragt Michael: „Du willst also wirklich wissen, wer deine Mutter war? Du hast ein ernsthaftes Interesse." Den letzten Satz hat er als Feststellung ausgesprochen und ich muss ihm innerlich zustimmen.

„Ja, deshalb bin ich nach Pinneberg gekommen", bekräftige ich. „Und es scheint, mir besser zu gelingen, als ich erwartet habe."

Der Kellner stellt uns zwei neue, frisch gezapfte Biere hin, die Michael bestellt haben muss, ohne dass ich es mitbekommen habe. Er prostet mir noch einmal zu: „Auf deine Mutter", sagt er.

„Auf meine Mutter", antworte ich gerührt. „Es ist das erste Mal, dass ich auf sie anstoße." Ich fühle mich meiner Mutter nah, ohne dass ich wütend auf sie bin. Ich hätte sie gerne kennengelernt, merke ich, leibhaftig. Die Chance habe ich mir selbst verbaut. Das ist das Opfer, dass ich bringen musste, damit es mir gut geht.

Der Kellner bringt unser Essen und wünscht „Guten Appetit". Wie schnell das geht.

Nach den ersten Bissen schiebt sich Michael mit der Zunge ein Stück Fleisch in die Wange, um klarer artikulieren zu können: „Obwohl du dich jetzt ernsthaft für deine Mutter interessierst, scheint es dir weiterhin egal zu sein, wer sie getötet hat. Das ist sonst das Hauptinteresse der Angehörigen. Sie wollen uns teilweise das Versprechen abnötigen, den Täter zu finden".

„Das interessiert mich tatsächlich nicht nach so langer Zeit", sage ich schnell, weil ich mich ertappt fühle. „Vielleicht entwickelt sich mein Interesse an der Aufklärung des Falles noch, wenn ich mich meiner Mutter weiter annähere. Bislang war sie ein fremdes Opfer für mich. Für das ich keinerlei Gefühle gehegt habe, wie du weißt", erkläre ich, um mein Verhalten zu begründen. Es ist nicht verboten, anders zu reagieren als die meisten Angehörigen.

Ich fühle mich sicher und habe Mitgefühl mit Michael, weil ich spüre, wie es ihn quält, dass er genau weiß, wie die Tat abgelaufen sein muss, aber nicht weiß, wer sie begangen hat. Das wurmt ihn nicht nur persönlich, sondern erschüttert zutiefst sein Gerechtigkeitsempfinden. Außerdem erkenne ich in ihm meine alte Einsamkeit wieder. Allerdings bei ihm durchmischt mit Melancholie und ohne meine damalige Wut.

„Treibt es dich öfter hierher?", frage ich. „Das Lamm-Souvlaki ist lecker."

„Zu oft", antwortet Michael. „Meistens lande ich hier, wenn mir zu Hause die Decke auf den Kopf fällt. Das Essen und der Alkohol tun mir zwar nicht gut ...", er klopft auf seinen Bauch, „... es entlastet mich aber. Zumindest bis zum nächsten Morgen. Ich hoffe, dass das vorbei ist, wenn Antje bald häuslich wird."

„Davon ist auszugehen", bestätige ich. „Ich möchte dich noch etwas anderes fragen: Hast du trotz deiner Arbeit ein positives Menschenbild behalten oder siehst du ringsumher nur das Böse?".

„Das Böse ist überall", antwortet Michael, „auch wenn wir das nicht wahrhaben wollen. Es steckt in jedem von uns. Jeder ringt mit ihm, aber die wenigsten übertreten deshalb Gesetze oder sind böse Menschen." Er überlegt etwas, bevor er weiterspricht: „So lange die Menschen in einigermaßen behütete Verhältnisse eingebunden sind und wir gute Gesetze und gute Schulen haben und als Gesellschaft wesentliche Übereinkünfte, die die große Mehrheit akzeptiert, bleiben sie friedfertig. Es gibt nach meiner Erfahrung nur wenige, denen ein sittlicher Kompass fehlt und die an einem Mangel an Mitgefühl leiden und die man deshalb als bösartig beschreiben kann. So sehe ich das. Ich habe in der Regel Mitgefühl mit den Opfern und den Tätern."

„Jeder neigt doch zu kleinen Regelverstößen", wende ich ein. „Eine kleine Schummelei bei der Steuererklärung hier, eine Geschwindigkeitsübertretung beim Autofahren da, eine Lüge zum eigenen Vorteil und so weiter und so fort."

„Das ist menschlich", stimmt Michael zu. „Diese Vergehen stören mich, weil sie einem egoistischen Motiv entspringen. Aber wer sie begeht, ist nicht grundsätzlich böse. Warum interessiert dich dieses Thema?"

„Ich weiß nicht", sage ich und ärgere mich, das Thema angeschnitten zu haben. Ich ermahne mich, wachsam zu bleiben. Michael ist Polizist, und ich habe etwas zu verbergen.

„Was ist das Böseste, was du jemals getan hast?", fragt er mich plötzlich arglos.

„Ist das eine Fangfrage?", entgegne ich. „Erwartest du, dass ich antworte, dass Böseste, was ich je getan habe, ist, meine Mutter umgebracht zu haben?"

Michael schmunzelt: „Das überlasse ich dir. Was plagt dein Gewissen am meisten, so dass es keine Ruhe geben will?"

„Ich war Friederike immer treu", überlege ich. „In der Beziehung habe ich mir nichts vorzuwerfen. Ehrlich gesagt kann ich mich nicht erinnern, wann mich einmal heftige Gewissensbisse geplagt haben. Und du?"

Michael überlegt. „Es sind eher Unterlassungen, die ich bedauere", antwortet er dann, „etwas, dass ich hätte tun sollen."

„Zum Beispiel?", hake ich nach.

„Dass ich nie Vater geworden bin, das bereue ich", gesteht er ein.

„Aber das ist doch nichts Böses", erwidere ich.

„Nein", gibt er zu. „Vielleicht, dass ich ein einziges Mal meine Fassung verloren und einem Verdächtigen körperliche Gewalt angedroht habe, wie gesagt, angedroht, nicht angetan. Eine Kollegin hat mich schnell abgelöst, damit ich mich beruhigen konnte."

„Ich kann mir den Druck vorstellen, unter dem du in deiner Arbeit oft stehen musst", sage ich.

„Deshalb gibt es klare Strukturen, Handlungsanweisungen, an denen wir uns orientieren können. Und das Vier-Augen-Prinzip, nicht nur zu unserem Schutz", erläutert Michael.

„Du musst dich nicht vor mir rechtfertigen", erwidere ich. „Ich habe kein Problem mit der Polizei."

Der Kellner kommt und fragt, ob es uns geschmeckt hat. Wir bejahen knapp, und er schenkt uns noch Ouzo ein. Ich greife zum Glas und proste Michael zu. „Auf das Gute im Menschen", bringe dieses Mal ich einen Toast aus.

„Auf das Gute", bestätigt er und trinkt sein Glas in einem Zug leer.

Der Mann könnte mein Freund sein, denke ich, wenn nicht meine Tat immer zwischen uns stünde und wir uns bei aller Annäherung wie Katz und Maus belauerten. Ich spüre ein Bedauern, denn einen echten Freund habe ich nie gehabt. Friederike ist der Mensch, der diese Rolle für mich mit ausfüllt.

„Ich muss los", sagt Michael unvermittelt und steht auf. „Ich zahle vorne. Du bist, wie gesagt, eingeladen."

„Ich bleibe noch etwas", entgegne ich. „Es war ein ereignisreicher Tag. Ich möchte noch verdauen, was ich über meine Mutter erfahren habe."

Michael greift sich einen Bierdeckel und schreibt eine Zahlenfolge darauf: „Meine Mobilnummer, falls du noch Fragen zu deiner Mutter hast".

„Habe ich noch von Husum eingespeichert, danke", erwidere ich, nehme aber trotzdem den Bierdeckel an mich.

„Hatte ich vergessen", entgegnet Michael. „Und nichts für ungut, dass ich dich in Husum so bedrängt habe. Du scheinst nicht nachtragend zu sein."

„Bin ich nicht", bestätige ich, „mach dir darüber keinen Kopf."

Er reicht mir über den Tisch hinweg die Hand: „Tschüss."

„Tschüss." Er dreht sich um und verschwindet hinter der Ecke aus meinem Blickfeld. Falls ich ihn nochmals treffe, sollte ich mir Fragen überlegen, was ich über meine Mutter wissen möchte. Falls.

83 FRIEDERIKE VAHLE (2019)

Das Telefon klingelt und als ich im Display sehe, dass es Bernhard ist, merke ich, wie sehr ich mich freue, gleich seine Stimme zu hören. „Friederike", nennt er meinen Namen, nachdem ich mich ganz offiziell gemeldet habe, obwohl ich wusste, dass er es ist. Sein Timbre, mit dem er meinen Namen ausspricht, überbrückt sofort die räumliche Entfernung zwischen uns. „Wie geht es dir?", frage ich.

„Gut", versichert er, „sehr gut sogar. Ich fühle mich hier meiner Mutter nah, weil ich mir vorstellen kann, was sie hier gesehen, was sie getan hat. Und ich habe bereits Leute getroffen, die sie gekannt haben. Auch Michael Andresen, zufällig gleich am ersten Abend, weil er in dem Lokal saß, in dem ich ebenfalls etwas essen wollte."

„Kriegst du genug Luft?", erkundige ich mich besorgt.

„Manchmal bleibt sie mir weg", gesteht Bernhard ein, „vor allem, wenn ich zu viel spreche. Aber nach einer kurzen Pause geht es wieder."

„Pass auf dich auf", ermahne ich ihn. „Übernimm dich nicht. Ich brauche dich noch." Diese indirekte Liebeserklärung konnte ich mir nicht verkneifen.

„Ach, Friederike", seufzt Bernhard, „mach dir keine Sorgen. Ich war im Theater, weil ich erfahren habe, dass meine Mutter leidenschaftliche Theatergängerin war."

„Welches Stück hast du gesehen?", erkundige ich mich.

„Ich komm gerade nicht drauf, wie es heißt", erzählt er. „Aber es ging um eine Familie, die einen Kindergeburtstag vorbereitet. Mit der Zeit bekam der Zuschauer mit, dass das Kind, dessen Geburtstag gefeiert werden soll, bereits drei Jahre zuvor tödlich verunglückt ist. Die Mutter hat das krankhaft verdrängt, lebt in einer Welt, in der das Kind noch lebendig ist, und so handelt sie auch. Der Rest der Familie spielt mit, um ihr keinen Schmerz zu bereiten. Außer der Vater, der daran verzweifelt, und seine Frau in die Realität zurückholen will und versucht, mit ihr darüber zu sprechen, was passiert ist. Es gibt eine Szene gegen Ende des Stücks, in der ihm das zu glücken scheint. Aber dann kippt etwas in ihr um und sie stürzt sich erneut in die Geburtstagsvorbereitungen. Die Realität ist für sie zu schmerzhaft."

„Wie schrecklich", entfährt es mir, weil ich nachempfinden kann, wie es der Frau geht, der das Allerschrecklichste passiert ist. Ein Kind zu verlieren, für dessen Leben sie sofort ihr eigenes eintauschen würde.

„Ja, schrecklich", bestätigt Bernhard. „Ich bin hinterher noch in Hamburg an der Alster spazieren gegangen und habe dabei einen inneren Dialog mit meiner Mutter über das Stück geführt. Sie war ebenfalls betroffen, weil ja ich für sie wie gestorben war, als sie mich weggegeben hat. Ich hatte das Gefühl, sie hat darunter gelitten, obwohl sie sich anders damit arrangiert hat als diese Mutter im Stück. Ich wundere mich darüber, dass ich 63 Jahre alt werden musste, um mich in ihre Perspektive hineinversetzen zu können. Wobei sie mir natürlich nicht mehr bestätigen kann, dass es so war, wie ich es mir vorstelle."

„Du bist deiner Mutter nah. Das ist das Wichtige", muntere ich ihn auf. „Hast du auch nachvollziehen können, was deine Mutter am Theater so fasziniert hat?"

„Ich glaube das Unmittelbare, dass richtige Menschen direkt vor einem auf einer Bühne agieren. Ginge man näher heran, könnte man die Schauspieler anfassen. Aber ich weiß natürlich nicht wirklich, was *sie* im Theater gesucht hat."

„Man sagt ja, Theater reinige die Seele", fällt mir ein.

„Ich glaube, meine Mutter war ein einsamer Mensch. Und im Theater ist man den Schauspielern beziehungsweise den Menschen, die sie verkörpern, ganz nah und fühlt mit ihnen."

„Das hat sie vielleicht entlastet", versuche ich meine Idee mit dem zu verbinden, was Bernhard erzählt.

„Vielleicht, wissen kann ich es nicht", erwidert er.

„Wichtig ist doch, dass du ein Bild von deiner Mutter bekommst." Ich möchte, dass Bernhard nicht so zweiflerisch ist. Dass sich diese Wunde schließt, zu ihren Lebzeiten keinen Kontakt zu seiner Mutter gehabt zu haben.

„Eine Frau Schöler hat behauptet, ich sähe meiner Mutter ähnlich", berichtet er mir. „Ich habe vor dem Spiegel gestanden und versucht, sie in mir zu sehen."

Es ist offensichtlich, dass er sich seiner Mutter annähert. Das macht mich froh. Es hat mich immer betrübt, dass er sie abgelehnt hat, ohne sie zu kennen, wenngleich es furchtbar für ihn war, was sie ihm angetan hat. Trotzdem gehört die enge Familie zusammen, finde ich. Wenn es nicht gelingt, sich mit seiner Mutter auszusöhnen, mit wem dann?

„Wann kommst du nach Hause?", frage ich. „Ich vermisse dich."

„Ich weiß es noch nicht", antwortet Bernhard. „Bald. Ich denke, ich werde wissen, wenn mein Bild von ihr vollständig genug für mich ist. Weißt du, ich bin hier gar nicht wütend auf sie, wie ich es all die Jahre war, bevor ich dir begegnet bin."

„Ich will dich nicht unter Druck setzen", versichere ich. „Nimm dir die Zeit, die du brauchst."

„Du bist die beste Frau der Welt", ruft Bernhard theatralisch in den Hörer.

Ich freue mich trotzdem und werde verlegen. „Nun über-
treib mal nicht."

„Die beste Frau der Welt für mich", präzisiert er und da
mag ich ihm nicht widersprechen.

84 ANTJE MERKENS (2019)

Heute habe ich etwas Luft, um Michael anzurufen. Der Tag war weniger aufwühlend als gewöhnlich. Kaum direkter Menschenkontakt. Michael hat die ganzen Tage nicht versucht, mich zu erreichen. Ob es ihm gut geht? Ich bitte ihn immer darum, mich während einer Projektphase nicht zu stören. Aber immer schafft er es nicht.

„Hallo, Liebling", melde ich mich.

„Antje!", ruft er und tut so, als sei er überrascht.

„Was machst du?", frage ich.

„Ich gehe nochmals die Akte ‚Wiebke Loose' durch und verabschiede mich dabei von diesem Fall. Ich werde mir in den nächsten Tagen einen Schredder kaufen und die Blätter durchjagen, bevor du nach Hause kommst. Sag mir also rechtzeitig Bescheid, wann es so weit ist."

„Warte bitte damit, bis ich zurück bin. Ich möchte, dass wir den Fall zusammen beerdigen. Schließlich bin ich in gewisser Weise darin involviert."

„Auf die Idee hätte ich selbst kommen können", antwortet Michael. „Rate mal, wen ich vor ein paar Tagen beim Griechen getroffen habe?"

„Keine Ahnung", sage ich, „außer Sigrid kenne ich bislang kaum jemanden in Pinneberg."

„Bernhard Vahle!"

„Was?", entfährt es mir. „Warum ist er in Pinneberg?"

Michael berichtet mir von seinem Gespräch mit ihm. Als er geendet hat, sage ich pikiert: „Seine Masche, mit der er mich damals auf der Insel eingefangen hat, scheint auch bei dir funktioniert zu haben. Ihr wart ja richtig vertraulich miteinander."

„Es herrschte tatsächlich so etwas wie freundschaftliche Atmosphäre zwischen uns", bestätigt Michael, „wie bei Menschen, die etwas Tiefgründiges miteinander verbindet. Es ist schade, dass ich diesen Verdacht gegen ihn nicht vollständig ausräumen kann und er zwischen uns steht."

„Ich misstraute ihm und gleichzeitig fühlte ich mich von ihm in unseren Gesprächen verstanden. Ich durchschaue ihn nicht, obwohl darin doch eine meiner Stärken liegt."

„Der Verdacht gegen ihn macht es uns unmöglich, ihm unbefangen zu begegnen", bestätigt Michael.

„Aber ich will gar nicht schon wieder über ihn sprechen", sage ich. „Ich rufe dich an, weil ich mich nach dir sehne."

„Das höre ich gerne. Hoffentlich sagst du das noch, wenn du hier bei mir bist und nicht mehr die Aussicht hast, bald wieder auszufliegen", frotzelt Michael, obwohl er weiß, dass ich weiß, dass er es ernst meint.

„Bestimmt", versichere ich, obwohl ich unsicher bin, ob es so sein wird, weil es für mich eine neue Erfahrung sein wird. Ich fürchte mich davor, keine neue Herausforderung zu finden, die mich erfüllt, und dass ich darüber unglücklich werde, es Michael in die Schuhe schiebe, wir anfangen zu streiten und auseinanderkommen. „Ich bin aufgeregt, wenn ich auf meine neue Lebensphase vorausblicke. Ich habe Angst, dass es schief geht", gestehe ich.

„Liebling, das ist ein großer Schritt ins Ungewisse, der dir bevorsteht. Beruflich und privat. Da ist es ganz normal, dass du Befürchtungen hast und beunruhigt bist", versucht er, mich zu beruhigen. „Ich bin glücklich, dass du diesen Schritt wagst, auch meinetwegen wagst. Und wenn du unglücklich wirst, überlegen wir neu. Es ist kein Schritt, der sich nicht korrigieren ließe."

Er hat recht. Wir haben es oft besprochen. Es ist keine Entscheidung, die ich nicht revidieren könnte. Ich sollte einfach meinem Plan folgen: Projekt abschließen, zu mir kommen, neu orientieren, Erfahrungen mit der neuen Aufgabe und mit dem Zusammenleben mit Michael sammeln. Ich habe das Gefühl, viel zu verlieren zu haben. Das lässt mich wahrscheinlich über ein Scheitern meiner Pläne fantasieren.

„Ich weiß es ja", antworte ich. „Doch ich weiß genau, was ich zu verlieren habe, aber nicht, was ich im Gegenzug gewinnen werde."

„Ich werde dich unterstützen. Du bist nicht allein", versichert er und mir schießen Tränen in die Augen, weil ich die Vorstellung, nicht allein zu sein, schön und zugleich fremd finde. Ich schäme mich ein bisschen und halte meine Hand über das Mikrofon, damit Michael meine Rührung nicht bemerkt. Bevor ich antworte, nehme ich eine paar gleichmäßige Atemzüge: „Das ist schön, was du sagst. Ich muss mich immer noch daran gewöhnen, dass du mich unterstützt. Wirklich unterstützt und dass es dir wichtig ist, dass es mir gut geht."

„So ist es", antwortet er trocken, „gewöhn dich daran". Und ich bin wieder gerührt.

85 MICHAEL ANDRESEN (2019)

Nachdem ich aufgelegt habe, blicke ich durch die ebenerdigen Fenster über die Terrasse hinaus in unseren Garten mit dem üppigen Bewuchs alter Gehölze. Das Telefonat mit Antje hat mich in einen gelösten Zustand versetzt. Ich kann das prachtvolle Leben da draußen genießen. Während Antje und ich miteinander sprachen, ist mir unspektakulär klar geworden, dass bald nicht nur für sie, sondern auch für mich ein neuer Lebensabschnitt beginnt. Dass sich das Versprechen, das mit dem Kauf dieses Hauses im Hirtenweg verbunden war, einlösen wird. Dass der Satz, den ich zu ihr gesagt habe, auch für mich gilt: „Du bist nicht allein."

Das Gespräch hat mich in heitere Stimmung versetzt. Ich kann mein altes Leben loslassen, ohne das Gefühl zu haben, verloren zu gehen. Auf dem Weg zur Ladestation des Telefons komme ich am Esstisch vorbei und schaue auf die ausgebreiteten Dokumente. Ich spüre keine Qual dabei. Ich werde auch den Fall „Wiebke Loose" loslassen können. Da bin ich mir jetzt sicher. Ohne ihn aufgeklärt zu haben. Das Opfer wird das verstehen. Es wird mich freigeben und mich von meinem Versprechen entbinden, dass ich nie gegeben habe. Mich nachts in meinen Träumen nicht mehr heimsuchen. Ich kann loslassen.

Ich raffe die Blätter auf dem Esstisch zusammen. Ungeordnet, wie sie sich zufällig übereinander schieben, hefte ich sie in den Ordnern dort ab, wo noch Platz ist, und räume diese zurück in die Kommode, aus der ich sie seit Jahrzehnten immer wieder hervorgeholt habe. Wenn Antje zurück ist, werden wir die Blätter durch den Schredder jagen und die Schnipsel zusammen mit ein paar Holzscheiten in unserem Feuerkorb verbrennen. Der Rauch wird in den Himmel steigen und das Zeichen setzen, dass ich losgelassen habe. Das sind befreiende Aussichten.

Bernhard Vahle hat mein Angebot, ihm Fragen zu seiner Mutter zu beantworten, bislang nicht genutzt. Er hat nicht angerufen. Ob er überhaupt noch in Pinneberg ist? Er kann sich vor mir sicher fühlen, ich habe aufgegeben. Nein, nicht aufgegeben, losgelassen. Es gibt keine Verlierer. Hoffentlich hat er gefunden, was er in Pinneberg gesucht hat.

In mir formt sich ein Bild meiner Mutter. Vielleicht ist es nur eingebildet. Vielleicht habe ich die Bruchstücke, die mir Frau Schöler und Michael über sie erzählt haben, falsch weitergesponnen. Doch mein Bild von meiner Mutter, Wiebke Loose, hilft mir, an sie zu denken, ohne wütend zu werden. Ich fühle Schuld, aber sie ist erträglich, als könne ich ihr und mir verzeihen.

Es war ein schöner Abend mit Michael Andresen. Trotzdem werde ich ihn nicht anrufen und unseren Kontakt nicht vertiefen. Das ist zwecklos. Die vergangene Tat, die er ahnt und ich weiß, wird immer zwischen uns stehen und verhindern, dass wir Freunde werden.

Ich mache einen langen Spaziergang durch den Ort und suche Plätze auf, an denen meine Mutter wahrscheinlich ebenfalls war. Ich stelle mir vor, wie sie vor mehr als 40 Jahren dort gewesen ist, was sie getan und dabei empfunden haben mag. Hat sie den Kindern auf dem Waldspielplatz im Fahlt zugesehen, sich vielleicht sogar auf eine Bank gesetzt und sich gefragt, wie es wäre, wenn das Kind, das auf der Schaukel mit den Beinen kräftig Schwung nimmt, ihres wäre und sie es mit liebevollem Blick beobachtete? Hat sie auf einer Bank im Rosengarten gesessen und die Rosen bewundert, die die ganze Sichtachse entlang verschwenderisch blühen? Geschnuppert, ob der Wind den schweren Duft bis zu ihr herüberweht? Hat sie vor der Eisdiele in der Sonne gesessen, vor sich ein gemischtes Eis mit ihren Lieblingssorten Vanille, Haselnuss und Joghurt, ohne Sahne? War sie Mitglied in der Stadtbücherei und hat hier in den Regalen gestöbert, bevor sie sich für lange, dunkle Winterabende Romane ausgeliehen hat, um darin bei einem Becher Tee zu versinken? Welche Bücher mögen ihr gefallen haben? Hat sie auf diesem trubeligen Markt bei dem Stand gleich am Eingang die vier Pferdewürstchen gegessen, die dort als Portion angeboten werden? Gab es diesen Edeka schon? Hat sie dort an der Fleischtheke gestanden und sich vom Schlachter, wie man hier sagt, ein besonders schönes Halskotelett aus der Auslage heraussuchen lassen? War es diese alte, gelb verklinkerte Sporthalle mit der großen Glasfront, in der sie trainiert und bei Heimspielen die gegnerischen Spielerinnen mit ihren Paraden zur Verzweiflung gebracht hat? Ich weiß es nicht, aber ich stelle mir meine Mutter an diesen Orten vor und baue alles in mein Bild von ihr ein, das immer mehr Konturen annimmt. Das mich mit ihr versöhnt.

Morgen werde ich abreisen.

87 FRIEDERIKE VAHLE (2020)

Der Krebs ist zurück. Die Ärzte sind machtlos. Wir sollen uns darauf einstellen, dass Bernhard immer weniger Luft bekommen und in einigen Tagen bis Wochen sterben werde, haben sie uns mitgeteilt und befriedigt registriert, dass wir gefasst auf ihre Nachricht reagiert haben. Bernhard fehlt die Kraft aufzubegehren und zu kämpfen; mir haben sie nur bestätigt, was ich erwartet habe, seit unser Hausarzt ihn wieder ins Krankenhaus eingewiesen hat.

Ich habe Bernhard nach der Mitteilung der Onkologen nach Hause geholt und werde mich bis zu seinem Ende um ihn kümmern. Unser Hausarzt hat versprochen zu kommen, wenn Bernhard körperliche Reaktionen zeigt, die ich nicht verstehe und mich hilflos machen.

Er ist abgemagert. Es ist kaum noch etwas übrig von dem kräftigen, vitalen Mannsbild, in das ich mich einst beim Tanzen verliebt habe. Er spricht nur noch einzelne Wörter und die mit Mühe, weil er kaum noch Luft bekommt. Lieber macht er mir mit sparsamen Gesten deutlich, wenn er etwas zu trinken möchte oder ich ihn zum Klo begleiten soll.

Ich liebe dieses von Krankheit zerfressene Bündel Mensch und frage mich, wie das geht. Wie man jemanden lieben kann, der sich so sehr verändert, dass in ihm kaum noch der alte, vertraute Körper zu erkennen ist, und dessen Charme und Humor, wenn sie noch da sind, nicht mehr ausgedrückt werden können. Ist es Liebe, die mich diesen Körper waschen und säubern lassen, wenn er manchmal den Stuhl nicht halten kann, bis wir die Toilette erreicht haben? Ist es Liebe, weil wir nicht den Menschen lieben, den wir vor uns haben, sondern unser inneres Bild von ihm, das sich nur ganz langsam mit der Zeit verändert? Fest steht: Ich habe Mitgefühl mit Bernhard und fühle mich ihm zärtlich verbunden. Aber ich sollte mich mit solchen Gedanken nicht belasten, sie rauben mir nur Kraft.

Nils und Dirk unterstützen mich so gut sie können. Sie gehen einkaufen, erkundigen sich, wie es mir geht, übernehmen die Gartenarbeit. Ich möchte nicht, dass sie mich in der Pflege unterstützen. Ich weiß, dass das Bernhard peinlich wäre. Er möchte nicht, dass das Bild des sterbenden Vaters das des lebendigen überlagert. Deshalb lasse ich sie nur kurz in das Zimmer, in dem er liegt, was sie widerspruchslos akzeptieren. Sie halten seine Hand und er sieht sie mit einer Mischung aus Trauer, Glück und Stolz an. Ich sehe, dass er von ihnen Abschied nimmt. Wenn sie nach einigen Minuten wieder herauskommen, spreche ich ihnen Trost zu mit Worten, die ich auch an mich selbst richten könnte. Schaue ich im Anschluss nach Bernhard, sieht er erschöpft aus.

Sein Leben geht zu Ende. Unser gemeinsames Leben geht zu Ende. Er lässt mich zurück, bevor wir richtig alt sind. Ich weiß, dass ich materiell versorgt bin, wenn er stirbt. Trotzdem habe ich das Gefühl, er lässt mich im Stich, macht sich aus dem Staub, nicht mit einer anderen Frau, sondern mit dem Tod, dem er nicht widerstehen kann.

Bald bin ich Witwe. Die Vorstellung ängstigt mich. Ich werde mich neu erfinden, einen neuen Lebenssinn suchen müssen. Wenn ich aus der Trauer wieder auftauche. Noch ein paar Tage, ein paar Wochen maximal, dann ist es vorbei. Hoffentlich kann Bernhard gut loslassen, die Hand ergreifen, die der Tod ihm reicht, und mit ihm gehen. Ich möchte nicht, dass er sich quälen muss.

Wird das Gefühl zu ersticken noch zunehmen? Der Hausarzt hat mir versichert, dass es nicht so sein wird, dass der Körper sich umstellt und der letzte Atemzug ein Herausgleiten aus dem Leben sein wird. Vielleicht will er mich nur beruhigen.

Hoffentlich werden die letzten Tage nicht so intensiv, dass sie die schönen Erinnerungen an unser gemeinsames Leben überlagern. Ich öffne vorsichtig die Tür zu Bernhards Krankenzimmer, das auch sein Sterbezimmer sein wird, wenn alles gut geht und er nicht noch einmal ins Krankenhaus eingeliefert werden muss. Er hat die Augen geschlossen und scheint zu schlafen. Friedlich sieht er aus. Ich ziehe mich leise zurück.

88 MICHAEL ANDRESEN (2020)

Als ich aus dem Büro nach Hause komme, steht Antje in der Küche und schiebt gerade einen vegetarischen Wirsingauflauf in den Backofen. „Da bist du ja", ruft sie mir zu, als sie die Haustür gehen hört. Aus der Diele, während ich mir die Schuhe abstreife und die Winterjacke ausziehe, sehe ich, dass der Esstisch festlich gedeckt ist. Antje hat ein weißes Tischtuch aufgelegt und das gute Geschirr aus dem Buffetschrank genommen, das sie von einer Tante geerbt hat. Es ist über 100 Jahre alt und wurde von der Mutter der Tante mit individuellen Blumen- und Insektenmotiven mit Glasurfarbe bemalt und in Meißen gebrannt. Ein Geschirr, auf dem es viel zu entdecken gibt und das wahrscheinlich die Kinder über die Langeweile hinwegtröstete, wenn sie bei Tisch zu schweigen hatten, weil die Erwachsenen redeten. „Gibt es etwas zu feiern?", frage ich zur Küche hin, aus der Antje mit zwei gefüllten Weißweingläsern herauskommt. „Drei Monate", sagt sie, „heute ist es genau drei Monate her, dass ich zum ersten Mal in unserem Haus aufgewacht bin mit der Gewissheit, nicht bald wieder zum nächsten Projekt aufbrechen zu müssen. Und es ist der Tag, an dem wir die Kopie der Akte ‚Wiebke Loose' geschreddert und am Abend in der Dämmerung verbrannt haben. Das sind gleich zwei Gründe zu feiern."

Sie hat recht. Ich habe nicht daran gedacht, weil ich mich an Antjes dauerhafte Anwesenheit gewöhnt habe, so dass es mir wie das Normalste von der Welt vorkommt, sie um mich zu haben. „Drei Monate ist auch der Zeitraum, den ich mir gegeben habe, um innerlich von meiner Projekttätigkeit Abschied zu nehmen", fährt Antje fort, „und mich in unserem Haus und ein wenig in Pinneberg einzuleben. Ab morgen werde ich mich darum kümmern, eine neue Aufgabe zu finden."

„Du bist so strukturiert", sage ich. „Ich meine das als Kompliment." Ich überlege. „Der Feuerritus hat gewirkt", stelle ich fest. „Ich habe in den vergangenen drei Monaten nicht mehr – … nein … ehrlicherweise muss ich sagen – fast nicht mehr an Wiebke Loose und den Mordfall gedacht. Sie ist mir auch nicht im Traum erschienen. Ich habe losgelassen."

„So wie ich", erwidert Antje. „Ich bereue nicht, gekündigt zu haben. Es kommt mir lange her vor, dass ich in fremden Orten in fremde Leben eingetaucht bin. Das liegt auch an dir, Michael Andresen."

Ich freue mich über dieses liebende Lob und fühle eine Verantwortung für unser gemeinsames Leben. „Wir sind ein Paar", stelle ich fest.

„Ja, das sind wir", bestätigt Antje, „und ich bin sehr zufrieden damit. Es fühlt sich für mich nicht fragil an, nicht wie etwas, das vorübergeht. Das ist für mich eine neue Erfahrung."

Ich bin verlegen. „Ich komme gerne zu dir nach Hause", sage ich schüchtern. „Der einsame, ruhelose Wolf hat sich tief in die Wälder verzogen."

Antje lächelt. „Wir haben ein schönes Haus, in dem ich mich wohlfühle. Wir sind sehr privilegiert. Ist dir das bewusst?"

„Ja", bestätige ich, „immer. Ich stamme aus einfachen Verhältnissen, wie du weißt."

Die Küchenuhr piept und Antje geht zurück in die Küche. „Fast fertig", ruft sie, „ich möchte die Käsekruste noch etwas brauner werden lassen."

Drei Monate, denke ich, die wie im Flug vergangen sind und sich wie eine lange Zeit anfühlen. So kann es weitergehen.

„Ich gebe mir wieder drei Monate", sagt Antje, als sie aus der Küche zurückgekommen ist. „In drei Monaten will ich einen neuen Arbeitsvertrag unterschrieben haben oder mich entschlossen haben, auf eigene Rechnung eine Leistung anzubieten. Welche muss sich dann noch zeigen."

„Wer dich nicht will, ist selber schuld", stelle ich fest.

„Zünde die Kerzen an und setz dich", fordert mich Antje auf. „Ich trage jetzt das Essen auf, und wenn du brav bist, bekommst du noch Nachtisch." Sie grinst und ich bin glücklich.

89 BERNHARD VAHLE (2020)

In den Nächten kann ich entspannen. Ich muss mich nicht vor Friederike zusammennehmen. Es ist die Zeit, die ich für mich nutze und über mein Leben nachdenke. Schmerzen habe ich selten, das Morphin wirkt.

Für die Menschen, die mir wichtig sind, habe ich vorgesorgt. Die Kinder stehen auf eigenen Beinen, und falls sie in einen finanziellen Engpass geraten, kann Frederike ihnen aushelfen. Unser Haus ist abbezahlt, die Witwenrente ist hoch genug, um ihr den gewohnten Lebensstandard zu erhalten. Meine Lebensversicherung, die ich nach unserer Hochzeit auf sie abgeschlossen habe, verschafft ihr ein dickes Polster für unvorhersehbare Ausgaben und außergewöhnliche Dinge und Aktivitäten. Falls sie sich etwas gönnen möchte. Ich sterbe mit reinem Gewissen.

Ich habe Angst vor dem Tod, vor dem, was passiert, wenn ich den letzten Atemzug mache. Einfach aufzuhören, keinen Einfluss mehr auf mein Leben nehmen zu können, das kann ich nicht akzeptieren. Meine Vorstellungskraft reicht nicht aus, um mir auszumalen, wie es sein wird, nicht mehr da zu sein. Mein Körper nur noch eine leere Hülle ohne Leben darin mit den ersten Anzeichen des Verfalls. Ich halte es schwer aus, an meinen Tod zu denken, der mir bald bevorsteht.

Ich kann mit niemandem darüber sprechen, nicht darüber und auch nicht über anderes. Ich spreche gar nicht mehr, weil ich dann das Gefühl habe zu ersticken. Also lasse ich es. Ich ziehe meine Hände unter der Bettdecke hervor, strecke sie in Kopfhöhe aus und drehe sie hin und her, hin und her. Sie waren das Werkzeug eines Mörders. Man sieht es ihnen nicht an.

Jetzt sind sie kraftlos. Ich lasse sie zurück auf die Bettdecke sinken.

In der vergangenen Nacht habe ich einen Brief an Friederike geschrieben, den sie erst öffnen soll, wenn ich gestorben bin. Ich bedanke mich darin bei ihr für unsere gemeinsame Zeit und versichere ihr, wie sehr sie mich glücklich gemacht hat, mehr als sie weiß. Sie war meine große Liebe, sie war mit mir glücklich. Diese Aufgabe habe ich an ihr und mit ihr erfüllt und sie an mir. Das habe ich in dem Brief anders ausgedrückt, damit sie leichter versteht, was ich meine, und sie meine Worte nicht kränken. Ich habe ihr erklärt, warum ich finde, dass wir zusammen ein gelungenes Leben hatten. Das ist mehr als ich erwarten konnte. Sie wird weinen, wenn sie das liest. Es werden Tränen der Trauer und der Liebe sein.

In den kommenden Nächten werde ich an jeden meiner Jungs einen Brief schreiben. Ich habe das Bedürfnis, ihnen zu sagen, wie stolz ich auf sie bin und dass ich ihnen vertraue, dass sie ihren rechten Weg im Leben finden. Dass ich hoffe, ihnen in vielem Vorbild gewesen zu sein. An das sie sich erinnern, wenn sie schwierige Entscheidungen zu treffen haben, solche, in denen ihr persönlicher Vorteil ihren moralischen Grundsätzen widerspricht. Sie sollen gute Menschen bleiben.

Ich habe mich außerdem entschieden, Antje einen Brief zu schreiben. Das hängt mit dem Bild meiner Mutter zusammen, das ich mir in Pinneberg von ihr gemacht habe und das mich jetzt tröstet. Ich habe das Gefühl, ihr noch etwas schuldig zu sein, damit sie endgültig ihren Frieden finden kann. Das lose Ende in der Geschichte ihres Todes möchte ich schließen. Ich werde reinen Tisch machen und mich offenbaren, ohne es an die große Glocke zu hängen. Es genügt, wenn ich nicht der Einzige bin, der Bescheid weiß. Friederike und die Jungs sollen mich in guter Erinnerung behalten und nicht irritiert, nicht in ihrem Kummer und ihrer Trauer mit der Vorstellung belastet werden, dass ihr Vater ein Mörder war, einer, der davongekommen ist und sich nie vor Gericht verantworten musste. Sie sollen mich als liebevollen Ehemann und Vater in Erinnerung behalten, einer, dem seine Familie das Wichtigste im Leben war. Der ein biederes und zufriedenes Leben geführt hat. Der ein guter Nachbar war und keinen Streit gesucht hat. Der im Kleinen, im Privaten gewirkt hat und keine Spuren hinterlassen wird, die Historiker interessieren. Dessen Tod nicht in der Tagesschau verkündet wird, weil er auch für Menschen wichtig war, die er nicht gekannt hat. Der stattdessen versucht hat, seinen Beruf redlich auszuüben, erfolgreich Mähdrescher verkauft und dabei zugleich vorgelebt hat, wie er sich ein ehrliches und respektvolles Miteinander vorstellt. So möchte ich in Erinnerung bleiben.

Antje wird meinen Wunsch respektieren, mein Geständnis für sich zu behalten. Davon bin ich überzeugt. Und wenn sie es Michael verrät? Was ich für wahrscheinlich halte, wenn die beiden noch zusammen sind. Sie wird die Last, einen Mörder zu kennen, teilen wollen. Und er? Wird er erleichtert sein, die Tat durch mein Geständnis noch aufgeklärt zu haben? Muss er das in der Akte offiziell vermerken und seinen Vorgesetzten darüber informieren?

Antje hat mich damals auf der Fähre erkannt, obwohl ich nicht erkannt werden wollte. Sie hat gesehen, dass ich etwas verberge. Hat angefangen, herausfinden zu wollen, was es ist. Ich habe sie ebenfalls erkannt: in ihrer Einsamkeit. Der Zufall hat uns zusammengeführt und uns miteinander verbunden, obwohl wir diese Verbindung nicht stärken konnten, sondern ich sie immer wieder lockern musste, damit aus dem Erkennen kein Wissen wurde. Ich möchte ihr noch die Antwort geben, die ich ihr damals verweigert habe. Auch um meinetwillen.

Ich werde ihr zugestehen, ihr Wissen mit Michael zu teilen, aber ihn bitten zu verhindern, dass mein Geständnis öffentlich wird, und nur zu tun, was er tun muss. Ich werde ihn um diesen Freundschaftsdienst bitten, damit wir nach meinem Tod die Freunde werden, die wir zu meinen Lebzeiten nicht werden konnten.

Ich muss lächeln, wenn ich an Antje und Michael denke, und bedauere, wie ich sie von mir ferngehalten habe, sie manchmal habe spüren lassen, dass ich sie nicht mag oder sie am ausgestreckten Arm habe verhungern lassen. Es war notwendig, um meine innere Ruhe wiederzufinden und zurückzudrängen, was die beiden an die Oberfläche beförderten. Die Nähe des Todes stimmt mich versöhnlich.

Ein paar Nächte werde ich brauchen, um diesen Brief zu vollenden. Hoffentlich bleibt mir noch so viel Zeit.

Es ist nicht die günstigste Zeit, um eine neue berufliche Aufgabe zu finden. Ein bislang unbekanntes Corona-Virus macht die Menschen nervös. In Deutschland sind die ersten an dieser Krankheit gestorben, da unser Immunsystem diese Eindringlinge noch nicht kennt und nicht üben konnte, sie abzuwehren. Unternehmen stampfen deshalb Regeln aus dem Boden, um persönlichen Kontakt so weit wie möglich einzuschränken. Meine ersten Vorstellungsgespräche fanden in digitalen Räumen statt. Am Ende habe ich jeweils darauf bestanden, meinen potenziell zukünftigen Vorgesetzten und Kollegen persönlich zu begegnen, falls ich in die zweite Runde komme. Sollen sie von mir aus eine Spuckschutzwand zwischen uns aufstellen, ich muss die Menschen fühlen können, mit denen ich zukünftig arbeiten soll. Und das geht nicht allein über elektronisch aufgelöste und auf meinem Bildschirm wieder zusammengesetzte lebende Bilder.

Heute ist ein Brief an mich angekommen. Von Bernhard Vahle. Warum schreibt er mir? Was will er? Ich habe geglaubt, diese Begegnung mit dem Verbrennen der Akte „Wiebke Loose" hinter mir gelassen zu haben. Jetzt bringt er sich wieder in Erinnerung.

Ich habe den Brief noch nicht geöffnet und ihn auf die Kommode in der Diele gelegt, damit Michael ihn sieht, wenn er nach Hause kommt. Obwohl der Brief an mich adressiert ist, geht er Michael ebenfalls etwas an, finde ich.

Vahle ist ein sensibler Mensch, mit dem wir interessante Gespräche geführt haben. Gespräche, die etwas in uns berührt und uns manchmal aufgewühlt haben. Doch das Ungeklärte stand immer zwischen uns.

Ich habe Nudelwasser aufgesetzt, als ich die Haustür höre und Michael „Hallo, ich bin da" ruft. „Post?", fragt er. Er hat den Brief gleich gesehen. „Ist für dich. Oh, von Vahle." Ich bin zu ihm in die Diele gekommen. „Ich habe ihn noch nicht aufgemacht und möchte ihn später mit dir zusammen lesen", sage ich. „Kannst du deine Neugier so lange zügeln?"

„Etwas Spannung schadet nicht", scherzt Michael. „Auf der Arbeit war es heute ziemlich langweilig. Berichte fertig schreiben, Dienstpläne aktualisieren. Die Verbrecher haben sich bedeckt gehalten."

„Nach dem Essen?", schlage ich vor.

„Nach dem Essen. Was hast du uns denn Leckeres gezaubert?", fragt Michael munter.

„Nichts Besonderes. Es gibt Nudeln mit einer öligen Soße aus Gemüse, das wir noch im Kühlschrank hatten. Ich hatte die Befürchtung, dass die Reste sonst schlecht werden", antworte ich.

„Darauf habe ich jetzt richtig Appetit", erwidert Michael und ich knuffe ihn auf die Schulter, weil ich nicht weiß, ob er die Bemerkung ernst meint.

Nach dem Essen hole ich einen altmodischen Brieföffner aus einer Schublade. Es ist selten geworden, persönliche Briefe zu bekommen, keine geschäftlichen, von Behörden oder Instituten, keine Werbung oder Rechnungen. Michael hat es sich auf dem Sofa bequem gemacht. Ich schiebe den Brieföffner in die Lücke am oberen Rand des Umschlags und trenne ihn mit drei Zügen auf. Ich ziehe zwei Blätter aus dem Umschlag, falte sie auf und blicke auf eine leserliche Handschrift. „Bernhard hatte in der Schule wohl noch Schönschreiben", sage ich und drehe die Blätter zu Michael um, damit er die Schrift sehen kann. „Soll ich dir den Brief jetzt vorlesen?"

„Gerne", antwortet Michael. Ich setze mich nicht neben ihn, um mich an ihn anzulehnen, sondern wähle den Sessel, der im 90-Grad-Winkel zu ihm steht. Ich möchte klar und deutlich vorlesen. Mein Instinkt sagt mir, dass es nicht irgendein Brief ist, den wir da bekommen haben.

Liebe Antje (und lieber Michael, wie ich vermute),

wenn euch dieser Brief erreicht, werde ich nicht mehr unter euch sein, um eine blumige Formulierung dafür zu verwenden, dass ich gestorben bin. Ich habe meinen letzten Atemzug getan.

Ich bedauere, dass immer etwas zwischen uns stand, das verhindert hat, dass wir auf je ganz unterschiedliche Art und Weise Freunde werden konnten. Denn zu wissen, was Einsamkeit ist, hat uns miteinander verbunden und auch die Erfahrung, dass man mit der Hilfe eines anderen Menschen aus ihr herausfinden kann.

Was zwischen uns stand, liegt lange zurück. Diesen Sommer werden es 41 Jahre, um genau zu sein. Ihr habt es vermutet und geahnt, konntet aber euren Verdacht, den ihr gegen mich hegtet, nie bestätigen. Ich habe meine Mutter erwürgt.

Das Blut entweicht aus meinem Kopf. Schlicht und schwarz auf weiß Bernhards Geständnis zu lesen, schockiert mich. „Also doch", stößt Michael hervor. „Lies bitte weiter."

„Moment", bitte ich, „das Geständnis haut mich um. Ich muss mich erst sammeln, bevor ich fortfahren kann". Einen Augenblick später, lese ich weiter:

Ich musste euch im Unklaren lassen, um meine Familie zu schützen, die bis heute nichts von meiner Tat weiß, und ich möchte, dass das auch so bleibt. Dazu später mehr.

Wie ihr wisst, hat mich meine Mutter direkt nach meiner Geburt weggegeben. Seit ich denken kann, war ich darüber allumfassend wütend gegen alles und jeden, auch gegen mich selbst, aber vor allem auf meine Mutter, die die ihr mit meiner Geburt gestellte Aufgabe nicht angenommen hat. Ich habe mich schon als Kind zurückgezogen und Kontakt zu anderen vermieden, um meine Wut unter Kontrolle zu halten.

Es war Zufall, dass mir Pinneberg in den Kopf kam, als ich auf einer Tour zurück von Skandinavien wegen des Sonntagsfahrverbots bald einen Parkplatz für eine längere Rast finden musste. Ich wusste mit dem Ortsnamen zuerst nichts anzufangen, bis mir einfiel, woher ich ihn kannte. Ich hatte vor Jahren, als ich noch im Kinderheim lebte, unbemerkt in meiner Akte die Adresse meiner Mutter erspäht und sie mir eingeprägt. Wie unter einem inneren Zwang nahm ich den kleinen Umweg nach Pinneberg und suchte mir dort in einem abgelegenen Gewerbegebiet einen Stellplatz. Als ich in der Nacht in meiner LKW-Koje wach wurde, war es wie ein Zwang, das Haus aufzusuchen, in dem meine Mutter leben sollte. Als sei ich ein Schlafwandler, dem nicht bewusst ist, was er tut. Als sie am frühen Sonntagmorgen das Haus verließ, folgte ich ihr. Ich habe keine Ahnung, warum sie so früh unterwegs war. Hätte sie doch diesen Sontag daheim verbracht. Nichts wäre passiert. Ihr nicht. Aber ich wäre wahrscheinlich der wütende, einsame Mann geblieben, der ich war. Die Tat hat mich befreit und mich befähigt, ein guter Mensch zu werden, ein liebender und glücklicher Ehemann und Vater. Um meiner Tat einen Sinn zu geben, habe ich mir diese Aufgabe gestellt. Und ich habe sie erfüllt.

Nun wisst ihr Bescheid. Ihr habt das Vergangene wieder in mir aufgewühlt. Es hat mich fast aus der Bahn geworfen, mich

kurzzeitig gedankenverloren, unkonzentriert und niederge-
schlagen gemacht. Ich habe begonnen zu zweifeln, ob es eine
gute Tat war, in deren Folge ich Menschen glücklich gemacht
habe, Friederike und meine Kinder, Dirk und Nils, die es ohne
diese Tat nicht gegeben hätte. Mit der meine Mutter einver-
standen gewesen wäre, weil sie aus ihrem Sohn einen anderen,
glücklicheren und liebenden Menschen gemacht hat. Gott sei
Dank habe ich mich schnell wieder gefangen.

Die Begegnungen mit euch hatten noch eine andere Wir-
kung. Ich habe angefangen, mich für meine Mutter, für ihr Le-
ben zu interessieren. Ich bin euch dankbar, weil ich vor mei-
nem Tod noch eine, wenn auch einseitige Beziehung zu ihr auf-
bauen, mir ein Bild von ihr machen und erkennen konnte, dass
sie einen Teil von sich an mich weitergegeben hatte.

Ich unterbreche das Vorlesen, um einen Schluck Wasser zu
trinken. Michaels Gesicht sieht wie von unterschiedlichen Gefühlen überschwemmt aus. So, wie ich mich auch fühle. Ich
räuspere mich und fahre fort:

„Ich bereue, was ich getan habe, und ich bereue es zugleich
nicht, weil doch so viel Gutes daraus erwachsen ist. Hätte ich
doch bei meiner Mutter groß werden können, so wie Nils und
Dirk bei Friederike und mir!

Nun habe ich mich euch anvertraut, weil ich es meiner Mut-
ter schuldig war, das Ende ihrer Geschichte zu vervollständi-
gen und nicht mit ins Grab zu nehmen. Und weil ich es euch
schuldig war, die mich erkannt haben.

Ich möchte euch nun zum Abschluss um einen Freund-
schaftsdienst bitten: Sagt es nicht weiter, was ich euch offenbart
habe. Zerrt es nicht an die Öffentlichkeit. Schützt Friederike
und meine Jungs, die von nichts wissen und nichts dafürkön-
nen, was ich getan habe. Michael, vielleicht reicht es aus, wenn

du die Akte dieses Falles aus dem Archiv holst, einen abschlie-
ßenden Vermerk machst, eine Kopie dieses Briefes zufügst und
sie dann wieder im Archivkeller verschwinden lässt. Genügte
das deiner Dienstpflicht?

Liebe Antje, lieber Michael, es war mir eine Ehre, so redliche
Menschen wie euch kennenzulernen. Liebt euch, steht zuein-
ander.

Mit den letzten zu Papier gebrachten Grüßen eines Sterben-
den

Bernhard

Michael schweigt, ich schweige. Wir stehen unter Schock.
„Weiß der überhaupt, was er mir angetan hat? Wie viel Lebenszeit mich das gekostet hat?" Michael ist erregt und wütend. „40 Jahre meines Lebens habe ich damit zugebracht, diesen Fall zu bearbeiten."

„Jetzt hast du ihn gelöst", entgegne ich trocken. Ich bin
nicht wütend, ich bin erleichtert und entsetzt. Entsetzt über
das, was Bernhard sich selbst noch an seinem Ende vorge-
macht hat, um keine Schuld fühlen zu müssen und zufrieden
leben zu können. Dass er weiterhin nur an sich selbst denken
konnte und keinen Gedanken daran verschwendete, wie
glücklich seine Mutter ohne seine Tat hätte leben können. Was
sie für andere hätte bewirken können.

Michael schaut mich an. Er sieht verwirrt aus. „*Du* hast das
Geständnis provoziert", sagt er. „Hättest du keine so enge Beziehung zu ihm aufgebaut, die er sogar als freundschaftlich
empfunden hat, hätte er sich dir nicht offenbart."

„Das trifft auf dich auch zu", erwidere ich.

Michael schüttelt den Kopf. „Ich müsste erleichtert sein, bin
es aber nicht."

„Das braucht seine Zeit", sage ich. „40 Jahre lassen sich nicht mit einem Fingerschnipsen wegwischen. Die Erleichterung wird kommen. Wirst du seinen Wunsch erfüllen?"

„Ich weiß es nicht", antwortet Michael. „Ich möchte jedenfalls keine Schlagzeilen lesen á la ‚Mord nach 40 Jahren doch noch aufgeklärt' oder ‚Geständnis auf dem Totenbett'. Das brauche ich nicht für mein Seelenheil. Und die Vorstellung, dass Reporter Friederike auflauern, ist mir ein Graus. Sie wusste nichts und kann nichts dafür. Warum soll sie bestraft und mit Schmutz beworfen werden?"

Michael ist aufgestanden und hat die Terrassentür geöffnet. Kühle Luft strömt herein. „Woran ist Bernhard eigentlich gestorben? Er hat es im Brief nicht erwähnt. Lässt uns mal wieder im Unklaren." Langsam kehrt Michaels Humor zurück.

„Er hat es vergessen zu schreiben", vermute ich. „Oder seine Kraft hat dafür nicht mehr gereicht. Er hat gewusst, dass es mit ihm zu Ende geht. Es war kein plötzlicher Tod, kein Herz- oder Schlaganfall."

Erinnerungen an die Gespräche mit Bernhard und Friederike schwirren mir im Kopf herum. „Wir brauchen für uns ein weiteres Ritual", sage ich. „Es hat uns beiden geholfen loszulassen, als wir die Akte verbrannt haben. Jetzt ist der Fall zurück und Bernhard hat sich wieder in uns eingenistet."

„Wir vergraben den Brief im Garten", schlägt Michael vor. „Wir begraben Bernhard für uns, indem wir einen Teil von ihm im Erdboden versenken."

„Das machen wir", sage ich, „das machen wir." Mir kommt ein Gedanke: Die Mörderjagd hat uns beide einander nähergebracht, indirekt also Bernhard.

Michael hat sich wieder auf das Sofa gesetzt und ich stehe auf, um mich neben ihn zu setzen und mich anzukuscheln. So stark wie noch nie fühle ich, dass wir zusammengehören.

„Es ist nicht richtig, dass er davongekommen ist", stellt Michael fest. „In mir sträubt sich alles, ihm seinen Wunsch zu erfüllen." Er überlegt. „Andererseits kann man die Geschichte so verstehen, dass Mord sich lohnt. Dass man davonkommen kann. So etwas will ich nicht verkünden."

Ich beuge mich zu ihm vor und küsse ihn. Er erwidert meinen Kuss. Wir küssen uns lange. „Wir müssen noch einmal loslassen", sage ich, als wir uns voneinander lösen, „unsere Ohnmacht akzeptieren. Uns nicht von Bernhard in sein moralisches Dilemma verwickeln lassen."

„Kannst du das so einfach?", fragt Michael. „Ich bin ärgerlich. Darüber, dass Bernhard uns jetzt, wo es zu spät ist, zu Mitwissern seiner Schandtat macht, ja Schandtat."

„Ich weiß", sage ich. „Aber der Mörder ist tot. Es gibt keinen Fall mehr."

„Als wenn ich das nicht wüsste." Michael wirkt beleidigt.

„Lass uns den Brief vergraben. Jetzt!", schlage ich vor. „Ein tiefes Loch ausheben. Das Graben wird dir guttun."

Es ist bereits dunkel, als wir einige Zeit später in einer entfernten Ecke unseres Gartens vor der Stelle stehen, in dem nun der Brief vergraben ist. Vom Wohnzimmerfenster her scheint etwas Licht herüber. Wie ein kleines Grab sieht der Platz aus. Die zurückgeschaufelte lockere Erde bildet einen kleinen Hügel. Michael ist noch warm und schwitzig von der Anstrengung. Er hat sich ausgetobt und wirkt befriedet. Ich greife nach seiner Hand. So stehen wir eine Weile da.

„Das war's", sage ich. „Wir sind nicht die einzigen, die sich mit Ereignissen abfinden müssen, die ihnen gegen den Strich gehen. Die nicht so sein sollten. Die ungerecht sind. Schlimmer als das hier."

„Du hast recht", pflichtet mir Michael bei und fängt an zu grinsen. „Wie immer hast du recht."

„Wenn du das so siehst", sage ich.

„Bernhards Geschichte ist hier für uns zu Ende", stellt Michael fest. „Lass uns an unserer eigenen weiterschreiben."

„Nicht schreiben", widerspreche ich. „Lass uns unsere Geschichte weiter leben." Und dann spucken wir aus einem Impuls heraus beide gleichzeitig auf die aufgehäufte, frische Erde und gehen Arm in Arm zurück in unser gemeinsames Haus.

ENDE